KB100954

ﮢﻣ
ﻭﻙﺑﻻﺎﺑﻳ

아라비안나이트 ③

ⓒ 김하경, 2006, Printed in Korea.

초판 1쇄 2006년 7월 15일 발행
초판 11쇄 2013년 8월 5일 발행
2판 1쇄 2015년 3월 2일 발행
개정 1쇄 2020년 8월 10일 발행

영역자 리처드 F. 버턴
편역자 김하경
펴낸이 김성실
표지 디자인 오필민
제작 한영문화사

펴낸곳 시대의창　　**등록** 제10-1756호(1999. 5. 11)
주소 121-816 서울시 마포구 연희로 19-1
전화 02)335-6121　　**팩스** 02)325-5607
전자우편 sidaebooks@daum.net
페이스북 www.facebook.com/sidaebooks
트위터 @sidaebooks

ISBN 978-89-5940-737-8 (04890)
ISBN 978-89-5940-734-7 (전5권)

*책값은 뒤표지에 있습니다.
*잘못된 책은 구입하신 곳에서 바꾸어드립니다.

이 도서의 국립중앙도서관 출판시도서목록(CIP)은
서지정보유통지원시스템 홈페이지(http://seoji.nl.go.kr)와
국가자료공동목록시스템(http://www.nl.go.kr/kolisnet)에서 이용하실 수 있습니다.
(CIP제어번호: CIP2015002518)

아라비안나이트

3

리처드 F. 버턴의 영역본으로 김하경이 다시 쓰다

시대의창

편역자의 말

호르헤 루이스 보르헤스는 《아라비안나이트》에서 두 이야기를 취하여 표현만 바꿔 단편소설 두 편을 썼다. 그런가 하면 파울로 코엘료는 《연금술사》를 쓸 때 《아라비안나이트》의 하룻밤 이야기를 모티프로 삼았으며, 움베르토 에코는 '현자 두반이 유난 왕을 죽일 때 사용한 수법'(1권 〈어부에게 은혜를 갚은 마신〉)을 《장미의 이름》에서 그대로 차용하였다.

이렇듯 20, 21세기 현대 문학의 중요한 성과들이 9세기 혹은 10세기에 그 원형이 형성된 《아라비안나이트》에 여전히 기대고 있다는 사실에서 "가장 낡은 것이 가장 새로운 것"이라는 진리를 새삼 확인한다.

이 책이 세상에 나오기까지의 과정은, 이슬람식 표현을 빌리면 "알라가 정해준 운명"이라고밖에 달리 설명할 길이 없다. 거역할 수 없는 어떤 힘이 나를 여기까지 이끈 것만 같다. 5년 전에 처음 인연을 맺은 《아라비안나이트》는 이제 내게 '문학'을 넘어 '살아가는 의미'가 되었다. 《아라비안나이트》와의 처음 인연은 순전히 개인적인 동기에서 비롯되었다.

처음에 《아라비안나이트》를 꼬박 석 달 걸려 읽었는데, 감동은 둘째치고 내용이 하나도 기억나지 않았다. 그래서 할 수 없이 다시 읽었다. 이번에는 읽으면서 줄거리를 요약했는데, 깨알 같은 글씨로 대학노트 두 권을 가득 채웠다. 어느 날, 누워서 무심코 노트를 들춰 보는데 그만 재미가 들려 노트 두 권을 단숨에 읽어버리고 말았다. 재미도 있으려니와 내용이 마치 그림처럼 너무도 생생하게 그려졌다. 그래서 나는 이 느닷없는 감동을 많은 사람과 나누고 싶었다.

'요약 노트'와 '리처드 F. 버턴의 영역판'을 저본으로 본격적인 편역 작업에 들어갔다. 기본 전제는 "버턴의 완역판 전문의 묘미를 온전히 살리되 군살을 과감하게 제거하여 읽는 재미와 속도를 배가한다"는 것이었다. 지루한 장광설은 깔끔하게 줄이고, 지나친 반복은 과감히 생략하였다. 많은 부분을 차지하고 있는 시(운문)는 의미 반복을 피하여 선별·수록하되, 우리의 전통 운율과 시어를 사용하여 운문이 주는 정서를 직감할 수 있도록 하였다.

나는 이 작업을 하는 동안, 더 많은 독자가 이제 비로소 《아라비안 나이트》를 "재미와 감동을 느낄 수 있는 여유"를 가지고 읽을 수 있겠구나 싶은 기대감에 내내 행복했다.

방대한 분량의 원고를 꼼꼼하게 살펴 거친 문장을 다듬고, 읽기에 더 편하도록 체제를 정비하고, 숱한 참고 문헌을 뒤져가며 내용과 표기의 오류를 바로잡기 위해 애쓴 편집자의 노고에 고마움을 표한다.

2006년 7월
김하경

차 례

《아라비안나이트》 배경 지도

이슬람제국 칼리프 연표

【 정통칼리프시대 632~661 】

- 제1대 아부 바크르(632~634)
- 제2대 우마르 1세(634~644)
- 제3대 우스만 이븐 아판(644~656)
- 제4대 알리 이븐 아비 탈리브(656~661)

【 우마이야왕조 661~750(타마스쿠스) 】

- 제1대 무아위야 1세(661~680)
- 제2대 야지드 1세(680~683)
- 제3대 무아위야 2세(683~684)
- 제4대 마르완 1세 알 하캄(684~685)
- 제5대 아브드 알 말리크(685~705)
- 제6대 알 왈리드 1세(705~715)
- 제7대 슐레이만(715~717)
- 제8대 우마르 2세 압드 알 아지즈(717~720)
- 제9대 야지드 2세(720~724)
- 제10대 히샴 1세(724~743)
- 제11대 알 왈리드 2세(743~744)
- 제12대 야지드 3세(744~744)
- 제13대 이브라힘(744~744)
- 제14대 마르완 2세 알 히마르(744~750)

【 아바스왕조 750 ~ 1258(바그다드) 】

- 제1대 앗 사파흐(750~754)
- 제2대 알 만수르(754~775)
- 제3대 알 마디(775~785)
- 제4대 알 하디(785~786)
- 제5대 하룬 알 라시드(786~809)
- 제6대 알 아민(809~813)
- 제7대 알 마문(813~833)
- 제8대 알 무타심(833~842)
- 제9대 알 와티크(842~847)
- 제10대 알 무타와킬(847~861)
- 제11대 알 문타시르(861~862)
- 제12대 알 무스타인(862~866)
- 제13대 알 무타즈(866~869)
- 제14대 알 무스타디(869~870)
- 제15대 알 무타미드(870~892)
- 제16대 알 무타디드(892~902)
- 제17대 알 묵타피(902~908)
- 제18대 알 묵타디르(908~932)
- 제19대 알 카히르(932~934)
- 제20대 알 라디(934~940)
- 제21대 알 무타키(940~944)
- 제22대 알 무스타크피(944~946)
- 제23대 알 무티(946~974)
- 제24대 알 타이(974~991)
- 제25대 알 카디르(991~1031)
- 제26대 알 카임(1031~1075)
- 제27대 알 무크타디(1075~1094)
- 제28대 알 무스타즈히르(1094~1118)
- 제29대 알 무스타르시드(1118~1125)
- 제30대 알 라시드(1125~1136)
- 제31대 알 무크타피(1136~1160)
- 제32대 알 무스탄지드(1160~1170)
- 제33대 알 무스타디(1170~1180)
- 제34대 알 나시르(1180~1225)
- 제35대 앗 자히르(1225~1226)
- 제36대 알 무스탄시르(1226~1242)
- 제37대 알 무스타심(1242~1258 : 카이로)

타이족의 연인들

평소에 아디의 아들 카심은 바누 타밈족 사내가 해준 이야기를 들려주는 습관이 있다.

어느 날, 나는 길 잃은 가축을 찾아 헤매던 중에 타이족 우물가로 가게 되었다. 거기 사람들이 두 패로 나뉘어 언쟁을 하고 있었다. 한 패의 무리에 닳아빠지고 말라비틀어진 물자루같이 병들어 수척한 젊은이가 하나 있었다. 젊은이는 사랑하는 여자를 그리워하며 노래를 불렀다.

저 사랑스러운 아가씨, 어찌 아니 돌아오시나,

날 보기가 싫증이 난 건가, 미워져서 그런가.

내 앓아누워도 왜 오직 그대만 아니 오시나,

그대 아프다면 나 만사 제치고 달려갈 텐데.

애달프다, 이 몸 홀로 그대 없음을 슬퍼하니.

아, 그대 사랑 잃으면 그 슬픔은 어떠할까.

　노래가 끝나자마자, 반대편 패거리에서 처녀 하나가 젊은이 쪽으로 다가가려고 했다. 사람들이 처녀를 붙잡으려 했고, 처녀는 붙잡는 사람들의 손을 필사적으로 뿌리쳤다. 여자를 발견한 젊은이도 급히 여자 쪽으로 달려갔고 사람들이 모두 따라가 젊은이를 붙잡았으나 젊은이는 완강히 뿌리쳤다. 여자도 마찬가지로 사람들의 손아귀를 벗어났다. 이윽고 두 남녀는 달려들어 서로 부둥켜안고 그대로 쓰러져 숨을 거두고 말았다.

　그때 천막 안에서 노인이 뛰어나와 부르짖으며 울었다.

　"너희 둘에게 부디 알라께서 자비를 내려주시기를! 신에게 맹세코 너희들은 살아 있는 동안에는 함께 살 수 없었지만 적어도 죽은 후에는 내가 맺어주리라."

　그리고 두 남녀의 시신을 수의 하나에 싸서 무덤 하나를 파고 기도도 똑같이 한 번에 올려주고 한 무덤에 합장하였다. 두 패로 나뉘었던 사람들은 모두 얼굴을 때리며 두 남녀의 죽음을 애도하며 울었다. 처녀는 노인의 딸이고 젊은이는 노인 형님의 아들이라고 했다.

　나는 두 연인의 사랑이 너무 안타까워 노인에게 왜 결혼시키지 않았느냐고 물었다.

　"나는 세상 소문이 꺼려졌고, 창피할까 봐 겁났어요. 그러나 결국은 톡톡히 창피를 당한 꼴이 되고 말았구려."

사랑에 미친 사내

아브 르 압바스 알 무바라드(9세기 문법학자, 수사학자)는 이런 이야기를 들려주었다.

　어느 날, 히라클 수도원에 놀러갔다가 잠시 그늘에서 쉬고 있는데, 이 사원에 미친 사람이 있다는 말을 듣고 안으로 들어가 보았다. 사내는 조그마한 방에 가죽 방석을 깔고 앉아 머리에 아무것도 쓰지 않은 채 벽만 열심히 노려보고 있었다. 인사를 해도 본체만체했다. 혹시 노래를 불러주면 무슨 말을 할지 모른다는 생각으로 사도를 칭송한 노래를 부르자, 아니나 다를까 그가 답가를 불렀다.

　　내 뼈저린 고뇌, 알라께선 진정 아시노라.
　　이 고통 이제 남에게 보여줄 힘도 없구나.
　　내겐 두 영혼이 있어 하난 내 몸에 있지만
　　나머지 하난 나 아닌 다른 사람에게 있나니,
　　내 몸 밖의 영혼도 내 몸 안의 영혼을 닮아
　　이 몸에 밀어닥친 고뇌를 맛보는 듯싶구나.

　멋진 노래라고 칭찬하자 그가 돌을 집어 들었다. 사내가 돌을 던지는 줄 알고 모두들 부리나케 도망을 쳤다. 그러나 엉뚱하게도 그는 돌멩이로 자기 가슴을 때리는 게 아닌가.

"무서워하지 말고 내 옆으로 와서 내 말을 잘 들어보시오."

그는 한 여자를 만나 사랑하게 된 이야기를 노래로 불렀다. 사내는 애정의 굳은 맹세를 지켰으나 여자의 맹세는 어떻게 되었는지 알 수가 없다는 내용이었다. 미친 사내는 노래를 마치고 우리를 뚫어져라 노려보았다. 그리고 그 여자가 어떻게 되었는지 알려달라고 간청했다.

"죽었습니다."

내가 대답하자 그는 안색이 변하며 벌떡 일어나더니 큰 소리로 외쳤다.

"죽은 걸 어떻게 아십니까?"

"살아 있다면 설마 당신을 이 꼴로 내버려두기야 하겠어요?"

그는 충격을 가라앉히고 담담하게 말했다.

"정말 그 말이 옳습니다. 그 여자가 죽었다면 나도 더 이상 살고 싶지 않습니다."

사내는 겨드랑이의 근육을 꿈틀꿈틀 움직이더니 푹 고꾸라지고 말았다. 달려들어 몸을 문질러주었지만 소용이 없었다. 이미 그는 숨이 끊어진 후였다.

우리는 그의 죽음을 애도하며 고이 묻어주었다.

바그다드로 돌아온 나는 칼리프 알 무타와킬을 접견하여 미친 사내 이야기를 들려주었다.

칼리프는 왜 그런 잔인한 짓(애인이 죽었다는 말)을 했느냐고 나를 나무랐다. 하지만 내가 한 말을 후회하고 그의 죽음을 애도한 것 때문에 날 처벌하지는 않았다. 칼리프도 그의 죽음을 애도했다.

사랑의 불가사의

아부 바크르 무함마드 이븐 알 안바리(10세기의 유명한 문법학자)가 들려준 이야기다.

내가 안바르를 떠나 아무리야를 여행할 때 일이었다.

아므리야 수도원 부원장이며 암자의 주지인 압드 알 마시흐가 고맙게도 나를 마중하여 수도원을 안내해주었다. 수도원에는 마흔 명가량의 수도승이 있었다. 그날 밤, 나는 수도승들의 경건한 예배 태도와 근행 태도를 견학한 뒤 이튿날 돌아왔다.

그런데 이듬해 메카를 순례하며 성전 주위를 돌다가 문득 마시흐가 다섯 명의 수도승과 함께 성전 주위를 돌고 있는 걸 발견했다. 나는 달려가 반갑게 인사를 한 뒤, 그가 알라의 종이 된 데 대해 감격의 눈물을 흘리며 그의 흰머리에 입을 맞추었다.

이슬람교로 개종한 경위를 묻자 마시흐 노인은, 이는 불가사의한 일 중에서도 가장 불가사의한 일이라며 그 내력을 들려주었다.

어느 날, 이슬람교 신자 일행이 우리 수도원이 있는 부락을 찾아왔다. 그 일행 가운데 한 젊은이가 먹을 걸 사러 시장에 왔다가 마침 빵을 파는 기독교도 처녀에게 홀딱 반하고 말았다. 그래서 그는 친구들과 함께 돌아가지 않고 혼자 마을에 남겠다고 떼를 썼다. 친구들이 아무리 꾸짖고 달래도 마이동풍이었다. 할 수 없이 친구들은 젊은이만 남겨두고 떠나버렸다.

젊은이는 처녀에게 사랑을 고백했으나 처녀는 거들떠보지도 않고 상대도 해주지 않았다. 젊은이는 사흘 동안 물 한 방울 마시지 않고 가게 입구에서 뚫어지게 처녀 얼굴만 쳐다보며 앉아 있었다. 견디다 못한 처녀의 식구들은 마을 소년들을 부추겨 젊은이에게 돌을 던져 늑골과 머리에 상처를 입혔다. 그래도 그는 꿈쩍도 안했다. 이윽고 마을 사람들은 젊은이를 죽이기로 결정했다. 한 주민이 이 사실을 내게 몰래 알려왔다. 나는 젊은이를 수도원으로 데려와 상처를 치료해주었다. 열나흘이 지나 걸을 수 있게 되자 그는 수도원을 나갔다. 그러나 고향으로 돌아가지 않고 또다시 처녀의 가게 앞에 앉아 처녀만 쳐다보았다. 처녀는 젊은이가 불쌍했다. 결혼해줄 테니 그 대신 기독교로 개종하라고 요구했다. 하지만 그는 개종할 수 없다고 버텼다. 그러자 처녀는 "나를 향한 욕망을 풀어줄 테니 집으로 가자"고 했다. 그는 한때의 음욕 때문에 열두 해의 신앙을 허사로 돌릴 수 없다며, 그마저 거절했다. 처녀가 그럼 여길 나가달라고 했지만 그는 나가지도 않았다. 할 수 없이 처녀는 또다시 젊은이를 외면했다. 마을 소년들은 또다시 돌 세례를 퍼부었고 젊은이는 피를 흘리며 땅바닥에 쓰러졌다.

내가 뛰어나가 소년들을 쫓아버리고 그를 안아 일으켰다.

"알라여, 부디 천국에서 처녀와 맺어지게 해주소서."

젊은이는 이 한마디를 남긴 채 수도원으로 가는 도중 숨을 거두고 말았다.

그런데 이튿날 한밤중에 처녀가 갑자기 비명을 질렀다. 마을 사람들이 모여들었다.

"꿈속에 젊은이가 나타나더니 내 손을 붙잡고 천국 문까지 끌고 가지 않겠어요? 그러나 천국의 문지기는 이교도는 넣을 수 없다며 안에 넣어주지 않는 거였어요. 그래서 난 젊은이의 손에 이끌려 이슬람교에 귀의하여 함께 천국으로 들어갔어요. 들어가 보니 말로 형용할 수 없는 절경이 펼쳐졌어요. 젊은이는 보석을 박은 천막을 갖고 오더니 우리 천막이니 둘이 함께 들어가자고 우겼어요. 알라의 뜻에 맞으면 다섯 밤이 지나서 그 안에서 함께 살 수 있다고 했어요. 그리고 사과나무에서 사과를 두 개 따주었는데, 한 개는 먹고 또 한 개는 수도승에게 주라고 하더군요. 그렇게 맛있는 사과는 처음이에요. 젊은이는 나를 집까지 바래다주었어요. 근데 눈을 떠보니 사과의 뒷맛이 입속에 남아 있고 손 안에 또 하나의 사과가 쥐어져 있는 게 아니겠어요?"

처녀가 사과를 꺼냈다. 그 사과는 밤의 어둠 속에서 번쩍거리는 별처럼 빛나고 있었다.

나는 사과를 조그맣게 썰어서 모두에게 나누어주었다. 맛도 그렇고 향기도 그렇고 그런 사과 맛은 처음이었다. 마을 사람들은 악마가 나쁜 길로 떨어뜨리기 위해 처녀에게 수작을 부린 거라고 비난했다. 그러나 처녀는 그때부터 음식을 끊고선 닷새째 밤이 되어 교외에 있는 이슬람교도 묘지로 가더니 무덤 위에 몸을 던져 죽고 말았다. 가족들은 아무것도 몰랐다.

그런데 이튿날 담요를 몸에 두른 두 이슬람교도 장로가 똑같은 옷을 입은 두 여자를 데리고 마을로 들어왔다.

"마을 양반들, 이 마을에 이슬람교도로서 이 세상을 떠난 여자 승려, 알라의 친구 중 한 사람인 왈리야가 있을 것입니다. 우리는 당신들을 대신해서 그 성녀의 시신을 인수할까 합니다."

마을 사람들이 처녀를 찾아보니 이미 이슬람교도 묘지에서 죽어 있는 게 아닌가. 마을 사람들은 처녀가 기독교도니까 자신들이 맡겠다고 주장했고, 이슬람교 장로는 이슬람교도로서 죽었으니까 자신들이 맡아야 한다고 서로 다투었다.

말다툼이 심해져 결국 싸움으로 번질 기미가 보이자 이슬람교 장로가 나섰다.

"그럼 처녀의 신앙이 어느 쪽인지 시험해봅시다. 수도원 승려 마흔 명을 보내 무덤에서 시신을 들어올리게 합시다. 만일 시신을 들어올릴 수 있으면 기독교도로서 죽은 것이고, 들어올릴 수 없으면 처녀는 이슬람교도로서 죽은 것이 확실하오."

모두 그 제안에 동의했다. 마흔 명의 기독교도 수도승들이 나서서 처녀의 시신을 들어보았다. 하지만 시신은 꼼짝도 하지 않았다. 시신 둘레에 밧줄을 감아 힘껏 끌어당겼으나 밧줄만 뚝 끊어지고 시신은 요지부동이었다.

이번엔 이슬람교 장로가 나섰다. 장로는 시신 위에 자기 외투를 걸치더니 가볍게 시신을 일으켜 껴안고 그대로 근처 동굴로 데려갔다. 두 여자가 시신을 닦고 수의를 입히자 두 장로는 처녀를 이슬람교도 젊은이 묘 옆에 묻어주었다.

"진실이라는 것은 정말 무엇보다 신봉할 만한 가치가 있어. 우리 눈앞에 진실이 나타났고, 게다가 이 눈으로 본 증거만큼 이슬람의 진리를 분명히 증명하는 것은 아무것도 없으니까 말야."

그리하여 나와 수도승은 모두 이슬람교로 개종하고 마을 사람들도 우리를 따라 개종하였다.

크라트를 향한 아브 이사의 가슴앓이 사랑

아므르 빈 마사다(칼리프 알 마문을 보필하던 대신 중의 하나)가 들려준 이야기다.

칼리프 알 마문의 형제 아부 이사는 쿠라트 알 아인(알리 빈 히샴의 소유)이라는 노예 처녀에게 맘을 두고 있었다. 여자 또한 그를 싫어하지 않았다.

하지만 아부 이사는 타고난 자존심과 거만한 기질 탓으로 누구에게도 자신의 심경을 호소하거나 털어놓지 않고 가슴속에 감추고 있었다. 진작부터 그 노예를 사고 싶었지만 뜻대로 잘되지 않았기 때문이다. 자꾸만 마음이 간절해져 애를 태우던 중, 그는 참다못해 칼리프 알 마문에게 한 가지 제안을 했다. 신하들이 모두 퇴청한 후, 예고 없이 갑자기 신하들 집을 찾아가보자고 했다. 그러면 신하의 도량이 좁은지 넓은지 가늠할 수 있고, 사람 됨됨이를 알 수 있을 거라고 부추겼다. 차마 대놓고 (맘에 둔 노예 처녀가 있는) 알리 빈 히샴의 집만 집어 말하지는 못하고, 그럴듯한 명분을 내걸어 은근히 목적을 이루려 한 것이다.

아부 이사의 속셈을 알 리 없는 칼리프는 좋다고 허락하고 그와 함께 쾌속선을 타고 달렸다.

칼리프가 맨 처음 찾은 곳은 투스의 하미드 알 타윌의 집이었다.

칼리프를 위해 요리가 나왔는데 하나같이 들짐승의 요리고 날짐승의 요리는 하나도 없었다. 칼리프는 한 점도 들지 않았다. 아부 이사는 예고도 없이 방문했으니 당연히 준비를 하지 못했을 것이므로 이번엔 미리 준비하고 있을 신하의 집으로 가보자고 했다.

그래서 알리 빈 히샴의 집으로 향했다. 알리 빈 히샴은 아름다운 객실에서 각종 요리와 술 등 진수성찬을 내왔다. 그리고 열 명의 시녀들에게 노래를 부르게 했다. 시녀들이 번갈아가며 노래를 부르는 가운데 태양처럼 빛나는 미모의 파틴이라는 시녀가 사랑의 소망을 담은 노래를 불렀다.

> 그대의 정을 쏟아주오, 사랑을 받아야 할 때니.
> 뼈저린 이별의 슬픔에 이미 몇 번이고 울었노라.
> 하늘이 그대 한 몸에 모두 내린 아름다움일망정
> 헛되어버린 내 참을성, 끝내 과녁이 빗나갔구나.
> 이 몸 그대를 그리느라 헛되이 세월만 보내나니,
> 신이시여, 순간이나마 만남의 기쁨을 허락하소서.
> 이 보람 없는 기다림에 사랑의 보답을 내리소서.

하나같이 수려한 용모와 빼어난 자태의 처녀들이 잇달아 노래 부르는 모습을 보며 칼리프는 넋을 잃을 지경이었다. 고혹적인 미녀들의 시중을 받은 칼리프는 몹시 흡족했다. 칼리프가 돌아갈 채비를 하려는데, 알리 빈 히샴이 칼리프를 붙잡았다. 1만 디나르를 주고 산 노예 처녀가 있으니 맘에 들면 바치겠다는 것이다.

이윽고 한 처녀가 나왔다. 버들가지처럼 날씬하고 뇌쇄적인 눈매와 활 같은 눈썹을 하고, 머리에는 진주와 보석을 박은 순금 관을 쓰고 있었다. 처녀는 가볍게 달리는 영양과 같이, 신앙심 깊은 사람조차 파멸의 심연 속으로 빠지지 않고서는 배기지 못할 그런 걸음걸이로 다가오더니 걸상에 사뿐 앉았다. 나비가 하늘하늘 날아온 듯 아름다운 자태에 칼리프는 빨려들듯 바라보았다.

아부 이사는 그 처녀를 보자마자 괴로움에 가슴은 뛰고, 안색은 파랗게 질려 마치 병에 걸린 듯했다. 칼리프가 이 모양을 보더니 물었다.

"여봐라, 아부 이사. 왜 그리 갑자기 안색이 변하느냐? 둘이 아는 사이였더냐?"

아브 이사는 암시적으로 말을 돌려 위기를 모면했다.

"무슨 수로 달님을 사람 눈에서 감출 수 있겠습니까?"

칼리프가 처녀의 이름을 물어보자 처녀는 "쿠라트 알 아인"이라고 했다. 칼리프는 쿠라트에게 노래를 청했다. 그런데 쿠라트의 노래를 듣고 있던 아부 이사가 눈물을 주르르 흘리자 모두들 이상하게 여겼다. 노래를 마친 쿠라트는 칼리프의 허락을 얻어 경쾌한 가락을 타면서 한 곡 더 불렀다.

> 마음 맞는 벗들 즐겁게 하려면, 가슴속 비밀
> 깊이 감춰두고 행여 꿈에라도 꺼내지 말지니.
> 참된 사랑에 재 뿌리는 말 절대로 믿지 마라.
> 늘 곁에 있으면 사랑에 질리고, 아픈 이별도
> 때론 사랑의 묘약이라 세상 사람들 떠들지만
> 사랑 한번 아니해본 이들의 헛된 수다일 뿐.
> 하지만 내 그대 아무리 가까이 있을지라도
> 마지못해 정을 아낀다면 무슨 소용 있으랴.

아부 이사는 칼리프의 허락을 얻어 눈물을 머금은 채 답가를 불렀다. 아부 이사가 내심 감추었던 크라트를 향한 사랑을 드러낸 노래였다. 이후 두 남녀는 서로 주거니 받거니 노래를 불렀다. 쿠라트가 입으로만 하는 사랑을 원망하면, 아부 이사는 함부로 사랑을 주장할 수 없는 자신의 무력함을 한탄하였다.

마지막으로 아부 이사의 노래가 끝나자, 알리 빈 히샴이 벌떡 일어나 아부 이사의 발에 입을 맞추었다.

"알라께서 당신의 기도에 응하여 세상에서 가장 진기한 물건과 함께 저 처녀를 데리고 가실 것을 용서하셨습니다. 그러니 임금님께서는 저 처녀를 단념하셔야겠습니다."

"알았다. 비록 내게도 생각이 없었던 바는 아니지만, 아부 이사에게 양보하여 그의 소원을 풀어주고 싶구나."

칼리프는 알리 빈 히샴의 너그러움을 칭찬하고는 배를 타고 떠났다. 아부 이사는 기쁨에 가슴이 부풀어 처녀를 데리고 집으로 갔다.

숙부의 노예 처녀를 취한 칼리프 알 아민

칼리프 알 마문의 형, 알 아민(아바스왕조 6대 칼리프, 재위 809~813) 칼리프는 어느 날 숙부 이브라힘 빈 알 마디의 집을 찾아갔다.

마침 비파를 타고 있는 노예 처녀에게 칼리프는 한눈에 마음을 빼앗기고 말았다. 이를 알아차린 숙부는 그 처녀를 칼리프에게 바쳤다. 그러나 칼리프는 그 처녀가 이미 숙부와 백년해로의 맹세를 맺은 여자라 짐작하고 동침하기 싫어져서 여자를 돌려보냈다. 내시로부터 경위를 들은 숙부는 파도 무늬가 있는 비단 속옷의 소맷자락에다 결백하다는 내용의 시를 써서 여자에게 입혀 다시 조카인 칼리프에게 돌려보냈다. 칼리프 알 아민은 비파를 타는 여자의 속옷 소맷자락에 쓰인 시를 읽자마자 불끈 치미는 욕정을 누를 수 없어 처녀를 끌어안고 입을 맞추었다.

칼리프는 이후 숙부에게 후하게 치사하고 라이의 통치권을 맡겼다.

병든 칼리프에게 주색酒色을 처방한 대신 하칸

칼리프 알 무타와킬(압바스 왕조 10대 칼리프, 재위 847~861)이 병석에 눕자 많은 사람들이 온갖 선물과 진기한 물건, 귀중품을 다투어 부쳐왔다.

그 가운데 대신 알 파트 빈 하칸은 당대 제일의 미녀이자 가슴이 봉긋 솟아오른 노예 처녀와 새빨간 포도주를 담은 수정 항아리와 순금 술잔을 선물로 보내왔다. 술잔에는 시가 새겨 있었다.

> 도사님 쾌차하여 약도 필요 없도록 왕성하니
> 술잔 가득 순한 술만큼 효험 있는 약 있으랴.
> 또 선사받으신 그 미인의 '숫처녀'를 취하시라,
> 약을 복용하신 뒤에 쓰실 다시없는 묘방이므로.

그 처녀가 들어왔을 때, 때마침 그리스인 의사 요한나가 칼리프 옆에 있다가 이 시구를 보고 웃으며 말했다.

"임금님, 확실히 대신의 의술은 저보다 한 수 위였군요. 그러니 임금님께서는 그분의 처방대로 하는 것이 좋겠습니다."

대신의 처방에 따른 결과 칼리프는 완쾌되어 바라는 모든 것을 이루었다.

남녀의 우열에 관한 논쟁

시트 알 마샤이흐 부인은 바그다드의 설교사이며, 여자 중에서도 재치와 지식이 뛰어나고 사람됨이 너그럽고 예의 바르며 지조가 굳었다. 강연도 하고 유익한 설교를 베풀기도 했으므로, 평소에도 부인의 집에는 많은 학자와 문인들이 몰려와 논쟁을 벌이는 일이 잦았다.

그날도 나는 학문에 뛰어난 친구와 함께 부인을 찾아갔다. 그녀에게는 눈부시게 아름다운 젊은 남동생이 하나 있어서 부인이 휘장 뒤에 앉아 우리와 논쟁을 하는 사이에 그가 손님으로 온 많은 학자들의 시중을 들어주곤 했다.

한참 토론을 하는 중에 내 친구는 부인의 말은 들은 체도 않고 남동생의 얼굴만 흘깃흘깃 바라보며 뛰어난 그 용모에 연신 감탄하고 있었다.

"당신은 여자보다도 남자가 더 좋은 모양이군요!"

알 마샤이흐 부인의 야유에도 아랑곳 않고 친구는 한술 더 떴다.

"알라께서 남자를 여자보다 더 훌륭하게 만드셨기 때문입니다."

알 마샤이흐 부인은 친구에게 이 문제를 토론하자고 제안했다. 친구는 흔쾌히 응했다.

이때부터 여자 학자와 남자 학자는 여자와 남자의 우열 논쟁을 벌이기 시작했다.

친구는 남자가 여자보다 우수하다는 증거를 열거하기 시작했다.

"그 증거는 둘입니다. 하나는 전통적인 것이며 또 하나는 논리적인 것입니다. 권위 있는 증거는 《코란》과 《순나》에서 얻을 수 있습니다. 먼저 《코란》을 예로 들어보죠. '남자는 여자보다 훌륭한 점을 가질 것이니라. 왜냐하면 남자는 여자보다 뛰어난 것으로 만들었기 때문이다' 또는 '남자가 둘 있는 게 아니라면 남자 하나와 여자 둘이 있게 할지어다', '유산 상속에 대해서도 형제자매 중 남자에겐 여자 두 사람 몫을 준다'. 이렇듯 알라께서는 여자보다 남자에게 우선권을 주고 계십니다.

다음은 《순나》(무함마드의 전설적 언행을 담은 책)를 예로 들어보죠. 예언자는 여자의 위자료를 남자의 것의 절반으로 정한 것으로 전해집니다.

이번엔 논리적 증거를 들어볼까요? 남자는 능동적이며 적극적이고, 여자는 수동적이며 피동적입니다."

알 마샤이흐가 반박에 나섰다.

"당신은 스스로 내 논점을 증명해주었을 뿐 아니라 본인을 위하여 도움이 안 되는 불리한 증거를 들었습니다. 지금부터 말해볼까요? 알라께서는 분명히 여성보다 남성에게 우선권을 주셨습니다. 그것은 다만 남성이라는 고유 불가결한 성질에 의해 그런 것일 뿐입니다. 이 점에 관해선 아무 논쟁의 여지가 없습니다. 그런데 남성의 성질이란 유아, 소년, 청년, 성인, 또 노인 가리지 않고 남자라면 모두에게 공통적인 것입니다. 그렇다면 남성의 우수한 점이 단지 남성이라는 점에 있다는 말인데, 그러면 당신은 소년에게도 백발의 노인에게도 똑같이 마음을 뺏기고 기쁨을 느껴야 합니다. 남성이란 점에서는 소년이나 노인이나 다름이 없으니까요. 그런데 당신과 나의 차이점은 성교의 쾌락과 그 쾌락을 만드는 것으로 보이는 성정의 우연성에 있습니다. 이 우연한 본질적인 점에서 젊은 남성이 왜 젊은 여성보다 우수하느냐에 관해서 당신은 아무 증거도 들지 못했습니다."

남자 학자는 그 정도쯤이야 하고 가볍게 응수했다.

"부인, 성이란 젊은이에게 선천적으로 구비되어 있다는 걸 모르십니까? 그런 점에서 젊은 남성은 여성보다 우수합니다. 알라께서는 '수염도 안 난 젊은이를 계속 쳐다보지 마라. 찰나에 낙원의 까만 눈의 처녀를 바라다본 듯한 느낌이 들기 때문'이라고 말씀하셨습니다. 이건 젊은 남성이 젊은 여성보다 우수하다는 것을 말하는 것입니다. 아브 노와스도 아무리 보잘것없는 남자도 여자보다 낫다며 월경과 임신 걱정이 없는 남자를 노래했지요. 또 다른 시인들도 여자의 용모를 칭송할 때는 젊은 남자에게 견주곤 합니다. 이것은 남성에게 속해 있는 훌륭한 성질 때문입니다. 만일 처녀보다 청년이 더 훌륭하고 아름답지 않다면 왜 청년에게 비교하겠습니까? 청년의 아름다움을 칭찬한 예는 끝이 없을 만큼 많습니다."

알 마샤이흐는 코웃음을 쳤다.

"어림도 없는 말씀! 젊은 남성이 어찌 처녀에게 비교가 되겠어요? 누가 영양과 들소를 비교하겠어요? 모든 아름다움은 처녀에게서 그 극치에 이르는 법입니다. 처녀에게는 크림보다 부드럽고 꿀보다 달콤

한 붉은 입술이 있으니까요. 또한 처녀에게는 빛나는 상아로 만든 공처럼 생긴 두 쌍의 젖가슴이 있고, 매끈매끈한 배, 야자수의 큰 꽃떨기 같이 부드럽고 주름져 겹쳐진 움푹 들어간 허리, 진주 기둥처럼 솟아오른 투실투실한 넓적다리, 속이 환히 들여다보이는 큰 파도처럼 혹은 번쩍이는 산처럼 굽이쳐 서로 부딪히는 엉덩이, 순수한 금덩어리가 아닌가 싶은 잘생긴 손발을 가지고 있습니다. 불쌍한 양반! 도대체 인간을 마신과 비교할 수 있을까요? 당신은 모르세요? 나는 새도 떨어뜨릴 만큼 세도가 당당한 왕후 군주도 여자 앞에서는 꼼짝도 못하고 무릎을 꿇으며, 이 세상의 모든 쾌락도 여자 하기 나름이라는 것을 말예요. 여자는 사람들을 지배하며 사람들의 마음을 뺏습니다. 그리하여 여자는 남자를 굴복시켜 사랑의 승리를 거두는 것입니다. 남자가 눈물을 폭포처럼 흘리는 것도, 값비싼 보석과 용연향과 향기로운 사향을 긁어모으는 것도, 또 군대를 양성하고, 유원지를 만들고, 재산을 모으고, 많은 사람들의 목이 달아나는 것도 여자 때문이라는 것을 모르십니까? '세계는 여자를 의미한다' 는 말도 있지 않습니까?

그런데 당신이 신성한 전설에서 인용하신 말인데요, 그 문구는 당신에게 유리한 증언이 아니라 불리한 증언입니다. '수염이 없는 젊은 이를 낙원의 까만 눈동자의 처녀에 비유할 수 있다' 고 말씀하신 그 문구 말입니다. 비유의 주체가 되는 것은 비교되는 것보다도 한층 더 우수하다는 것을 모르세요? 여자가 한층 더 우수하거나 훌륭하지 않으면 어찌 여자에게 비유할 수 있겠어요? 당신은 처녀가 소년에게 비유될 수 있다고 말했지만 그렇지 않습니다. 그 반대입니다. 젊은 남자가 처녀에게 비유되는 거예요. 세상 사람들은 저 사내는 처녀 같군, 하고 말합니다. 또 당신이 시인에게서 인용한 증거로 든 인용문

들은 알라께서 비난하신 자들로서 평소에 남색에 빠진 자나 남의 험담이나 하고 신앙에 어긋난 짓이나 하는 자들입니다. 그런 자들의 우두머리가 바로 아브 노와스입니다. 알라는 동성애자들의 더러운 행동을 비난하고 계십니다.

 당신은 진정 모르시겠어요? 이 세상에서 가장 최고의 쾌락은 여자에게 있고, 영원한 지복은 여자 없이 얻을 수 없다는 것을요. 만약 알라께서 지상의 기쁨이 여자 이외의 것을 얻는 거라고 생각했다면 필경 여자 이외의 것을 주셨을 게 아닙니까? 예언자께서는 이 세상에서 가진 것 가운데 가장 귀중한 것이 여자와 향로와 예배 중의 내 눈의 기쁨이라고 말했습니다. 알라께서 낙원의 예언자와 성인에게 소년을 봉사케 한 것은 지당한 것으로서, 낙원은 환락의 동산이며, 젊은 남자의 봉사 없이는 완전한 것이 될 수 없기 때문입니다. 그러나 그 젊은이들을 봉사 이외의 목적으로 쓴다는 것은 지옥으로 떨어질 타락이며 몸을 망치는 추잡한 행위입니다."

 알 마샤이흐는 조금도 막힘이 없이 조목조목 논거를 들어 반박해나갔다. 장황한 논리 전개를 마친 그녀는 논쟁의 마지막을 겸손한 인사로 마감하는 예의까지도 잊지 않았다.

 "그만 도를 지나쳐 예의를 잊고 태생이 자유로운 여자의 법도를 깨뜨리고, 학문 있는 자에게 어울리지 않은 보잘것없는 수다에 열중하고 말았군요. 그러나 자유로운 신분의 모든 남녀의 가슴은 비밀의 무덤이니까 지금까지의 이야기는 모두 비밀이에요. 또한 행위는 의도를 따른다고 하니까 나는 나 자신을 위해, 당신과 모든 이슬람교도들을 위해 알라의 용서를 빌겠어요."

 그러고 알 마샤이흐는 입을 다물었다. 그 후로는 어떤 걸 물어도 일체 대답하지 않았다. 우리는 여자 학자의 이야기에서 많은 것을 배웠다. 그러나 기쁨도 잠시 그녀와 이별하게 된 우리는 여자 학자와의 이별을 못내 아쉬워하면서 그 집을 나섰다.

아브 스와이드와 예쁘장한 노파

아브 스와이드는 이런 이야기를 들려주었다.

어느 날, 친구들을 따라 과일을 사러 과수원에 간 적이 있었다. 한 구석에서 얼굴은 환하게 생겼지만 머리가 백발인 노파 하나가 눈에 띄었다. 우리는 노파에게 "백발을 까맣게 염색하면 처녀보다 더 예쁠 텐데 왜 염색하지 않느냐"고 물었다. 그러자 노파는 나를 물끄러미 쳐다보더니 노래를 불렀다.

> 그저 흐르는 세월이 물들인 머리카락
> 사람이 바꾼들 그 빛깔 얼마나 가리오.
> 눈부신 청춘의 옷 입은 젊은 날의 나,
> 이리저리 사내들에게 쫓기고 시달리며
> 진정한 기쁨, 한도 원도 없이 맛보았네.

노파의 말에 나는 외쳤다.

"당신을 할머니라고 부르기가 아깝군요. 이루지 못한 쾌락을 그리워하는 애절한 당신 마음이 느껴집니다. 그런데 못된 짓을 하지 않았다는 말은 새빨간 거짓말 같네요."

태수와 노예 처녀 므니스

옛날 알리 빈 무함마드 빈 압둘라 빈 타힐 태수 앞에 므니스라는 노예 처녀가 매물로 소개되었다. 맵시도 좋고 교양도 있어 보이는 다재다능한 여자였다.

그런데 태수는 어디선가 그 이름을 들은 것 같은 느낌이 들었다. 태수는 므니스를 그리워하다 병들어 미쳐버린 사내 이야기를 해주었다. 므니스는 그런 남자가 있다면 모든 애정을 바치겠노라고 응수했다.

태수는 처녀가 마음에 들어 7만 디르함을 주고 처녀를 샀다.

그 후 므니스는 나중에 경비대장이 된 아들 오바이드 달리 빈 무함마드를 낳았다.

두 여자가 애인의 나이를 두고 벌인 논란

아브 알 아니나가 들려준 이야기에 이런 것도 있다.

어떤 마을에 두 여자가 살고 있었다. 하나는 나이 지긋한 애인이 있었고 또 하나는 아직 수염도 안 난 애송이 애인이 있었다.

어느 날 밤, 두 여자는 내가 듣고 있는 줄도 모르고 이웃집 지붕 위에서 만났다. 두 여자는 서로 자기 애인이 더 좋다며 자랑을 늘어놓았다.

애송이 애인을 둔 여자가 상대방을 비웃었다.

"이봐요. 당신 애인이 입 맞출 때 수염이 뺨이나 입술에 닿을 텐데 당신은 가슴에 까칠까칠한 수염이 닿아도 잘도 참는군!"

상대방 여자가 발끈해서 대꾸했다.

"당신은 정말 바보로군. 나무에는 잎사귀가 붙어 있고, 오이에는 까슬까슬한 가시가 있지 않나요? 수염도 없는 반들반들한 얼굴보다 더 보기 흉한 게 세상에 어디 있어요? 남자의 수염은 여자의 머리칼과 같다는 걸 몰라요? 내가 애송이 밑에 깔려서 손발을 쭉 뻗고 나자빠질 줄 알아요? 천만에요. 애송이는 여자가 숨도 쉬기 전에 벌써 싸버리고는 금세 연장이 쭈글쭈글 시들어버린다니까요. 그러나 성인 남자라면 한숨 쉴 때도 꼭 껴안아주고, 박을 때는 천천히 박아주며, 한 번 끝나고도 다시 해주며, 박아댈 때에는 힘차게 콱콱 박아대거든요. 박았다 뺐다 언제 끝날지 모른다니까요. 어찌 그런 남자를 버리고 애송이한테 가겠어요?"

애송이 애인을 둔 여자는 이 말에 당장 귀가 번쩍 뜨였다.

"카아바의 주께 맹세코 저런 애송이는 버리고 말 테야!" 🌙

막대한 유산을 탕진한 알리, 바그다드로 떠나 도깨비 집에 묵다

옛날, 카이로에 하산이라는 바그다드 출신 보석상이 살고 있었다. 그는 금은보화는 물론 엄청난 부동산을 소유한 대부호였다. 그에겐 인물이 뛰어나고 맵시가 날렵하며 종교와 학문에 통달한 아들이 하나 있었다. 이름을 '카이로의 알리'라고 하는데, 알리는 아버지인 하산 곁에서 장사를 돕고 있었다.

세월이 흘러 하산이 병들어 누웠다. 병세가 점점 악화되어 살아날 가망이 없어지자 하산은 아들 알리를 머리맡으로 불러 유언을 남겼다.

"하루에 500디나르씩만 쓴다면 돈에 구애받지 않고 살 수 있을 것이고, 하던 일을 손에서 놓지 않으면 타락에 빠지지 않고 건강하게 살 수 있을 것이니 부디 절약과 근면을 친구로 삼거라. 또 예언자의 가르침에 따르고 예언자가 정하신 법도에 어긋나지 않게 할 것이며, 기부하고 자비를 베푸는 일에 소홀하지 마라."

그뿐 아니라 하산은 아내와 가족을 다정하게 잘 대하라는 등, 아들에게 필요한 유언을 남기고 마침내 세상을 떠났다.

한동안 알리는 밤낮으로 아버지를 추모하며 기도하였다. 친구들은 매일같이 몰려와 놀러가자고 성화를 부렸다. 결국 어느 날 친구들의 꾐에 빠져 화원에 놀러 나간 이후 알리는 점차 유흥에 빠져 매일같이 술에 취하여 비틀거리며 돌아왔다. 그때마다 아내는 진정으로 충고했지만 한번 쾌락에 빠진 알리에게는 마이동풍이었다.

그렇게 해가 세 번쯤 바뀌는 동안 알리는 그 많던 금은보화와 부동산을 모두 탕진하고, 나중에는 가게와 살던 집은 물론 웬만한 살림살이까지 몽땅 거덜을 내고 말았다. 그러고는 남의 집 초라한 방 한 칸을 빌려 살게 되었다. 알리는 잘나가던 시절 형제의 의리를 맹세했던 친구들을 찾아가 도움을 호소했지만 그때마다 지독한 모욕만 당하고 회한의 눈물을 흘리며 돌아와야 했다.

할 수 없이 아내는 입에 풀칠이라도 할 양식을 구하기 위해, 평소 잘 알고 지내던 어느 귀부인에게 도움을 청했다. 한 달 치 남짓의 식량을 받아들고 아내가 돌아오자 알리는 눈물을 흘리며 뉘우쳤다.

"멀리 여행을 떠나보겠소, 혹시 알라께서 구원의 손길을 뻗어주실지 모르지 않겠소?"

알리는 가족들에게 기약 없는 작별을 고하고 집을 나섰다.

부라크에서 때마침 다미에타로 가는 배가 있어, 아버지 하산의 친구의 도움으로 여행에 필요한 물품을 얻어 배에 올랐다. 다미에타에서는 친절한 상인의 집에서 기거하였으나 언제까지 신세를 질 수는 없어 이번엔 시리아행 배에 올랐다. 그리고 걸어서 다마스쿠스에 도착하여 또 친절한 사내를 만나 잠시 신세를 지다가 바그다드로 가는 대상 행렬을 따라 다시 여행길에 올랐다.

그런데 바그다드까지 하루쯤 남았을 때였다. 도적 무리가 습격하여 물건을 모두 약탈해갔다. 상인들은 뿔뿔이 흩어지고 알리는 혼자 바그다드로 들어섰다. 마침 황혼 무렵이라 성문을 닫으려는 문지기들에게 알리는 제지당하고 말았다. 알리는 얼른 적당한 핑계를 지어 둘러 댔다.

"나는 카이로에서 상품을 잔뜩 당나귀에 싣고 노예와 하인을 데리고 오는 길이오. 상품 맡길 장소를 찾아 일행보다 한발 앞서 떠났는데 갑자기 도적 떼를 만나 당나귀도 상품도 다 뺏기고 나 혼자 겨우 도망쳐온 것이오."

문지기들은 알리를 위로하며 하룻밤 자기들과 함께 묵게 해주었다.

이튿날 문지기 하나가 알리를 바그다드의 상인에게 소개해주었다. 알리는 큰소리를 쳤다.

"집에 연락해서 도둑맞은 상품을 다시 보내라고 했으니 며칠 후면 엄청난 상품들이 도착할 것이오."

알리를 부유한 상인으로 여긴 이 상인은 알리를 정중히 대접하고 집에 데려가 목욕도 시키고 비싼 옷도 입혀주었다. 그리고 새로 지은 집 두 채를 보여주면서 마음에 드는 집을 골라 묵어도 좋다고 말했다. 알리가 큰 집을 고르자 주인집 노예는 펄쩍 뛰며 말렸다.

"그 집은 도깨비 집입니다. 거기서 잔 사람은 이튿날이면 시체로 발견된답니다."

알리는 속으로 차라리 잘됐다고 생각했다.

'이야말로 내가 바라던 바다. 차라리 죽으면 이런 고생을 하지 않고 편안히 이승을 하직할 수 있겠구나.'

알리는 상관없다며 열쇠를 달라고 우겼다. 노예는 주인과 의논해보겠다며 주인을 데려왔다. 주인 역시 극구 말렸다. 그래도 알리가 계속 조르자 주인이 단서를 달았다.

"당신에게 무슨 일이 일어나든 그게 내 책임이 아니라는 걸 증거문서로 남겨주시겠소?"

상인은 재판소에서 증인을 하나 불렀다. 그리고 규정대로 알리가 써준 증서를 받고서야 집 열쇠를 내주었다. 알리는 열쇠를 받아들고 도깨비 집으로 들어갔다.

마신들의 도움으로 거부가 된 알리, 처자식을 데려오다

집은 아주 훌륭했다. 알리는 주인이 마련해준 저녁을 맛있게 먹은 후 목욕을 했다. 그리고 기도를 하고 코란을 외운 뒤 이층 객실에 잠자리를 펴고 누웠다.

한밤중이 되자 누군가 말을 거는 소리가 들렸다.

"하산의 아들 알리야. 어때, 금화를 퍼부어줄까?"

알리가 소리쳤다.

"도대체 금화가 어디 있다는 거냐?"

그러자 이 말이 채 끝나기도 전에 석궁으로 쏜 돌처럼, 소나기처럼 금화가 알리의 머리 위로 쏟아졌다. 삽시간에 방 안 전체가 금화로 뒤덮였다.

황금 비가 그치자 목소리가 다시 들려왔다.

"내 할 일은 다 끝났다. 네게 주라고 부탁받은 것은 모두 네게 주었으니까."

"전능하신 알라의 이름으로 부탁하노니, 이 황금 비의 내력을 말해다오."

목소리가 대답했다.

"이것은 옛날부터 너에게 주려고 주문을 걸어 봉해두었던 보물이다. 우리는 이 집에 온 사람 모두에게 '하산의 아들 알리야. 어때, 금화를 퍼부어줄까?' 하고 물었다. 하지만 사람들은 겁에 질려 비명만 질렀기 때문에 모두 목을 비틀어 죽여버렸다. 그런데 너는 우리 목소리를 듣자 금화가 어디 있느냐고 되물었다. 그래서 우리는 너야말로 이 보물의 주인이라 여기고 금화를 퍼부어준 것이다. 알 야만에는 이것 말고도 보물이 많이 있으니 와서 가져가도록 하라. 우리는 이제 여기를 나가야겠으니 네가 우리 몸을 자유롭게 풀어줘야겠다."

알리는 마신에게 말했다.

"안 돼, 절대 그건 안 돼. 너희들이 알 야만의 보물을 모두 찾아서 이곳에 갖다주기 전에는! 그리고 부탁이 하나 더 있어. 카이로에 있는 아내와 자식들을 무사히 여기까지 데려다줬으면 좋겠어. 그럼 그때 너희들을 모두 자유롭게 풀어주지."

알리가 마신들에게 거듭 맹세하자, 마신들은 사흘만 기다려달라며 하늘로 날아갔다.

날이 훤히 밝아왔다. 알리는 금화를 감춰둘 장소를 찾아 방 안을 살펴보았다. 방 한쪽 모퉁이에 나사못이 박힌 대리석판 한 장이 눈에 띄었다. 나사못을 비트니 대리석판이 툭 떨어지며 문이 드러났다. 문을 열어보니 커다란 밀실 안에 정성껏 꿰맨 부대가 가득 들어 있었다. 알리는 부대에 금화를 담아 밀실로 옮겼다. 그러고는 밀실 문을 닫고 나사못을 돌려 감쪽같이 대리석판을 종전대로 되돌려놓았다.

얼마 후, 노예가 문을 두드리는 소리가 들렸다. 알리가 한가롭게 앉아 있는 걸 본 노예는 깜짝 놀라 허둥대며 주인에게 달려갔다. 알리가 살아 있다는 말을 듣자 주인도 반색하며 아침상을 차려들고 달려왔다. 그리고 알리를 보자마자 껴안고 이마에 입을 맞추었다. 알리는 잠을 푹 잘 잤으며 이상한 일은 아무것도 없었다고 말했다. 주인과 주위 상인들은 알리의 소문을 듣고 온갖 비싼 선물에다 먹을 것, 마실 것, 옷가지 등을 보내왔다. 상인들은 언제 알리의 짐이 도착하냐고 물었다. 알리는 사흘 뒤에 도착한다고 대답했다.

사흘이 지나고 나흘째 되는 날이었다. 마신이 나타나서 말했다.

"교외로 나가 보면 처자식과 함께 알 야만에서 옮겨온 보물이 있을 것이니 받아 가라. 보물 일부는 값비싼 물건으로 바꿔 왔다. 내시와 백인 노예, 당나귀와 낙타는 모두 마신의 일족이니 그리 알거라."

알리는 곧장 시장으로 가 상인들에게 말했다.

"자, 이제 저와 함께 교외로 나가봅시다. 대상들이 내 물건을 싣고 왔다니까요. 제 처자식도 함께 왔으니 여러분도 부인과 함께 환영해주면 다시없는 영광으로 알겠습니다."

알리는 상인과 부인 들을 모두 이끌고 교외로 나갔다. 멀리 사막 한복판에 뭉게뭉게 모래 연기가 피어올랐다. 그 모래 연기 속에서 당나귀와 노예, 짐꾼, 천막지기, 횃불잡이 들이 다가왔다. 대상의 우두머리가 도착해 정중하게 인사를 마치자, 알리는 처자식을 말에 태우고, 당나귀를 탄 대상 일행과 눈부신 행렬을 이루어 도성으로 들어섰다. 알리 가족은 마신들이 가져다준 값비싼 옷가지로 화려하게 차려입고 있었다. 사람들은 바그다드의 칼리프보다 더 화려한 옷차림과 엄청난 재물에 놀라 벌린 입을 다물지 못했다.

이윽고 일행은 위풍당당하게 시내를 누비며 알리의 저택에 당도했다. 호화로운 가구들이 놓이고 산해진미가 끝도 없이 차려졌다. 한바탕 잔치가 끝나고 손님들이 다 돌아가자 알리는 당나귀와 낙타, 하인과 노예 들을 교외로 내보냈다. 그들은 마신들이었으므로 교외에 도착하자마자 하늘 높이 올라 날아갔다. 아무것도 모르는 사람들은 알리가 그들을 고향으로 돌려보냈다고 생각했다.

알리는 모처럼 만난 아내와 회포를 풀고 금은보화를 얻게 된 경위를 털어놓았다. 그리고 대리석판 앞으로 데려가 밀실 안에 숨겨둔 금화도 보여주었다.

아내는 놀라며 남편에게 간곡히 충고했다.

"여보, 이것은 아버님이 임종 직전에 당신을 위해 알라께 간곡하게 기도 드리며 축복을 빈 덕분이에요. 알라께서는 아버님의 기도를 듣고 당신께 구원을 주시고 잃은 것보다 훨씬 더 많이 보답해주신 거예요. 알라를 칭송합시다! 그리고 여보, 제발 앞으로는 두 번 다시 방탕하지 않도록 근신하세요. 알라를 두려워할 줄 알아야 해요."

알리는 아내의 충고에 따라 앞으로는 신께 귀의하여 법도와 관행을 엄수할 것을 맹세했다.

알리의 아들 하산,
공주와 결혼하고 왕위에 오르다

알리는 시장에 가게를 차리고 장사를 시작했다. 알리의 소문은 왕의 귀에까지 들어갔다. 알리는 왕의 부름을 받고 입궐하여 어느 나라 왕도 갖지 못한 금은보화를 왕에게 진상하였다.

왕은 산처럼 쌓인 귀하디귀한 진상품 더미를 보고 감탄해 마지않았다. 그 진상품들에 견줄 만한 것은 일찍이 왕 자신도 가져보지 못했고, 돈으로 환산해도 어마어마한 액수였다.

왕은 중신들을 불러 의논했다. 과연 어떤 선물을 답례로 해야 알리의 진상품에 부끄럽지 않을지 막막했기 때문이다.

결국 왕은 공주를 알리와 결혼시키기로 결정하였다. 왕비도 이제껏 본 적이 없는 고귀한 보석들을 보고는 그 결혼을 기꺼이 허락하였다.

왕은 바그다드의 모든 상인을 하나도 빠짐없이 소집하였다. 그리고 알리를 자리에 앉히고 재판관에게 알리와 공주와의 혼인계약서를 만들라고 명령하였다.

알리는 왕에게 달려나가 결혼할 수 없다고 완곡히 말했다.

"오, 임금님! 제발 용서해주십시오. 저 같은 한낱 상인 나부랭이가 임금님의 사위가 된다는 건 격에 맞지 않습니다."

그러자 왕은 알리를 대신의 자리에 앉히고 대신의 예복을 하사했다. 대신의 자리에 앉은 알리는 다시 한 번 왕에게 간청했다.

"참으로 황송합니다만 대신의 지위를 내린 후의만은 받아들이겠습니다. 하지만 공주를 주시겠다는 후의만은 염치가 없어 차마 받아들일 수 없으니, 부디 거둬주시길 바랍니다. 하오나 임금님의 뜻이 정 그러시다면, 차라리 공주를 제 아들놈과 결혼시켜주신다면 받아들이겠습니다."

알리의 아들을 찬찬히 바라본 왕은 잘생기고 나무랄 데 없는 풍모에 반하여 흔쾌히 허락하였다. 그리하여 알리의 아들 하산과 후슨 알우유드 공주와의 혼인계약서가 작성되었다. 하산과 공주는 새로 지은 궁전에서 살았다. 그리고 공주 부부의 궁전 옆에 왕은 새로 궁전을 짓고 알리 부부를 살도록 하였다. 이렇게 이들은 환락과 행복을 다하며 살았다.

왕은 병석에 눕자 공주의 남편이자 사위인 하산에게 왕위를 물려주고 모두에게 충성을 맹세케 하였다. 마침내 왕이 세상을 하직하고 알리의 아들 하산이 왕위에 올랐다. 🌙

434~465일째 밤

순례자의 천국과 노파의 천국 외 여섯 가지 이야기

순례자의 천국과 노파의 천국

언젠가 한 사내가 순례단에 참가했다가 늦잠을 자는 바람에 일행과 헤어져 혼자 길을 잃고 헤매게 되었다. 한 천막 옆을 지나다 보니, 노파가 개 한 마리를 데리고 천막에서 살고 있었다.

먹을 걸 좀 달라고 하자 노파는 골짜기에 가서 뱀을 잡아오면 구워주겠다고 했다. 뱀을 잡을 줄도 모르고 먹어본 적도 없던 사내는 노파의 도움을 받아 뱀을 잡았다. 노파가 뱀을 구워주자, 비위가 상했지만 워낙 배가 고픈지라 하는 수 없이 먹었다.

그런데 이번엔 목이 말라 물을 달라고 하자, 샘에 가서 마시고 오라는 것이었다. 물맛이 지독하게 썼지만 갈증이 심해 어쩔 수 없이 마셨다.

순례자는 노파가 왜 이런 곳에서 이런 걸 먹고 마시며 사는지 답답했다. 그래서 자기가 사는 나라를 자랑했다.

"우리 나라에는 집들도 근사하고 온갖 맛있는 과일이나 짐승, 물고기도 얼마든지 있지요. 몸에 좋은 것들이 천지사방에 널려 있고, 온통 기쁨과 쾌락뿐이랍니다. 극락이나 마찬가지죠."

노파는 순례자의 말에 반박했다.

"당신네 나라에는 권력을 휘둘러 백성을 다스리며 횡포를 저지르는 국왕이라는 게 있고, 당신은 그 노예가 아니오? 그놈은 누가 죄를 저지르면 재산을 몰수하고 목숨을 빼앗고 집에서 내쫓아 알거지로 만들어버리지 않소? 맛좋은 음식이 많으니, 즐거운 인생이니 뭐니, 하늘의 혜택이 어쩌니 해봤자 학대받고 억압당한다면 무슨 소용이오? 비록 보잘것없는 걸 먹긴 하지만 아무 근심 없이 한가롭게 살 수 있으니 얼마나 좋소? 신께서 주신 혜택 가운데 가장 좋은 것은 몸 튼튼하고 근심 걱정 없는 것이라오."

사실 은혜라는 것은 알라의 대리자인 왕의 선정과 공정한 정치로 이루어지는 것이라고 할 수 있다.

옛날 왕들은 지독한 권력을 행사할 필요가 없었다. 백성들이 왕을 두려워했기 때문이다. 그러나 요즘 왕에겐 특별히 훌륭한 정치와 서슬 시퍼런 위엄이 필요하다. 백성들도 그 옛날의 백성들이 아니기 때문이다. 요즘 백성들은 입도 더럽고, 무자비한 행동도 많이 하며, 서로 미워하여 원수가 되는 일도 많다. 그러므로 왕의 정치와 위엄에 결함이 있거나 불충분하면 마침내 왕국이 쇠망하는 원인이 된다. 격언에도 왕의 비행은 100년 가고, 백성의 비행은 1년 간다는 말이 있다. 백성이 서로를 학대하면 알라는 그 위에 더 포악하고 무서운 왕을 앉히게 마련이다.

어느 날, 알 하자즈 이븐 유수프(7~8세기 칼리프 알 말리크를 섬긴 장군으로 포학한 정치를 일삼았다)에게 쪽지가 왔다. 거기엔 이런 글이 써 있었다.

"알라를 두려워하여, 폭정으로써 신의 머슴을 학대하지 마라."

하자즈는 그 쪽지를 읽자마자 연단으로 올라가 사람들에게 외쳤다.

"백성들이여. 알라께서는 그대들이 거만하기 때문에 나로 하여금 그대들을 통치케 했다. 내가 없어져도 그대들이 그 나쁜 버릇을 버리지 않는 한 압제는 면치 못할 것이다. 전능하신 신은 나를 닮은 사람들을 많이 만들어냈기 때문에 내가 아니더라도, 나보다 훨씬 무정하고 포악하고 무자비한 자가 나타날 것이다. '악에는 악으로' 라는 악순환이 계속되는 건 사람들이 폭정을 두려워하기 때문이다. 정의야말로 이 세상에서 가장 좋다는 걸 누가 모르겠는가. 하지만 현실은 그렇지 않다. 내가 알라께 기원하는 건 오직 이런 악순환이 사라지는 것이다."

칼리프를 감동시킨 노예 처녀의 놀라운 미색과 박학 총명

옛날 바그다드에 상인 총수이자 대부호가 살고 있었는데, 늦도록 자식이 없어 고민하다가 어느 날 노예 처녀와 잠자리를 한 뒤에 아들 하나를 얻었다.

아들의 이름은 아브 알 후슨으로, 그는 보기 드문 미남인 데다가 성장하면서 당대의 지성으로 추앙받게 되었다. 그러나 아버지가 저세상으로 떠난 뒤 얼마 되지 않아 친구들의 유혹에 넘어가 상복을 벗어버리고 친구들과 어울려 사려분별을 잃고 도락에 빠졌다. 이렇게 방탕한 생활로 재산을 물 쓰듯 하다 보니, 어느새 그는 땡전 한 푼 없는 빈털터리가 되고 말았다.

이제 그에게 남은 것이라곤 오직 하나 노예 처녀 타와즈드뿐이었다. 타와즈드의 뛰어난 맵시와 미모는 바라보는 사람미다 그 마음을 빼앗고 눈에서 쏘는 화살로 사람들을 매료시켰다. 그 자태는 과연 시인이 노래한 그대로였다.

> 그대 앞모습 보인다면 난 그만 뇌쇄되고 말리.
> 뒷모습을 보인다면 이별의 쓰라림에 나 죽으리.
> 아, 태양인가 보름달인가 아니면 어린 나무인가,
> 사악한 마음, 그대 어디에도 깃들 데 없겠구나.
> 가슴 여민 속옷 그 밑에는 하늘꽃밭 숨어 있어
> 목걸이 걸린 목덜미를, 보름달은 휘—돌아가네.

어디 이뿐인가. 타와즈드는 말솜씨도 유창하고 시가에도 탁월한 경지에 오르는 등 학문과 기예를 겸비한 훌륭한 처녀였다.

타와즈드는 아브 알 후슨을 너무도 사랑한 나머지 그를 파탄에서 구하고자 자기를 칼리프 하룬 알 라시드에게 데려다달라고 부탁했다.

"나리, 칼리프에게 저를 1만 디나르에 사달라고 부탁해보세요. 만약 비싸다고 하시거든 제 능력을 시험해보라고 하세요. 그리고 나리, 절대 이 가격 이하로 팔아서는 안 됩니다."

주인 아브 알 후슨은 타와즈드를 데리고 칼리프 앞으로 나아갔다. 칼리프는 운율학자, 법률학자, 의학자, 점성가, 과학자, 수학자들을 불러들여 그녀를 시험하였다. 타와즈드는 학자들의 질문에 술술 막

힘없이 대답했다. 그녀는 이슬람 교리에서부터 천체 우주와 자연현상, 역사와 철학, 문학, 생리학, 의학, 잡학에 이르기까지 모르는 게 없었다.

그녀는 의학에 관한 물음 하나에 대답하면서 시인의 노래를 덧붙여 들려주었다.

> 식사 후엔 좀 기다렸다 물을 마시려니,
> 바로 마시면 몸 약해져 병을 얻으리라.
> 식후 갈증, 알맞게 참았다가 적시려니,
> 그래야만 원하는 것 얻을 수 있으리라.

또 신앙에 관해 문답을 주고받는 가운데 "너의 최초의 것과 최후의 것"의 의미를 묻는 질문이 나오자 타와즈드는 "내 최초의 것은 썩은 물의 형상을 한 사람의 정액이며, 최후의 것은 죽어서 썩은 고기"라고 대답하면서 "인간의 최초는 먼지이며, 인간의 최후도 먼지"라고 갈파한 시인의 노래를 들려주었다.

> 나는 애초 먼지로 만들어져 인간이 되었으니
> 스스로 의문을 찾고 늘 막힘없이 대답했노라.
> 하지만 나 처음부터 먼지에서 태어났으므로
> 이윽고 땅으로 내려와 다시 먼지가 되었노라.

그러는 한편, 타와즈드는 십수 가지 추상적인 질문을 한꺼번에 받고서도 누에가 실을 잣듯 술술 풀어냈다.

꿀보다도 단 것은 효자가 부모를 공경하는 마음, 칼보다도 날카로운 것은 사람의 혀, 독보다도 빠른 것은 시기하는 자의 눈초리, 일순간의 환희는 성교, 사흘간의 만족은 여자가 사용하는 탈모제, 가장 즐거운 날은 장사에서 이익을 본 날, 일주간의 기쁨은 신부, 천하의 악질적인 채무자라도 피할 수 없는 빚은 죽음, 묘의 감옥은 불효자식, 마음의 기쁨은 순종하는 아내, 영혼의 함정은 말대꾸하는 노예, 살면서도 죽은 것은 가난, 훔쳐도 지워지지 않는 치욕은 불효 여식입니다.

타와즈드는 학문이나 예능뿐 아니라 놀이에도 능했다. 장기의 최고수, 주사위 던지기의 명수와 잇달아 겨뤄서도 자유자재로 가볍게 이겨버렸다.

이 모든 질의응답과 놀이가 끝나자 타와자드는 비파를 꺼내 무릎 위에 올려놓았다. 그녀는 젖먹이에게 젖을 물린 어머니처럼 몸을 숙이고서 열두 가지 가지각색의 가락을 빚어, 마치 밀려드는 파도처럼 늘어앉은 사람들의 마음을 환희의 도가니 속으로 몰아넣으며 노래를 불렀다.

그대의 소행, 어찌 이리 야속하고 무정한가.
그대 젊음 때문에 이 몸 그대를 그리워하리.
그대의 맹세 우러르고 그리워하여 한숨 쉬고
슬퍼하고 탄식하니, 부디 날 가엾다 여기소서.

칼리프를 비롯하여 모두들 타와즈드의 매력에 흠뻑 빠져 그만 넋을 잃고 말았다.

칼리프는 알라의 축복을 빌었으며, 타와즈드는 그 앞에 공손히 엎드렸다. 칼리프는 아브 알 후슨에게 처녀의 몸값으로 금화 10만 디나르를 주었다.

이윽고 칼리프가 소원을 묻자 타와즈드는 "주인에게 돌려보내달라"고 간청했다. 칼리프는 그 소원을 허락하여 5,000디나르를 하사하고 타와즈드를 아브 알 후슨에게 돌려보냈다. 칼리프는 그 후로 아브 알 후슨을 오래도록 술친구로 삼아 가까이 지냈으며, 달마다 1,000디나르의 녹봉을 내렸다.

처녀의 총명과 박학다식도 놀랍거니와 칼리프의 너그러움도 유례가 없는 일이다.

저승사자에게 끌려간 거만한 왕

아주 먼 옛날, 어느 나라에 한 왕이 있었다. 그는 태수를 비롯한 고관대작들을 거느리고 백성들 사이로 말을 몰면서, 천하가 자기 세상인 듯 포악한 위세를 부렸다. 마신이 한 손으로 왕의 코를 잡고 콧구멍에 교만과 독선의 숨결을 불어넣었으니 그리 기고만장하고 오만방자할 수밖에 없었다.

"이 세상에서 나를 따를 자가 어디 있겠는가?"

이렇듯 왕은 자만심과 허영심에 들떠 다른 사람은 거들떠보지도 않았다.

그때 누더기를 걸친 사내가 왕 앞에 멈춰 절을 했다. 왕이 본체만체

하자 사내가 말고삐를 꽉 움켜쥐었다.

"나는 저승사자니라. 네 영혼을 뺏으러 왔노라."

왕은 사색이 되었다. 기다려달라고 애원하면서, 궁전으로 돌아가 처자와 신하 들에게 작별 인사를 하고 돌아오겠다고 사정했다. 저승사자는 한마디로 거절하며 쏘아붙였다.

"안 되니라. 그대의 천수는 끝났도다. 갔다가 돌아올 시간도 없거니와 그 누구든 만나는 것도 허락할 수 없다."

저승사자가 단숨에 왕의 영혼을 뺏어버리니, 왕은 말 등에서 떨어져 그대로 죽어버렸다.

잠시 후 저승사자는 한 도사를 만났다.

"나는 저승사자요."

도사는 반색하며 천사를 반겼다.

"잘 오셨소. 알라께 감사해야겠소. 그렇잖아도 학수고대하며 기다렸소."

저승사자는 도사에게 소원을 말하라고 선심을 베풀었으나 도사는 '주님을 뵙는 일 외에는 볼일이 없다'고 했다.

"자청하여 영혼을 뺏어가라고 졸라대는 사람은 첨 봤소. 나는 그대의 희망대로 영혼을 받아오라는 명령을 받았소. 그대의 승낙이 없으면 영혼을 뺏을 수 없소."

도사는 목욕하고 기도를 올릴 때까지만 기다려달라고 했다.

저승사자는 도사가 엎드려 기도를 올리는 동안 그의 영혼을 거두었다. 알라께서는 그 영혼을 자비와 용서와 관용의 나라로 옮겨주었다.

저승사자에게 끌려간 탐욕스러운 왕

어느 국왕이 악착같이 재물을 긁어모아 막대한 부를 쌓았다. 그러던 어느 날, 왕은 그렇게 모은 재산을 이젠 써보리라 작정했다.

'이 세상의 온갖 재물을 다 모았으니 이제부터는 짬짬이 행복도 맛보고 장수하여 부귀영화를 누리면서 살리라.'

그러고는 왕자를 위해 궁전을 짓고 진수성찬을 마련하여 주연을 즐겼다.

그때 누더기를 입고 동냥자루를 걸머진 사내 하나가 궁전 문을 부셔져라 두들겼다. 무조건 왕더러 나오라고만 고집을 부리자 왕은 하인들에게 혼쭐을 내주라고 시켰다. 하인들은 몽둥이와 무기를 들고 사내를 두들겨 패 죽일 듯이 덤벼들었다.

"이런 괘씸한 놈들 같으니, 난 저승사자니라."

사내의 외침 한마디에 모두가 질겁하며 도망쳤다.

"누구든 나를 대신하여 다른 사람을 데려갈 수는 없겠소?"

왕이 애원했지만, 저승사자는 차갑게 거절했다.

"아무도 죽음을 대신할 수는 없다. 나는 바로 그대를 데리러 온바, 그대가 긁어모은 재물로부터 그대를 떼어놓으려고 온 것이다."

그때에야 왕은 눈물을 흘리며 탄식했다.

"재물이 나에게 도움이 되리라고 생각했으나, 오늘 보니 도리어 회한의 씨가 되고 재앙이 되고 말았구나. 내가 빈손으로 저세상에 가면 결국 적에게 억만의 재물을 넘겨줄 수밖에 없으니 말이다."

그러자 재물이 입을 열어 말했다.

"왜 너는 나를 저주하는가. 너 자신을 저주하라. 알라께서 나와 너를 먼지로 만드시어 나를 네 손에다 맡기신 것은 네가 나에 의하여 내세의 성찬을 얻고, 가난한 사람들과 어려움을 당한 사람들, 병든 사람들에게 나를 시주로 주고, 사원과 구제소, 다리와 수도 등을 만들게 하고자 함이었다. 만약 네가 그렇게 했다면 나는 내세에서도 네게 도움이 될 수 있었을 것이다. 그런데 너는 나를 제쳐놓고 몰래 저축만 하여 자기 일신상의 영화만을 도모하고자 재물을 모았다. 또 응당 해야 할 고맙다는 인사조차 하지 않고 은혜를 잊고 있었다. 이렇게 된 이상 적의 손에 남겨놓고 갈 수밖에 없다. 네겐 이제 후회하고 참회할 길밖에 없다."

저승사자는 식사도 채 마치기 전에 옥좌에 앉은 왕의 영혼을 거두었다.

저승사자에게 끌려간 포악한 왕

이스라엘의 왕 가운데 포악하기 이를 데 없는 폭군이 하나 있었다.

어느 날, 무시무시한 풍채의 사내가 궁전 문을 열어젖히고 성큼성큼 들어섰다. 그리고 쩌렁쩌렁 울리는 목소리로 이렇게 외쳤다.

"나는 온갖 환락을 없애는 자, 인간 세상의 교제를 끊는 자니라."

왕은 온몸이 마비되어 정신을 잃고 말았다.

"알라께 맹세코, 제발 하루만이라도 여유를 주십시오. 속죄를 기원하고 주의 용서를 빌고, 모아놓은 재물을 정당한 주인에게 돌려주기 위해서입니다."

왕은 애걸복걸하며 매달렸지만, 저승사자는 한마디로 거절했다.

"네 목숨은 이미 끝나 벌써 명부에도 기록되어 있다. 그러니 어찌 여유를 줄 수 있겠는가?"

왕은 잠시만의 여유라도 달라고 애원했으나 저승사자는 고개를 저었다.

"네가 모르는 사이에 정해진 기일은 벌써 끝났다. 멍청하게 지내는 동안 날아가버린 것이다. 이젠 한숨밖에 남아 있지 않아."

"누가 내 묘지를 돌봐줄까요?"

왕은 겁이 나서 외쳤다.

"선행이 네 곁을 지킬 것이다."

"제겐 선행의 업적이라곤 하나도 없습니다."

"그럼 너는 영원히 지옥의 업화 속에서 살면서 신의 노여움을 사게 될 것이다."

저승사자는 왕의 영혼을 쥐었다. 왕은 옥좌에서 굴러 떨어지더니 그대로 죽고 말았다.

헛것만 쫓는 대왕과 참것에 만족한 족장

언젠가 이스칸다르 둘 카르나인(알렉산드로스 대왕)은 여행 도중에 어느 아주 가난한 부족을 만났다.

이들은 세상의 즐거움을 모르는 것 같았다. 집 정면에 무덤을 파놓고, 늘 묘를 참배하거나 묘지를 깨끗이 쓸거나 기도를 올리거나 알라를 숭상했다. 또 먹을 것이라곤 들풀과 땅에 나는 것뿐이었다.

이스칸다르는 족장을 불렀으나 뵐 일이 없다며 거절했다. 할 수 없이 대왕은 직접 족장을 찾아갔다. 세상의 재미라곤 조금도 없어 보이는 이들의 속내가 궁금하기 짝이 없었다. 대왕의 의문에 족장은 이렇게 대답했다.

"어떤 사람도 이 세상의 즐거움을 모두 맛볼 수는 없습니다. 저희들이 문 앞에 무덤을 판 이유는 무덤을 바라보면 늘 죽음을 이야기하거나 회상하면서 늘 내세를 생각하게 되고, 또한 현세의 집념과 번뇌도 마음에서 사라져 오직 주에게만 봉사할 수 있기 때문입니다. 그리고 풀을 먹는 이유는 우리의 배를 짐승의 무덤으로 삼기가 싫어서입니다. 식도락이란 목구멍 치장일 뿐입니다."

족장은 사람의 두개골을 꺼내 보여주었다.

"이 해골은 백성을 학대하고 약자를 못살게 굴고 속세의 쓰레기를 모으는 데 일생을 바치다가 끝내 알라에게 영혼을 빼앗기고는 지옥의 업화를 자기 집으로 삼은 왕의 해골입니다."

그리고 또 다른 해골 하나를 꺼내놓고 말했다.

"이것 역시 왕의 해골인데, 이분은 신하를 공평하게 대우하고 백성을 마음으로부터 사랑해주었습니다. 알라께서 영혼을 빼앗자 지금은 신의 나라에서 살며 천국에서도 높은 자리에 앉아 있습니다."

족장은 대왕의 머리에 손을 얹고 말했다.

"이 두 개의 해골 가운데 어느 쪽이 당신의 것인지 알고 싶습니다."

이 말을 들은 대왕은 몹시 흐느껴 울며 족장을 껴안았다. 그러곤 족장에게 왕국의 절반을 주고 재상으로 임명할 뜻을 비쳤다. 족장은 한마디로 거절했다.

"그럴 생각은 조금도 없습니다. 이 세상 사람은 하나도 빠짐없이 당신이 손에 넣은 재물과 영토 때문에 당신의 적이 되어 있기 때문입니다. 반면 내게는 모든 사람이 다 참된 친구입니다. 분수에 맞게 빈곤을 참고 있기 때문입니다. 나는 무일푼이며 인생의 행복을 아무것도 바라지 않으며 또 조금도 그런 건 갖고 싶지 않습니다. 마음의 만족 외엔 아무것도 바라지 않으니까요."

아누시르완 왕의 위덕

정의의 왕 아누시르완에 관해 전해 내려온 이야기가 있다.

왕은 어느 날, 일부러 병에 걸린 체하고 국토를 관리하는 신하를 불렀다. 의사의 처방에 따라 흙벽돌을 약으로 써야겠으니 국내 사방을 돌아다니며 어떤 부락이든 폐허에서든 그것을 찾아오라고 명령했다.

신하는 사람들을 풀었으니 아무리 찾아봐도 황폐한 곳도 없고 흙벽돌도 버려져 있지 않아, 결국 왕이 원하는 것을 찾지 못했다. 왕은 이 보고를 듣고 신에게 감사드렸다.

사실은 국토 어느 곳이든 황폐해서 사람이 살지 않는 땅이 있다면 재개발해서 백성들을 살게 하려고 조사를 시킨 것이다. 그런데 그런 곳이 없다니, 정치도 잘되고 법도 잘 지켜지고 있고 백성의 숫자도 만족할 만큼 있는 셈이 아닌가.

옛날 왕들은 영토 내의 인구를 늘리기 위해 특별히 배려하지 않았으나 인구가 늘면 그만큼 좋은 일들이 많아진다는 것만은 알고 있었다. 종교는 왕에게, 왕은 군대에게, 군대는 국고에게, 국고는 인구에게, 국토의 번영은 국민에 대한 정의에 달려 있다는 진실을 충분히 깨닫고 있었던 것이다. 따라서 모든 왕들은 백성을 학대하거나 압제하지 않았다. 왕국은 폭정으로는 성립될 수 없고, 도시도 대지도 폭군 밑에 있으면 황폐해지고, 그 결과 영토는 결딴 나고, 수입은 끊어지고, 국고는 텅 비고, 국민의 안락한 생활은 파괴되고 말 것이다. 백성이 폭군을 미워하고 저주하기 때문이다. 결국 왕은 편안히 영토를 유지할 수 없게 되고 변화무쌍한 운명에 좌우되어 순식간에 신세를 망치게 될 것이다. ☽

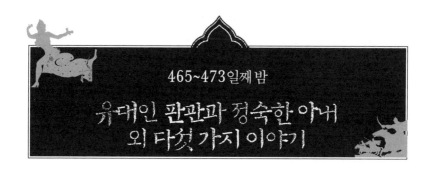
유대인 판관과 정숙한 아내

이스라엘 후손 가운데 판관이 하나 있었다. 그의 아내는 미인인 데다 신앙심이 깊고 정숙하였다. 하루는 판관이 예루살렘으로 순례를 떠나게 되었다. 그는 동생에게 판관 대리를 맡기고 집을 비우는 동안 형수를 잘 보살펴주라고 부탁하였다.

그런데 동생은 전부터 아름다운 형수에게 은근히 딴생각을 품고 있었다. 그래서 형이 떠나자마자 형수에게 달려가 동침을 요구했다. 형수는 한마디로 거절하고 정조를 지켰다. 형수가 그럴수록 동생은 더욱 열을 올리며 애걸했지만 형수가 꿈쩍도 하지 않아 끝내 단념할 수밖에 없었다. 그런데 혹시 형이 돌아온 뒤 형수가 자신의 패륜을 일러바칠까 겁이 난 동생은 거짓 증인을 내세워 형수가 간통을 범했다는 위증을 하게 하였다. 당시 법에 따라 왕은 형수에게 투석형을 언

57

도했다. 사람들은 구덩이를 파서 그 안에 형수를 가두고 돌 세례를 퍼부었다. 결국 형수는 구덩이를 무덤으로 삼게 되었다.

그런데 어두워진 후 이웃 마을에 가던 한 농부가 구덩이 옆을 지나다가 애처로운 신음 소리를 듣게 되었다. 그는 구덩이에서 형수를 끌어내 자기 집으로 데려갔다. 그러곤 정성껏 치료해주었다. 농부 부부의 정성스러운 간호 덕분에 형수는 완쾌하였고, 낮에는 농부의 아이를 돌보고 밤에는 아이와 함께 별채에서 잤다.

그런데 마침 형수에 눈독 들인 도둑이 형수를 자기 것으로 만들어보려고 사람을 보냈다가 한마디로 거절당했다. 그는 앙갚음으로 형수를 죽일 작정을 하고는 한밤중에 별채에 침입하였다. 그런데 단잠이 든 여자를 단도로 찔러 죽인다는 것이 그만 잘못하여 옆에서 잠든 아이를 찔러 죽이고 말았다. 도둑은 실수를 범한 걸 깨닫고 겁이 나 도망치고 말았다.

알라의 뜻으로 위기를 모면한 형수는 정조를 지킬 수 있었다. 그러나 이튿날 아침, 아이가 칼에 찔려 죽어 있는 걸 본 형수는 소스라치게 놀라고 말았다.

농부의 아내는 형수가 아이를 죽였다고 생각하고 사정없이 때렸다. 농부의 만류로 겨우 매를 모면한 형수는 약간의 돈을 가지고 정처 없이 길을 떠났다.

어느 시골 마을에 이르렀을 때였다. 나무 기둥에 못 박힌 사내가 거의 숨이 끊어질 지경에 있었다. 주위 사람들 말이 죽어서 보상을 하든가, 아니면 회사 형식으로 벌금을 내지 않는 그 사내는 죄업을 씻을 길이 없다는 게 아닌가. 형수는 가진 돈을 내놓고 사내를 구했다. 사내는 형수 앞에 회개하고 죽는 날까지 시중을 들겠다고 맹세했다.

사내는 초가집 한 채를 짓고 암자를 만들어 형수를 살게 하고, 땔나무를 팔아 양식을 구해왔다. 형수는 하루도 거르지 않고 밤낮없이 신께 예배를 드리며 수도사의 삶을 살았다. 그러는 동안 형수는 신앙심이 깊어지고 영험을 얻었다. 그래서 병자나 마귀에게 홀린 사람들이 찾아와 기도를 올리면 그 자리에서 완쾌되곤 했다.

그동안 판관의 동생은 머리에 암이 생기고, 농부의 아내는 문둥병에 걸리고, 도둑은 중풍에 걸렸다.

판관이 순례에서 돌아오자 동생은 형수가 죽었다고 말했다. 판관은 비탄에 잠겼으나 시간이 흐르면서 아내가 조물주의 부르심을 받고 저승으로 간 것으로 단념하고 차츰 이럭저럭 살아가게 되었다. 암에 걸린 동생이 오늘 내일 하므로 판관은 용한 의사를 수소문했다. 마침 의술이 뛰어난 유명한 여자 수도사가 암자에 살고 있는데, 치료받으러 멀거나 가까운 나라에서 모여든다는 소문을 들었다. 판관은 동생의 병을 고치기 위해 길을 떠나 암자로 갔다. 문둥병에 걸린 농부의 아내도 농부와 함께 암자를 찾아왔다. 또한 중풍에 걸린 도둑도 암자로 향했다. 이들은 모두 암자 입구에서 서로 만났다.

그런데 암자에는 방문객들 몰래 밖을 내다볼 수 있는 창이 하나 있었다. 여자 수도사는 밖에서 기다리는 방문객들을 살펴보다가 세 사람을 발견했다. 베일로 얼굴과 몸을 가린 다음 진찰하러 간 여자 수도사는 환자와 보호자들에게 말했다.

"여러분, 자신이 저지른 죄과를 고백하고 참회하지 않으면 병이 낫지 않습니다. 자기 죄를 고백하면 조물주가 불쌍히 여겨 소원을 들어주는 법입니다."

할 수 없이 판관의 동생은 형수를 죽음에 이르게 한 죄를 고백했다.

문둥병에 걸린 농부 아내도 죄가 없는 줄 알면서도 여자에게 죄를 덮어 씌워 때렸다고 고백했다. 도둑은 잘못 알고 아이를 죽인 사실을 고백했다. 여자 수도사는 기도했다.

"신이시여, 당신을 거스른 자들에게 고통을 맛보였듯이 이번엔 복종이 얼마나 훌륭한 것인지 보여주소서."

그러자 대번에 세 사람의 병이 씻은 듯이 나았다.

판관은 여자 수도사를 뚫어지게 지켜보았다. 왜 그렇게 쳐다보느냐고 묻자 판관이 말했다.

"내게도 아내가 있었습니다. 만약 살아 있다면 당신이 바로 그 아내라고 말씀드리고 싶을 지경입니다."

이 말에 여자는 신분을 밝혔다. 부부는 부둥켜안고 감격의 눈물을 흘렸다. 여자 수도사는 모두를 용서해주었다. 그들은 모두 암자에 머물며 죽는 날까지 여자에게 정성껏 봉사했다.

망망대해 널조각 위의 여자와 갓난아기

사이드 가문의 사내가 궁전 주위를 돌고 있자니 깊이 죄를 뉘우치는 여자의 슬픈 목소리가 들려왔다.

"오, 신이시여. 진정 당신과 맺은 맹세를 지킬 작정입니다."

사내는 여자에게 그 맹세가 무엇이냐고 물었다. 여자는 비밀을 지키겠다는 맹세가 없으면 털어놓을 수 없다고 거절했다. 그러고 보니 여자의 무릎에는 한 갓난아이가 쌔근쌔근 자고 있었다.

"실은 이 애를 잉태한 몸으로 이 신전에 참배하려고 배를 탔습니다. 그런데 파도가 일고 역풍을 만나 배는 파산하고 말았습니다. 저는 간신히 널조각을 붙잡고 목숨을 건졌고 그 널조각 위에서 아이를 낳았습니다. 아이를 껴안고 파도에 시달리고 있는데, 그때 한 선원이 널조각 위로 기어올라 와서는 배에 탔을 때부터 좋아했다며 몸을 요구하는 게 아닙니까. 거절하면 바다에 내던져버리겠다면서요. 사람이 죽느냐 사느냐 위태로운 상황에서 몸을 요구하다니요? 그건 알라의 뜻을 거역하는 짓이죠. 거절했죠. 그런데도 선원은 집요하게 달려들었고, 저는 위기를 모면하기 위해 기지를 발휘했습니다. 애가 잠들 때까지 기다려달라고 한 거죠. 그러자 선원은 느닷없이 아이를 빼앗더니 바닷속으로 던져버렸습니다. 참을 수 없는 비통함에 저는 하늘을 우러러 기도를 올렸습니다. '사람과 사람의 마음 사이를 가로막는 신이시여. 나와 이 사자 같은 짐승 사이를 갈라놓아주옵소서!' 그러자 기도가 채 끝나기도 전에 낯모를 짐승이 바닷속에서 나타나더니 널조각 위에 있는 선원을 납치해 가버렸습니다. 저는 아이를 잃은 슬픔과 비통함에 잠겨 하루를 보냈습니다. 날이 밝자 저 멀리에서 하얗게 빛나는 돛이 보였습니다. 널조각은 바람을 타고 그 배 가까이에 다가갔고 저는 선원들에게 구조되었습니다. 그런데 배 위에 올라가 보니 놀랍게도 거기에 갓난아이가 있는 게 아니겠어요? 선원들이 하는 말이, 배가 갑자기 멈추어 놀라 바라보니 큰 짐승 한 마리가 버티고 있더라는 거예요. 그런데 그 짐승 위에 이 아이가 앉아 엄지손가락을 빨고 있었다지 뭐예요? 그래서 결국 아기는 구출된 거죠. 그 뒤부터 나는 신의 자비로운 은총에 감사하고 언제까지나 신께 봉사하리라 맹세한 것입니다. 그 후부터는 기도만 올리면 신께서 내 소원을 이루어주셨습니다."

사내는 여자에게 얼마간의 돈을 희사하려고 자루 속에서 돈을 꺼내려 했다. 그러나 여자는 신 이외의 사람한테는 희사를 받지 않겠다며 극구 거절했다.

여자는 죽는 날까지 신의 사당을 떠나지 않고 신에게 봉사했다.

깊은 믿음으로 신과 감응하는 흑인 노예

말리크 빈 디나르가 들려준 이야기다.

바소라에 가뭄이 닥쳤다. 그런데 아무리 기우제를 올려도 소용이 없었다. 나는 많은 사람들과 같이 기도소로 갔다. 학교에서 돌아온 아이들까지 가세해 기우제를 올렸다. 그러나 비가 올 가망은 조금도 보이지 않았다. 결국 모두 철수한 뒤 나와 사비트 알 바나니만이 사원에 남았다.

해가 질 무렵에, 콧날이 우뚝 서고 종아리가 가느다랗고 배가 산만한 흑인 노예가 다가왔다. 그는 물을 길어 목욕을 한 뒤 벽감으로 가절을 하고 하늘을 우러러 기도를 올렸다.

"오, 신이시여. 왜 당신은 종의 기원을 거절하는 겁니까? 당신 손 안에 있는 것이 다 없어졌습니까? 아니면 당신 왕국의 보고가 다 망해버렸습니까? 나에 대한 당신의 자애를 걸고 비나니 아무쪼록 비를 내려주옵소서!"

이 말이 끝나기도 전에 하늘이 갑자기 흐려지더니 마치 물 자루의

아가리를 열어놓은 것처럼 비가 쏟아져 내리기 시작했다.

흑인 노예가 일으킨 기적이 하도 이상해 내가 물었다.

"그대는 '나에 대한 당신의 자애를 걸고 빈다'고 알라께 말하지 않았나? 알라께서 그대에게 자애를 가지셨는지 아닌지 그걸 어떻게 알았단 말인가?"

"오, 속세의 일에 골몰하느라 자기의 영혼을 내버린 양반아, 저리 가시오! 나에 대한 신의 사랑 없이 어찌 내게 이런 힘이 생기겠소? 나에 대한 신의 사랑은, 신에 대한 나의 사랑이 어느 정도냐에 따라 생기는 것입니다."

감동한 나는 우리 집에 머물러달라고 간청했지만 흑인 노예는 완곡히 거절했다.

"난 보잘것없는 한낱 노예에 불과합니다. 하지만 코란에도 써 있듯이 아무리 보잘것없는 주인이라도 거역하지 말라는 말이 있지 않습니까? 그러니 제 뜻을 받아주십시오."

그래서 우리들은 멀리 떨어져서 그의 뒤를 밟고, 그가 어떤 노예상의 집으로 들어가는 걸 확인하고 돌아왔다. 다음 날 그 집을 찾아가 노예상에게 노예를 사겠다고 말했다. 그런데 노예상이 노예를 하나하나 다 보여주었는데도 정작 우리가 찾는 그 노예는 보이지 않았다. 집 밖으로 나와 서성이는데, 뒤꼍에 다 쓰러져가는 헛간이 하나 보였다. 그런데 거기에 어제 본 바로 그 흑인 노예가 있는 게 아닌가. 내가 그 노예를 사겠다고 외치자 노예상은 고개를 가로저었다.

"이놈은 아무짝에도 쓸모가 없습니다. 밤에는 눈물을 흘리며 울고 낮에는 참회만 하고 있을 뿐 아무 일도 하지 않는다니까요."

아무리 만류해도 내가 굳이 사겠다고 하자, 노예상은 하자가 있어도 자기 책임은 아니라며 20디나르에 그 흑인 노예를 내게 넘겨주었다. 흑인 노예의 이름은 '원숭이 마이문'이었다. 그는 나를 돌아보며 원망스럽게 물었다.

"왜 나를 샀습니까? 나는 신이 만드신 인간을 섬기기엔 형편없는 놈인데…."

"나는 어제 기도소에서 당신이 신과 감응하여 일으킨 기적을 보았습니다. 그때부터 나는 당신을 섬기기로 마음먹었습니다. 그래서 그런 것입니다."

"신이시여. 나와 당신 사이에 있었던 비밀을 당신께서는 인간들에게 보이시어 보잘것없는 인간들 앞에서 제게 창피를 주셨습니다. 이제 그 비밀을 인간들이 엿듣고 말았으니 앞으로 살 보람이 없습니다. 그러니 당장 이 영혼을 당신 곁으로 불러주십시오."

마이문은 내 말에는 대꾸도 않은 채, 신을 향해 이렇게 외치더니 사원 안으로 들어가 고개를 숙이고 기도를 올렸다.

그런데 아무리 시간이 지나도 얼굴을 들지 않아 그의 몸을 흔들어보았더니 놀랍게도 이미 숨이 끊어져 있는 게 아닌가. 얼굴에는 편안한 미소마저 감돌고 있고 살갗은 완전히 흰색으로 변했으며 얼굴은 초승달처럼 맑게 빛났다.

그때 문이 열리고 한 젊은이가 들어와 훌륭한 수의를 내밀었다. 우리들은 얼른 그 수의로 흑인 노예의 시신을 싸서 묻어주었다.

그 뒤로 마이문의 무덤에는 참배자들의 행렬이 끝도 없이 이어졌다.

신앙심 깊은 쟁반 제작수 부부

옛날, 이스라엘 자손 가운데 인품이 뛰어나고 전심전력으로 신을 섬기며 속된 일을 삼가면서 살아가는 한 남자가 있었다. 그의 아내 또한 남편 못지않게 신실한 훌륭한 배필이었다. 낮에는 부부가 함께 열심히 쟁반과 부채를 만들고 밤에는 남편이 그 물건을 팔아 생계를 이어나갔다.

낮에 늘 단식하는 것이 습관이 된 이들 부부는 그날도 단식한 뒤 부지런히 일했다. 저녁이 되자 남편은 물건을 팔러 거리로 나갔다. 여기저기 손님을 찾아다니던 중 남편은 지체 높은 어느 부잣집 문간에 당도했다.

그런데 이 부잣집 마나님이 잘생긴 쟁반 제작수를 보자마자 한눈에 반해 욕정에 사로잡히고 말았다. 마나님은 시녀를 시켜 물건을 살 듯이 쟁반 제작수를 집 안으로 불러들였다. 그가 아무 의심 없이 집 안으로 따라 들어가자 마나님은 자기 방으로 데리고 들어가서 그에게 잠자리를 요구했다. 그는 마나님의 손아귀에서 벗어나려고 허우적거렸으나 뜻대로 되지 않자 기지를 발휘했다. 몸이 더러워 씻고 싶으니 깨끗한 물을 한 그릇 달래서는, 남이 안 보는 곳으로 가서 씻고 오겠다며 집 안에서 가장 높은 곳으로 안내하라고 우겼다. 꼭 높은 데라야 한다며 고집을 부리는 통에 할 수 없이 지붕의 전망대로 안내했다. 쟁반 제작수는 거기서 목욕하고 기도를 올린 다음 아래를 내려다보았다. 여기서 뛰어내렸다간 몸이 가루가 될 판이었다. 하지만 알라에 대한 배신의 죄과가 얼마나 무서운가를 생각하니 목숨을 버리는 것쯤은 아무것도 아니라는 생각이 들었다.

"목숨을 버리는 것이 쉽지는 않지만 만일 신께서 버리라고 명령하신다면 기꺼이 버리고 떠나리라. 파멸의 구덩이에서 나를 구하는 것이 당신의 뜻이라면. 오, 나의 희망이여, 이 일을 수행할 힘이 당신에게 있도다!"

쟁반 제작수는 이렇게 외치고 전망대에 서서 휙 몸을 아래로 던졌다. 그때 천사가 날아와 그를 날개에 태워 땅바닥에 사뿐 내려놓았다. 이 덕분에 그는 아무 탈 없이 가벼운 상처 하나 입지 않았다. 쟁반 제작수는 순결을 지켜준 신께 감사하며 아내에게 돌아갔다.

빈손으로 돌아온 까닭을 듣고 난 그의 아내는 신께 감사의 기도를 올렸다.

"오, 신이시여. 남편을 유혹의 손아귀에서 구해주시고, 남편 몸에 떨어진 재앙을 물리쳐주신 당신께 감사드립니다."

하지만 돈이 없으니 음식도 땔나무도 살 수가 없었다. 아내는 남편에게 제안했다.

"여보, 이웃 사람들은 우리가 밤마다 아궁이에 불을 때는 걸 알고 있는데, 오늘 밤 불을 때지 않으면 틀림없이 우리가 빈털터리라는 걸 알게 될 거예요. 알라께 감사를 드려 구차한 모습을 남에게 보이지 않게 하려면 오늘 밤도 어제처럼 단식을 해야겠어요."

부부는 단식하면서도 이웃의 눈을 속이기 위해 아궁이에 불을 지폈다. 때마침 이웃집에서 불씨를 빌리러 왔다. 아내가 맘대로 가져가라고 허락하자 이웃집 아낙네는 아궁이 옆으로 갔다. 그런데 이게 웬일인가. 아궁이에 빵이 가득 들어 있는 게 아닌가. 이웃집 아낙네는 타기 전에 빵을 꺼내지 않고 뭐하느냐고 소리쳤다. 주인 내외가 달려와 보니 정말 아궁이 안에 새하얗고 먹음직스러운 빵이 가득 들어 있었다. 이렇게 하여 부부는 알라의 넘칠 듯한 온정과 자비에 감사를 드리고 맛있게 저녁 식사를 했다.

그 뒤 쟁반 제작수 부부는 양식을 구하기 위해 악착스럽게 일을 안 해도 될 만한 것을 신께서 주실지 모르니 열심히 신을 칭송하자며 기도를 올렸다. 그러자 지붕이 둘로 갈라지면서 홍옥이 하나 떨어졌다. 부부는 뛸 듯이 기뻐하며 열렬히 기도를 올린 뒤 잠자리에 들었다. 그런데 아내는 꿈속에서 천국으로 올라갔다가 걸상과 스툴 여러 개가 단정하게 놓여 있는 걸 보았다. 어떤 게 남편의 의자인가 물어보니 구멍이 뚫린 의자를 가리키는 게 아닌가. 그 구멍은 바로 지붕에서 떨어진 홍옥이 박힌 자국이었다.

아내는 눈을 떴다. 남편의 걸상에만 흠이 있는 걸 발견한 아내는 마음이 언짢았다.

"여보. 이 홍옥을 제자리로 돌려놓아달라고 알라께 기도를 올리세요. 짧은 일생 동안에 공복과 가난을 참는 것은 천국에서 구멍 뚫린 걸상에 앉는 것보다 쉬운 일이니까요."

아내의 말대로 남편이 기도를 올리자 홍옥은 삽시간에 지붕을 뚫고 날아가버렸다.

그 후 쟁반 제작수 부부는 가난한 생활 속에서도 신앙 생활을 굳게 지켜나갔다.

신의 구원을 받은 신앙심 깊은 죄수

알 하자즈 이븐 유수프 앗 사카피 총독은 세상에 이름이 널리 알려진 범인을 쫓고 있었다. 드디어 범인을 체포한 총독은 그를 감옥에 처넣고 발목에 무거운 차꼬를 채운 뒤 큰 상자에 가두라고 명령했다. 대장장이가 쇠사슬을 가져와 차꼬를 채우며 쇠망치를 휘둘렀고, 죄수는 신세를 한탄하며 하늘을 우러러 신의 자비를 구했다.

"모든 창조물도 왕국도 모두가 다 신의 소유물이 아니던가?"《코란》 제7장 2절)

간수가 부하에게 잘 감시하라고 이르고는 집으로 갔다. 그런데 이튿날 가 보니 차꼬는 마루에 뒹굴고 죄수는 그림자도 보이지 않았다.

간수는 이제 죽었구나, 생각하고 집으로 돌아가 가족들과 작별을 고한 뒤 소매 속에 수의와 시체에 쓰는 향초를 넣고서는 목숨을 걸고 총독 앞으로 나아갔다. 그리고 죄수의 탈옥 사실을 보고했다. 총독은 노발대발하며 소리쳤다.

"바보 같은 놈! 혹시 그놈이 뭐라고 하는 말을 듣지 않았는가?"

간수는 죄수가 신에게 자비를 구하며 외운 코란의 기도문을 들려주었다. 그때에야 총독은 신이 자비를 구하는 죄수의 기도를 듣고 그 죄수를 구출해주었음을 깨달았다.

불에 태지도 타지도 않는 대장장이

어느 마을에, 불 속에 손을 넣거나 새빨갛게 단 쇠를 손으로 집어도 멀쩡하다는 대장장이가 있다는 소문이 파다하게 퍼졌다. 이 소문을 들은 수도자는 대장장이가 혹시 기적을 행하는 성인이 아닐까 하는 생각이 들었다. 그래서 소문의 진상을 확인하기 위해 대장장이의 집을 찾아갔다.

과연 소문 그대로였다. 대장장이는 불에 타지 않았을 뿐 아니라 화상조차 입지 않았다.

수도자는 그 집에 머물면서 잠도 자지 않은 채 대장장이의 일거수일투족을 지켜보았다. 그런데 주인은 밤새워 기도를 하지도 않았고 특별히 신을 섬기는 일에 골몰하지도 않았다. 혹시 몰래 숨어서 할지도 모른다며 사흘 밤을 더 묵으며 살펴보아도 마찬가지였다. 대장장이는 정해진 예배를 할 뿐 하루 종일 기도에 열중하는 일조차 없었다.

수도자는 그런 기적이 가능한 이유를 대장장이에게 물었다.

"당신이 일으킨 기적이 거짓이 아니라는 걸 내 눈으로 확인했습니다. 또한 당신이 신에 대한 예배에 정진하는 것도 잘 보았습니다. 하지만 기적을 행하는 성인다운 태도는 없었습니다. 도대체 어떻게 해서 그런 기적을 행할 수 있는 겁니까?"

대장장이는 그 내력을 다음과 같이 들려주었다.

"한때 나는 한 노예 계집에게 홀딱 반해서 매일같이 재미를 보자고 졸라댔지요. 하지만 상대는 막무가내로 내 청을 들어주지 않고 정조를 굳게 지켰어요. 어느 해 가뭄으로 흉년이 들어 모두들 생활이 곤란해졌어요. 먹을 게 없어서 지독한 배고픔에 시달리고들 있었죠. 하루는 그 노예 계집이 찾아와 먹을 것을 좀 달라고 애원하지 않겠어요? 나는 몸을 허락하면 주겠다고 했지요. 그러자 여자는 주를 배반할 바엔 차라리 죽고 말겠다며, 그대로 가버렸어요.

그러나 이틀 후 여자가 또다시 찾아와 먹을 것을 구걸했어요. 난 똑같이 몸을 요구했지요. 여자는 당장 숨이 넘어갈 듯 그 자리에 풀썩 주저앉지 뭐예요. 할 수 없이 난 여자 앞에 음식을 갖다놓았어요. 여자는 눈물을 가득 담고 알라의 축복을 빌었지만, 나는 먼저 몸을 맡기지 않으면 먹을 수 없다고 잘라 말했지요. 여자는 알라의 노여움과 보복을 당하느니 죽는 게 낫다면서 음식엔 손도 대지 않고 그대로 가버렸어요.

이틀 후 여자는 다시 찾아와 구걸했고 나는 계속 몸을 허락하라고 요구했지요. 여자는 그 자리에 또 주저앉고 말았어요. 그런데 나도 모르게 알라의 자비심에 감염되었는지 나는 접시에 음식을 담아 여자에게 내밀었어요. 알라를 위하는 마음에서 주는 것이니 걱정 말고 먹으라고 했지요. 여자는 감격해서 하늘을 우러르며 기도했어요. '만약 이분의 말이 정말이라면 이 세상에서도 저 세상에서도 아무쪼록 재앙의 불이 미치지 못하도록 해달라고요.' 나는 여자가 편안히 음식을 먹게 하려고 여자 혼자 남겨두고 화로의 불을 끄러 나갔어요. 그런데 새빨갛게 단 화로가 살갗에 닿았으나 조금도 뜨겁지 않았고, 숯불을 손에 잡아도 화상을 입지 않았어요. 나는 알라께서 그녀의 기도에 감응했다는 걸 알았지요.

나는 여자에게 가서, 알라께서 당신의 기도에 감응하셨다고 알려주었어요. 그 말을 듣자마자 여자는 손에 들고 있던 음식을 떨어뜨렸어요. 그리고 '이분에 대한 저의 소망을 이루어주셨으니 이번엔 제발 저의 영혼을 불러주십시오' 하고 외쳤어요. 그러자 신은 그녀에게 자비를 베풀어 그녀의 영혼을 불러가셨어요." ☾

구름을 잃은 수도자와 신을 섬기는 왕

이스라엘 자손 가운데 철저하게 금욕을 실천하는 신앙심 깊은 한 수도자가 있었다. 그의 소망은 신의 뜻에 맞았고, 그래서 그가 원하는 것은 무엇이든 기도를 올려 얻을 수 있었다. 산을 찾아가 기도를 올리며 밤을 새우면 그때마다 신은 그에게 구름을 부하로 붙여주어 귀중한 비를 내리게 하였고, 그 덕분에 그는 목욕하고 먹을 물을 마실 수 있었다.

그런데 시간이 흐르면서 열렬했던 그의 신앙심이 희미해져갔다. 신은 그에게서 구름을 빼앗고 기도에도 응답하지 않게 되었다. 수도자는 몹시 후회하며 비탄에 젖었다.

그러던 어느 날, 꿈속에서 계시가 내렸다.

"구름을 되돌려 받고 싶으면 어느 도시의 어느 왕을 찾아가 너를 위해 정성껏 기도를 올려달라고 부탁해봐라. 그러면 왕의 경건한 기도의 힘으로 알라께서 네게 다시 구름을 되돌려주시고 네 머리 위에 구름을 펼쳐주실 것이다."

수도자는 꿈속에서 받은 계시대로 그 도시를 찾아가 궁전 앞에 도착했다. 일주일 가운데 단 하루만 알현을 허락한다기에 그날을 기다려 다시 찾아갔더니, 기다리는 사람들이 줄을 이어 서 있었다.

이윽고 그의 차례가 되었다. 왕은 수도자를 보자마자 한눈에 '구름의 주인'임을 알아보았다. 그리하여 알현이 끝난 뒤 왕의 개인 별궁 기도소로 수도자를 데려갔다. 그곳엔 예배용 양탄자와 목욕용 항아리, 그리고 종려 잎으로 짠 멍석이 몇 개 있을 뿐이었다. 왕은 입고 있던 화려한 옷을 벗고 흰 털실로 짠 검소한 덧옷을 입고 머리에는 원뿔형 펠트 보닛을 썼다. 조금 있으니 얼굴이 초승달처럼 빛나는, 환상 속의 천사처럼 왕비가 나타났다. 그런데 왕비 역시 헐렁한 덧옷을 입고 얼굴에는 털실로 짠 베일을 쓰고 있었다.

왕은 자신의 이야기를 들려주었다.

"이 왕위는 선조 대대로 계승되어 내게 이어져왔소. 하지만 알라의 뜻대로 나는 왕위가 싫어 견딜 수가 없었소. 백성들의 일은 백성들에게 맡기고 나는 끝없이 대지를 방랑하며 살고 싶었소. 그러나 백성들이 혼란과 무질서와 폭정에 빠져보시오. 그러면 신의 법도에 어긋나 신앙으로 지켜온 나라의 화합은 깨지고 말 것이오. 그러면 큰일이라는 생각에 나는 나만 편하고 보자는 그런 계획을 버리고, 왕으로서의 봉사와 수도자로서의 신앙 생활을 병행하기로 하였소. 그래서 일과 시간에는 성심껏 국사를 돌보고, 그 일이 끝나면 이 방으로 와서 이런 옷으로 갈아입고 왕비와 함께 속세에서 벗어나 신을 섬기고 있소.

평소 우리는 낮에는 종려 잎을 엮어서 멍석을 만들고, 그걸 내다판 돈으로 저녁식사를 마련하였소. 그런 세월이 어느덧 40년이오. 그대도 이 멍석을 팔 때까지 여기 있어 주시오."

수도자는 하룻밤을 묵기로 했다.

날이 저물자 다섯 살짜리 사내애가 왕과 왕비가 만든 멍석을 들고 나가 시장에서 1카라트(1디나르, 약 5펜스)에 팔고 그 돈으로 빵과 콩을 사갖고 돌아왔다. 수도자는 왕 내외와 함께 저녁을 먹은 뒤 자리에 몸을 눕혔다.

왕 내외는 한밤중에 일어나 기도를 올리며 눈물을 흘렸고, 날이 샐 무렵 구름을 돌려달라고 기도를 올렸다. 그때 갑자기 푸른 하늘에 하얀 구름이 뭉게뭉게 솟아올랐다. 수도자는 작별을 고하고 전처럼 구름을 이끌고 그곳을 떠났다.

이슬람교도 용사와 기독교도 처녀

다마스쿠스를 침략한 적군을 물리치기 위해 칼리프 우마르 이븐 알 카타브(정통 칼리프 시대 2대 칼리프, 재위 644~656)는 성전을 선포하고 이슬람교군을 모병하였다. 그리고 기독교군의 요새 가운데 하나를 겹겹이 포위하고 압박해 들어갔다.

그런데 이슬람군 중에는 용맹무쌍한 담력을 지닌 두 형제가 있었다. 기독교군 대장은 그들 형제를 사로잡거나 죽인다면 이슬람군 정도는 어렵잖게 이길 수 있다고 장담했다. 이 때문에 적군 병사들은 두 형제를 잡기 위해 온갖 함정을 설치하기도 하고, 계략을 써서 잠복하고 있다가 기습을 가하기도 하였다. 그리하여 결국 형은 사로잡히고 동생은 전사하였다.

기독교군 대장은 포로가 된 용맹한 이슬람군을 죽이기가 아까웠다. 그렇다고 돌려보내면 아군이 또 공격을 당할 것이니 그럴 수도 없었다. 대장은 어떻게든 포로를 회유하여 나사렛인의 신앙(기독교)으로 개종시켜 아군으로 만들고 싶었다.

때마침 귀족 출신의 기사가 문제 해결을 자청하고 나섰다. 자기 딸이 절세의 미인이니 미인계를 써서 홀딱 반하게 만든 후 개종시키겠다는 것이다. 기사는 포로가 된 용사를 자기 집으로 데려가 맛있는 음식을 대접하고 딸에게 아름다운 옷을 입혀 포로에게 보냈다. 용사는 자기에게 재앙이 닥친 걸 깨닫고는 알라께 몸을 내맡긴 채 눈을 감고 기도를 올렸다. 이 용사는 원래 아름다운 목소리에 용모가 수려한 데다가 머리도 명석하였다. 나사렛인 처녀는 대번에 용사에게 빠져 정신없이 그를 사모하게 되었다. 일주일이 지나 처녀는 더 이상 견딜 수 없어 용사에게 자기 몸을 내던져 이슬람교에 귀의하였다. 처녀가 "오직 당신만을 사랑하고, 당신에게 사랑받기 위해서 이슬람교에 귀의하였다"고 고백하였다. 그러자 용사가 말했다.

"이슬람의 법도는, 정식으로 증인 두 사람을 세워 결혼하기 전에는 동침을 금하고 있소. 또 나는 지참금과 후견인이 필요하지만 지금 당장 나에게는 아무것도 없습니다. 그러니 우리가 결혼하려면 여기서 도망치는 수밖에 없습니다. 도망칠 수 있도록 당신이 도와주시오. 알라께 맹세코, 세상이 아무리 넓어도 당신 이외의 여자와는 결코 결혼하지 않겠소."

처녀는 자기가 어떻게든 해보겠다고 대답하고, 부모에게 가서 그럴 듯하게 꾸며 말했다.

"저 이슬람교도가 이제 기분이 풀어져서 기독교에 귀의하고 싶어 합니다. 그렇게만 되면 저는 그 사람이 원하는 대로 결혼하겠습니다. 그런데 그 사람은 자기 형제가 죽은 이 도시에서는 연분을 맺고 싶지 않대요. 이 도시에서 나가면 기분도 가라앉고 희망대로 연분을 맺을 거랍니다. 그 사람과 함께 다른 도시로 가게 해주세요. 별 지장은 없을 거예요. 부모님 희망대로 해드릴 수 있을 거예요."

처녀의 부친에게서 이 소식을 들은 기독교군 대장은 몹시 기뻐하면서, 두 사람이 처녀가 원하는 도시로 가도 좋다고 허락했다. 새로운 도시에 도착한 두 사람은 낮에만 잠깐 그곳에 머물렀다가 밤이 되자 서둘러 준비하여 그곳을 떠나 행방을 감추었다.

용사는 날렵한 순종 말에 처녀를 태우고 길을 재촉하였다. 이윽고 샛길로 들어서서 목욕을 하고 새벽 기도를 올리고 있는데, 갑자기 칼이 부딪히는 소리와 재갈 소리, 사람 목소리, 말굽 소리가 요란하게 들렸다. 나사렛인들이 뒤쫓아온 줄 알고 두 사람은 알라 앞에 무릎을 꿇고 구원의 손길을 요청하는 기도를 올렸다. 그동안 말굽소리는 점점 가까이 다가왔다. 그때 순교자인 용사의 형제가 부르짖는 목소리가 들렸다. 말굽 소리는 천사들의 군대로서 알라께서 두 사람의 결혼에 증인으로 내려 보내주신 것이다.

천사들은 내일 아침 알 메디나 산에 당도하면 칼리프 우마르를 만날 것이라고 예언했다. 그리고 용사와 신부의 기도에 화답하여 두 사람의 결혼을 축복하는 인사를 보냈다.

두 사람은 신앙심을 굳건히 하고 다시 길을 떠났다.

한편 칼리프는 새벽 기도를 올리다가 갑자기 신랑 신부를 맞이하러 가자고 말했다. 어리둥절해진 신하들이 칼리프를 뒤따랐다. 성문 앞에 당도하니 칼리프의 말대로 정말 젊은 신랑 신부가 와 있었다. 칼리프는 이들 이슬람교도의 백년가약을 맺어주었다.

이리하여 이슬람교도 신랑과 신부는 성대한 결혼 연회를 베풀고 꿈같은 첫날밤을 지냈다.

기독교도 공주와 이슬람교도 의사

시디 이브라힘 빈 알 하우와스가 다음과 같이 자기 신세 이야기를 털어놓았다.

나는 이교도의 나라로 들어가고 싶어 견딜 수가 없었다. 그래서 이교도의 나라로 여행을 떠났다. 큰 도시에 도착했더니 성문 앞에 갑옷을 입고 창을 든 흑인 노예들이 우글거렸다. 내가 의사라고 신분을 밝히자 그들은 나를 왕 앞에 데려갔다. 왕은 다짜고짜 대신에게 나를 공주에게 데리고 가라고 명령했다. 공주의 방으로 가면서 대신이 까닭을 알려주었다.

"실은 우리 공주님께서 중병에 걸렸는데, 아직껏 천하의 명의라는 이들도 속수무책이었소. 그런데 말이오, 공주님의 병을 고치러 왔다가 살아서 이 궁궐을 나간 사람은 아무도 없소. 고치지 못하면 죽음이 있을 뿐이오. 그러니 당신도 잘 생각해보는 것이 좋을 거요."

"임금님의 명령으로 여기까지 왔으니, 개의치 말고 안내해주시오."

대신은 나를 공주의 방 앞까지 데려가 문을 두들겼다. 놀랍게도 안에서 "이상한 비밀을 다루는 의사를 안으로 들이라!"고 외치는 공주의 목소리가 들리는가 싶더니 노랫소리가 흘러나왔다.

방으로 들어서자 향기로운 풀 냄새가 났다. 휘장 뒤에서 오랜 병에 시달린 사람이 내는 가냘픈 신음 소리가 들려왔다. 이교도 앞에서는 살람 인사를 하지 말라는 코란의 말씀이 생각나서 나는 인사를 삼갔다. 그때 휘장 뒤에서 공주의 목소리가 들렸다.

"하우와스 님, 신에게 보내는 인사를 잊었습니까?"

"어떻게 나를 아십니까?"

"마음과 생각이 건전하면 혀끝은 마음속 은밀한 곳에서 지껄입니다. 나는 어제 신에게 성인 한 분을 보내달라고 부탁했어요. 그분에게 구원을 얻고 싶어서요. 그러자 '슬퍼하지 마라. 곧 광주리 제작공 이브라힘을 네 곁으로 보내리라' 하는 소리가 들려왔어요."

이야기를 듣고 보니 공주는 환자가 아니었다. 어떻게 된 일인지 알 수가 없었다. 공주는 4년 전에 알라의 계시를 받고 이미 이슬람교도가 되었다.

"그러나 그 후부터 모두 나를 증오에 찬 눈초리로 노려보며 미치광이라고 비난하거나 타락했다고 의심하는 겁니다."

"당신에게 가르침을 주신 분은 도대체 누구입니까?"

"알라의 분명한 징조와 예시입니다. 길이 분명하면 자기 자신의 눈으로 증명도 증명하는 자도 볼 수가 있는 거예요."

이렇게 공주와 이슬람교에 대해 몇 마디 나누고 있는데 시종 노인이 들어왔다. 공주에게 의사가 어떠냐고 묻자 공주는 병의 원인을 알아내 치료 방도를 찾아낸 것 같다고 말해주었다. 노인은 공주가 한 말을 그대로 왕에게 전했다.

왕은 기뻐하며 나를 정중히 예를 다해 대우해주었다. 일주일 동안 머물며 공주를 접견한 마지막 날, 공주는 도망칠 결심을 내게 전했다. 이튿날 나는 공주를 데리고 도성을 빠져나와 무사히 메카에 도착했다. 공주는 알라의 성전 옆에 집을 짓고 7년 동안 기도와 단식으로 정진을 다한 끝에 알라의 곁에 영원히 잠들었다. 공주만큼 한결같이 기도와 단식에 정진하는 사람을 나는 다시 본 일이 없다.

예언자와 신의 심판

예언자가 높은 산꼭대기에 기도소를 짓고 살고 있었다.

어느 날, 산 정상에서 샘터를 내려다보니 말을 탄 사내가 목에 걸고 있던 자루를 벗어 옆에 내려놓고 물을 마시며 잠시 쉬는 게 보였다. 그런데 그만 금화가 잔뜩 든 자루를 그냥 두고 가버린 것이다.

얼마 후 두 번째 사내가 샘터에 와 물을 마셨는데 돈이 가득 든 자루를 보게 되었다. 사내는 돈 자루를 들고 갔다.

얼마 후 이번엔 나무꾼이 무거운 땔나무를 지고 와 물을 마시려고 샘가에 걸터앉았다. 마침 그때 말을 탄 첫 번째 사내가 허겁지겁 돌아와 나무꾼에게 달려들었다. 사내가 돈 자루를 보았느냐고 묻자 나무꾼은 모른다고 대답했다.

첫 번째 사내는 느닷없이 칼을 빼들어 나무꾼을 베어 죽였다. 하지만 아무리 나무꾼의 옷 여기저기를 뒤져도 돈을 찾지 못했고 결국 그냥 가버렸다.

예언자는 이 광경을 보고 탄식했다.

"오, 주여. 훔친 자는 죽지 않고, 훔치지도 않은 사람은 비참한 마지막을 맞았습니다."

그러자 알라께서 말씀하셨다.

"그대는 수도에만 전념하라. 우주의 법도는 그대가 알 바 아니다. 말을 탄 사내의 부친은 두 번째 사내의 부친으로부터 완력으로 1,000디나르를 약탈한 바 있다. 나는 그 아들에게 부친의 돈을 갚아주었을 뿐이다. 나무꾼은 첫 번째 사내의 부친을 죽였으므로 그 아들이 복수한 셈이다."

사태 전말의 진실을 알게 된 예언자는 알라를 칭송하며 수도에 정진하였다.

나일 강의 뱃사공과 수도자

나는 옛날에 나일 강에서 뱃사공으로 일했다.

어느 날, 얼굴이 흰한 노인이 오더니 강을 건네달라고 했다. 배에 태우니 노인은 이번엔 먹을 것을 달라고 했다. 노인은 누덕누덕한 덧옷을 입고 호리병과 지팡이뿐 가진 게 없었다.

강기슭에 오르니 노인은 부탁 한 가지를 들어달라고 했다.

"내일 낮에 저기 저 나무 아래로 오면 내가 죽어 있을 것이오. 그러면 내 시신을 씻어서 머리맡에 있는 수의를 입혀주시오. 그리고 기도를 올린 다음, 이 모래땅에 묻어주구려. 덧옷과 호리병과 지팡이는 당신이 맡아 가지고 있다가 나중에 어떤 사람이 그 물건을 찾으러 오거든 그에게 주시오."

이튿날 나무 밑에 가보니 정말 그 노인이 죽어 있었다. 나는 노인이 부탁한 대로 장례를 치러주었다.

그런데 이튿날 한 젊은이가 찾아왔다. 건달 같은 모습이었지만 화려한 옷을 입고 손에는 염료가 얼룩져 있었다. 노인이 맡긴 물건을 달라기에 뱃사공은 누가 가르쳐주었느냐고 물었다.

"친구 결혼식에서 밤새 흥청방청 먹고 마시고 떠들다가 오늘 낮에 겨우 잠이 들었지 않겠소. 근데 꿈에 놀랍게도 노인이 나타나 내 옆에 우뚝 서서, 이렇게 말하는 것이 아니겠소. '알라께서 어떤 성인을 당신 곁으로 부르시고, 당신이 그 뒤를 이으라는 분부를 내리셨소. 그러니 이제부터 뱃사공에게 가서 덧옷과 호리병과 지팡이를 물려받으시오. 성인께서 당신을 위해 그 물건을 뱃사공에게 맡겼으니까.' 그래서 온 것이오."

나는 노인의 물건을 젊은이에게 주었다. 그는 자기 옷을 벗고 덧옷을 입고 떠났다. 나는 성인과 헤어짐을 슬퍼하며 울었다. 그날 밤 꿈에 알라께서 나타나 헤어지는 것도 알라의 뜻이니 슬퍼하지 말라고 말했다.

축복받은 가족과 신이 버린 왕국

옛날 이스라엘의 후손 가운데 그 이름도 유명한 부자 하나가 살고 있었다. 그런데 그는 아주 신앙심이 굳은 축복받은 아들을 하나 남기고 임종을 맞게 되었다.

"거짓말이든 참말이든 신을 걸고 맹세만은 하지 마라."

아버지는 이 유언을 남기고 세상을 떠났다. 그런데 그만 이 유언을 들은 나쁜 놈들이 아들을 찾아와 아버지에게 꿔준 돈이 있으니 갚든 가 아니면 빚진 게 없다는 맹세를 하라고 윽박질렀다. 효자인 아들은 선친의 유언을 지키기 위해 달라는 대로 돈을 주었고, 이런 식으로 돈을 뜯기면서 마침내 아들은 재산을 모두 빼앗기고 비참한 가난뱅이 신세로 전락하고 말았다.

그런데 이 아들에게는 신앙심이 굳은 축복받은 아내가 있었다. 아 들은 앞으로 또 누가 빚 독촉을 할지 모르니 패가망신하기 전에 아무 도 모르는 곳으로 도망치자고 했다. 신분을 숨긴 채 일을 해서 그날 그날의 양식을 벌며 살기로 한 부부는 아들 둘을 데리고 길을 떠났 다. 그런데 배가 난파당하는 바람에 가족이 뿔뿔이 헤어지게 되었다. 아내와 큰아들은 각각 다른 나라에 표류하고, 작은아들은 어느 배에 구조되고, 남편은 파도에 밀려 무인도에 닿았다.

남편은 바다에서 더러워진 몸을 씻고 큰 소리로 기도를 올렸다. 그 러자 바닷속에서 여러 생물이 나타나 이구동성으로 기도를 올렸다. 과일로 배를 채우고 샘물을 마셨으나 기도를 올릴 때면 바닷속 생물이 나타나 함께 기도를 올리는 것이었다.

사흘째가 되자 어디선가 외침이 들려왔다.

"슬퍼하지 마라. 네게서 떠나간 모든 것을 다시 네게 보내주실 것이다. 이 섬에는 금은보화가 얼마든지 있다. 배를 보낼 테니 이러저러한 곳에 가서 그것을 찾아내라. 그리고 사람들에게 자비를 베풀고 사람들이 네게로 오도록 하라."

남편은 그 외침 그대로 금은보화를 찾아냈고, 섬에 들어온 상인들마다 상금을 많이 주면서 사람들을 모아오라고 한 덕분에 소문을 들은 세상의 여러 인종이 섬으로 모여들었고, 10년도 못 가서 무인도에는 많은 사람들이 정착하게 되었다. 남편은 그 섬의 왕이 되었다. 섬에 들어온 사람은 누구나 환대를 받았으므로 왕의 이름은 세상 구석구석에 알려졌다.

한편, 큰아들은 어떤 사람에게 구조되어 훌륭한 교육을 받았다. 또한 작은아들도 양자로 들어가 양부의 손에 의해 훌륭한 교육을 받았다. 두 형제는 성인이 되어 상인이 되었다. 아내는 아내대로 우연히 상인과 사귀게 되었다. 상인은 재산을 아내에게 맡길 것이고 자신은 절대 방탕한 행동을 하지 않고 함께 알라에게 복종하겠다고 맹세했다. 그리고 여행을 할 때마다 여자를 데리고 다녔다.

어느 날, 큰아들이 왕의 소문을 듣고 섬을 찾아왔다. 왕은 자기 아들인 줄도 모르고 그를 비서로 삼았다. 작은아들도 신앙심 굳고 정의감 강한 왕의 소문을 듣고 찾아와 재정관으로 임명되었다. 이렇게 삼부자가 서로의 존재를 모른 채 살고 있던 어느 날이었다.

상인도 왕의 소문을 듣고서 피륙과 토산물을 싣고 아내를 데리고 섬으로 들어오게 되었다. 상인이 선물을 바치자 왕도 값비싼 물건들을 답례로 하사했다. 그런데 상인이 준 선물 중 이름 모를 풀뿌리가 섞여 있었다. 왕은 그 이름과 사용법을 배워야겠다며 상인더러 궁전에서 자고 가라고 했다.

상인은 배에 혼자 남겨둔 독실한 여성을 걱정했다. 자기 말고는 다른 사람이 시중들게 하지 않겠다고 약속했기 때문이었다. 왕은 큰아들인 비서와 작은아들인 재정관을 불러 배에 남겨진 상인의 아내를 경호하라고 명령했다.

비서와 재정관은 배에서 불침번을 서면서 혹시 잠이 들면 큰일이니 각자 걸어온 기구한 운명과 수난 얘기를 나누자고 했다. 서로 아버지와 어머니 그리고 형과 아우의 이름을 묻고 답하다 급기야 형제임을 알게 되었다. 형제는 부둥켜안고 기쁨의 눈물을 흘렸다.

그때 배 안에 있던 어머니가 형제의 이야기를 듣고 자기 아들들임을 알아차렸다. 하지만 어머니는 입 밖에 내지 않고 가슴속에 간직한 채 참고 있었다.

이튿날 상인이 배로 돌아오자 어머니는 어젯밤 두 남자가 분하게도 자기에게 달려들어 좋지 못한 짓을 하려 했다고 일러바쳤다. 상인은 단숨에 왕에게 달려가 두 신하의 괘씸한 행동을 고했다. 왕은 총애하는 두 신하의 배신행위에 노발대발하여 당장 둘을 불러들였다. 또한 피해자인 상인의 아내도 불러 대질심문을 하게 하였다.

왕은 상인의 아내에게 두 신하가 어떤 짓을 했느냐고 물었다. 여자가 대답했다.

"두 사람이 어젯밤 배에서 나눈 말을 여기서 감추지 말고 되풀이하라고 하십시오."

두 형제가 어젯밤 나눈 자신들의 신세 이야기를 되풀이하자 왕은 소리를 지르며 옥좌에서 달려 내려와 두 젊은이를 껴안았다.

"너희들은 틀림없는 내 아들들이다!"

그러자 갑자기 여자가 베일을 벗었다.

"나는 이 아이들의 어미입니다."

이렇게 하여 부부와 자식이 가족의 인연을 되찾고 저세상으로 갈 때까지 인생의 위안과 환락을 다하며 살았다.

이런 이야기를 두고 전화위복轉禍爲福이라 하니, 시인은 다음과 같이 노래하고 있다.

> 세상만사에는 미리 정해진 때가 있는 법이니,
>
> 고난과 번뇌에 빠졌다고 해서 불평하지 마라.
>
> 화와 복은 서로 뒤엉켜 늘 함께 있는 것이니,
>
> 비탄에 잠길망정 기쁨의 전율도 함께 하리라.
>
> 박복한 사람도 언젠가는 축복으로 빛나리니,
>
> 인간지사 새옹지마라 일희일비는 다반사라.

문둥병자 아브 쟈팔과 세 가지 기도

아브 알 하산이 들려준 이야기다.

나는 여러 차례 메카로 순례를 떠난 적이 있었다. 그래서 길도 잘 알고 물 마시는 곳까지 훤히 기억하고 있었다. 그런 까닭으로 순례자들은 곧잘 내 뒤를 따라오곤 했다.

그런데 어느 해인가, 우연히 나는 예언자의 묘를 참배하기 위해 일행과 헤어져 혼자 길을 걸었다.

카디샤(이라크의 도시)에 도착하여 어느 사원에 들어갔다. 문둥병 환자 하나가 벽감 속에 앉아 있다가 나를 보더니 메카까지 데려가달라고 부탁했다. 나는 누구와도 동행하기 싫어서 일부러 혼자 여행을 떠났는데 새삼스럽게 문둥이와 함께 가자니 더욱 싫어서 거절해버렸다.

이튿날 길을 떠나 아카바에 도착했고, 어느 사원에 들어갔다. 그런데 어제의 그 문둥병 환자가 먼저 와서 벽감 속에 앉아 있는 게 아닌가. 도대체 어떻게 나보다 먼저 도착했을까, 의아해서 묻자 문둥이는 웃으며 대답했다.

"하느님은 약한 자를 위하여 강한 자도 깜짝 놀라게 할 만한 조화를 부린답니다."

이튿날 다시 혼자 길을 떠나 알라파 산에 도착하였다. 사원에 들어갔더니 또 그 문둥병 환자가 벽감 속에 앉아 있는 것이었다.

그때에야 나는 그에게 몸을 던지고 발에 입을 맞추며 제발 나를 데려가달라고 간청했다. 그는 거절했다. 내가 눈물을 흘리자 그는 쓸데없이 눈물을 흘리지 말라고 했다.

다시 혼자 길을 떠났으나 주막에 들 때마다 그는 먼저 와 있었다.

어느덧 알 메카에 도착했다. 그런데 이번엔 그의 모습이 보이지 않았다. 소식도 알 길이 없었다. 장로와 학자 들을 만난 나는 불평을 섞어가며 자초지종을 털어놓았다.

"그분은 바로 문둥병환자 아브 쟈팔이랍니다. 세상 사람들은 그 이름을 외우며 늘 기우제를 드리는데, 그분의 축복과 기도 덕택으로 언제나 기도의 효험을 본답니다."

이 말을 듣고 더욱 그가 보고 싶어진 나는 아무쪼록 다시 한 번 그를 만나게 해달라고 열심히 기도를 올렸다.

알리파트 산꼭대기에 서 있자니까 누군가가 내 소맷자락을 잡아당겼다. 돌아보니 바로 내가 찾아다닌 그 아브 쟈팔이었다. 기절했다가 정신을 차리고 보니 그의 모습은 보이지 않았다. 그래서 다시 재회를 기원했는데 사흘이 지나서 누군가 뒤에서 나를 끌어당겼다. 돌아보니 바로 그 사내였다.

"부탁이 있으면 사양 말고 말해보시오."

나는 나를 위해 세 번 기도를 올려달라고 부탁했다. 첫째는 내가 곤궁을 싫어하지 않게 될 것, 둘째는 밤에 내일의 양식을 준비하고 잠자리에 들지 않도록 할 것, 셋째는 특별한 신의 배려로 인자하신 신의 얼굴을 배알할 수 있도록 해주실 것 등이었다.

그는 내 희망대로 기도를 올려주고 떠났다.

그 뒤로 나는 빈궁을 싫어하지 않게 되어 가난만큼 그리운 것은 다 시없게 되었다. 또한 한 번도 내일의 양식을 마련해놓고 잠자리에 든 적이 없었고, 한 번도 물건에 부자유를 느낀 적이 없었다. 세 번째 기도는 언젠가 신도 용서해주시리라 믿는다. 두 가지 소원을 들어주신 것처럼. ☽

동굴 지하에서 꿀을 발견한 하시브, 동료들의 탐욕으로 갇히다

옛날 옛적 먼 옛날에 그리스의 철학자 다니엘이란 사람이 있었다. 그는 학문이 뛰어난 철학자이자 현인이었다. 다만 불행하게도 아들이 없어 슬퍼하고 있던 중, 알라의 은총과 자비를 구하는 기도를 정성껏 드린 덕분에 아내는 그와 동침한 그날 밤으로 잉태하였다.

사나흘 뒤 그는 볼일이 있어 배를 타고 지방으로 여행을 떠났다. 그런데 그만 배가 난파되는 바람에 겨우 널판에 의지하여 구사일생으로 목숨을 건졌으나 아끼는 수많은 책들이 다 소실되고 무사히 수중에 남은 것이라곤 겨우 다섯 권밖에 없었다.

집으로 돌아온 다니엘은 사고 후유증으로 곧 임종을 맞게 되었다. 그는 다섯 권의 책을 상자에 넣어 자물쇠를 채운 다음 그 열쇠를 아내에게 맡겼다. 그리고 아들이 태어나면 하시브 카림 알 딘이라 이름 짓고 책 다섯 권을 유산으로 주어 대학자가 되게 하라는 유언을 남기고 세상을 떠났다.

이윽고 아내는 유복자 하시브 카림 알 딘을 낳았다. 점성가들은 아들이 젊어서 고생은 하겠지만 장수할 거라고 예언하였다. 그런데 자라면서 하시브는 도무지 책을 읽으려 하지 않았다. 장사를 가르치려 해도 배우려 하지 않았다. 혹시 장가를 보내면 색시에게 반해 변할지 모른다는 주위의 충고를 듣고 결혼도 시켰으나 하시브는 여전히 빈둥거릴 뿐 무엇 하나 하려고 들지 않았다.

그러던 어느 날, 이웃에 사는 나무꾼이 어머니에게 하시브를 산으로 보내보라고 권했다. 어머니는 아들에게 당나귀와 밧줄과 도끼를 사주어 산으로 보냈다. 나무꾼들은 장작을 잘라 당나귀에 싣고 장에 내다 팔아 그 대금을 각자 나누어 가족의 부양비로 썼다.

며칠이 지난 어느 날이었다. 폭풍우를 만난 나무꾼 일행은 커다란 동굴에 몸을 피한 채 비가 그치기를 기다렸다. 하시브는 일행과 조금 떨어진 한쪽 구석에 앉아 있었는데 심심풀이로 바닥을 도끼로 탁탁 두들겨보았다. 그런데 땅 밑바닥이 텅 빈 듯 쿵쿵 울리는 소리가 들리기에 이상한 생각이 들어 그곳을 조금 파보았다. 그러자 뜻밖에도 고리가 달린 둥근 돌 궤짝이 나왔다. 하시브는 동료들을 불러 함께 돌을 쳐들고 뚜껑을 열었다.

거기엔 꿀로 가득한 지하 우물이 있었다. 나무꾼들은 환호성을 지르며 기뻐했다. 일행은 그릇에 꿀을 가득가득 채워 당나귀에 싣고 시내로 운반하여 팔기를 며칠째 계속했다. 그동안 하시브는 계속 망보는 일을 맡았다. 그런데 나무꾼 일행은 혹시 하시브가 꿀을 발견한 장본인임을 내세워 돈을 다 차지하지는 않을까 불안해졌다. 그래서 만장일치로 하시브를 없애버릴 계략을 꾸몄다. 그들은 하시브에게 우물 바닥에 내려가 남은 꿀을 올려 보내라고 했다. 하시브가 꿀을 다 퍼서 올려준 다음 이번엔 자기를 끌어올려달라고 하자 아무도 대답이 없었다. 일행이 이미 도망쳐버린 뒤였다.

　나무꾼들은 꿀을 다 팔고 나서 하시브 모친을 찾아가 아들이 늑대에게 물려 죽었다고 전했다. 그리고 저희들끼리 돈을 나누어 갖고 각자 가게를 차려 상인이 되고, 부어라 마셔라 흥이야항이야 재미나게 살았다.

지하실에서 탈출한 하시브, 구렁이 여왕을 만나다

　한편 지하실에 갇힌 하시브는 살려달라고 울고불고하고 있었는데, 그때 털썩 하고 커다란 전갈 한 마리가 바닥에 떨어졌다. 하시브는 벌떡 일어나 전갈을 죽였다. 하시브는 문득 이런 생각이 들었다. 이 지하실은 꿀로 가득 차 있었는데 도대체 전갈은 어디서 나온 걸까. 그래서 벽을 잘 살펴보니 전갈이 빠져나온 틈이 눈에 띄고 그 틈에서 햇빛이 새어 들어오는 걸 발견하였다. 하시브는 도끼로 벽을 쳐서 창 크기만 하게 구멍을 파고 기어나왔다. 얼마를 가니 넓은 복도가 나왔고 계속 앞으로 나가자 꺼먼 쇠로 된 큰 문이 나왔다. 황금 자물쇠가 달린 문은 닫혀 있어서 열쇠구멍으로 안을 들여다보았다. 활활 타고 있는 큰 불빛이 눈에 띄었다. 하시브는 열쇠로 문을 열고 들어갔다. 또 얼마를 걸어가자 커다란 인공호수와 초록색 벽옥으로 만든 언덕이 나타나고 언덕 꼭대기에는 온갖 종류의 보석을 박은 황금 옥좌가 놓여 있었다.

옥좌 주위에는 1만 2,000개에 이르는 걸상이 늘어서 있었다. 하시브는 옥좌에 앉아 호수를 바라보다가 그만 잠이 들고 말았다. 그런데 시끄러운 콧김 소리, 쉭 하는 소리, 바스락바스락 하는 소리에 잠이 깨었다. 그런데 걸상이라는 걸상마다 길이가 100쿠비트(고대에 쓰던 단위. 약 45.7mm)나 되는 구렁이가 앉아 있는 게 아닌가. 깜짝 놀란 하시브는 너무 무서운 나머지 입안이 바삭바삭 타들어갈 지경이었다. 이젠 죽었구나 하고 체념한 채 호수 쪽을 바라보니 아까 반짝이는 수면이라고 생각한 것이 사실은 수많은 작은 뱀의 무리였음을 깨달았다.

잠시 후 당나귀만 한 크기의 큰 뱀 하나가 황금 쟁반을 등에 지고 다가왔다. 쟁반 위에는 수정과 같이 빛나며 여자 얼굴 같은 용모를 하고 사람의 말도 할 수 있는 암구렁이가 앉아 있었다. 암구렁이는 하시브 옆을 지나면서 인사말을 던졌다. 하시브도 답례를 보냈다. 암구렁이가 옥좌에 앉자 모든 구렁이들이 공손하게 절을 했다.

"젊은 분, 우리를 무서워할 건 없어요. 나는 구렁이의 여왕이니까요."

구렁이 여왕은 하시브의 정체와 여기까지 오게 된 경위를 물었다. 하시브는 그동안의 자초지종을 들려주었다. 다 듣고 난 여왕은 앞으로는 무엇 하나 언짢은 일이 일어나지 않을 것이라며 하시브를 안심시키고 며칠 머물게 했다. 그동안 구렁이 여왕은 하시브에게 수많은 기담을 들려주었다.

구렁이 여왕이 들려주는 이야기: 브르키야의 모험

카이로의 도성에 이스라엘족 왕이 있었다. 그는 신앙심이 굳고 열심히 책을 읽는 왕이었다. 그가 세상을 떠나자 브르키야 왕자가 왕위를 물려받아 선정을 베풀어 태평성대를 구가했다.

어느 날 브르키야 왕은 선왕의 보고寶庫에 들어갔다가 구석에 밀실이 있는 걸 발견하였다. 출입구를 억지로 열고 들어가 보니 아주 작은 밀실 한가운데 하얀 대리석 기둥이 서 있고 꼭대기에 조그만 궤짝이 놓여 있었다. 궤짝에는 또 다른 황금 궤짝이 들어 있고, 그 안에 책이 한 권 들어 있었는데 그것은 예언자 무함마드가 쓴 책이었다. 책을 다 읽고 난 브르키야 왕은 마음 깊은 곳으로부터 무함마드를 존경하는 마음이 일어났다.

그래서 다음 날 브르키야 왕은 대신과 학자, 승려 등을 모아놓고 책의 일부를 읽어준 다음, 무슨 일이 있어도 무덤에서 부왕의 유해를 파내 태워버리겠다고 했다. 부왕이 이 책을 감추고 아들에게 전해주지 않기 때문이었다. 선왕은 《토라》나 《오경》, 아브라함의 책에서 이것을 발췌하여 개인 보고에 감추고 아무에게도 보여주지 않았던 것이다.

놀란 신하들이 모두 완강히 반대하며 만류했다. 그러나 브르키야 왕은 어머니에게 말했다.

"저는 무함마드를 만나는 날까지 온 세계를 돌아다니기로 결심했습니다."

왕은 어의를 벗고 남루한 차림을 했다. 그러곤 아무도 모르게 시리아를 향해 도보 여행길에 올랐다.

해변에 당도한 왕은 배에 올랐다. 항해를 계속하던 배가 어느 섬에 당도했다. 일행이 육지에 올랐고, 브르키야는 선원 일행과 떨어져 커다란 나무 그늘 아래에 혼자 앉아 쉬었다. 그러다가 그만 깜빡 잠이 들고 말았다. 그런데 눈을 뜨고 보니 배가 자신만 남겨놓고 이미 떠나버린 게 아닌가. 섬에는 낙타와 종려나무만 한 크기의 큰 구렁이들이 많이 눈에 띄었는데 모두가 알라를 칭송하고 있었다. 브르키야를 보고 사방에서 구렁이들이 모여들었다. 브르키야가 자신의 정체를 밝히자 구렁이들도 신분을 밝혔다.

"우리는 지옥의 백성들입니다. 신께서 이단자를 처벌하기 위해 우리를 만든 것입니다. 펄펄 끓는 그 지옥은 1년에 두 번 숨을 쉽니다. 여름에는 숨을 내쉬고 겨울에는 숨을 들이마시기 때문에 여름의 폭서와 겨울의 혹한이 생깁니다. 그러기 때문에 지옥이 숨을 내쉴 때 우리들은 그 입에서 토해 나오고, 숨을 들이마실 때는 다시 빨려 들어가는 것입니다."

구렁이들이 하나같이 무함마드를 칭송하자 브르키야 왕은 무함마드가 더욱 그리워졌다.

왕은 그들과 작별하고 때마침 정박해 있던 배에 올라타 또 다른 섬에 당도했다. 잠시 근처를 배회하던 왕은 코끼리만큼이나 큰 구렁이 등에 실린 황금 쟁반 위에 수정보다 더 투명한 새하얀 뱀이 앉아 있는 걸 보았다. 바로 구렁이 여왕이었다.

이때부터 구렁이 여왕과 브르키야의 인연이 시작되었다.

브르키야 왕은 구렁이 여왕과 헤어진 후 여행을 계속하여 예루살렘에 당도했다. 왕은 곧 수행에 착수하여 오로지 주를 섬겼다.

그러던 중 우연히 수도자 아판을 알게 되었다. 아판은 모든 학문에 뛰어났는데 그중에서도 특히 마술과 강신술, 기하학과 수학 등에 조예가 깊었다. 그 밖에도 오경과 복음서, 시편, 아브라함의 책도 연구하고 있었다.

그는 어떤 책에서 신기한 이야기를 읽게 되었다. 솔로몬 대왕의 도장이 찍힌 반지를 몸에 지니면 사람이든 마신이든 짐승이든 온갖 창조물이 반드시 그 사람의 명령을 따른다는 것이었다. 그런데 그 솔로몬 대왕의 유해가 들어 있는 관은 불가사의하게도 일곱 바다를 건너야만 닿을 수 있는 곳에 묻혀 있다고 했다. 이 이야기를 읽은 뒤부터 아판은 이제나저제나 기회가 오기를 기다렸다.

어느 날 아판은 브르키야를 자기 집으로 초대하여 정중하게 대접하였다.

브르키야가 겪은 모험담 가운데 구렁이 여왕을 만난 이야기를 듣자 아판은 반색하며 구렁이 여왕을 만나게 해달라고 졸랐다. 그러면 무함마드와 만나게 해주겠다고 제안했다.

아판은 솔로몬 대왕의 도장이 찍힌 반지에 대한 신기한 영험을 들려주고, 그것을 얻기 위한 치밀한 계획을 들려주었다.

"내가 어떤 책에서 보았는데, 어떤 종류의 풀은 그 즙을 짜서 발에 바르면 물을 적시지 않고도 바다 위를 걸어 건널 수 있다고 합니다. 그런데 그 풀은 구렁이 여왕만이 알 수 있다는 겁니다. 왜냐하면 구렁이 여왕이 옆에 있으면 풀들이 그 영험을 인간의 목소리로 말해 알려준다는 겁니다. 그러니까 구렁이 여왕을 잘 설득하여 광주리에 넣은 다음 산으로 데려가서, 여왕이 마력의 풀을 발견하면 그때 여왕을 놓아주는 겁니다. 우리는 그 풀의 즙을 발에 바르고서 솔로몬 왕의 묘지에 당도할 때까지 일곱 바다를 밟고 건너가는 겁니다. 그러고 나서 솔로몬 왕의 반지를 뽑아 솔로몬 왕과 마찬가지로 세계를 다스리고 모든 소원을 성취하도록 합시다. 우리는 암흑의 바다로 들어가 생명의 물을 마시기만 하면 알라의 뜻으로 이 세상이 끝날 때까지 오래도록 살다가 끝내는 무함마드와 만날 수 있게 될 것입니다."

아판의 계획에 브르키야는 귀가 솔깃하여 그의 청을 들어주기로 했다. 아판은 철로 우리를 만들었다. 그러곤 술과 우유를 가득 채운 병을 들고 브르키야와 함께 배를 타고 구렁이 여왕이 사는 섬에 당도했다. 그들은 우리 바닥에 우유와 술이 든 병 두 개를 내려놓고 멀찍이 물러나 몸을 숨기고 지켜보았다. 얼마 후 나타난 구렁이 여왕이 우리 안에 있는 우유와 술을 모두 마시고 잠이 들었다. 아판은 얼른 달려가 우리 문을 닫고 그것을 배로 운반했다.

잠시 후 여왕이 눈을 떴다. 브르키야는 여왕에게 결코 해를 끼치지 않을 테니 풀이 있는 곳만 가르쳐달라고 부탁했다. 그것만 가르쳐주면 자유롭게 풀어주겠다고 약속했다.

여왕을 데리고 숲으로 간 일행은 풀 사이를 돌아다니기 시작했다. 그러자 신기하게도 길가의 풀들이 인간의 말로 자기들의 영험을 지껄이는 것이었다. 이윽고 한 떨기 풀이 목소리를 높였다.

"당신들이 찾고 있는 풀은 바로 나입니다. 나를 찧어서 그 즙을 발에 바르면 바다를 건너도 조금도 발이 젖지 않을 것입니다."

아판은 얼른 풀을 듬뿍 따 짓이겨 짜서 즙을 내어 병 두 개에 보관했다. 그리고 나서 섬으로 돌아온 두 사람은 우리를 열고 여왕을 풀어주었다.

여왕이 풀의 즙을 어디에 쓸 것인지 물었다. 아판과 브르키야가 그들의 계획을 들려주자 여왕은 어림도 없는 소리라며 코웃음을 쳤다.

"알라께서는 솔로몬 왕에게 그 반지를 내림으로써 특별한 은총을 주신 거예요. 왜냐하면 솔로몬 왕은 신에게 아무쪼록 자기가 죽은 후에도 남에게 넘어가지 않을 왕국을 내려달라고 기도했고, 신이 그에게 그런 왕국을 내려주셨기 때문입니다. 이런 이유로 당신들 두 사람은 물론 아무도 그 반지를 얻을 수 없습니다."

구렁이 여왕은 이 풀보다는 한 번 먹으면 누구나 최후의 나팔 소리(천사 이스라필이 분 최후의 나팔 소리)가 날 때까지 살 수 있는 풀을 캤더라면 훨씬 나았을 것이라고 충고했다.

두 사람은 몹시 서운해하며 섬을 떠났다.

한편 구렁이 여왕이 없는 동안 부하들은 모두 비참하게 변해버려 강한 자는 약해지고, 약한 자는 죽어버렸다. 여왕은 부하들을 다시 찾아내 그들을 거느리고 카프 산으로 갔다.

여왕의 이야기를 듣던 하시브는 여왕에게 집에 돌아가고 싶으니 땅 위로 데려다달라고 간청했다. 그러나 여왕은 겨울이 될 때까지는 돌아갈 수 없다고 말했다. 그동안은 카프 산의 모래언덕과 나무와 새 들의 노래를 들으며 마신족도 구경하면서 마음을 달래라고 위로했다. 하시브는 괴롭지만 참고 브르키야와 아판의 뒷이야기에 귀를 기울였다.

브르키야와 아판은 발에 풀의 즙을 바르고 일곱 바다를 가로질러 하늘 높이 솟아 있는 산이 보이는 데까지 갔다. 돌산은 에머랄드, 모래는 사향이었고 골짜기에는 끊임없이 물이 흘렀다. 소원이 이루어진 걸 기뻐하며 두 사람은 산길을 계속 걸어 동굴로 향했다. 동굴의 크고 둥근 지붕은 번쩍번쩍 빛나고 있었다. 동굴 안에는 온갖 보석을 박은 황금 옥좌가 놓여 있고, 옥좌 위에 보석과 귀금속을 화려하게 박은 금실로 짠 초록색 비단옷을 걸친 솔로몬 왕이 길게 누워 있었다. 오른손은 가슴 위에 올려놓고, 가운뎃손가락에 낀 인장을 새긴 반지는 다른 모든 보석들보다도 한층 더 찬란하게 빛나고 있었다.

아판은 브르키야에게 기원과 저주를 여럿 가르쳐주고는 자기가 반지를 뺄 때까지 계속 쉬지 말고 주문을 외어달라고 당부했다. 이윽고 아판이 옥좌 앞으로 다가갔다. 그 순간 큰 뱀 한 마리가 스르륵 나타나더니 동굴 전체가 흔들릴 만큼 무서운 소리를 질렀다. 그리고 입에서 불을 내뿜으며 나가지 않으면 태워 죽이겠다고 위협했다. 아판은 동요하는 기색도 없이 계속 다가갔다. 구렁이는 계속 위협하며 불을 뿜었다. 브르키야는 너무 무서워 얼른 동굴을 도망쳐 나왔다. 하지만 아판은 조금도 주저하지 않고 성큼성큼 예언자 솔로몬 왕 앞으로 다가가 손을 뻗어 결사적으로 그의 손가락에서 반지를 빼려고 했다. 그 순간 구렁이는 또다시 불을 내뿜었고 아판은 순식간에 한 줌의 재로 변해버리고 말았다.

브르키야가 동굴 밖으로 도망쳐 화를 면한 것은 주께서 천사 가브리엘을 지상으로 보내 그의 목숨을 구했기 때문이었다. 천사 가브리엘은 기절한 브르키야를 깨웠다. 브르키야는 천사에게 여기까지 오게 된 사연을 들려주었다.

"사실 제가 여기 온 건 무함마드를 사모했기 때문입니다. 아판은 제게 '무함마드의 사명은 이 세상이 끝나는 날까지 성취되지 않고 또 솔로몬의 반지를 통하여 생명수를 마시고 마지막 날까지 살지 않고서는 아무도 무함마드를 만날 수 없다'고 했어요. 그래서 여기까지 온 겁니다. 제발 무함마드께서 계신 곳을 가르쳐주십시오."

천사 가브리엘은 무함마드가 올 날은 아직 멀었으니 어서 여기를 떠나라는 한마디를 남기고 하늘로 올라가버렸다.

"인간의 힘으로는 반지를 수중에 넣을 수 없습니다."

그때에야 브르키야는 구렁이 여왕이 한 말의 진실을 깨닫고, 눈물을 흘리며 자신의 소행을 깊이 후회했다.

브르키야는 다시 풀 즙을 발에 바르고 밤낮으로 바다 위를 걸었다.

처음 당도한 섬은 가히 에덴동산에 비길 만했다. 모래는 사프란, 자갈은 홍옥수와 보석, 울타리 초목은 재스민이고 나무와 풀, 침향나무, 사탕수수가 무성했다. 황홀한 광경에 넋을 잃고 있다가 문득 브르키야는 길을 잘못 들었다는 걸 깨달았다. 아판과 함께 지나온 길을 벗어난 것이다. 높은 나무에 올라가보니 바다에는 거대한 괴물과 손에 보석을 쥔 갖가지 짐승들, 그리고 온갖 야수들이 뒤섞여 이야기를 나누고 있었는데 날이 밝자 모두 사라졌다. 브르키야는 소스라치게 놀라 나무에서 내려와 두 번째 바다를 걸어갔다.

두 번째 섬에는 사자와 토끼, 표범 등 야수들이 여기저기서 뛰놀고 있었다. 표범을 피해 허둥지둥 도망쳐 세 번째 바다를 건너 당도한 섬에는 탐스러운 과일들이 주렁주렁 열려 있어 실컷 따먹을 수 있었다. 열흘 동안 머문 다음 다시 네 번째 바다를 건너니, 이번엔 초목이라곤 그림자도 보이지 않는 하얀 모래뿐인 섬이 있었다. 모래 속에 둥지를 틀고 사는 매 외에 섬에는 아무것도 없었다. 그래서 또다시 다섯 번째 바다를 건너 땅도 언덕도 수정 그대로인 작은 섬에 당도했다. 황금 광맥이 묻혀 있고, 이상한 나무들이 우거져 있었다.

꽃은 마치 황금 그대로의 빛을 발하고 있었다. 어두워지자 꽃은 마치 밤하늘의 별처럼 어둠 속에서 찬란하게 빛났다.

'틀림없이 이 섬의 꽃은 햇볕을 받고 시들어 땅 위에 떨어져 바람에 휘날리다 바위짬에 모여들어 연금약액(연금술에 쓰인다고 믿는 액체)이라는 것이 되고, 사람들은 이것을 모아 황금을 만드는 것이리라.'

또다시 여섯 번째 바다를 건너 당도한 섬에 올라가보니 나무들이 울창하게 우거져 있었다. 어느 과일은 머리채를 붙잡아 매단 사람의 두상처럼 보였고, 또 어느 것은 발이 묶여 거꾸로 매달린 초록색 새와 같았고, 또 어떤 것은 마치 화로의 재와도 같아서 한 방울이라도 그 즙이 사람 몸에 닿으면 불이 되어 탈 것만 같았다. 또 울거나 웃거나 하는 과일도 있었다. 해변에는 인어들이 보석을 쥐고 춤을 추거나 옹기종이 모여 앉아 시시덕거리며 희롱하였다. 날이 훤히 밝아오자 그 인어들은 바닷속으로 모습을 감추었다.

브르키야는 꼬박 두 달 동안 섬도 육지도 보지 못한 채 일곱 번째 바다를 건너 여행을 계속한 끝에 바다 끝까지 갔다. 나무가 우거지고 시냇물이 흐르는 일곱 번째 섬에 간신히 당도하자마자 브르키야는 사과나무를 발견하고 손을 뻗었다. 그 순간 사과를 따면 찢어 죽이겠다는 고함이 들려왔다. 키가 40척이나 되는 거인이 앞을 가로막았다.

"내 이름은 샤라히야다. 이 섬은 사후르 왕의 것이고 난 그의 신하로 이 영지를 맡고 있다. 인간의 조상인 아담은 알라와의 맹세를 잊고 사과를 따먹는 죄를 저질렀다. 그러니 너도 사과를 따먹어선 안 돼."

마신은 브르키야에게 다른 먹을 것을 주고 기운을 내라고 격려했다. 마신과 헤어진 브르키야는 다시 산을 넘고 사막을 건너 계속 걸었다.

그때 저 멀리 공중의 누각처럼 모래먼지가 떠오르는 게 보였다. 수많은 마신 기마병들이 투창, 칼, 철퇴, 활 등을 들고 맹렬한 기세로 혈투를 벌이는 바람에 피가 흘러 개울을 이루고 있었다.

군사들은 브르키야를 보자마자 싸움을 멈추었다. 몇몇 병사들은 브르키야의 행색을 수상히 여기고 성큼 다가와 그를 이리저리 뜯어보았다. 이날 이때까지 아담의 아들을 본 적도 없거니와 또한 아담의 아들이 이 나라에 온 적도 없었다. 브르키야가 왜 싸우느냐고 묻자 마신 군사들이 대답했다.

"우리 나라는 흰 나라다. 해마다 알라의 뜻으로 우리는 여기 와서 이단의 마신들에게 도전한다. 말하자면 성전을 수행하는 셈이다. 흰나라는 카프 산 뒤에 있으며, 아드의 아들 샤다드의 나라라고 부르는 섬에서 75년 걸려야 도달할 수 있다. 성전을 치르지 않을 때 우리는 신을 섬기는 일을 한다. 우리의 왕은 사후르다."

마신들은 브르키야를 사후르 왕에게 데려갔다. 화려한 초록색 비단 천막이 끝도 없이 펼쳐진 한가운데 왕의 천막이 있었다. 둘레가 약 1,000척이나 되는 붉은 비단 막사였다. 브르키야는 왕에게 방랑하는 동안 겪은 모험담을 들려주었다.

왕은 그를 후하게 대접하고, 자신들의 정체와 무함마드를 기리고 사랑하게 된 사연을 들려주었다.

"알라께서는 지옥을 일곱 계층으로 나누었는데, 하나하나의 계층이 서로 겹쳐 있어 다음 지옥에 가려면 1,000년이 걸린다. 첫 번째 층은 자한남(Jahannam)으로, 죄를 회개하지 않고 죽어가는, 참된 신자의 적들을 벌하는 곳이다. 두 번째 층은 라자(Laza)로, 믿음이 없는 불신의 무리를 벌하는 곳이다. 세 번째 층은 쟈힘(Jahim)으로, 사탄에 미혹되어 하늘나라에 대항하는 두 나라 곡(Gog)과 마곡(Magog)을 벌하는 곳이며, 네 번째 층은 사이르(Sair)로, 마신들을 벌하는 곳이다. 다섯 번째 층은 사카르(Sakar)로, 기도를 소홀히 하는 자를 벌하는 곳이다. 여섯 번째 층은 하타마(Hatamah)로, 이교도들을 벌하는 곳이다. 일곱 번째 층은 하위야(Hawiyah)로, 위선자들을 벌하는 곳이다. 이것이 지옥의 일곱 계층이다. 자한남은 벌도 가장 가벼워서 제일 참기 쉬운 곳이다. 하지만 그 안에는 1,000개의 화산이 있고 화산마다 7만 개의 불의 도시, 도시 마다 7만 개의 불의 성채, 성채마다 7만 개의 불의 집, 집마다 7만 개의 불의 침상, 침상마다 7만 종의 서고 書庫가 있다. 그 밖의 지옥에 관해서는 서고의 종류만도 부지기수니 알라만이 그 수를 알 뿐이다.

조물주께서는 불로 우리를 만들었다. 자한남에서 만든 것은 신을 섬기는 두 명의 신하 하리트와 마리트다. 하리트는 사자 모양이며 꼬리는 거북이 모양이고 그 끝에 남자의 생식기가 달려 있다. 마리트는 얼룩 늑대 모양이며 꼬리에는 여성의 성기가 달려 있다. 둘은 꼬리를 맞붙여 교미해 구렁이와 전갈을 낳았고 지옥과 불 속을 그 집으로 삼았다. 즉 지옥에 떨어진 자들을 구렁이와 전갈로 괴롭히려는 신의 뜻이다. 이번엔 두 번째 교미로 열네 명의 아이를 낳았는데 남자 일곱에 여자 일곱이었다. 이들은 또 서로 교미를 하여 아이를 낳았으며, 이들 모두는 신에게 복종했다. 그러나 단 하나가 복종하지 않아 마귀라는 벌레가 되고 말았다. 마귀는 알라를 섬기는 부하로서, 천국에서 천사 동자 중의 우두머리가 되었다.

그런데 신이 아담을 만들어 마귀더러 아담 앞에 무릎을 꿇으라고 했다. 그러나 마귀는 듣지 않았다. 신은 마귀를 천국에서 추방하고 저주를 내렸다. 이 마귀에게서 태어난 자손이 악마다. 마귀 위로 6형제는 참된 신자인 마신의 조상이며 우리는 바로 그들의 후예들이다."

브르키야는 고향으로 데려가달라고 애원했으나 사후르 왕은 그럴 수 없다고 거절했다. 그 대신 브르키야를 자신의 말에 태워 이틀을 달린 끝에 왕의 영토 끝에 데려다주었다.

사후르 왕이 돌아간 뒤 혼자가 된 브르키야는, 이번엔 바라히야 왕을 만나 고국으로 데려다달라고 부탁했다. 바라히야 왕은 이곳에서의 이틀은 실제로 70개월에 해당한다고 말했다. 브르키야의 신기한 모험담에 놀란 바라히야 왕은 그를 곁에 머물게 했다. 그리하여 브르키야는 또다시 두 달을 이곳에서 머물게 되었다.

브르키야의 여행담이 계속되는 가운데
구렁이 여왕에게 귀가를 졸라대는 하시브

구렁이 여왕의 이야기를 듣던 하시브는 다시 고향 생각이 간절해졌다. 그래서 지상으로 보내달라고 애원했다.

"그건 안 됩니다. 틀림없이 그대는 대지의 표면에 발을 딛는 순간 맨 먼저 목욕부터 하게 될 거예요. 당신이 목욕을 끝내면 그 순간 나는 숨을 거두게 됩니다. 그것이 내가 죽는 원인이니까요."

하시브는 살아 있는 한 절대 목욕탕에 가지 않을 것이며 부득이 하게 된다면 집에서 하겠다고 거듭 맹세했다.

"당신이 100만 번 맹세해도 나는 당신의 말을 믿지 않습니다. 목욕

을 하지 않는다는 건 도저히 있을 수 없는 일이니까요. 게다가 당신
은 아담의 아들이지요. 아담의 아들이 하는 맹세치고 신성한 것이라
곤 없습니다. 당신의 조상 아담은 자신을 창조한 알라와의 맹세를 저
버리고 주의 명령을 배반하지 않았습니까?"

하시브는 이 말에 입을 다물고 눈물을 흘리며 울기 시작했다. 다 울
고 난 하시브가 여왕에게 브르키야의 다음 모험담을 청했다.

두 달 후 브르키야는 바라히야 왕과 작별한 뒤 며칠 밤낮을 가리
지 않고 쓸쓸한 황야를 지나 어느 높은 산에 올랐다. 산 정상에는 대
천사가 기도를 올리고 있었다. 대천사 앞에는 흰 글씨와 검은 글씨
로 꽉 찬 서판이 놓여 있었는데 천사는 그것을 뚫어져라 쳐다보고
있었다. 두 날개는 동서로 지평선까지 뻗어 있었다. 천사의 이름은
미카엘이며 밤과 낮의 교체를 담당하였다.

브르키야는 천사와 작별하고 여행을 계속해 넓은 들녘으로 나왔
다. 일곱 개의 시내가 흐르고 수목이 울창하게 우거진 아름다운 경
치에 넋을 잃고 바라보고 있자니 커다란 나무 밑에 네 명의 천사가
앉아 있는 게 보였다. 인간, 야수, 새, 황소 모양을 한 천사들은 모두
기도에 열중해 있었다.

또 다른 산에 당도하니 계속 두 손을 폈다가 접고, 접었다가 폈다
하며 기도하는 천사가 있었다. 천사는 브르키야에게 신이 창조한 세
상을 이야기해주었다.

"이 산은 카프 산이라고 하며 세계를 둘러싸고 있다. 조물주가 만
든 온갖 것들이 내 손바닥에 있다. 나는 전능하신 신의 명령에 따라
지진, 기근, 풍요, 살육, 번영을 실행하는 천사로서, 대지의 뿌리를

꽉 잡고 있다.

신은 카프 산의 안쪽에 이 세계 외에 다른 세계를 만들었는데, 그 것은 백은처럼 하얀 세계다. 얼마나 넓은지는 알라만이 아신다. 그 세계에는 천사들이 살며 천사의 유식은 신을 칭송하며 숭배하는 것이다. 목요일 밤마다 이 산에 모여 날이 밝을 때까지 함께 알라를 숭배한다. 그리고 무함마드의 귀의자인 죄인과 또 금요일에 구슬 목욕(몸을 정결히 하는 이슬람 의식)을 하는 모든 사람들에게 송사와 기도의 보답이 내리도록 결정한다. 부활절까지 천사가 하는 일이 이것이다.

또한 알라께서는 카프 산 뒤에도 다른 산을 만드셨는데, 거기에는 걸어서 500년 걸리는 길이의 산맥이 눈과 얼음으로 덮여 있다. 자한남의 열기를 막아주는 것이 이 산이다. 카프 산 뒤에는 40개의 세계가 있으며 모두 이 세계의 400배나 되는 크기다. 금, 백은, 홍옥으로 된 것 등 모두 독특한 빛깔을 하고 있는데 이것이 천사의 집이다.

대지는 일곱 층으로 되어 있고 층층이 포개져 있다. 신은 키도 성질도 알 수 없는 천사 하나를 만들어 이 천사가 일곱 층을 어깨로 떠받치고 있다. 이 천사의 발밑에 큰 바위 하나를 만들고 그 바위 밑에는 황소를, 황소 밑에는 큰 물고기를, 물고기 밑에 큰 바다를 만들었다. 바다 밑에는 밑을 모르는 공기의 심연을, 공기 밑에는 불을, 불 밑에는 파라크라는 큰 구렁이를 만들었다. 이 구렁이는 끝내 공기도, 불도, 천사도, 그 어깨에 떠받고 있는 것도, 위에 있는 것은 무엇이든 삼켜버릴 것이다.

신은 구렁이의 입에다 지옥을 넣어 부활절까지 간직해두었다. 그 날이 오면 천사들은 지옥으로 날아와 온갖 사람이 모일 때까지 지옥을 연결해두고, 주의 명령으로 지옥문이 열리면 거기서 산보다 더 큰 섬광이 튀어나올 것이다."

신이 창조한 광대무변한 세상은 사람으로서는 그저 놀랍고 신기할 따름이었다. 브르키야는 천사와 작별한 뒤 서쪽으로 계속 걸어갔다.

그때 큰 문 앞에 두 짐승 문지기가 앉아 있는 것이 눈에 띄었다. 하나는 사자, 또 하나는 황소 모양을 하고 있었다. 그들은 천사 가브리엘 외에는 문을 열어줄 수 없다며 문을 열어주지 않았다.

브르키야가 기도를 올리자 가브리엘이 내려와 문을 열어주었다. 안으로 들어가자 절반은 소금물, 절반은 담수로 된 끝없는 바다가 눈앞에 펼쳐졌다. 사방이 새빨간 홍옥 산으로 둘러싸여 있고 산꼭대기의 천사들이 주를 칭송하고 있었다. 천사들이 말했다.

"여기는 구천 밑에 있으며 이 바다가 세계 모든 바다의 원천을 이룬다. 우리들은 염수에는 염수를 담수에는 담수를 전 세계에 나누어 보내준다. 또 이 산은 물을 막아 모아두는 구실을 한다."

길을 묻자 천사들은 브르키야에게 바다를 건너가라고 했다. 그래서 풀의 즙을 발에 바르고 바다 위를 며칠 밤낮을 걸어 나갔다. 도중에 가브리엘, 이스라필, 마카엘, 아즈라일 네 천사를 만났다. 그들은 동쪽에 큰 용이 나타나 수많은 도시를 황폐화하고 주민을 잡아먹었기 때문에 알라의 뜻으로 그 용을 잡아 자한남에 처넣으러 가는 길이었다. 브르키야는 그들과 헤어져 다시 밤낮으로 행진하여 어느 섬에 당도하였다.

뭍에 올라 잠시 걷고 있으려니까 눈부시도록 잘생긴 젊은이가 두 개의 무덤 사이에서 비탄에 젖어 있는 게 눈에 띄었다.

브르키야는 먼저 자기의 모험담을 들려주었다. 이윽고 젊은이가 입을 열었다.

"내 이름은 얀샤인데, 나는 살아 있는 솔로몬 왕도 만나뵈었고, 상상도 못할 온갖 이상한 일도 겪었습니다."

얀샤는 상상을 초월할 만큼 기구한 신세 이야기를 털어놓았다.

이 대목에서 하시브는 구렁이 여왕의 이야기를 가로막고 제발 고향으로 보내달라고 매달렸다.

"나는 살아 있는 한 절대로 목욕탕에는 들어가지 않을 겁니다."

하시브는 맹세하고 또 맹세했다.

"그건 안 됩니다. 또 당신이 맹세했다고 해서 그 말을 믿을 수도 없습니다."

여왕이 계속 거절하자 하시브는 서럽게 울었다. 측은한 생각이 들었는지 구렁이 신하들까지 하시브를 거들고 나섰다. 여왕은 신하들의 애절한 원을 받아들여 마지못해 허락했다.

그리고 하시브에게 절대 목욕탕에 가지 않겠다는 굳은 맹세를 서약하게 한 다음, 구렁이 신하에게 하시브를 지구 표면으로 데려다 주라고 명령했다.

막 떠나려는데 하시브가 여왕에게 말했다.

"브르키야가 만난 그 젊은이의 사연이 궁금하네요."

구렁이 여왕은 얀샤의 모험담을 들려주었다.

{얀샤가 브르키야에게 들려준 사연}

내 부친은 카불을 다스리는 테그무스 왕으로, 샤탄족의 호전적인 추장들을 1만 명이나 거느리고 있었고, 그 추장들은 저마다 100개나 되는 도시와 100개나 되는 성채를 가지고 있었다. 또한 제후 일 곱 명까지 거느려서 동서로 뻗은 광대한 영토에서 계속 공물이 밀려 들어올 정도였다. 이렇듯 내 부친은 강대한 나라를 다스리는 제왕이 었으나 한 가지 근심이 있었으니, 그것은 왕위를 이을 후사가 없다 는 것이었다.

어느 날, 부왕은 점성가들을 불러 운수를 점쳐보았다. 호라산 왕 의 공주를 왕비로 맞아야 후사를 볼 수 있다는 점괘가 나왔다. 부왕 은 기뻐하며 그길로 청혼 사절을 보냈다. 그리고 우여곡절 끝에 부 왕은 호라산 공주를 왕비로 맞아 예언대로 아들을 낳았다. 그 아들 이 바로 나 얀샤다.

부왕이 점성가들을 불러 내 운수를 점쳐보니 열다섯 살에 위험과 재난에 직면하지만 그 고비만 넘기면 행운을 맞고 부왕보다 더 위대 하고 막강한 왕이 될 거라는 것이었다. 부왕은 아주 흡족해했다.

어느 날, 부왕과 나는 황야로 사냥을 나갔다. 사흘째 되는 날 한낮 이 지나 나는 털빛이 유난히 고운 영양 한 마리를 쫓아갔다. 영양은 보통 빠른 게 아니었다. 요리조리 잘도 도망쳤다. 해변까지 갔다가 이번엔 물속으로 도망을 치다가, 다시 해안에 매어둔 어선으로 뛰어 들었다. 나는 노예 등의 일행과 함께 배에 올라 영양을 생포했다.

막 돌아오려는 찰나 문득 먼바다 쪽에 큰 섬이 보였다. 나는 노예 들과 배를 저어 섬에 상륙하여 놀다가 영양을 데리고 귀로에 올랐 다. 그런데 날이 저물고 사방이 캄캄해지면서 배는 바다 한가운데서 길을 잃었다. 설상가상으로 강풍이 몰아닥치는 바람에 작은 배는 큰 바다로 밀려 표류하게 되었다.

부왕은 나의 실종 소식에 전군을 풀어 수색을 펼쳤다. 배를 타고 나갔다는 노예의 보고에 부왕은 왕관도 던져버리고 비통에 젖은 나날을 보냈다. 해상의 모든 섬에 서신을 띄우는가 하면 100여 척의 배를 보내 왕자의 행방을 찾아오라고 명령했으나 소식은 끝내 묘연하기만 했다.

한편, 나는 일행과 함께 바다 위를 표류하던 끝에 한 섬에 닿았다. 육지에 올라 살펴보니 샘이 하나 있고 곁에 한 사내가 앉아 있었다. 내가 인사하자 그는 새의 휘파람 소리 같은 목소리로 답례했다. 그의 말투가 어딘가 이상했다. 사방을 두리번거리다가 갑자기 그의 몸이 둘로 갈라진다 싶더니 양쪽이 좌우로 분리되어 모습을 감추어버렸다. 그때 갑자기 산에서 이상한 사내들이 우르르 수없이 몰려 내려와 우리에게 달려들어 우리를 잡아먹으려고 했다. 우리는 기겁하여 해변까지 도망쳤으나 뒤쫓아온 식인귀들이 결국 노예 세 명을 잡아먹고 말았다. 남은 노예 셋과 나는 구사일생으로 도망쳐 배에 올라 급히 출항하였다.

바람 따라 표류하던 배는 이윽고 어느 섬에 당도했다. 섬은 수목이 우거지고 과일이 주렁주렁 열린 낙원 그대로였다. 나는 배에 남고, 노예들을 먼저 상륙시켜 섬을 조사하게 하였다.

섬에는 사람의 그림자도 찾아볼 수 없었다. 섬 중앙에 흰 대리석 성벽으로 둘러싸인 수정 궁전이 있었는데, 큰 연못이 하나 있고 지붕도 벽도 없는 큰 건물이 있었다. 단 위에 온갖 보옥과 홍옥을 박은 순금 옥좌가 놓여 있었다. 노예들의 보고를 듣고 안심한 나는 육지에 올랐다.

궁전으로 들어가 옥좌에 앉자 나는 부왕과 고국이 그리워져 눈물이 흘렀다. 그때 갑자기 귀청을 찢을 듯한 함성이 바다 쪽에서 들려왔다. 메뚜기 떼처럼 엄청나게 많은 원숭이 대군이었다.

원숭이들은 해안에 매놓은 우리 배에 구멍을 내 바닷속으로 가라앉히고는 궁전으로 달려왔다. 또 한 무리가 배 안에 있던 영양의 껍질을 벗겨 성안으로 가져왔다. 그 고기를 구워 금은 접시에 담아서는 나와 일행에게 먹으라고 손짓했다. 배불리 먹고 나자 원숭이들이 자신들의 정체를 밝히고 이 섬과 궁전의 유래를 들려주었다.

"옛날 이 섬은 다윗의 아들 솔로몬 왕의 것이었습니다. 왕은 매년 한 번씩 영기를 기르기 위해 이 섬에 들르곤 했습니다."

원숭이들은 나를 왕으로 추대하며 내 앞에 무릎을 꿇고 절을 한 다음 신하로서 복종하겠다고 맹세했다. 그리고 말을 닮은 큰 개들을 끌고 와 나를 태웠다. 나는 원숭이 무리를 이끌고 해변으로 나갔다. 그러나 배는 이미 침몰한 뒤였다.

"임금님, 실은 당신께서 섬으로 오신 날, 우리는 당신께서 국왕이 되실 걸 벌써 알고 있었습니다. 그래서 혹시 저희들이 없는 동안 당신이 도망치면 큰일이라고 생각해 배를 침몰시킨 겁니다."

나는 체념하고 개울둑으로 갔다. 거기에는 높은 산이 솟아 있고 식인귀들이 몰려 있었다.

"저 식인귀들은 저희들의 숙적입니다."

식인귀들은 몸집이 아주 우람하고 생김새가 기괴망측한 데다 말을 타고 있었다. 나는 간담이 서늘해졌다. 황소나 낙타만 한 머리를 한 놈도 있었기 때문이다. 식인귀들은 원숭이들을 보자 곧 시냇가로 몰려들어 커다란 돌을 던지기 시작했다. 마침내 식인귀 군대와 원숭이 군대의 싸움이 시작되었다.

식인귀 군대가 우세한 걸 깨달은 나는 노예 병사들에게 활을 쏘라고 명령했다. 노예 병사들은 한 놈의 식인귀도 남겨두지 않겠다는 기세로 활을 쏘아 적을 사살했다. 적은 허둥지둥 도망쳤고, 노예 병사들의 용감한 활약상에 힘을 얻은 원숭이 무리는 기세를 몰아 적을 추격하여 무수한 식인귀들을 쓰러뜨렸다. 적은 높은 산으로 모습을 감추었다.

얼마 후 산을 돌아다니다 나는 설화석고로 된 석판 하나를 발견했다. 거기엔 솔로몬 왕의 글이 써 있었다.

"오, 그대. 이 나라에 발을 들여놓은 자여. 동서로 뻗어 있는 산길이 아니고는 원숭이들로부터 도망칠 방도가 없음을 알지어다. 동쪽 산길로 가면 식인귀, 야수, 악령, 마신 따위가 출몰하는 나라를 지날 것이고 석 달 여행 끝에 대지를 둘러싼 바다에 도달하리라. 그러나 서쪽으로 가면 넉 달 여행 끝에 개미의 골짜기에 당도하리라. 그 산길을 열흘 동안 걸어가면 현기증이 날 만큼 유속이 빠른 큰 강에 도달하리라. 그 강은 토요일마다 물이 마르는데 강 건너편 해안에 이슬람교도가 전혀 없는 유대인들의 도시가 있다. 그 도시 말고는 도시가 없다. 그러므로 그대는 원숭이 나라의 왕으로 그들을 다스리거라. 그대가 있는 한 원숭이족이 승리할 것이기 때문이다."

나는 서판을 읽으며 눈물을 흘렸다. 그럭저럭하는 사이에 원숭이 나라를 통치한 지도 어언 1년 반이 지났다.

어느 날, 원숭이 군대와 함께 개를 타고 사냥을 나간 나는 숲과 황야를 헤치고 계속 진군하여 마침내 개미의 골짜기에 다다랐다. 열흘 야영하는 동안 나는 탈출을 결심했다. 그리하여 갑옷을 입고 장검과

단검을 허리에 차고 나의 노예 병사들과 함께 야영지를 빠져나와 서쪽으로 전진했다.

아침이 되어서야 원숭이들은 나와 일행이 도망친 것을 알게 되었다. 그들은 동쪽과 서쪽으로 나누어 내 뒤를 쫓았다. 개미의 골짜기로 추적하던 원숭이들이 우리 일행을 발견했다. 이제 우리의 운명은 바람 앞의 등불이 되었다. 때마침 개만 한 크기의 개미 떼들이 땅속에서 우글우글 나타나 원숭이 군대에게 달려들었다. 개미 한 마리가 원숭이 한 마리를 두 쪽으로 찢어놓으면 원숭이는 열 마리가 겨우 개미 한 마리를 두 쪽 내는 형편이었다. 전세는 개미 쪽이 우세해 마침내 개미 군대가 승리를 거두었다. 그들이 싸우는 동안 우리 일행은 골짜기의 개울을 따라 부지런히 도망쳤다.

날이 밝자 원숭이 군대의 반격이 시작되었다. 노예 병사 한 명이 그들의 손에 죽고 말았다. 나는 남은 노예 병사 두 명과 함께 골짜기 낮은 곳으로 몸을 피했다. 눈앞에 큰 강이 가로질러 흘렀고, 강기슭에 대기하고 있던 엄청난 개미 대군이 우리 일행을 포위했다. 노예 병사 한 명이 칼을 뽑아 달려가자 개미 군대가 우르르 달려들어 죽여버렸다. 한쪽에서는 원숭이들이, 또 한쪽에서는 개미들이 떼로 달려드니 어쩔 수가 없었다. 나는 할 수 없이 옷을 벗고 하나 남은 노예 병사와 함께 강으로 풍덩 뛰어들었다.

강의 유속이 워낙 빨라 마지막 노예 병사 한 명은 그만 급류에 휩쓸렸고 끝내 바위 모퉁이에 부딪쳐 죽고 말았다. 나는 강 한가운데로 헤엄쳐나가 맞은편 기슭에서 뻗은 나뭇가지에 매달린 끝에 몸을 움직여 겨우 둑으로 올라갈 수 있었다. 혼자 남은 나는 강가에서 옷을 말리며 눈물을 흘렸다. 날이 어두워진 다음에 동굴로 몸을 피했다. 공포와 슬픔에 젖은 채 뜬눈으로 밤을 새우고 이튿날 아침 다시 여로에 올랐다.

몇 날 몇 밤을 계속 걸어 마침내 나는 안식일마다 물이 마른다는 강에 도착했다. 그리고 안식일을 기다려 물이 말라버린 강바닥을 따라 걸어 맞은편 기슭의 유대인 성도로 들어갔다.

나는 어느 유대인 집에서 신세를 지게 되었다. 내가 카불의 왕이라고 말하자 유대인은 처음 듣는 도시로, 대상에게 알 야만이라는 나라는 들었다며 여기서 거기까지는 2년 하고도 석 달이 걸린다고 했다. 그러면서 내년에 대상이 올 때까지 기다리라고 친절하게 일러주었다.

날마다 거리에 나가 마음을 달래는 동안 어느새 두 달이 지났다.

그러던 어느 날, 나는 거리에서 한 사내가 외치는 소리를 들었다. 아침부터 밤까지 일해서 금화 1,000디나르와 아름다운 미인을 손에 넣고 싶은 사람을 구한다는 내용이었다. 나는 귀가 솔깃하여 그 사내를 따라 하늘 높이 솟은 어느 저택으로 들어갔다. 흑단 의자 위에 앉은 유대인 상인은 금화 1,000디나르가 든 지갑을 주고는 미인을 데려왔다. 나는 처녀와 하룻밤 단꿈을 꾸었다. 다음 날 나는 목욕을 하고 값비싼 비단옷으로 갈아입고서 하루 종일 술과 음악에 취하며 유대인 상인과 흥겹게 놀았다. 그리고 유대인 상인이 돌아가자 나는 또다시 노예 처녀를 품에 안고 잠들었다.

이튿날 유대인 상인과 나는 암탕나귀를 타고 시내를 벗어나 산에 당도하였다. 꼭대기가 보이지 않을 정도로 높은 산이었다. 산기슭에 내리자 유대인은 내게 단도와 끈을 주더니 암탕나귀를 죽이라고 했다. 당나귀를 죽이고 껍질을 벗긴 뒤 머리와 다리를 잘라내니 한 덩어리의 고기만 남았다. 유대인 상인은 당나귀 배를 갈라 내장을 모두 꺼내고는 나를 그 속에 집어넣은 다음 배를 꿰맸다. 그러곤 상인은 산 아래로 몸을 숨겼다.

잠시 후 큰 새 한 마리가 날아와 당나귀 시체를 잡아채서는 멀리 아득한 산꼭대기로 날아올랐다. 큰 새가 먹어치우려는 찰나, 나는 당나귀 배를 찢고 뛰쳐나왔다. 새가 깜짝 놀라 날아가버렸다. 사방을 둘러보니 햇볕에 바짝 말라 미라가 된 사람의 시신이 뒹굴었다. 산 아래에서 유대인 상인이 외치는 소리가 들려왔다. 산꼭대기에서 돌멩이를 아래로 던지면 내려오는 길을 가르쳐주겠다고 했다. 돌은 모두 홍옥과 감람석 등 값비싼 보석들이었다. 나는 돌 200개 정도를 던져주었다. 다 던지고 나서 나는 내려가는 길을 가르쳐달라고 했다. 그러나 유대인 상인은 나를 버려둔 채 보석을 당나귀에 싣고 혼자 떠나버렸다. 그때에야 속임수에 넘어간 사실을 깨닫고 나는 하늘의 구원을 청했다.

나는 이리저리 산길을 헤매면서 이것저것 잡초를 뜯어먹으면서, 험한 산악 지대를 헤치며 걷고 또 걸었다. 겨우 산기슭에 다다르자, 저 멀리 과일나무가 우거지고 새들이 알라를 칭송하며 지저귀는 골짜기가 눈에 띄었다. 나는 뛰어오를 듯 기뻐 걸음을 재촉하여 한달음에 바위에 둘러싸인 골짜기로 나왔다. 개울을 따라 걷자니 갑자기 하늘을 찌를 듯 치솟은 큰 성이 나타났다. 성문에는 인품이 좋아 보이는 노인이 홍옥수를 박은 지팡이를 짚고 서 있었다.

그동안 겪은 온갖 고생담을 이야기하면서 나는 복받치는 울음을 참을 수 없어 눈물을 흘렸다. 노인은 나를 위로해주고 이곳에 대한 이야기를 들려주었다.

"이 골짜기와 이 성은 모두 다윗의 아들 솔로몬 왕의 것이오. 내 이름은 샤이후 나스르라고 하며 새들을 관장하는 왕자요. 솔로몬 왕은 내게 이 성을 맡기고 새의 말을 가르쳐주셨고, 온 세상의 모든 새들을 다스리는 왕자로 만든 것이오. 그래서 해마다 한 번씩 크고 작은 온갖 새들이 여기 모여든다오. 내 검열이 끝나야만 새들은 다시 날아갈 수 있게 되어 있다오."

나는 눈물에 흠뻑 젖어 노인에게 간청했다.

"도대체 어떻게 하면 고향으로 돌아갈 수 있을까요?"

"젊은이, 그대는 카프 산 근처에 있기 때문에 새들이 올 때까지는 여기에서 나갈 수 없소. 새들이 모두 모이면 그때 새 한 마리에게 그대를 고국으로 데려다주라고 하겠소. 그동안은 참고 기다리면서 마음의 시름을 푸시오."

노인의 위로와 격려에 힘을 얻은 나는 성에 머물면서 노인과 함께 나날을 보냈다.

어느덧 예년처럼 새들이 모두 모이는 날이 다가왔다. 노인이 없는 동안 나 혼자 있기 심심할까 봐 노인은 성 안의 방들을 구경하라면서 열쇠 꾸러미를 던져주었다. 다만 이러이러한 방만은 절대 열어서는 안 된다고 단단히 주의를 주었다. 만약 어기면 다시는 행운을 잡지 못할 거라고 경고했다.

나는 성안의 방을 하나하나 구경하며 이리저리 돌아다니다 마침내 노인이 경고한 금단의 방문 앞에 우뚝 멈춰 섰다. 방문은 수수하고 고상한 꾸밈새에다 황금 자물쇠가 채워져 있었다. 들어가 보고 싶은 강렬한 호기심을 참다못해 결국 나는 문을 열고 안으로 들어갔다.

방 안엔 커다란 수반이 놓여 있었는데 수반 바닥에 깔린 자갈은 하나같이 모두 진귀한 보옥들이었다. 금은과 수정으로 장식한 화려한 막사엔 히아신스로 장식한 격자창이 달려 있었다. 마루는 녹옥석, 홍보옥, 취록옥과 그 밖의 보석을 모자이크처럼 깔아놓아 호화롭기 그지없었다. 물이 가득 찬 황금 수반 안의 분수에서는 금은으로 조각한 온갖 짐승의 조각상들의 입에서 물을 내뿜고 있었다. 큰 방 단상에는 옥좌가 있는데 위로 초록색 비단 천막이 쳐 있고, 솔로몬 왕의 양탄자가 들어 있는 조그마한 방도 있었다. 화초와 보석이 어우러진 진기한 풍경에 나는 넋을 잃고 말았다.

그때 하늘에서 새 세 마리가 날아왔다. 독수리처럼 몸집이 컸으나 모습은 비둘기 같았다. 새들은 수반 주위에 내려앉아 잠시 있다가 이윽고 깃털을 벗었다. 새들은 순식간에 세상에서 보기 드문 아름다운 처녀로 변했다. 처녀들은 수반에 뛰어들어 헤엄치며 놀기 시작했다. 처녀들의 아름다운 자태에 나는 다시 한 번 넋을 잃고 말았다.

나는 처녀들에게 인사하고 어디서 온 누구냐고 물었다.

"우리는 전능하신 알라의 보이지 않는 세상에서 왔습니다."

이렇게 인사를 나눈 뒤 나는 처녀들과 함께 밤새 먹고 마시며 즐겁게 놀았다. 나는 세 처녀들 가운데 막내에게 흠뻑 빠져 마음속으로 사모해 마지않았다. 하지만 아침이 되자 처녀들은 날개옷을 걸치고 다시 비둘기 같은 모습으로 날아가버렸다. 나는 슬픔에 그만 정신을 잃고 쓰러지고 말았다.

새들의 회의에서 돌아온 노인은 기쁜 소식을 전하기 위해 급히 나를 찾았다. 새에게 부탁하여 나를 고향으로 보내줄 수 있게 되었기 때문이다. 그런데 어디에서도 내 모습이 보이지 않자 노인은 금단의 방에 들어간 것이 틀림없다고 짐작하고 그 방으로 갔다. 아니나 다를까, 나는 기절하여 나무 밑에 쓰러져 있었다.

노인이 내 얼굴에 방향수를 뿌렸다. 정신을 차린 나는 금세 그 막내 처녀가 그리워져 노래를 불렀다.

행복이 넘치는 밤에 보름달처럼 환한 그대
자태는 하늘거리는 버들, 눈은 깊은 우물,
입술은 빛나는 루비, 머리칼은 칠흑 비단.
허리는 연약해도 마음은 철석보다 굳세고
그대 눈의 화살, 과녁을 빗겨나는 법이 없네.
내 영혼의 가인이여, 천국의 새를 능가하니
무릇 세상 여자 가운데 누가 그대와 겨루리.

노인은 내가 금단의 방에 들어간 것을 나무라고 나서, 이왕 이리 되었으니 그 안에서 있었던 일을 들려달라고 했다. 나는 금단의 방에서 본 것과 있었던 일들을 노인에게 전부 말해주었다. 그러자 노인은 나를 위로하며 말했다.

"그 처녀들은 마신의 딸로 해마다 단 하루만 여기 와서 놀다가 돌아간다오. 그들의 나라가 어디인지는 전혀 모르오. 하지만 이젠 힘을 내시오. 그런 처녀들일랑 잊어버리고 나를 따라오시오. 새들에게 부탁해 고향에 데려다줄 테니까."

하지만 나는 오직 그 처녀들을 보고 싶은 생각뿐이었다. 고향에 돌아가고 싶지도 않았다. 죽는 한이 있어도 꼭 처녀들을 만나보고 싶었다. 그래서 처녀를 만나게 도와달라고 울면서 노인에게 매달렸다.

"알라께 맹세코 처녀들에 대해선 아무것도 모르오. 하지만 만일 그대가 정 그렇게 사모하고 있다면 내년 이맘때까지 여기서 기다리시오. 꼭 다시 나타날 테니까. 처녀들이 올 때가 다가오거든 정원의 나무 그늘에 숨어 있다가 처녀들이 날개옷을 벗고 연못에 뛰어들 때 그대가 사모하는 처녀의 날개옷을 감추란 말이오. 날개옷을 뺏긴 처녀는 알몸을 가리기 위해 그대에게 옷을 달라고 애걸복걸할 거요. 하지만 내가 새들의 회의에서 돌아올 때까지 절대 처녀를 겨드랑이 밑에 꼭 끼고서 놓지 마시오. 내가 둘 사이를 원만히 주선하여 고향에 보내줄 테니 말이오. 내가 해줄 수 있는 일은 그게 고작이오."

1년을 기다린 끝에 마침내 새들이 모이는 그날이 돌아왔다. 노인은 회의를 하러 떠났고 나는 노인이 일러준 대로 나무 그늘에 숨어 있었다. 마침내 학수고대하던 세 처녀가 나타났다. 처녀들이 날개옷을 벗고 수반으로 들어가자 나는 번개처럼 날개옷 있는 곳으로 달려가 꿈에도 잊지 못할 처녀의 날개옷을 움켜쥐었다. 그 처녀는 셋 중에서 가장 나이가 어린 막내로서, 태양의 처녀라고 하는 샴사 공주였다.

이윽고 수반에서 나온 처녀 둘은 날개옷을 찾아 입었으나 막내 샴사 공주는 날개옷이 없어진 걸 알고 미친 듯이 가슴과 얼굴을 때리며 울부짖었다. 두 언니가 준 옷으로 겨우 알몸을 가릴 수 있을 뿐이었다. 나는 샴사 공주에게 다가가 그동안 참았던 눈물을 쏟으며 애타는 사랑을 고백했다. 그리고 내가 겪은 모험담과 기구한 신세 이야기를 들려주었다.

샴사 공주는 한숨을 내쉬며 말했다.

"그렇게까지 나를 위해주신다면, 그 날개옷을 돌려주세요. 언니들과 함께 일단 고국으로 돌아가 당신이 얼마나 나를 사랑하는지 말씀드린 후 다시 돌아와 당신을 고국으로 모셔갈 테니까요."

"알라의 눈앞에서 내가 죽는 모습을 꼭 보여야겠습니까? 만일 날개옷을 돌려준다면 당신은 대번에 날아가버릴 거고, 그럼 나는 당장 죽고 말 겁니다."

어린애 같은 나의 투정에 샴사도 두 언니도 잠깐 웃었다. 샴사 공주도 나의 잘생긴 용모와 수려한 풍채에 마음이 혹했던지 나를 껴안고 뺨과 이마에 입을 맞추었다. 두 언니와 함께 웃고 먹고 마시는 동안 노인이 회의를 끝마치고 돌아왔다.

노인은 처녀들에게 "이 젊은이의 이름은 얀샤로 왕가의 혈통을 이어받고 있으며, 부친은 카불의 국왕으로서 그 위세가 광대한 영역에 널리 퍼져 있다"고 나를 소개하였다. 노인이 시키는 대로 샴사 공주도 나와 결혼하겠다는 것과 절대로 나를 배반하지 않을 것을 맹세했다. 모두들 기뻐하며 석 달 동안 노인의 성에서 즐기며 지냈다.

그렇게 즐기기를 석 달이 된 날, 샴사는 함께 카불에 가서 부부가 되자고 했다. 감췄던 날개옷을 꺼내주자 샴사는 날개옷을 입고 등에 나를 태웠다.

"내 등에 업혀 눈을 꼭 감고 귀를 꼭 막고 계세요, 빙빙 도는 천체의 요동 소리가 들리지 않도록. 행여 떨어지면 큰일이니까 이 날개옷을 꼭 붙잡고 놓치면 안 됩니다."

샴사 공주와 나는 두 언니 그리고 노인과 작별하고 곧장 하늘 높이 올라 한 줄기 바람처럼, 번득이는 번개처럼 날아서 단 이틀 만에

석 달 거리의 카불 도성 근처 숲에 도착하였다. 우리 일행이 잠시 여장을 풀고 먹고 마시며 쉬고 있는데, 두 사내가 다가왔다. 가만히 보니, 전에 내가 어선에 탔을 때 남아서 말을 지킨 노예 병사들이었다. 나는 그들에게 "우리는 여기서 이레 동안 머물면서 휴식을 취할 테니, 너희는 지금 당장 부왕께 달려가 우리 소식을 전하라"고 일렀다.

소식을 전해들은 부왕(테그무스 왕)은 뛰어오르듯 기뻐하며 어마어마한 행렬을 지어 환영을 나왔다. 나는 부왕과 힘껏 부둥켜안고 기쁨의 눈물을 흘렸다. 내가 타향에서 겪은 고생담을 들려주자 모두 눈물을 흘리며 위로하였다.

열흘 뒤 일행은 도성으로 들어갔다. 시민들도 모두 나의 무사귀환을 열렬히 환호하였다. 샴사는 부왕에게 궁전을 지어달라고 부탁했다. 축하연이 계속되는 동안 궁전도 완성되어 화원 한가운데 우뚝 세워졌다. 이윽고 호화찬란한 결혼식이 거행되었다. 사람들은 긴 행렬을 지어 신부를 신궁으로 안내하였다.

그런데 신궁으로 들어선 순간 샴사의 코에 날개옷 냄새가 물씬 스쳐 지나갔다. 어떻게든 날개옷을 되찾기로 결심한 공주는 한밤중이 되기를 기다렸다가 내가 깊은 잠에 빠진 틈을 타 홍예문 밑으로 대리석 상자가 묻혀 있는 땅을 파헤쳤다. 그리고 납봉을 뜯고 날개옷을 꺼내 입고 날아올랐다가 궁전의 뾰족탑에 내려앉았다. 사람들이 놀란 눈으로 지붕을 올려다보았다. 공주는 군중들에게 작별 인사를 하고 싶으니 왕자를 데려와달라고 외쳤다. 급보를 받자마자 나는 한달음에 뛰쳐나갔다. 이게 도대체 무슨 짓이냐고 내가 외쳤다. 샴사는 궁전 지붕 꼭대기에서 나를 향해 외쳤다.

"저는 당신을 아주 많이 사랑하고 있어요. 그래서 당신을 고국으로 모셔와 당신의 양친을 만나게 해주었어요. 내가 사랑하는 만큼 당신도 나를 사랑한다면, '보석의 성' 타크니로 나를 찾아오세요."

공주는 이 한마디를 남기고 하늘로 날아올랐다. 그날부터 나는 오매불망 공주를 그리다가 병이 들었다. 부왕은 상인이나 선원 또는 여행자를 통해 '보석의 성' 타크니에 대해 알아보기도 하고, 여러 나라와 섬에 급사를 파견하거나 밀정을 보내 백방으로 찾아봤지만 그 소재를 아는 사람은 아무도 없었다.

한편, 인도의 왕 카피드는 테그무스 왕이 아들 걱정 때문에 국사에 소홀하여 국력이 쇠퇴하고 군대가 약해졌다는 소문을 들었다. 과거 테그무스 왕은 인도의 왕 카피드의 영토를 침범하여 부왕과 형제를 죽이고 병사들을 살육하여 재물을 약탈해간 적이 있었다. 그때부터 두 왕은 불구대천의 원수가 되었다.

인도 왕 카피드는 피의 복수를 단행할 절호의 기회가 왔다고 판단하고, 군대를 몰아 카불 왕국으로 쳐들어왔다. 테그무스 왕은 군대를 이끌고 방어에 나서는 한편 사신을 보내 화친을 종용해보았으나 카피드 왕은 이를 무시하고 일전을 각오하라고 맞받았다.

결국 양군은 치열한 전투를 시작하여, 일진일퇴를 거듭하면서 백병전을 펼쳤다. 이윽고 전세가 불리해진 카피드 왕은 지원군을 요청하였다. 파쿤 왕의 군대가 달려오자 카피드 왕은 기세가 등등해졌다.

이렇게 두 달 동안 양쪽이 피 말리는 전쟁을 계속하는 동안에도 나는 궁전에만 틀어박혀 부왕도 안 만나고 시녀도 곁에 오지 못하게 하고서는 오직 샴사에 대한 그리움으로 애를 끓이고 있었다. 어느 날, 나는 전쟁터로 출정하는 것처럼 하여 부하들을 이끌고 밖으로 나왔다. 부하들은 마침내 왕자도 싸우러 나간다고 생각했으나 나는 오직 사랑 이외에는 아무 관심이 없었다. 날이 저물어 광막한 들판에서 하룻밤 야영을 하게 되었다. 나는 부하들이 모두 잠든 사이에 혼자 몰래 빠져나와 바그다드를 향해 말을 달렸다. 바그다드에서는 2년에 한 번씩 대상들이 유대인 마을로 떠난다는 말을 들었기 때문이다.

부왕은 부하들로부터 왕자가 또다시 사라졌다는 말을 듣고 그만 낙심하여 더 이상 싸울 의지가 사라져버렸다. 부왕은 카피드 왕에게서 등을 돌리고 도성 안으로 도망쳐 성문을 굳게 닫은 채 성벽을 엄중히 경비하라고 명령했다. 카피드 왕은 도성 정면에 진을 치고 여드레 밤낮으로 싸움을 걸고 다시 진영으로 돌아와 부상병을 치료했다. 그동안 도성 안에서는 요새를 구축하고 돌화살과 무기들을 성벽에 설치하고 만반의 방어 태세를 갖추었다.

이런 식으로 두 왕은 7년이라는 세월을 서로 대치하며 싸웠다.

나는 만나는 사람마다 붙들고 '보석의 성' 타크니에 대해 물어보았지만 한결같이 모른다는 대답뿐이었다. 할 수 없이 유대인 마을로 가기 위해 대상들을 따라 미즈라칸으로 갔다. 거기서부터는 혼자 배고픔과 갈증을 견디며 시마운에 도착했고 몇 날 몇 밤 여행을 계속해 그 옛날 원숭이 군대에서 도망쳤던 곳에 이르러 안식일을 기다렸다가 강을 건너 유대인 마을로 들어갔다. 그리고 친절한 유대인 집에 전처럼 머물면서 시장을 들락거리며 이제나저제나 유대인 상인이 나타나기를 기다렸다. 이윽고 유대인 상인을 만난 나는 말 사체의 배 속에 들어갔다가 독수리의 도움으로 산꼭대기에 도달하였다.

유대인 상인이 외쳤다.

"돌을 떨어뜨리시오. 그러면 산을 내려오는 길을 알려주겠소."

"네놈은 5년 전에도 나를 그런 식으로 골탕 먹었다. 그때 내가 얼마나 고생했는지 알기나 하는가? 날 여기 올려놓고 또다시 죽이려는 모양인데, 이놈! 내가 돌멩이 하나 던져줄 줄 아느냐?"

나는 상인을 버려둔 채 새의 왕자 나스르 노인이 살고 있는 골짜기를 향해 내려갔다.

나스르 노인은 나를 보자 깜짝 놀랐다. 나는 자초지종을 들려주고 보석의 성 타크니까지 데려다달라고 애원했다. 새들이 모이는 날을 기다렸다가 새들에게 물었으나 새들도 하나같이 모른다고 했다. 할 수 없이 노인은 큰 새에게 부탁하여 나를 고향 카불로 다시 데려다 주게 했다.

큰 새는 가는 도중 길을 잃어 짐승의 왕 샤바드리에게 나를 내려놓았다. 그리고 잠시 뒤 다시 나를 태우고 날아가려 했다.

"나를 여기 두고 너 혼자 가거라. 나는 여기 남아서 죽든지 아니면 '보석의 성'을 찾아내든지 둘 중 하나를 택할 것이다. 이대로 고국으로는 절대 돌아가지 않아."

나는 짐승의 왕 샤바드리에게 '보석의 성'을 물어봤지만 그 역시 모른다고 대답했다. 수많은 짐승들에게 물어봐도 모두 모른다는 대답뿐이었다. 나는 낙심천만하여 절망에 빠졌다.

샤바드리는 나를 위로하며 말했다.

"내게 형님이 한 분 있소. 시마후라는 왕이오. 옛날 솔로몬 왕을 배신한 죄로 갇힌 적도 있는데, 마신족 사이에서는 이 형님이나 나스르 노인 이상으로 나이가 많은 사람은 아무도 없소. 아마 이 형님이라면 알지도 모르오. 어쨌든 이 지방 일대의 마신을 지배하고 있으니까."

나는 짐승 등에 타고 시마후 왕에게 안내되었다. 그러나 시마후 왕 역시 보석의 성을 알지 못했다. 하지만 '성채의 산'에 있는 '금강성의 암자'에 칩거하고 있는 야그무스 수도자를 만나면 좋은 수가 생길지 모른다고 알려주었다. 수도자는 주문과 마력의 힘으로 새도 짐승도 마귀도 모두 굴복시켜 부하로 삼았기 때문에 모두가 고분고분 말을 잘 듣는다는 것이었다.

어마어마하게 큰 새의 등에 올라탄 나는 야그무스 수도자를 찾아갔다. 수도자는 몹시 놀라면서 이 나이가 될 때까지 그런 성의 이름은 들어본 적이 없다고 했다. 새와 짐승과 마신 들 역시 하나같이 모른다고 했다.

그런데 뒤늦게 마지막으로 나타난 몸집이 큰 새까만 새 한 마리가 이렇게 말하는 게 아닌가.

"내가 어릴 때 우리는 카프 산 뒤, 대사막 한가운데 있는 수정 언덕에서 살았습니다. 부모님은 매일 아침 나가서 저녁때 먹을 것을 가지고 돌아오곤 했습니다. 어느 날 양친이 여드레 만에 돌아온 적이 있었습니다. 그때 부모님은 마신에게 붙잡혀 '보석의 성' 타크니로 끌려갔고 샤란 왕은 당장이라도 부모님을 죽일 판이었습니다. 양친이 두고 온 어린 새끼들을 걱정하며 눈물을 흘리니 왕이 불쌍히 여겨 풀어주었다고 했습니다. 양친이 아직 살아 계시다면 혹시 그 성에 대한 단서를 가르쳐줄지 모릅니다."

나는 큰 새의 등에 올라타고 수정 언덕에 내려 잠시 쉬었다가 다시 이틀을 날아 큰 새 양친의 둥지에 도착했다. 하지만 둥지는 비어 있었다. 나는 다시 이레 낮밤을 날아 어미새가 먹이를 찾아 떠난 곳까지 갔다.

그곳은 카르무스라는 하늘 높은 언덕의 꼭대기였다. 그런데 언덕 저 멀리에 번개처럼 번쩍이는 섬광이 하늘 가득 퍼져 있었다. 나는 그 섬광이 번쩍이는 방향으로 걸어갔다. 그 빛은 바로 샴사가 살고 있는 보석의 성에서 내뿜는 것이었다. 성의 초석은 진분홍색 홍옥이고, 건물은 누런 황금으로 만들어졌다. 진기한 금속으로 만든 탑이 1,000개 있고 탑마다 '암흑의 바다'에서 가져온 보석과 광물이 박혀 있어 이 때문에 '보석의 성' 타크니라는 이름이 붙은 것이다.

한편, 샴사 공주는 '보석의 성'으로 돌아오자마자 부모에게 그동안의 일을 낱낱이 털어놓았다. 양친은 공주의 경솔한 행동을 꾸짖었다.

"너는 알라의 뜻에 맞지 않은 일을 한 것 같구나."

"얀샤 왕자는 진정으로 저를 사랑하기 때문에 반드시 저를 찾아올 거예요."

샴사 공주의 말에 샤란 왕은 마신족의 위병이나 관리 모두에게 누구든 인간을 만나는 즉시 왕 앞으로 데려오라고 명령했다. 샴사 역시 남편이 자기를 사랑한다면 틀림없이 찾아올 것으로 믿고 그날도 카프무스 산 쪽으로 부하 마신 하나를 내보냈다. 도중에 나를 만난 마신은 내가 공주의 남편임을 알아채고 나를 어깨에 지고 한달음에 보석의 성으로 달려갔다.

소식을 듣고 달려나온 샤란 왕과 왕비는 기뻐서 나를 껴안고 손에 입을 맞췄다. 왕비가 말했다.

"잘 오셨어요. 딸애 샴사는 정말 못할 짓을 했지만 제발 우리를 생각해서 그 애를 용서해주세요."

이 한마디에 나는 그만 기절하고 말았다. 그동안 얼마나 애를 태웠던가. 오랫동안 쌓인 불안과 긴장이 한순간 눈 녹듯 사라지고 만 것이다. 왕이 얼굴에 장미수를 뿌려주어 나는 깨어났다. 이윽고 왕비의 손에 이끌린, 꿈에도 그리던 샴사 공주가 들어왔다. 공주는 나와 양친 앞에서 미안함과 부끄러움으로 어쩔 줄 몰라 하며 고개를 푹 숙였다.

나는 카피드 왕과 싸우고 있는 부왕을 혼자 남겨두고 그동안 온갖 고생을 겪으며 여기까지 온 것은 오직 샴사를 사랑하기 때문임을 고백했다.

샤란 왕은 결혼 준비를 서둘러 나와 공주의 백년가약을 알리는 결혼식을 성대하게 베풀어주었다.

세상의 온갖 위안과 일락을 누리는 동안 어느덧 두 해가 지났다. 샤란 왕은 우리 부부에게 1년은 보석의 성에서, 1년은 카불에서 살라고 했다. 그런데 벌써 두 해가 지났으므로 샤란 왕은 고국 카불로 돌아갈 것을 허락해주었다.

나는 공주와 함께 호화롭기 그지없는 가마를 타고 시녀와 마신을 거느린 채 카불에 도착했다. 2년 하고도 6개월 걸리는 거리를 하루 만에 날아온 것이다. 마신은 도심 한가운데 가마를 내려놓았다.

한편 그 무렵 부왕은 인도 왕과 화친을 맺어 살길을 찾고자 했으나 인도 왕은 도무지 받아들이지 않았다. 살아날 길이 없다고 체념한 부왕은 스스로 목을 매달아 자살하여 난국을 타개할 각오를 다졌다. 그리하여 대신과 태수 들에게 작별을 고하고 후궁의 처첩들과 이별하려고 궁전으로 들어갔다. 나라 안은 온통 통곡과 비탄의 절규로 가득 차 있었다.

이런 판국에 내가 느닷없이 공주와 함께 마신 일행을 거느리고 나타난 것이다. 나는 공주에게 부친이 당한 고통과 백성들의 슬픔을 이야기해주었다. 샴사 공주는 마신들에게 마지막 하나까지 다 죽이고 카피드 왕을 생포해오라고 명령했다. 마신들이 인도군과 싸우는 동안 나는 공주를 데리고 부왕 앞으로 나아갔다. 부왕은 나를 보자 너무 놀라고 기쁜 나머지 숨조차 막힌 듯 비명을 지르곤 실신해버렸다. 이내 정신을 차린 부왕은 죽은 자가 환생하여 돌아온 듯이 나를 꽉 껴안고 하염없이 눈물을 흘렸다.

이윽고 부왕과 우리 부부는 궁전 지붕으로 올라가 마신들이 인도군을 마구 무찌르며 적진을 쑥대밭으로 만들어놓는 광경을 바라보았다. 부왕은 백 년 묵은 체증이 한꺼번에 가신 듯이 기뻐했다.

마침내 카피드 왕은 마신에게 생포되어 공중에 매달린 채 자기 부하들이 하나도 남김없이 도륙되는 걸 지켜보아야 했다. 이윽고 그는 손발에 족쇄를 찬 채 '검은 성채'에 갇혔다.

부왕은 공주를 위해 전보다 더 성대하고 호화롭게 도성을 장식하고 두 번째 결혼식과 연회를 베풀었다. 그리고 공주의 간청에 따라 카피드 왕을 그의 고국으로 보내주었다.

이후 나는 샴사 공주와 더불어 이 세상의 기쁨과 행복을 다하며 즐거운 나날을 보냈다.

야샤의 진기한 모험담에 브르키야는 적잖이 놀랐다.

"그런데 왜 당신은 지금 두 무덤 사이에 앉아 혼자 울고 있는 겁니까? 도대체 이 두 무덤에는 어떤 곡절이 있는 겁니까?"

얀샤는 긴 한숨을 내쉬며 말했다.

"우리 부부는 고향 카불과 보석의 성 타크니에 1년씩 번갈아 머물며 행복하게 살아왔습니다. 그런데 어느 날 보석의 성으로 가던 중 이 섬에 내려 잠시 쉬었지요. 아내와 시녀들은 옷을 벗고 물속에 들어가 놀고 있었지요. 나는 그동안 강둑을 산책했어요. 그때 놀랍게도 바다 괴물인 큰 상어가 다른 시녀들은 놔두고 하필 아내의 발을 문 겁니다. 아내는 악 하고 외마디 비명을 지르고는 그대로 죽고 말았습니다. 마신들의 연락으로 샤란 왕과 가족들이 부랴부랴 달려와 아내를 이 섬에 묻었습니다. 모두들 나를 고국으로 데려가려 했으나 내가 거절했습니다. 그러곤 샤란 왕에게 이렇게 부탁했지요. 아내 무덤 옆에 내 무덤을 파, 내가 죽거든 그 무덤에 묻어달라고요. 그때부터 나는 이 두 개의 무덤 사이에서 살게 된 겁니다."

얘기를 마친 얀샤는 애절한 심정을 시로 읊었다.

임이여, 그대 없으니 집도 친지도 의미가 없어라.

그 옛날 진심으로 사랑하던 벗도 빛을 잃었어라.

브르키야는 얀샤의 기구한 운명에 할 말을 잃었다. 잠시 후 브르키야는 얀샤로부터 안전한 지름길을 알아낸 뒤 길을 떠났다.

구렁이 여왕,
하시브에게 브르키야의 뒷얘기를 들려주다

하시브는 구렁이 여왕이 얀샤의 일을 소상히 알고 있는 것이 의아했다.

"그런데 당신은 도대체 어떻게 그런 걸 소상히 알고 계십니까?"

구렁이 여왕이 대답했다.

"언젠가 내가 사자를 통해 브르키야에게 인사 편지를 보낸 적이 있었습니다. 브르키야는 그 편지를 받고 날 만나러 카프 산에 왔는데, 하필 내가 없을 때였지요. 그래서 내 대리인인 구렁이에게 그동안의 사연을 전해주었던 겁니다."

하시브는 브르키야가 이집트로 돌아간 후의 이야기도 들려달라고 했다. 그러자 구렁이 여왕이 이야기를 시작했다.

브르키야는 얀샤와 작별하고, 그가 가르쳐준 길을 따라 몇 날 몇 밤 동안 여행을 계속하여 큰 바다로 나갔다. 길을 재촉 해 바다를 걸은 끝에 그는 천국 같은 낙원에 도착했다.

그런데 큰 나무 그늘 아래 산해진미가 차려진 식탁이 놓여 있고, 나뭇가지 위에 큰 새가 앉아 있는 게 아닌가.

큰 새가 말했다.

"나는 낙원의 새입니다. 알라께서 아담을 쫓아냈을 때 아담을 뒤따라왔습니다. 그런데 알라께서는 아담을 쫓아내면서 벗은 몸을 가리라고 나뭇잎 넉 장을 던져주셨습니다. 땅 위에 떨어진 나뭇잎 중한 잎은 벌레에게 먹혀 비단이 되고, 또 한 잎은 영양에게 먹혀 사향이 되었으며, 세 번째 잎은 꿀벌이 먹어 꿀이 되고, 네 번째 잎은 인도에 떨어져 온갖 종류의 향료가 되었다고 합니다. 그 뒤로 나는 대지의 표면을 방랑하다가 알라의 명으로 이곳에 눌러앉게 된 것입니다. 매주 금요일에는 아침부터 밤까지 성인과 고승 들이 참배하러와 이 식탁에서 식사를 하십니다. 식사가 끝나면 식탁은 천상으로 가져가게 되므로 버리거나 썩어버리는 일은 절대로 없습니다."

브르키야는 배불리 식사를 하고 위대한 창조주를 칭송했다.

이때 뜻밖에 예언자 알 히즈르가 나타났다. 브르키야는 예언자에게 달려가 인사했다. 카이로까지 얼마나 걸리느냐고 묻자 예언자는 95년이라고 대답했다. 브르키야는 그만 울음을 터뜨리고 말았다. 그리고 알 히즈르의 발밑에 몸을 던져 그의 발에 입을 맞추며 구해달라고 애원했다. 그러자 그가 말했다.

"전능하신 알라께 기도를 올려 죽기 전에 다시 한 번 내 손으로 그대를 카이로에 데려가도 좋은지 어떤지 물어보시오."

예언자가 충고한 대로 브르키야는 알라에게 무릎을 꿇고 카이로까지 데려다달라고 간절히 기도를 올렸다. 알 히즈르가 입을 열었다.

"얼굴을 드시오. 알라께서는 그대의 소원을 받아들여 그대 희망대로 해주라고 명령하셨소. 자, 두 손으로 나를 꽉 잡고 눈을 감으시오."

브르키야는 눈을 감고 알라의 계시와 영감을 얻은 예언자 알 히즈르의 두 손을 꽉 잡았다.

"눈을 뜨시오!"

브르키야가 눈을 뜨자 이게 웬일인가. 어느새 그는 카이로의 궁전

문 앞에 와 있는 게 아닌가. 그러나 이미 알 히즈르의 모습은 어디에도 보이지 않았다.

브르키야는 궁전으로 들어갔다. 어머니는 브르키야를 보자마자 부둥켜안고 울었다. 반가운 소식이 온 도성 안에 퍼지자 백성들도 북을 치고 피리를 불어대며 얼싸안고 기뻐하였다.

목욕탕에 끌려간 하시브, 결국 구렁이 여왕의 은신처를 실토하다

여왕의 이야기를 다 듣고 나자 하시브는 감개무량하였다. 하시브는 여왕에게 다시 한 번 절대 목욕탕에 가지 않겠다는 맹세를 단단히 하고 난 다음 마침내 큰 뱀을 타고 인기척이 없는 도랑둑에 내렸다. 황혼 무렵 집에 당도하여 대문을 두드렸다.

어머니와 아내는 하시브를 보자 손을 맞잡고 기쁨에 얼싸안고 울었다. 어머니는 그동안의 근황을 전해주었다. 나무꾼들은 비록 어머니에게 하시브가 죽었다고 속이고 재물을 차지했지만 하루도 거르지 않고 하시브의 어머니에게 음식을 갖다주었다고 했다.

하시브는 어머니에게 나무꾼들을 집으로 초대하라고 했다. 아들이 여행에서 돌아왔으니 만나러 오라는 전갈을 받은 나무꾼들은 안색이 새파랗게 변했다. 그들은 내일 찾아가겠다며 하시브가 입을 비단옷을 선물로 주었다.

나무꾼들은 의논 끝에 재물과 노예 등 재산을 모두 절반씩 나누기로 하고 이튿날 하시브를 찾아갔다. 그들은 하시브에게 각자 재산의 절반씩을 바치고 앞으로 뭐든 복종하겠다며 고개를 숙였다. 하시브는 웃는 낯으로 자애롭게 말했다.

"과거는 과거, 그 일은 알라의 뜻으로 정해진 것으로서, 인간의 잔꾀로는 어떻게 할 수 없는 일이오."

하시브는 모든 걸 용서하고 화해했다. 그리고 나무꾼들의 초대를 받아 후한 대접을 받으며 먹고 마시면서도 결코 목욕탕에는 가지 않았다.

하시브가 집과 가게를 사고 부자가 되자, 도성 안에는 하시브의 모험담이 널리 퍼졌다. 하시브는 점차 상인들 사이에서 우두머리로 추앙받기에 이르렀다.

어느 날, 하시브가 거리를 지나는데 목욕탕 주인이 뛰어나와 두 팔로 껴안으며 반색했다. 그러곤 다짜고짜 목욕탕으로 잡아끌었다. 하시브는 펄쩍 뛰며 거절했으나 주인은 물러서지 않고 막무가내로 끌어당겼다. 만약 거절하면 자기는 세 아내하고 세 번 이혼하겠다며 생떼를 쓰는가 하면 하시브의 발에 입을 맞추며 어찌나 간곡히 권유하는지, 하시브는 난감하여 어쩔 바를 몰랐다. 나중엔 하인들까지 모두 달려들어 억지로 안으로 끌고 가서 그의 옷을 벗겼다. 하는 수 없이 하시브는 옷을 벗고 머리에 물을 끼얹기 시작했다.

목욕을 마치자 이번엔 함께 왕궁으로 가자고 재촉했다. 알고 보니 샤무르 재상이 보낸 노예들이 미리 기다리고 있는 게 아닌가. 그들은 하시브를 데리고 곧장 궁궐로 들어가더니 값비싼 예복을 입혔다. 준비가 끝나자 샤무르 재상이 나타났다.

"그대를 부른 것은 인자하신 알라의 뜻에 의한 것이오. 임금님이 문둥병에 걸려 중태에 빠졌는데 어느 책에 보니까 그대 손으로 병을 고칠 수 있다고 써 있더란 말이오."

그러더니 재상은 하시브를 앞세우고 왕의 처소를 찾았다. 중신들도 그 뒤를 따라 일곱 문을 지나 왕의 처소로 들어갔다.

왕의 이름은 카라즈단이라고 하며, 페르시아의 일곱 나라를 통치하는 왕 중의 왕이었다. 왕은 얼굴을 흰 천으로 싼 채 침대에 누워 고통스러운 신음소리를 내고 있었다. 하시브는 공포에 질리고 머리가 띵해져 왕 앞에 무릎을 꿇고 축복을 빌었다.

샤무르 재상은 하시브의 손을 잡아끌고 옥좌 옆 의자에 앉혔다.

식사 준비를 명령하자 산해진미로 가득 찬 상이 몇 개씩 나왔다. 일동은 먹고 마신 다음 손을 씻었다. 식사가 끝나자 샤무르는 자리에서 일어났다. 다른 사람들도 모두 자리에서 일어났다.

"우리는 모두 당신의 종이며, 비록 왕국의 절반을 요구하더라도 임금님의 병만 고쳐주신다면 당신께 드리겠습니다."

그리고 샤무르 재상은 하시브의 손을 잡고 옥좌로 끌고 갔다.

왕의 얼굴을 가린 흰 천을 들추니 병이 위중하여 벌써 임종이 다가왔다는 걸 알 수 있었다. 사람들이 왕의 완쾌를 바라는 게 오히려 이상할 정도였다. 재상과 신하 모두 틀림없이 하시브가 병을 고쳐줄 것이라고 확신했다. 하시브가 의술에 관해 아는 게 전혀 없다고 아무리 고백해도 그들은 믿지 않았다.

"변명할 필요는 없습니다. 비록 동서 각국의 명의를 모아봤자 그대 외에는 임금님의 병을 고칠 사람이 없습니다."

하시브는 점점 더 궁지에 몰렸다.

"이 병을 고칠 수 있는 건 구렁이 여왕뿐인데, 그대는 여왕과 2년 동안 같이 살고, 그 집도 잘 알고 있으니 왕의 완쾌는 그대의 손에 달린 것이나 다름없습니다."

하시브는 여왕을 알지 못한다고 잡아뗐다. 샤무르 재상은 책 한 권을 들고 오더니 어느 한 부분을 읽어 내려가기 시작했다.

"구렁이 여왕은 한 사내를 만나 그를 자기 곁에 2년간 머물게 했으며, 그 후 그는 여왕의 곁을 떠나 대지의 표면에 나타나리라. 그 사내가 한번 목욕탕에 들어가면 그 복부는 흑색으로 변하리라."

하시브는 얼른 자기의 배를 들여다보았다. 그런데 이게 어찌된 일인가. 배가 새까맣게 변해 있는 게 아닌가. 하시브는 시치미를 떼고 완강히 발뺌했다.

"내 배는 어머니 배 속에서 나올 때부터 새까맸습니다."

재상도 지지 않았다.

"나는 그동안 목욕탕이란 목욕탕에는 모두 감시자를 배치해 배가 검은 사람이 있으면 보고하라고 일러두었소. 그런데 마침 그대가 나타났고 그대의 배가 검은 것을 본 감시자로부터 즉각 내게 보고가 들어온 것이오. 그대는 다만 그대가 어디서 왔는지 그 장소만 가르쳐주면 되오. 그러면 그대를 놓아주겠소. 구렁이 여왕을 끌고 오는 건 부하들이 할 테니까."

옆에 있는 태수와 중신 들도 합세하여 집요하게 졸랐다. 하시브는 구렁이 여왕을 본 적도 그에 관해 들은 적도 없다고 계속 부인했다. 재상은 형리를 불러 하시브를 발가벗긴 뒤 태형을 가했다. 하시브는 고통으로 죽을 것만 같았다.

"그대가 구렁이 여왕의 집을 알고 있다는 증거가 있다. 그런데도 왜 그렇게 완강히 부인하는가? 빨리 자백하는 게 상책일 게야. 장소만 알려주면 그대에겐 아무 피해도 끼치지 않겠다."

재상은 하시브를 껴안아 일으켜 세우더니 보석으로 수놓은 화려한 어의까지 하사하며 정중히 구슬리고 회유하였다. 결국 하시브는 고문과 회유에 견디다 못해 자백하고 말았다.

구렁이 여왕, 죽어서도 하시브에게 은혜를 베풀다

하시브를 앞세운 재상 일행은 말을 몰아, 그 옛날 나무꾼 시절의 하시브가 꿀을 발견한 그 동굴로 갔다. 하시브는 한숨을 쉬기도 하고 눈물을 흘리기도 하면서, 어쩔 수 없이 우물을 가리켰다. 재상은 우물 옆에 걸터앉아서 불 접시 위에 향료를 뿌리고 주문을 외었다. 원래 재상은 능숙한 마법사였으며 음양사였고, 강신술에도 능했다. 재상은 큰소리로 외쳤다.

"구렁이 여왕아 나오너라!"

신기하게도 우물의 수면이 내려가더니 옆으로 큰 문이 열리고 우르릉 하며 천둥 같은 소리가 들려왔다. 우물 안에서 나온 건 코끼리만큼이나 큰 구렁이 한 마리였다. 입과 눈으로 새빨간 불을 토하고 등에 보석을 박은 황금 접시가 얹혀 있었다. 그 황금 접시 안에 구렁이 한 마리가 또 앉아 있었는데, 몸이 호화찬란한 빛을 발하여 주위 일대가 환히 빛났다. 아름다운 생김새에 젊고 언변도 매우 유창했다.

사방을 두리번거리던 여왕은 마침내 하시브를 발견하고 탄식했다.

"당신이 내게 한 약속과 맹세는 어떻게 된 거죠? 알라께서는 내 목숨을 당신에게 맡기셨습니다. 내가 죽음을 당하고, 카라즈단 왕의 문둥병이 낫는 이 모든 것이 다 알라의 뜻인 것입니다."

여왕은 하염없이 울었다. 하시브도 따라 울었다.

재상이 손을 뻗쳐 여왕을 잡으려 하자 여왕은 불을 내뿜으며 재로 만들어버리겠다고 위협했다. 그리고 하시브에게 큰 소리로 외쳤다.

"이리 가까이 와서 당신 손으로 나를 붙잡아 이 접시 안에 담고 그걸 머리에 이세요. 나는 시초가 없는 영원으로부터 당신 손에 잡혀 죽게 되어 있는 몸이니까요. 이렇게 된 지금 그걸 모면한다는 건 당신으로서도 어쩔 수 없는 일이에요."

하시브가 여왕을 접시에 넣고 머리에 이자, 우물은 오간 데 없이 사라졌다.

하시브와 그 일행은 도성으로 돌아가는 귀로에 올랐다. 도중에 여왕은 몰래 하시브에게 귓속말로 속삭였다.

"하시브 님, 내 충고를 잘 들으세요. 당신은 맹세를 깨뜨리고 배반하였지만 그건 이미 옛날부터 정해진 운명이에요. 그러니 이젠 내 충고를 잘 들어야 합니다. 재상의 집에 당도하면 그는 당신에게 내 목을 치고 몸을 세 토막 내라고 할 것입니다. 그러면 당신은 어떻게 죽여야 할지 모르겠다고 거절하세요. 완강히 거절해서 끝내 재상의 손으로 나를 죽이게 하여 사악한 뜻을 이루게 하세요. 재상은 나를 세 토막 낸 살을 놋쇠 가마솥에 넣어 아궁이 위에 올리고는 불을 지필 것입니다. 그때 왕의 사자가 재상을 부르러 오면 재상은 당신에게 불이 안 꺼지게 조심하여 지켜보라고 할 것입니다. 그리고 첫 번째 거품이 일거든 그걸 떠내 식힌 뒤 당신에게 마시라고 할 것입니다. 그걸 마시면 병에도 안 걸리고 고통도 안 느낀다고 할 겁니다. 그리고 두 번째 거품이 일거든 그걸 떠내서 병에 넣어두었다가 자기가 돌아오면 주라고 할 것입니다. 자기는 허리가 아파 그걸 마셔야만 한다면서 병을 주고 갈 것입니다. 그때는 반드시 조심해야 합니다. 첫 번째 이는 거품은 병에 담아 잘 보관하고 절대 마셔서는 안 됩니다. 그걸 마시면 재난을 초래할 것이니까요. 두 번째 거품이 일거든 식힌 뒤 곧바로 마셔야 합니다. 대신이 오거든 첫 번째 것을 두 번째 것이라고 속이고 어떻게 되는지 잘 살피세요. 두 번째 이는 거품을 마시면 당신은 지혜의 보금자리가 될 것입니다. 그 일이 끝나면 고기를 건져내 놋쇠 쟁반에 담아 가져가서 왕에게 먹이세요. 한낮이 될 때쯤 배속의 고기가 다 소화되었을 테니 그때 포도주를 먹이세요. 그러면 알라께서 정한 대로 문둥병이 낫게 될 것입니다. 부디 내가 한 말을 잘 듣고 잊지 마세요."

하시브는 구렁이 여왕의 말을 하나도 빼놓지 않고 주의 깊게 새겨들었다. 여왕의 말 그대로 샤무르 재상은 하시브에게 여왕의 목을 치라고 했다. 하시브는 태어난 이래 뭐든 죽여본 적이 없어서 어떻게 죽여야 할지 모르겠다며 거절했다. 재상은 칼을 빼 여왕의 목을 베어 죽여버렸다. 하시브는 눈물을 흘리며 통곡했다.

재상은 구렁이를 세 동강 내 큰 놋쇠 가마솥에 넣고 불을 지폈다. 이윽고 왕의 사자가 재상을 부르러 왔고, 하시브는 구렁이 여왕이 일러준 대로 실행에 옮겼다.

재상이 돌아오더니 하시브를 유심히 쳐다보면서 몸에 아무 이상이 없느냐고 물었다. 하시브는 머리서부터 발끝까지 불구덩이 속에 들어간 것 같다고 대답했다. 재상은 진실을 감추고 아무 말도 하지 않고서,

하시브가 내준 병이 두 번째 거품으로 믿고 단숨에 들이마셨다. 하지만 채 다 마시기도 전에 병이 손에서 미끄러져 떨어졌고, 재상의 몸은 순식간에 부어오르더니 꽝 하고 쓰러져 그대로 숨을 거두고 말았다.

"형제를 빠뜨리기 위해 구멍을 파는 자는 자기가 먼저 그 속에 빠진다"는 격언을 그대로 실천한 셈이었다.

반대로, 두 번째인 거품을 마신 하시브는 그때부터 마음에는 지혜의 샘이 용솟음치고 온갖 지식의 샘이 열려 자신을 잊어버릴 만큼 기쁨이 복받쳤다.

하시브는 구렁이 고기를 건져 큰 놋쇠 접시에 담아 왕궁으로 가져갔다.

가는 도중 하시브는 하늘과 땅 위의 모든 사물을 똑똑히 보게 되었다. 그 바람에 그는 어느새 천문학, 기하학, 점성술, 수학 등 모든 학문에 통달하게 되고, 일식과 천식 등 모든 인과관계마저 깨달았다. 또한 온갖 식물과 광물을 바라보면서 그 성질과 효용을 깨달아 대번에 의학, 화학, 기술, 연금술 등에 통달하게 되었다.

하시브는 왕에게 재상의 죽음을 알렸다. 임금은 매우 슬퍼하며 그를 애도하였다. 그리고 재상이 없으니 앞으로 어찌하면 좋겠느냐고 걱정하였다.

하시브는 사흘 안에 왕의 병을 흔적도 없이 고치겠다고 약속하고, 왕에게 구렁이 여왕의 고기를 먹인 후 얼굴에 수건을 덮어주었다. 왕이 잠에서 깨어나자 포도주를 먹이고 다시 재웠다.

이런 식으로 사흘 동안 치료를 계속한 결과 왕의 피부는 굳게 오므라들고 껍질이 벗겨지면서, 머리에서 발꿈치까지 땀이 줄줄 흘렀다.

마침내 병이 완쾌되어 지독한 문둥병은 흔적도 없이 사라져버렸다. 목욕을 하고 나서 왕은 예전의 건강한 모습으로 되돌아왔다. 왕의 기쁨은 이루 말할 수 없었고 왕족과 고관대작은 물론 백성들까지 이 소식을 듣고 축하하며 환호했다. 왕은 하시브를 재상에 임명하였다.

아무것도 모르던 무식한 하시브는 알라의 뜻에 따라 온갖 학문에 통달하고 지식을 터득하여 대학자로서 명성과 추앙을 한 몸에 받기에 이르렀다.

어느 날 하시브는 어머니에게 물었다.

"저의 아버님 다니엘은 아주 학문에 뛰어난 학자라고 들었습니다. 그렇다면 많은 책을 저술하여 남기셨을 텐데 어떤 것이 있는지 가르쳐주세요!"

어머니는 커다란 상자 하나를 가져와 뚜껑을 열었다.

"아버님이 난파된 배에서 겨우 건져낸 건 이 다섯 권의 두루마리뿐이란다. 다행히 집에 돌아오시긴 했지만 네가 태어나기도 전에 돌아가시고 말았다. 돌아가시기 직전에 네 아버님은 네가 성인이 되어 아버지의 유품을 찾거든 주라면서 이걸 유산으로 남기셨단다."

하시브는 이후 대학자로서 세상의 환락을 다하고 위안을 즐기며 여생을 보냈다. 🌙

536~566일째 밤

선원 신드바드와 짐꾼 신드바드

짐꾼 신드바드,
신세를 한탄하며 부자 상인 신드바드를 동경하다

칼리프 하룬 알 라시드 치세 시절의 일이다.

바그다드의 짐꾼 신드바드는 짐을 날라주고 받는 품삯으로 겨우 입에 풀칠을 하며 살고 있었다. 몹시 무더운 어느 날이었다. 날도 무덥거니와 짐도 무겁기도 하여 완전히 지칠 대로 지친 신드바드는 온몸이 흠뻑 땀에 젖어버렸다. 그때 어느 상인의 집을 지나는데 대문 앞이 깨끗하게 빗질되어 있고 물도 뿌려져 있어서 서늘하고 바람도 솔솔 불고 있었다. 신드바드는 거기 문 옆에 놓인 걸상에 짐을 내려놓고 상쾌한 공기를 들이마셨다.

대문 안쪽 마당으로부터 산들바람이 불어오고 있었다. 그 바람을 타고 드높은 향기가 풍겨왔다. 그뿐 아니라 비파와 각종 악기들의 절

536~566일째 밤

선원 신드바드와 짐꾼 신드바드

139

묘한 가락과 사람들의 노랫소리가 한데 어울려 들려왔다.

호기심이 생긴 신드바드는 문간으로 다가가 집 안을 들여다보았다. 마당에는 넓은 화원이 펼쳐져 있고, 왕후의 저택처럼 그 안채에는 시종과 하인, 노예 들이 늘어서 있었다. 그리고 산해진미에서 풍기는 고소한 냄새와 그윽한 술 향기가 물씬 코를 찔렀다.

짐꾼 신드바드는 하늘을 우러르며 길게 탄식했다.

"오, 신이시여. 부디 제 죄를 용서하십시오. 모든 죄를 회개하여 주의 구원을 비나이다. 사람을 가난하게도 부자로도 만드시는 건 오직 당신의 뜻입니다. 뜻대로 지위를 올리기도 하시고 떨어뜨리기도 하십니다. 당신 이외에 신은 안 계십니다. 당신께서는 마음에 드는 자에게만 은총을 베푸십니다. 그래서 어떤 사람은 지쳐서 죽을 지경인데 다른 사람은 편히 쉬고, 또 어떤 사람은 운명을 잘 타고나서 부귀를 누리는데 다른 사람은 죽는 날까지 고생만 하다 가나 봅니다."

이렇게 신세를 한탄하더니, 이윽고 노래를 부르기 시작했다.

> 날마다 고달픈 내 인생, 뜬세상 쾌락 맛보며
> 시원한 그늘에서 편히 쉰 날 그 며칠이던가.
> 아침마다 그저 고단함과 시름으로 눈을 뜨고
> 팔자 기구하여 인생의 짐에 눌려 신음할 뿐.
> 그래도 세상엔 상팔자로 태어나 고생 모르고
> 무거운 짐 지지 않고 복되게 사는 이 많으니,
> 기쁨을 마시면서 끼리끼리 어울려 잘산다네.
> 알고 보면 사람들 모두 근본은 정액 한 방울,
> 하지만 그와 나의 거리는 하늘땅만큼 멀다네.

그렇다 해도 신이여, 당신을 원망하진 않으리,

당신의 법도, 당신의 정의는 그릇됨이 없으니.

노래를 마친 신드바드가 짐을 이고 막 일어서려는데, 잘 차려입은 시동 하나가 나와서 자기 주인 나리가 부른다며 손을 잡아끌었다. 짐 꾼 신드바드는 굳이 사양했지만 시동은 끈질기게 잡아끌었다. 신드바 드는 할 수 없이 눈이 부실 정도로 휘황찬란하고 훌륭한 저택 안으로 들어가 넓은 거실로 안내되었다. 귀빈들이 가득한 가운데 식탁에는 술과 안주가 그득하고, 옆에는 달 같은 처녀들이 악기를 연주하면서 노래하고 있었다.

윗자리에는 턱수염이 하얗고 거룩할 만큼 품위 있으며 위엄 어린 풍채의 노인이 늠름한 자세로 앉아 있었다. 짐꾼은 기가 꺾여 마루에 꿇어앉아 머리를 숙여 이마를 땅에 댔다.

주인은 짐꾼을 가까이 불렀다. 짐꾼은 우선 비스밀라('신의 이름으 로'라는 뜻)를 외고 나서 앞에 놓인 맛있는 음식을 배불리 먹었다. 식 사가 끝나자 손을 씻고 나서 잘 먹었다고 감사의 인사를 올렸다.

이윽고 주인이 이름을 물었다.

"저는 짐꾼 신드바드라고 합니다."

그러자 주인이 웃으며 말했다.

"실은 말이오. 당신 이름과 내 이름이 똑같구려. 나는 선원 신드바 드라고 하오."

그리고 주인은 아까 문간에서 부른 노래를 들려달라고 했다. 짐꾼 은 자신의 버릇없는 행동을 사과했다.

"부끄러워할 거 없소. 당신은 내 의형제가 되었으니 말이오."

짐꾼은 아까 부른 노래를 다시 불렀다. 주인은 크게 기뻐하며 말했다.

"여보시오, 짐꾼 양반. 내가 이렇게 영화를 누리고 이런 호화 저택의 주인이 되기까지 내가 어떤 고생을 하고 어떤 일을 해왔는지 이야기를 해드리리다. 이런 호화스러운 신세가 된 건 죽을 고생을 다하고 온갖 위험한 고비를 넘긴 결과지요. 죽을 고비를 한두 번 넘긴 게 아니었소. 난 일곱 번 항해를 했고, 그때마다 모두 간담을 서늘케 하는 이상야릇한 기담이 얽혀 있는데, 다 운명 탓이었다오. 그럼 잘 들어보시오."

선원 신드바드는 자신의 모험담을 이야기하기 시작했다.

선원 신드바드의 최초 모험담

내 아버지는 우리 고향의 명사이자 거상으로서 내가 어렸을 때 막대한 유산을 남기고 돌아가셨다. 나는 미식을 즐기고, 폭음을 하고, 호화롭고 사치스러운 도락을 즐기는 바람에 재산을 남김없이 탕진하고 그만 빈털터리가 되고 말았다. 악몽에서 깨어나자 나는 후회막심하여 어떻게 해야 할지 몰라 허둥대기만 했다. 그때 아버지에게서 들은 솔로몬 왕의 말씀이 떠올랐다.

"세 가지 것이 다른 세 가지 것보다 나으니라. 즉 죽은 날은 낳은 날보다 낫고, 살아 있는 개는 죽은 사자보다 낫고, 무덤은 가난보다 나으니라."

나는 남은 재산을 긁어모으고 하다못해 옷가지까지 죄다 팔아 여비로 3,000디르함을 마련하여 방랑의 길을 떠나기로 결심했다. 그리고 어느 시인의 노래를 부르면서 각오를 다졌다.

> 명성을 얻으려거든 밤잠도 없이 사서라도 고생해라.
> 진주를 바라거든 심해의 밑바닥까지 샅샅이 뒤져라.
> 열정을 바쳐 일해야만 재물도 행복도 손안에 들리니,
> 아무 고생 없이 명성과 부귀만 높아지길 바라는 이,
> 허황한 꿈만 헛되이 구하여 목숨만 재촉할 뿐이라네.

이렇게 스스로 위로하고 힘을 낸 나는 상품과 여행에 필요한 물건을 산 다음, 상인 일행을 따라 바스라까지 가서 배에 몸을 실었다. 섬에서 섬으로, 둑에서 둑으로, 기착지마다 물건을 사고파는 항해가 여러 날 계속되었다.

그러던 중 천국의 화원이 아닌가 싶은 어느 섬에 도착하였다. 선장은 닻을 내리고 배를 해안에 댄 다음 널빤지를 내려놓았다. 상인들과 선원들은 모두 육지에 올라 야단법석을 떨면서 아궁이를 만든다, 불을 지핀다, 요리를 한다, 빨래를 한다 하면서 먹고 마시고 시시덕거리며 놀았다. 나는 섬을 거닐며 산책하고 있었다.

그때 갑자기 선장이 고래고래 소리를 지르며 야단이었다.

"빨리 배로 돌아오시오. 우선 살고 봐야 하니 물건 챙길 생각 말고 다 버리고 빨리 돌아오시오. 지금 당신들이 올라가 있는 그 땅은 섬이 아니라 바다 한복판에 가만히 떠 있는 큰 물고기입니다. 물고기 등에 오래전부터 모래가 쌓여 거기서 나무가 자라 마치 진짜 섬처럼 보이는 거란 말이오. 근데 당신들이 그 위에서 불을 지폈기 때문에 물고기가 뜨거워서 몸을 움직였지 않소. 까딱 잘못하면 당신들 모두

바다 밑에 가라앉았을지 모르니 짐 같은 건 다 버리고 어서 나와 빨리 배에 오르시오!"

깜짝 놀란 사람들은 짐이며 옷가지, 화덕이나 놋쇠 냄비를 다 버리고 허둥지둥 배에 올랐다. 하지만 배에 오르지 못한 사람들도 많았는데 나도 그중 하나였다. 갑자기 섬이 움직이는 바람에 그 위에 있던 사람들이 모두 바닥조차 없는 해저로 가라앉았기 때문이다. 다행히 나는 선원들이 목욕통으로 쓰던 큰 나무통에 올라타 살아날 수 있었다.

선장은 재빨리 돛을 올리고 물에 빠진 사람들은 아랑곳하지 않고 배에 올라탄 사람들만 싣고 그대로 떠나버렸다. 나는 돛이 보이지 않을 때까지 노 대신 두 발로 열심히 물을 저었지만 결국 배를 놓치고 말았다. 나는 살아날 가망이 없다고 체념하고 그저 파도 사이를 떠내려갔다. 이렇게 사나흘 동안 바람과 파도에 시달리며 표류하던 통은 마침내 나를 어느 오뚝한 섬의 한 모퉁이에 내려주었다.

나는 해변에 오르자마자 탈진하여 의식을 잃고 말았다. 다음 날 깨어나자 발이 어찌나 부어오르는지, 나는 앉은뱅이처럼 엉덩이로 밀고 다니거나 무릎으로 기어 돌아다녔다. 그렇게 며칠 동안 과일도 먹고 약수터에서 물도 마시면서 원기를 조금씩 회복하자 나는 지팡이를 만들어 의지하면서 섬을 둘러보았다.

해변 둑에 매어진 훌륭한 암말 한 마리가 보였다. 말 가까이 다가갔더니 갑자기 웬 사내가 불쑥 나타났다. 내가 신분을 밝히고 예까지 온 사연을 말하자 사내는 나를 넓은 지하실로 데려가 먹을 것을 주었다.

"나는 미르잔 왕의 부하이자 마부요. 왕의 말은 우리 마부들이 모두 맡아보고 있소. 우리는 매달 초승달이 뜨면 발정한 암말을 끌고 와 해변에 매어놓고 이 지하실에 몸을 숨긴다오. 그러면 바다의 종마(해마)들이 암말의 냄새를 맡고 바다에서 나와 암말과 교접을 한다오. 재미를 다 보면 놈들이 암말을 끌고 가려 하지만 암말의 다리를 밧줄로 묶어놓았기 때문에 지들 맘대로 되지가 않거든. 그럼 놈들은 머리를 쳐들거나 다리를 차면서 울부짖고 야단법석을 치게 되지. 우리는 그 소리가 종마가 암말 등에서 내려왔다는 신호로 알고 우우우 몰려가 크게 소리를 지르거든요. 그럼 놈들은 깜짝 놀라 허둥지둥 바다로 도망을 치게 되죠. 이렇게 해서 암말은 해마의 씨를 잉태하여 천만금짜리 망아지를 낳는 것이오. 그 망아지들은 온 세계를 뒤져도 찾을 수 없는 훌륭한 말이 되기 때문에 가격이 엄청날 수밖에 없소."

마침 종마의 울음소리가 들리는가 싶더니 얼마 후 조용해졌다. 그러나 교미가 끝나자 말들이 난동을 부리며 울부짖기 시작했다. 그 소리에 마부가 지하실에서 뛰쳐나가 방패를 두드리자 동료 마부들도 일제히 함성을 지르며 튀어나왔고 기고만장하던 종마는 혼비백산하여 물소처럼 바닷속으로 모습을 감추고 말았다.

나는 마부들을 따라 미르쟌 왕을 알현하였다. 왕은 궁지에서 목숨을 건진 나의 행운을 축하하며 성심껏 환대한 뒤 나를 항구의 감독 대리로 임명했다. 나는 왕명을 받들어 항구를 드나드는 선박을 감시하는 한편 상인과 여행자, 선원을 통해 고향 바그다드의 소식을 수소문했다. 고향 생각이 간절하여 늘 고국으로 돌아가고 싶었기 때문이다.

어느 날, 인도인들이 미르쟌 왕 앞에 와서 머리를 조아렸다. 그들은 여러 계급 출신으로서, 어떤 이는 샤키리야라는 가장 높은 계급의 고귀한 사람으로서 누구에게도 압제를 가하거나 폭력을 쓰지 않는다고 했고, 어떤 사람은 브라만으로서 술은 끊었지만 세상을 재미있게 보내며 낙타와 우마를 가지고 있다고 했다. 인도의 백성이 72계급으로 나뉘어 있다는 말에 모두가 깜짝 놀라기도 했다.

내가 미르잔 왕의 영내에서 본 것 가운데 가장 기이한 것은 카실 섬이었다. 이 섬에서는 밤새도록 크고 작은 북이 둥둥 울리는 소리가 들렸다. 전하는 바에 따르면 섬 주민들은 근면하고 분별력이 있으며, 또 길이가 200척이나 되는 물고기나 머리가 올빼미처럼 생긴 물고기가 있다고 했다. 그 밖에도 많은 신기한 이야기를 들었다.

어느 날, 큰 배 한 척이 항구로 들어왔다. 짐을 내리는 시간이 너무 오래 걸리기에 나는 선장에게 아직도 짐이 많이 남았느냐고 물었다.

"배 안에 남아 있는 짐은 그 주인이 항해 도중 익사하여 우리가 맡고 있는 것입니다. 그 짐을 팔면, 그 대금을 기록해놓았다가 '평화의 집' 바그다드에 사는 본인의 친척들에게 전해줄까 합니다."

상인의 이름을 묻자 선장은 선원 신드바드라고 대답했다. 선장을 자세히 보니 바로 내가 탔던 그 배의 선장이었다. 그 짐은 내 것이었다. 내가 물에 빠졌다가 목욕통에 의지하여 죽을 고비를 넘겨 구사일생 살아왔다고 말했으나 선장은 내 말을 믿지 않았다. 나는 그동안 겪은 일을 자세히 설명해주었다.

그때에야 선장은 나의 무사 귀환을 축하해주었다. 나는 짐을 찾아 궁전으로 운반한 뒤, 왕에게 가장 값비싼 물건을 선물하고 나머지는 팔아서 막대한 이익을 남겼다. 그리고 대금의 일부로 생산품과 섬의 특산물을 사 모았다.

나는 그동안 베풀어준 왕의 총애에 감사하고 왕에게 작별을 고하였다. 왕은 섬의 특산물과 진기한 물건을 하사했다. 나는 선물을 가득 싣고 배에 올라 바스라에 도착한 뒤 다시 바그다드로 돌아왔다. 물건을 모두 팔아 막대한 돈을 벌었다. 나는 잃어버렸던 집과 땅을 되찾았고, 노예와 첩도 샀다. 재산이 전보다 몇 갑절 더 늘어 나는 대가족을 거느린 큰 부자가 되었다.

선원 신드바드는 내일 두 번째 항해담을 들려주겠다고 예고했다. 짐꾼 신드바드에게는 벗이 되어주어 즐거웠다는 고마움의 표시로 금화 100디나르를 주면서 내일 다시 오라고 당부했다.

짐꾼은 사례금을 받고 집으로 돌아와 곰곰이 선원의 이야기를 되새겼다. 그리고 이튿날 다시 선원 신드바드네로 갔다. 손님들이 다 모이자 주인 신드바드는 음식과 술을 차려놓았다. 실컷 먹고 마시며 한창 흥이 오르는데, 주인이 두 번째 항해 이야기를 시작했다.

선원 신드바드의 두 번째 모험담

더할 나위 없는 방탕한 생활을 즐기고 있던 어느 날이었다.

문득 나는 온 세계를 돌아다니며 도시와 섬을 구경하고 이국 사람들과 교역하여 돈을 벌고 싶어 견딜 수가 없었다. 그래서 많은 상품을 챙겨 짐짝을 만들고 또 배에 올랐다. 순조로운 항해 덕분에 여기저기서 거래를 하며 어느 섬에 당도했다.

청명한 섬에는 나무와 과일, 새들과 시냇물 모두가 반짝였다. 그런데 사람은 그림자도 보이지 않고 어디고 연기 한 줄기 올라오지 않았다. 일행은 육지에 올라 음식도 먹고 더위도 식히며 쉬었다. 나는 잠시 누웠는데 그만 깊은 잠에 빠지고 말았다. 한참 후에 깨어나 보니 배는 이미 떠나고 없었다.

혼자 섬에 남겨진 나는 불안과 걱정으로 심장이 당장 터질 것만 같았다. 먹고 마실 것도 하나 없이 혼자 남겨졌으니 서글픔에 잠길 수밖에 없었다. 나는 '무인도에서 이렇게 혼자 속절없이 죽는구나' 싶은 절망감에 통곡도 하다가, 화가 나서 펄펄 뛰기도 하다가, 경솔함을 탓하며 뺨을 때리기도 하다가 조금 진정된 뒤에 높은 나무에 올라 사방을 살펴보았다.

그때 멀리 섬 한구석에 뭔지 모를 커다란 하얀 것이 눈에 띄었다. 가까이 다가가 보니 눈부시게 흰 둥근 사원이었다. 표면은 지독히 매끄럽고 반들반들해서 도저히 기어오를 수가 없었다. 한 지점에 표시를 해놓고 주위를 한 바퀴 돌아보니 꼬박 50보나 되었다. 안으로 들어갈 방법을 궁리하며 서성이는데 벌써 날이 저물고 태양은 수평선으로 떨어지기 직전이었다.

그런데 갑자기 태양이 모습을 감추더니 사방이 삽시에 침침하게 어두워졌다. 이상하다 싶어 하늘을 올려다보니 구름이라고 생각한 것은 한 마리의 커다란 새였다. 몸집도 컸지만 엄청나게 큰 날개가 펄럭거리며 태양을 가려버린 것이다. 불현듯 언젠가 순례자들과 여행자들에게서 들은 '로크'라는 큰 새 이야기가 떠올랐다.

그러고 보니 흰 둥근 지붕의 사원이라고 여긴 것은 새 로크의 알이 분명했다.

로크는 둥근 지붕 위에 내려앉더니 날개를 펴고 알을 품고 있다가

두 다리를 땅 위로 쭉 뻗고서 그 자세로 잠이 들었다. 나는 머리에 쓴 두건을 풀어 비비 꼬아 밧줄을 만들어 배에 둘둘 감고 큰 새의 다리에 내 가슴을 꽉 묶었다. 어쩌면 이 새가 사람이 살고 있는 나라나 도시로 나를 데려다줄지 모른다는 생각이 든 것이다.

아니나 다를까, 내 예감은 적중했다. 날이 훤히 밝자 로크는 날개를 펴고는 나를 다리에 매단 채 하늘로 자꾸만 날아올랐다. 그러고 얼마 후 조금씩 지상으로 내려가기 시작하더니 산꼭대기에 내려앉았다. 나는 얼른 두건을 풀고 걸음아 날 살려라 하며 쏜살같이 도망쳤다. 로크 새는 커다란 발톱으로 엄청나게 큰 구렁이를 움켜쥐고선 하늘 높이 사라져버렸다.

그런데 막상 내가 서 있는 곳을 살펴보니 아래로는 바닥을 모를 만큼 깊은 골짜기가 내려다보였고 주위는 꼭대기가 보이지 않을 만큼 하늘 높이 솟은 큰 산들로 둘러싸여 있었다. 늑대를 피하려다 호랑이를 만난 격이니, 갈수록 태산이었다. 이처럼 황량한 산보다는 차라리 그 섬이 더 나았을지 모른다는 후회가 들 정도였다. 하지만 난 다시 한 번 용기를 내서 골짜기를 따라 내려갔다.

그런데 이게 웬일인가. 땅바닥의 흙덩이가 모두 금강석이었다. 치밀하고 강한 돌인 금강석은 쇠망치로 때려도 끄떡없고, 이 돌의 힘을 빌지 않고서는 어떤 연석도 자르거나 깨뜨릴 수 없었다. 말하자면 온갖 광석, 보석, 자석, 마노 등을 깨뜨릴 수 있는 돌이었다.

하지만 문제는 뱀이었다. 이 골짜기에는 코끼리라도 한입에 삼켜버릴 만한 종려나무만큼 큰 구렁이며 독사들이 우글거렸다. 이 뱀들은 낮에는 독수리나 로크에게 잡혀 갈가리 찢겨 죽을까 겁이 나서 잘 나타나지 않지만 밤만 되면 자기들 세상인 양 천지 사방에 우글거렸다.

해가 저물자 나는 구렁이를 피해 동굴에서 하룻밤 자기로 했다. 좁은 입구를 안에서 돌로 막았다. 그런데 동굴 한구석에 구렁이가 알을 품느라 몸을 사리고 있는 게 아닌가. 몸은 부들부들 떨리고 머리칼이 곤두서는 바람에 나는 꼼짝도 못한 채 밤을 지새운 뒤 날이 밝자마자 동굴을 빠져나왔다. 수면 부족과 허기로 머리는 흔들리고 주정뱅이처럼 걸음은 비틀거렸다.

그때 갑자기 짐승의 사체가 눈앞에 떨어졌다. 그 순간 내 머리에 순례자와 여행자에게 들은 이야기가 떠올랐다.

금강석(다이아몬드)이 있는 산에는 위험하고 무서운 일이 많아 누구도 무사히 그 산을 빠져나올 수 없다. 이 때문에 금강석을 사고파는 상인들은 교묘한 책략을 쓴다. 짐승을 죽여 그 껍질을 벗기고 살을 찢어 산꼭대기에서 골짜기 바닥으로 던지는 것이다. 살에는 신선한 피가 촉촉하고 끈적끈적하게 묻어 있어서 금강석이 이 살에 붙게 된다. 한낮 동안 놔두면 독수리나 매가 달려들어 발톱으로 살덩이를 움켜쥐고 산꼭대기로 날아간다. 그때 상인들이 기다리고 있다가 고함을 질러 새들을 쫓아버린 다음 살덩이에 붙은 금강석을 떼어 손에 넣는 것이다.

짐승의 살덩이를 보고 이 이야기를 기억해낸 나는 살덩이에 붙은 금강석을 떼어내 호주머니, 어깨띠, 두건, 옷의 주름 등에 닥치는 대로 넣을 수 있을 만큼 넣었다. 또다시 큰 고깃덩이가 떨어졌다. 나는 두건을 땅에 펴 그 위에 벌렁 드러누운 다음 내 가슴 위에 큰 고깃덩이를 올려놓고 꽉 잡아맸다. 그렇게 고깃덩이 밑에 내 몸을 완전히 감추고 두 손으로 고깃덩이를 꽉 움켜잡았다. 그 순간 독수리 한 마리가 나타나 쏜살같이 고깃덩이를 날카로운 발톱으로 덥석 움켜쥐더니 하늘 높이 날아올랐다가 산꼭대기에 내려앉았다. 새가 고깃덩이를 찢어발기려는 순간 와 하는 함성과 나무를 두들기는 소리가 들렸다. 깜짝 놀란 독수리가 날아가자 상인들은 환성을 지르며 독수리를 쫓아버렸다.

그런데 고깃덩이 밑에서 내가 기어 나오는 걸 본 상인들은 깜짝 놀라 말도 못하고 부들부들 떨었다. 그들은 고깃덩이를 헤집어 이리저리 살펴보다가 금강석이 하나도 붙어 있지 않은 걸 알고는 탄식하며 자기 손을 마구 때렸다. 나는 그들에게 그동안 내가 겪었던 모험담을 들려주고 내가 갖고 있는 금강석을 나눠주었다.

상인들은 기뻐하면서 나의 무사 귀환을 축복해주었다.

"알라께 맹세코 당신은 새로운 생명을 얻으셨습니다. 왜냐하면 아직까지 그 구렁이 골짜기에 들어가서 살아나온 사람이 없었기 때문입니다. 아마 당신이 처음이자 마지막일 겁니다."

이튿날 우리 일행은 골짜기의 수많은 구렁이들을 내려다보면서 멀리까지 연결된 산봉우리들을 넘어 앞으로 나아간 끝에 마침내 어느 아름다운 섬에 도착하였다. 그곳엔 높이 자란 녹나무 동산이 있었다. 어찌나 큰지 나무 한 그루가 드리운 그늘에 100명이 햇볕을 피할 수 있을 정도였다. 긴 쇠막대기로 줄기 위쪽에 구멍을 내면 수액이 흘러내려왔다. 이것이 장뇌였다. 이걸 그릇에 받으면 고무처럼 굳어지는데 수액을 빼고 나면 나무는 곧 말라죽고 만다.

또 이 섬에는 낙타보다 몸집이 큰 무소가 풀을 뜯고 있었다. 카르카단이라고 하는데 키가 10척이며, 머리 한복판에 크고 굵은 뿔이 하나 불룩 돋아 있었다. 이 뿔을 둘로 쪼개면 인간의 형상을 닮은 것이 보인다고 했다. 이 짐승은 큰 코끼리를 뿔 위에 얹어놓고 돌아다니며, 만약 코끼리가 굶어 죽어 코끼리 기름이 햇볕에 녹아 무소 눈으로 들어가면 무소는 눈이 멀어 해변에 쓰러지고, 그러면 로크가 와서 무소와 코끼리를 모두 가져가 새끼들의 먹이로 먹인다는 것이다. 그 밖에도 나는 이 섬에서 온갖 종류의 소와 무소를 보았다.

나는 몇 개의 금강석을 팔아 그 돈으로 특산물을 사서 낙타에 싣고 상인들과 이 도시, 저 도시를 여행하며 상품을 사고팔면서 바스라를 거쳐 바그다드로 돌아왔다.

집에 돌아온 나는 천신만고한 지난날은 다 잊고서 환락과 방탕에 빠져 호사와 사치를 다하며 유유자적했다.

신드바드의 이야기가 끝나자 사람들은 모두 돌아갔다. 이튿날 손님들이 다시 모였다. 짐꾼과 손님들이 먹고 마시고 하여 흥이 고조되었을 무렵, 주인이 이야기를 시작했다.

선원 신드바드의 세 번째 모험담

바그다드의 집에서 매일같이 편안하게 사치를 다하고 온갖 행복을 즐기며 살던 나는 본래 가만히 있지 못하는 속물인지라 또다시 이국의 하늘이 그리워지고, 위험을 맛보고 싶은 모험심에 견딜 수가 없었다. 사람의 마음이란 나쁜 쪽으로 기울기 쉬운 법이라서, 나는 장사니 여행이니 하는 거친 일이 몹시도 그리워져 가만히 참고 있을 수가 없었다. 그리하여 또 장사와 항해에 필요한 준비를 하고 바스라에서 배를 타고 항해를 시작하였다.

어느 날, 배가 길을 잃고 진로를 이탈하면서 망망대해 한복판에 표류하게 되었다. 그런데 이번엔 운수 사납게도 즈그브라는 원숭이처럼 털이 많은 사람들이 사는 섬 가까이 흘러가게 되었다. 그놈들에게 잡히는 날엔 살아날 가망이 없으니 죽은 거나 다름없었다.

별안간 원숭이들이 메뚜기처럼 떼를 지어 몰려들어 사방에서 배를 둘러쌌다. 몸에는 펠트와 같은 시커먼 털이 나 있어 보기에도 소름이 끼치는 몰골이었다. 키는 작고 눈은 누렇고 얼굴은 시커먼데 말을 알아들을 수도 없고 정체를 알 수도 없었다. 엄청난 숫자라 함부로 죽이거나 대적할 수도 없었다. 상품과 물건을 약탈당하지 않을까 걱정이 앞섰지만 원숭이들이 하는 대로 내맡길 수밖에 없었다. 놈들은 밧줄이란 밧줄은 모조리 물어뜯었다. 배는 삽시간에 바람받이 속으로 들어가 암초가 많은 해안으로 밀려 올라갔다. 놈들은 모든 선원과 상인을 붙잡아 섬으로 옮겨놓고 짐이 가득 실린 배를 납치하여 어디론가 모습을 감추었다.

섬 한가운데 인가처럼 보이는 성채가 있기에 우리는 그곳으로 들어갔다. 하늘을 뚫을 듯 높은 성벽이 주위를 둘러싼 천혜의 요새였다. 안은 텅 비었고 기다란 돌 걸상에 화로가 몇 개 놓이고 요리 도구가 매달려 있었다. 그런데 주위에 온통 뼈가 널려 있었다. 사람 그림자 하나 보이지 않았으므로 이상하다고 생각하면서도 우리는 앉아 쉬다가 그만 인사불성으로 잠이 들고 말았다. 그런데 발밑의 땅이 꽈당꽈당 요동하면서 요란하게 울리기 시작했다. 그 순간 성채 꼭대기에서 사람 모습을 한 거대한 괴물이 내려왔다. 살결은 새까맣고, 커다란 대추야자수만큼 몸집이 크고, 눈은 석탄불처럼 이글이글 빛나고, 이는 멧돼지 어금니와 같고, 딱 벌린 입은 우물의 주둥이처럼 컸다. 게다가 낙타처럼 긴 입술을 가슴까지 축 늘어뜨리고 귀는 두 척의 배처럼 어깨를 덮고 손톱은 사자의 손톱 그대로였다. 이렇듯 몸서리쳐질 만큼 흉측스러운 괴물을 보자 우리는 너무 무서워 살아 있는 것 같지가 않았다.

괴물은 유독 나를 골라 꽉 붙잡더니 한 손으로 내 몸을 쳐들어 엎어놓고 몸을 골고루 만져보았다. 마치 백정이 양을 만지는 듯하였다. 거인의 두 손 사이에 잡혀 있는 내 몸은 그야말로 괴물에게는 한 입 거리의 먹이에 지나지 않았다. 고생과 피로로 인해 어찌나 말라빠졌는지 내 몸뚱이는 뼈와 껍질만 앙상하게 남아 있었다. 괴물은 나를 놓아주고 이번엔 다른 상인을 쳐들어 뒤집어놓고는 만져보고 다시 내려놓기를 서너 사람 되풀이했다.

마침내 선장 차례가 되었다. 선장은 뼈대가 건장했고 튼튼해 보이는 어깨의 끝이 우뚝 솟아오르고 투실투실 살이 찐 훌륭한 체구였다. 괴물은 선장을 움켜쥐더니 냅다 땅바닥에다 태질을 한 후 선장 목에 한 발을 걸치고서 몸을 꺾어버렸다. 그러더니 커다란 쇠꼬챙이를 갖다가 선장의 등에서 머리 꼭대기까지 꿴 다음 불을 활활 지피고 그 불 위에다 올려 몇 번씩 뒤집어가며 익혔다. 살이 다 익자 거인은 구운 양고기처럼 앞에 놓고 통닭이라도 뜯듯이 손발을 찢어 손톱으로 고기를 발라서 아귀아귀 먹더니 나중엔 뼈까지 오독오독 씹어 먹었다. 배가 부르자 괴물은 걸상에 드러누워 목이 잘린 새끼 양이나 암소가 그렁그렁 목을 울리듯 코를 골거나 이상한 소리를 내며 잠이 들어버렸다. 그리고 아침에 눈을 뜨자마자 괴물은 어디론가 사라졌다.

우리는 몸을 숨길 장소나 빠져나갈 길, 도망칠 수단을 찾아 섬 안을 돌아다녔지만 찾을 수가 없었다. 해가 저물자 다시 성채 안으로 들어왔고, 괴물은 이번에도 한 사람의 숨통을 끊어 구워 먹고는 밤새도록 잠이 들었다. 그리고 아침이 되자 어디론가 사라졌다.

우리는 괴물을 죽일 궁리를 했다. 나는 우선 성채 안에 있는 나무판자를 해안으로 날라 배를 한 척 만들기로 했다. 괴물을 처치한 뒤 바다로 나갈 작정이었다. 우리는 차라리 바다에서 표류하다가 익사하는 편이 괴물에게 목이 잘려 불고기가 되는 것보다는 낫다는 데 의견일치를 보았다. 모두들 달려들어 나무토막과 판자를 지고 날라, 작은 배를 만들어 물가에 매어놓고, 배 안에 얼마간의 식량을 비치해놓은 다음, 성채로 돌아왔다.

괴물은 또다시 한 사람을 골라 먹어치운 뒤 우레와 같이 코를 골기 시작했다. 우리는 두 개의 쇠꼬챙이를 활활 타는 불 속에 꽂아 숯불처럼 새빨갛게 달군 다음 쇠꼬챙이를 집어 들고 괴물의 눈에 쑤셔 박고는 모두 달려들어 꽉꽉 눌러댔다. 눈알이 튀어나온 식인 괴물은 완전히 장님이 되고 말았다. 괴물은 간담을 서늘하게 하는 비명을 지르며 뛰쳐일어나 미친 듯이 손을 휘저으며 우리를 붙잡으려고 했다. 우리는 이리저리 도망쳐 돌아다녔다. 그사이에 괴물은 손으로 더듬어 문을 찾아내더니 고함을 지르며 문밖으로 달려 나갔다.

괴물이 성채를 떠나자 우리도 뒤따라 나와 바닷가로 달려갔다. 해가 질 때까지 기다렸다가 지긋지긋한 괴물이 돌아오지 않으면 죽은 걸로 알고, 만약 돌아온다면 모두 배를 타고 바다로 나가기로 합의했다. 그런데 괴물이 똑같이 생긴 다른 두 거인 괴물을 데리고 나타났다. 우리는 걸음아 날 살려라 하고 배로 달려가 죽어라 노를 저어

먼바다로 나갔다. 괴물들은 큰 소리로 짖어대고 발을 구르며 돌을 던지기 시작했다. 일부는 돌에 맞아 죽었지만 다행히 우리는 돌이 미치지 못하는 곳까지 도망칠 수 있었다.

바람과 파도에 떠밀려 배는 큰 파도가 들끓는 바다 한복판으로 나아갔다. 어디로 가야 할지 모른 채 하나가 쓰러지고 둘이 죽는 식으로 마지막에 가서는 나와 두 사람만이 겨우 살아남았다.

이윽고 배는 낯선 섬에 표착했다. 우리 셋은 피곤과 공포, 기아로 마치 죽은 것과 마찬가지 형편이 되었다. 나무 열매로 허기를 달래고 개울물을 마신 뒤 우리는 생명을 건진 행운에 감사했다. 이럭저럭하는 사이에 해가 저물고 세 사람은 눕자마자 인사불성으로 잠이 들었다. 그런데 갑자기 거세게 불어오는 바람처럼 쉬익 하는 소리가 들려 눈을 떠보니 용인가 싶게 희한하게 생긴 구렁이 한 마리가 우리 주위를 둘둘 서리고 있었다. 생김새도 괴이하고 몸집도 여간 크지 않았다. 구렁이는 한 사람을 덥석 물어 단숨에 어깨까지 삼키더니 나머지도 꿀꺽 삼켰다. 구렁이의 배 속에서 동료 선원의 늑골이 우두둑 부서지는 소리가 들렸다. 구렁이가 모습을 감추자 우리 두 사람은 넋을 잃고 동료의 최후를 애도했지만 앞일이 걱정되었다. 식인 괴물의 위협을 모면하고 물귀신이 되지 않은 채 살아난 걸 기뻐한 것도 잠깐, 이젠 더 위험한 지경에 빠진 것이다.

황혼 무렵, 우리 둘은 높다란 나무 꼭대기 가지 사이에 몸을 숨겼다. 그런데 채 캄캄해지기도 전에 그 구렁이가 다가와 단숨에 나무를 기어오르더니, 나와 같이 숨었던 사람을 덥석 물어 어깨까지 삼키고 자기 몸을 나무줄기에 둘둘 말았다. 그러자 상인의 뼈가 구렁이 배 속에서 우두둑 소리를 내며 부서졌다. 구렁이는 다시 스르르 나무에서 미끄러져 내려갔다.

날이 밝자 나는 이제 혼자 남았다는 공포로 죽을 것만 같았다. 차라리 바다에 몸을 던져 단숨에 고민을 끊어버리고 싶었다. 이제는 내 차례란 걸 알았기에 나는 궁리에 궁리를 거듭했다. 나는 길고 폭이 넓은 나무토막을 다섯 개쯤 모아다가 한 장은 발바닥에 가로로 대고, 나머지는 몸의 좌우와 가슴에 대고, 가장 넓고 긴 것은 머리에 대어, 이것을 모두 밧줄로 꽉 묶었다. 그렇게 한 다음 땅위에 벌렁 드러누우니 마치 관 속에 갇힌 꼴이 되었다.

해가 저물자 구렁이가 나타났다. 구렁이는 내 몸을 둘러싼 나무토막이 거치적거려 나를 쉽게 삼킬 수가 없었던지 내 주위만 빙빙 맴돌았다. 나는 죽은 듯이 누운 채 구렁이를 지켜보았다. 구렁이는 스르륵 어디론가 가버렸다가 다시 되돌아오기를 몇 번이나 되풀이하며 끈덕지게 나를 삼키려 했지만 뜻대로 되지 않자 결국 그곳을 떠나고 말았다.

기지를 발휘해 구렁이로부터 목숨을 건진 나는 허겁지겁 밧줄을 풀고서 바닷가로 달려 내려갔다. 때마침 저 멀리 한 척의 배가 떠 있는 게 보였다. 나는 죽을힘을 다해 큰 소리로 외치며 나뭇가지를 흔들었다. 천만다행으로, 배가 알아보고는 다가와 나를 태워주었다.

배는 순풍에 돛을 달고 나아가 백단나무가 울창한 알 사라히타 섬에 당도했다. 닻을 내리자 모두들 상품을 팔러 섬에 올랐다.

선장은 내게 말했다.

"내가 자네가 한밑천 벌어 고국으로 돌아가게 해주겠네. 내 말 들어보게. 이 배에는 로크가 사는 섬에서 행방불명된 주인의 짐이 있으니 그걸 팔아보게. 판매 대금 일부는 자네 수고비로 하고, 나머지는 바그다드에 돌아갈 때까지 맡아두지. 돌아간 뒤에 짐 주인의 친척을 찾아서 팔다 남은 물건과 함께 판매 대금을 줄 생각이야. 어때? 해보겠나?"

그런데 그 짐짝을 보니 바로 내 짐짝이 아닌가. 나는 기다렸다가 상인과 선원들이 모두 상륙해서 한 곳에 모여 흥정을 시작하자 선장에게 말했다.

"내가 바로 그 신드바드입니다. 로크의 섬에 내렸다가 잠깐 잠이 든 사이에 배가 떠나버린 것입니다. 그러니까 그 짐짝은 내 것임에 틀림없습니다. '금강석의 골짜기'에서 보석을 가져온 상인들은 모두 내가 거기 있는 걸 보았기 때문에 내가 바로 그 선원 신드바드임에 틀림없다는 것을 증명해줄 것입니다. 그들에게 모든 자초지종을 이야기해주었으니까요."

상인과 선원 들이 내 이야기에 주위로 몰려들었다. 그중에는 믿는 사람도 있고 믿지 않는 사람도 있었다. 그런데 뜻밖에 한 상인이 나서서 외쳤다.

"여러분! 언젠가 내가 이상한 여행담을 들려드린 적이 있잖아요? 뱀의 골짜기에서 한 사내가 고깃덩이에 달라붙어 따라왔다는 이야기 말입니다. 그때 섭섭하게도 여러분은 아무도 내 말을 믿지 않고 나더러 거짓말쟁이라고 하셨지요."

상인들이 모두 고개를 끄덕였다.

"이 양반이 바로 그 값비싼 금강석을 내게 준 사람이오. 고깃덩이에 붙는 것보다 더 많은 금강석을 내게 주었단 말이오. 그때 이 양반에게서 선원 신드바드라는 이름도 들었고 무인도에 혼자 떨어졌다는 말도 들었소. 이 짐은 이 양반의 것이 틀림없소."

내 짐짝 고리에 이러저러한 표지가 붙어 있을 거라 말한 것 하며 바스라에서 출발할 때 일어난 사건 이것저것을 내가 상기시키자 선장은 그때에야 내가 진짜 신드바드라는 걸 알아차리고는 덥석 내 목을 껴안고 무사함을 축복해주었다.

나는 되찾은 상품과 물건을 팔아서 막대한 이익을 얻었다.

인도에서는 정향, 생강, 향료 등을 사들이고 기기묘묘한 것들을 구경했다. 소처럼 생긴 물고기는 새끼를 낳으면 사람처럼 젖을 먹여 기르는데, 그 가죽으로는 둥근 방패를 만들었다. 또 당나귀와 낙타를 닮은 물고기와 20척이나 되는 바다거북도 보았다. 그뿐 아니라 조개껍질에서 나서 바다에서 알 낳고 새끼도 까면서 절대로 바다에서 육지로 올라오지 않는 새도 보았다. 얼마 후 나는 순풍을 타고 알라의 축복을 받으며 돛을 올려 무사히 바그다드로 돌아왔다.

짐꾼 신드바드는 금화 100디나르를 받고 집으로 돌아갔다가, 이튿날 날이 밝자 다시 선원 신드바드의 집으로 향했다.

선원 신드바드의 네 번째 모험담

지난날의 고생은 싹 잊고 방탕 삼매로 그날그날을 보내던 어느 날이었다. 상인들이 몰려와 이국에서의 장사와 모험으로 이야기꽃을 피웠다. 이를 계기로 내 마음속에 숨어 있던 악마가 다시 머리를 쳐들었다. 나는 이국의 풍물을 구경하고 싶은 욕망이 간절해져 견딜 수가 없었다. 그래서 다시 상인들과 함께 배에 몸을 실었다.

어느 날, 항해 도중 역풍을 만나자 망망대해 한복판에서 침몰할까 봐 두려워진 선장은 닻을 내리고 배를 정지시켰다. 모두들 알라께 무릎을 꿇고 기도를 올렸다. 그런데 맹렬한 돌풍이 불어닥치면서 돛이란 돛은 대번에 갈가리 찢어지고, 닻의 밧줄도 끊어져 배는 침몰하면서 모두 상품과 함께 바다로 내동댕이쳐지고 말았다.

이젠 죽었구나 하고 체념하던 그때 신께서 판자 한 장을 던져 나와 상인 몇이 구사일생으로 판자 위로 기어오를 수 있었다. 파도에 휘말려 떠내려간 며칠 후 판자는 어느 섬에 표착하였다. 기진맥진한 우리 일행은 풀을 뜯어먹으며 허기를 채우고 꺼질 것 같은 마음에 힘을 돋우면서 모래 위에 벌렁 나자빠져 아침까지 푹 잠을 잤다.

눈부신 아침 해가 떠오르자 일행은 섬을 기웃거리다 인가를 발견하고 그 문 앞으로 다가갔다. 갑자기 수많은 벌거숭이 인간들이 뛰어나오더니 닥치는 대로 붙잡아 자기네 왕에게 끌고 갔다. 왕은 음식을 내왔다. 배고픔에 시달린 터라 모두들 냉큼 받아먹었다. 그러나 나는 속이 메스꺼워서 먹을 수가 없었다.

그런데 알라의 은총이랄까. 실은 그 음식에 손을 대지 않은 덕분에 나만이 살아남을 수 있었다. 왜냐하면 그 음식을 먹으면 분별력을 잃고 미친 것처럼 몸 상태가 이상하게 변해, 마치 마귀에게 홀린 것처럼 마구 먹어댔기 때문이다. 식인귀들은 우리에게 야자유를 먹이고 그것을 몸에도 발라주었는데 그러면 대번에 현기증이 나면서 평소 습관을 잊은 듯 걸신들린 것처럼 아귀아귀 먹게 되었다. 이 식인귀들은 사교도의 일족으로서, 누구든 붙잡으면 음식을 먹이고 기름을 발랐다. 그러면 모두가 밥통이 갑자기 커져서 음식을 잔뜩 먹게 되고, 그 대신 머리가 이상해져 사고력을 잃고는 바보가 되어버리는 것이다. 식인귀들은 이렇게 포로들을 뚱뚱하게 살찌게 만든 다음 목을 잘라 죽였다. 사람 고기를 기름에 튀겨 왕의 식탁에 바쳤고, 나머지는 생으로 먹었다.

나의 동료들은 모두 완전히 바보가 되어 무슨 일을 당해도 아무것도 모르는 처지가 되어버렸고, 방목하는 사내에게 맡겨져 소나 말처럼 마음대로 거닐고 휴식을 취하며 투실투실 살이 쪄갔다. 그러나 나는 이들과 반대로 불안과 초조, 공포와 굶주림 때문에 얼굴은 창백해지고 몸은 마를 대로 말라 뼈와 가죽만 남게 되었다. 식인귀들은 나는 내버려둔 채 상대도 하지 않았다. 잘됐다 싶어 나는 이들의 눈을 피해 멀리 떨어진 해변으로 몸을 피했다.

주변이 온통 바다로 둘러싸인 작은 언덕에는 동료들을 방목하고 감시하는 나이 지긋한 노인이 앉아 있었다. 그는 내가 아직 분별력을 잃지 않고 머리도 돌지 않았다는 걸 간파했다. 멀리서 손짓으로 내게 신호를 보냈다. 그 손짓은 마치 이런 내용처럼 보였다.

"빨리 되돌아서 오른쪽 길로 가라. 그러면 천하의 대도로 나선다."

나는 그의 지시대로 되돌아서서 오른쪽 길을 택했다. 때로는 두려움 때문에 마구 달리다가, 때로는 천천히 쉬면서 걸었다. 그러는 동안 어둠이 사방을 감싸게 되었다. 하지만 공포와 배고픔, 피로 때문인지 잠이 오지 않아서 한밤중에도 깬 채로 계속 걸었다. 아름다운 단장을 갖춘 새벽이 찾아와 태양은 하늘을 뚫을 듯이 솟아오른 산들의 꼭대기를 넘어 자갈이 뒤덮인 골짜기의 들판에 비스듬히 빛을 던졌다. 나는 지치고 배도 고프고 목이 말라 죽을 지경이었다. 풀을 뜯어먹고 나무뿌리를 캐먹으며 허기를 달랜 지 이레 낮 이레 밤이 지난 어느 날 아침이었다.

저 멀리 뭔가 움직이는 것이 보였다. 죽을 고생을 겪고 위험한 처지에서 겨우 벗어난 직후인지라 불안하기 짝이 없었으나 나는 용기를 내서 가까이 다가갔다.

사람들이 후추를 따고 있었다. 내가 겪은 무서운 고생담을 들려주자 그들은 깜짝 놀라면서 무사히 죽음의 위험에서 벗어난 것은 행운이라며 축하해주었다. 그러곤 배에 태워 자기들의 섬으로 돌아가 왕 앞에 데려갔다.

왕도 기구한 모험담에 놀라며 환대해주었다. 번화한 저잣거리에 나서자 식료품과 상품이 산처럼 쌓여 있고 사람들이 인산인해를 이루고 있었다. 뜻하지 않게 이런 곳에 오게 된 걸 행운으로 여기며 나는 편안하고 즐겁게 쉬면서 며칠을 보냈다. 그러는 사이에 나는 어떤 명사보다 이 나라 시민과 왕의 은총과 존경을 받는 처지가 되었다.

그런데 이곳 사람들은 상하 귀천 없이 값비싼 순종마를 모두 안장과 마구도 없이 타고 다니고 있었다. 나는 왕에게 물었다.

"전하, 어찌하여 안장을 놓지 않고 말을 타시는 겁니까? 안장에 앉으면 몸이 편해져 기분도 좋고 빨리 달릴 수도 있는데요."

왕은 안장이 뭔지 몰랐다. 들어본 적도 없었다.

나는 머리 좋은 목수 둘을 찾아 나무에 잉크로 안장틀을 그려준 다음 안장 만드는 법을 가르쳐주었다. 그러고 나서 양털을 벗겨서 담요를 만든 다음 안장에 가죽을 씌우고 담요를 그 속에 넣었다. 가죽에 광을 낸 다음 복대와 등자 가죽에다 비끄러맸다. 이번엔 대장장이를 불러 등자와 굴레의 모양을 설명해주고 만들게 하여 이것을 줄칼로 갈아 매끄럽게 한 후 주석을 입히고, 여기에 비단술을 달고 가죽 고삐를 굴레에 단 다음 용마를 한 필 끌어내 이 모든 것을 설치해 어전으로 끌고 갔다.

직접 말에 올라 얼마나 편한가를 시험해본 왕은 감탄하면서 기뻐했다. 왕은 내게 후하게 사례하고 상을 내려주었다. 이후 재상, 고관대작, 상인 등이 줄줄이 안장을 주문해왔다. 나는 이렇게 안장을 만들어 팔아 큰 부자가 되어 모두의 총애를 한 몸에 받게 되었다.

어느 날, 왕은 내게 말했다.

"난 이제 그대 없이는 살 수가 없게 되었네. 헤어질 수도 없고 여기를 떠나게 할 수도 없네. 그러니 내 부탁을 들어주게. 싫다고는 못하게 하겠네."

왕은 판관과 증인을 불러 아내를 짝지어 주었다. 유복한 신분에다 유서 깊은 가문의 꽃이며, 뛰어난 절세의 미인이고, 전답과 집 등 재산도 많은 여자였다.

나는 마음속으로부터 아내를 사랑하고, 아내 또한 이에 질세라 헌신적인 애정으로 화답하므로 우리 둘은 더없이 행복한 가정을 꾸릴 수 있었다. 그리하여 나는 그곳에다 별장을 따로 짓고 왕으로부터 봉록과 수당을 받았다. 지극히 마음 편하게 온갖 환락을 누리는 동안 나는 지금까지의 고생과 피로와 수고를 깡그리 잊고 말았다.

그러던 어느 날, 이웃에 사는 친구의 아내가 죽어 문상을 가게 되었다. 그런데 어떤 위로나 격려의 말도 소용없이 친구는 자꾸만 죽는 이야기만 하며 탄식했다. 목숨이 단 하루밖에 남지 않았다면서 그는 전혀 뜻밖의 이야기를 들려주었다.

"오늘 아내가 묻히면 나도 같은 무덤에 묻힐 것일세. 왜냐하면 배우자가 죽어 묻히면 남은 배우자도 따라서 함께 묻히는 게 이 나라 풍습이기 때문일세."

나는 친구의 말을 믿을 수가 없었다. 장례를 치를 날이 되었다. 사람들은 친구와 함께 그 아내의 시신을 교외로 운구했다. 섬 가장자리 해변 가까운 산기슭에 당도해서는 큰 바위를 쳐들었다. 그러자 우물 같은 깊은 구멍이 딱 입을 벌렸다. 이 구멍은 산을 뚫고 내려가 커다란 동굴로 연결되어 있었다. 사람들은 이 구멍 안으로 친구 아내의 시신을 내던진 다음 이번에는 친구의 겨드랑이 아래를 종려 밧줄로 묶어서 동굴 아래로 내려보냈다. 그러곤 동굴 안에서 죽을 때까지 먹으라고 보리 과자 일곱 개와 물이 든 물병을 하나 넣어주었다. 동굴 바닥에 당도한 친구가 밧줄을 풀자, 사람들은 밧줄을 끌어올리고 큰 돌로 입구를 막고는 그대로 시내로 돌아왔다.

나는 산 사람을 생매장하는 걸 보고 큰 충격을 받았다. 왕은 이렇게 설명했다.

"이것은 먼 옛날부터 부부의 인연을 강조한 우리 조상과 선왕으로부터 전해 내려오는 관례일세. 죽은 후에라도 부부 사이를 갈라놓을 순 없다는 것이지."

나는 한동안 망연자실했다. 내 아내가 먼저 죽으면 나도 생매장당할 게 아닌가. 그걸 생각하니 등골이 오싹했다. 하지만 나는 마음을 가라앉히려 애를 쓰며 스스로를 위로했다.

'설마 그런 일이 일어나겠느냐, 그리고 누가 먼저 죽고 살아남을지는 아무도 모르는 일이 아닌가.'

그러고 있는데 놀랍게도 아내의 몸 상태가 안 좋아지더니 급작스럽게 악화되어 아내는 병석에 누웠다. 정성껏 병간호를 했지만 사나흘 후 아내는 끝내 알라의 부르심을 받고 말았다.

장례일이 되었다. 사람들은 아내에게 가장 고운 옷을 입히고 값비싼 황금 장식품과 보석 목걸이 등을 장식했다. 시신을 산으로 운구한 다음 전에 친구 부부를 던져넣은 그 구멍으로 던졌다. 그러고 나를 억지로 끌고 가서는 마지막 가는 길을 애도하고 작별 인사를 했다.

나는 몸부림치며 길길이 날뛰었다.

"알라께서는 산 사람을 죽은 사람과 함께 생매장하라고 한 번도 말한 적이 없었소! 게다가 난 외국 사람이지 이곳 사람이 아니오. 당신들의 풍습은 천부당만부당하단 말이오. 미리 알려주었더라면 절대로 장가 따위는 들지 않았을 것이오."

사람들은 한꺼번에 달려들어 내 몸을 누르고 억지로 결박을 짓더니 빵과 물을 몸에 매달아 동굴 속에 내려놓았다. 그들이 밧줄을 풀라고 외쳤으나 나는 들은 체도 하지 않았다. 그래서 그들은 동굴 입구를 돌로 막은 다음 그대로 떠나 버렸다.

동굴 안은 시체로 꽉 차 있었고, 속이 뒤집힐 것 같은 악취가 물씬 코를 찔렀다. 사방의 공기는 죽어가는 사람들의 신음 소리로 무겁게 가라앉아 있었다. 나는 경솔하게 장가든 것을 뉘우치며 후회했다.

"천벌을 받아도 싸지. 제기랄! 이곳에서 아내를 맞이하다니, 정말 바보 같은 짓을 했구나. 자진해서 불로 날아든 부나방 꼴이 되다니 말이야. 꼭 죽어야 한다면 제대로 죽을 일이지 이게 뭐람. 온전한 인간과 이슬람교도처럼 몸을 깨끗이 씻고 수의라도 입어야지, 이렇게 비참하게 죽을 줄 알았다면 차라리 바다에 빠져 죽거나 산속에서 죽어버릴 것을!"

나는 이렇게 칠흑 같은 어둠 속에서 밤낮의 구별도 없이 나 자신의 어리석음과 탐욕을 저주하기도 하고, 전능하신 신을 축복하며 알라의 구원을 빌기도 하며, 절망한 나머지 죽어버렸으면 하기도 하다가, 결국 배가 고프고 갈증이 심해오자 빵을 집어 들고 물을 마셨다.

나는 동굴 안을 여기저기 살펴, 가장 최근의 시체에서 가능한 한 멀리 떨어진 움푹 꺼진 곳에 자리를 잡고 잠을 청했다. 앞으로 목숨이 얼마나 붙어 있을지 모르니 최대한 빵과 물을 아껴 먹으며 알라의 구원의 손길을 기다리자고 결심했다.

어느 날, 죽은 남자의 시체와 살아 있는 여자가 구멍에서 떨어졌다. 보아하니 여자는 여간 미인이 아니었다. 사람들이 가버리자 나는 시체의 다리뼈 하나를 집어 들고 여자의 머리를 힘껏 내리쳤다. 여자가 기절하여 쓰러지자 두어 번 더 때려 완전히 죽은 걸 확인한 뒤 여자의 빵과 물을 뺏고, 여자가 걸친 호화로운 보석 장신구를 모두 챙겼다. 이렇듯 나는 알라의 구원에 대한 희망을 완전히 포기하지 않고 동굴 속에 던져진 산 사람을 차례로 죽여 빵과 물을 뺏어 목숨을 하루하루 이어나갔다.

어느 날, 잠을 자는데 무엇인가 동굴 한구석에서 시체를 긁적이고 흙을 파헤치는 기척이 들렸다. 소리 나는 쪽으로 다가가니 정체불명의 야수가 놀라 도망을 쳤다. 야수가 달아난 쪽으로 부리나케 쫓아가니 동굴 한구석에서 아주 작은 별빛만 한 광선이 깜박이고 있는 게 아닌가. 다가갈수록 광선은 점점 더 커지고 밝아졌다. 짐승이 드나드는 동안 조금씩 파헤쳐진 틈새가 점차 커져 구멍이 된 것이다. 이 구멍은 분명 바깥 세계로 통하는 구멍임에 틀림없었다. 나는 갑자기 힘이 솟고 희망이 용솟음쳤다.

겨우 틈새를 비집고 기어나가 보니 그곳은 높은 산의 경사진 면인데다가 바다를 면해 있었다. 섬으로부터는 전연 접근할 수 없게 되어 있어서, 시내에서는 이 해변으로 나올 수가 없었다.

'이젠 살았구나.'

난 안도의 숨을 내쉰 뒤 두근거리는 가슴을 안고 빵과 물, 그리고 온갖 값비싼 금은보석과 귀중품, 옷 등을 꾸려 해변 쪽으로 옮겼다. 그리고 전능하신 알라의 뜻으로 지나가는 배에게 구출되기를 기대하며 하루하루를 기다렸다. 한편으론 동굴 안에 들어가 생매장된 사람을 때려 죽인 다음 음식과 귀중품을 뺏어 해변의 처소로 옮기는 식으로, 한동안 해변에서 살아갔다.

어느 날, 큰 파도가 휘몰아치는 거친 바다 위를 한 척의 배가 지나고 있었다.

나는 흰 수의를 한 장 집어 막대기 끝에 비끄러매고 해변을 달리며 마구 휘둘러서 신호를 보냈다. 이윽고 배가 나를 발견한 모양인지, 모선에서 내려진 작은 배가 노를 저어 다가왔고 마침내 나는 구조되었다.

선장은 몇 년 동안 이 근해에서 한 번도 사람이든 짐승이든 살아 있는 동물을 본 적이 없었는데 어떻게 된 일이냐고 물었다. 나는 기이한 모험담을 들려준 다음 목숨을 구해준 보답으로 진주 서너 개를 선물로 내놓았다. 선장은 손을 내저으며 거절했다.

"난파당한 사람을 구해 배에 태워 음식을 주고 옷을 입혀주는 건 우리의 관례입니다. 우리는 절대 어떤 사례도 받지 않습니다. 사례는 고사하고 안전하게 항구에 도착하면 오히려 우리가 여비를 주고 후대하는 것이 관례입니다. 이 모두는 알라의 은총을 바라기 때문입니다."

배에 오르고 나니 나는 시체들과 함께 동굴에서 지낸 일들이 떠올랐다. 그때마다 공포로 몸서리를 쳤다. 지난날의 고통과 불행을 잊기 위해 애쓴 결과 나는 가까스로 마음의 안정을 되찾고 바스라를 거쳐 그리운 고향 바그다드로 돌아갔다.

횟수를 거듭함에 따라 이야기는 점입가경이었다. 사람들은 세상에 다시없는 진기한 모험담에 넋을 잃고 빠져들었다.

다음 날 짐꾼 신드바드가 아침 일찍 선원 신드바드 집에 들어서자 주인은 짐꾼을 자기 곁에 앉힌 다음 전원이 모이자 다섯 번째 항해 모험담을 이야기하기 시작하였다.

선원 신드바드의 다섯 번째 모험담

안락한 생활도 잠시, 나는 다시 모험과 여행의 유혹에 빠졌다. 그래서 또다시 바스라로 향했다. 마침 마음에 드는 새 배가 눈에 띄었으므로 나는 그 배를 샀다. 선장과 선원을 고용해 항해를 시작했다. 도시에서 도시로, 섬에서 섬으로, 바다에서 바다로 떠돌았다. 이국의 풍취를 구경하기도 하고 여기저기서 장사를 하기도 하면서, 이럭저럭 나날을 보내던 중이었다.

어느 날, 큰 무인도에 당도하였다. 나만 배 안에 남겨두고 선원들과 상인들은 무인도에 상륙하였다. 모래 속에 절반쯤 파묻힌 희고 큰 둥근 지붕을 보자 사람들은 이것이 로크의 알인 줄도 모르고 돌로 두들기기 시작했다. 이윽고 알이 깨지고 안에서 물이 흐르면서 로크 새끼가 나왔다. 사람들은 새끼의 목을 베고 고기를 발라낸 뒤 또 다른 알을 깨기 위해 돌을 던졌다. 불안한 마음이 들었는지 상인

하나가 내게 이 사실을 알려왔다. 깜짝 놀란 나는 알에 손대지 말라고 고함을 쳤지만 사람들은 아랑곳하지 않고 여전히 알을 깼다.

그때였다. 별안간 사방이 캄캄해지면서 하늘 전체에 구름이 낀 것처럼 태양이 보이지 않게 되었다. 로크는 자기 알이 깨져 있는 걸 보자 소리높이 비명을 질렀다. 그 소리에 사방에서 로크 무리가 몰려와 한 덩어리가 되어 천둥소리보다 더 크게 소리를 질러대며 배 주위를 빙빙 돌았다.

나는 사람들에게 소리쳤다.

"빨리 배에 오르시오."

모두가 배에 오르자 닻을 감아올린 배는 허겁지겁 돛을 있는 대로 다 올리고 전속력으로 큰 바다를 향해 달렸다. 그러자 로크 두 마리가 큰 바윗돌을 움켜쥐고 배 위로 날아올랐다. 수놈이 바윗돌을 머리 위에 던졌다. 때마침 배의 진로가 바뀌어 바윗돌이 약간 빗나가 맹렬한 기세로 바다에 떨어졌다. 그 여파로 배가 몹시 흔들렸고 바다 밑이 보일 정도로 파도가 일어나 당장이라도 배가 뒤집어질 기세였다. 설상가상으로 이번엔 암놈이 더 큰 바윗돌을 배 위에 떨어뜨렸다. 운명의 탓일까. 공교롭게 그 바윗돌이 고물에 떨어지고 말았다. 배가 박살 나고 키는 가루가 되어 날아가버렸다. 순식간에 배가 사람과 짐을 실은 채 가라앉고 만 것이다.

나는 알라께서 던져주신 판자 하나에 매달려 두 다리로 물을 저어나갔다. 바다 한가운데의 작은 섬 옆에서 침몰한 덕분에 나는 섬의 해변으로 떠밀려 올라가 거의 죽은 듯이 몸을 던지고 나자빠져 있었다. 잠시 후 힘을 내 섬 주위를 어슬렁어슬렁 돌아다니며 살펴보았다. 천국의 동산처럼 아름다운 섬이었다. 나무가 우거지고, 과일이 주렁주렁 매달리고, 시냇물도 졸졸 흐르고 있었다. 꽃과 새도 맘껏 자태를 뽐내고 있었다.

실컷 먹고 마신 나는 푹 잠에 빠졌다.

이튿날 아침 일어난 나는 나무 그늘을 거닐다 두레박 우물이 있는 도랑까지 가게 되었다. 우물가에 거룩해 보이는 노인 하나가 앉아 있었는데 허리춤에는 종려 잎 섬유로 만든 치마를 걸치고 있었다. 인사를 하며 말을 걸었으나 노인은 말 대신 몸짓과 신음 소리로 대답했다.

"나를 업고 우물 쪽으로 가줄 수 없겠느냐?"

대충 이런 내용의 시늉이었다. 나는 마음속으로 생각했다.

'아마 중풍에 걸린 노인인가 본데, 친절하게 소원을 들어주면 천국에서 인과응보의 보답을 받을 테지.'

나는 노인을 업어 우물 옆에 내려주었다. 그러나 노인은 등에서 내리기는커녕 두 다리로 내 목을 감는 게 아닌가. 다리를 잘 보니까 피부색은 시꺼멓고 몹시 거칠거칠한 게 물소 껍질 같았다. 깜짝 놀라 내동댕이칠까 하고 있는데 노인이 두 다리로 목을 어찌나 바짝 죄는지 숨이 막힐 것 같았다. 눈앞이 캄캄해지는 바람에 나는 비틀비틀 땅바닥에 쓰러지고 말았다. 그런데도 노인은 내 몸에서 떨어지기는커녕 더 죽어라 매달린 채 두 다리를 쳐들어 종려나무 채찍보다 더 아프게 어깨와 등 할 것 없이 온몸을 걷어찼다. 나는 너무 아픈 나머지 결국 일어서지 않을 수 없었다.

그때부터 노인은 한 손을 뻗어서 이쪽으로 가라, 저쪽으로 가라 지시했고 나는 지시대로 그를 이리저리 업고 다녔다. 만일 거절하거나 꾸물거리거나 꾀를 부리기라도 하면 채찍으로 맞는 것보다 더 아프게 두 발로 어찌나 아프게 걷어차는지 견딜 수가 없었다. 결국 나는 포로가 된 노예처럼 섬 안을 이리저리 끌려다녔다. 노인은 낮이고 밤이고 하루 종일 내 등에서 내리려고 하지 않았다. 심지어 대소변도 내 어깨와 등에 대고 갈겨댔다. 자고 싶으면 다리를 목에다 감고 등에 기대서 잠시 졸다가는 또다시 깨어나 때렸으므로 도무지 반항할 엄두도 나지 않았다. 나는 온정을 베푼 걸 후회하며 이렇게 맹세했다.

'알라께 맹세코 앞으로 살아 있는 동안 누구에게도 온정을 베풀지 않겠다.'

어느 날, 나는 큰 박이 열린 나무를 발견했다. 마른 박의 꼭지를 따서 안의 내용물을 다 긁어내 안을 비우고 호리병을 만들었다. 그리고 근처에 널린 포도나무에서 포도를 따서 낸 즙을 호리병 안에 가득 채웠다. 그러곤 호리병 주둥이를 틀어막고 햇볕에다 며칠 놔두었더니 마침내 독한 술이 되었다. 나는 매일 이걸 조금씩 마시면서 마음을 달랬다. 그리고 이런 식으로 능글맞은 악당 노인에게 혹사당해 지쳐버린 몸을 이럭저럭 지탱해나갔다. 술을 마실 때마다 고생도 잊고 기분도 상쾌해졌다.

노인은 내가 마시는 물이 무엇이냐고 물었다.

"이것은 굉장한 강장제입니다. 이걸 마시면 마음도 들뜨고 힘도 소생합니다."

나는 이렇게 대답하고 노인을 업은 채 나무 사이를 뛰어다니며 손뼉도 치고 노래도 부르고 신나게 춤도 추었다. 그러다가는 일부러 다리 힘이 빠진 듯 비틀거리기도 했다.

노인은 호리병을 달라고 손짓하더니 마지막 한 방울까지 쭉 들이마시고는 빈 호리병을 내던진 다음 손뼉을 치며 몸을 좌우로 흔들었다.

그런데 어찌나 오줌을 많이 싸는지 내 옷이 죄다 젖고 말았다. 취기가 머리 꼭대기까지 올랐으니 배겨낼 장사가 있나. 급기야 몸을 가누지 못할 정도로 곤드레만드레 취한 노인의 근육과 손발이 축 늘어졌다.

이때를 놓칠세라 나는 노인의 발을 잡고 다리를 목에서 풀어낸 다음, 땅바닥에 몸이 닿을 정도로 허리를 깊이 숙이고서 힘껏 그를 내동댕이쳤다. 하지만 어깨에서 떼어낸 걸로 무사히 피했다고 안심할 수는 없었다. 술에서 깨어나 다시 예전으로 돌아갈 생각을 하니 몸서리가 쳐졌다. 나는 크고 무거운 돌을 하나 집어 들어 정신없이 자고 있는 노인의 머리를 죽어라 내리쳐 두개골을 박살 내버렸다. 노인은 대번에 살도 기름도 피도 범벅이 되어 그길로 천벌을 받고 지옥으로 떨어졌다.

그때에야 마음이 놓인 나는 해변으로 나와 이제나저제나 배가 지나가길 기다렸다. 이윽고 배 한 척이 파도를 헤치며 다가왔다. 선원들에게 구조된 나는 선장에게 그동안 겪은 고생담을 늘어놓았다.

"그놈은 '샤이흐 알 바르' 즉 '바다 노인'이란 놈으로, 놈의 다리가 목에 감기는 날엔 마지막으로, 당신 외에 아직까지 누구 하나 살아난 사람이 없소. 놈에게 업혀서 지쳐버리면 그놈 밥이 될 뿐이오. 당신 목숨이 무사한 것을 알라께 감사합시다!"

선장은 진심으로 나의 행운을 축복해주었다.

며칠 동안 항해를 계속한 어느 날, 운명의 장난이랄까, 배는 원숭이 도시에 당도했다.

도시엔 고층 건물이 즐비한데 모두 한결같이 바다 쪽을 향해 있었다. 황혼 무렵이면 시내 주민들은 모두 성문 밖으로 뛰어나가 크고 작은 배를 타고 바다로 나갔다. 원숭이들이 산에서 습격해 내려오기 때문이었다. 주민들은 해상에서 밤을 보내며 마음을 졸이곤 했다. 나는 전에 원숭이 일족에게 혼이 났던 일이 떠올라 몹시 불안했다. 그래서 잠깐 바람을 쐬러 육지에 올랐는데, 그사이에 그만 배는 나를 육지에 남겨놓고 떠나고 말았다. 나는 둑에 오른 걸 후회하며 그 자리에 주저앉아 한탄했다. 그때 다행히 친절한 시민이 다가와 원숭이 밥이 되기 전에 함께 배를 타자고 해서 바다로 나갔다가 아침이 되어 도성으로 돌아왔다.

원숭이들은 화원의 과일을 모두 먹어치우고서 산으로 되돌아갔다가 해 질 녘까지 잠을 잔 다음 저녁때가 되면 또다시 도성으로 몰려오곤 했다.

이 도성은 흑인국 가운데 가장 먼 변경에 있었다. 친절한 시민은 신드바드가 상인인 걸 알고는 무명 자루 하나를 주면서 해변에 널린 자갈을 잔뜩 담아갖고 도성 사람들을 따라가라고 했다. 그랬더니 어느 널따란 골짜기로 나왔다. 그곳엔 나무가 빽빽이 우거져 있었는데, 나무줄기는 아무도 기어오를 수 없을 만큼 미끄러웠다.

나무 밑에 원숭이들이 한참 자고 있었다. 원숭이들은 도성 사람들을 보자 재빨리 나뭇가지로 기어 올라갔다. 사람들은 일제히 자루속에서 돌을 꺼내 원숭이를 향해 마구 던졌다. 원숭이들도 나무 열매를 따 반격을 가했다. 그런데 자세히 보니 원숭이들이 던지는 나무 열매는 바로 인디언 너트, 즉 코코넛 열매였다. 자루의 돌을 다던지기도 전에 사람들은 코코넛 열매를 잔뜩 얻게 되었다. 그래서 모두 짊어질 수 있을 만큼 열매를 주워 도성으로 돌아왔다.

그 시민의 친절함에 보답하려고 나는 그 열매를 모두 그에게 내밀었다. 그는 손을 내저었다. 그리고 내게 그 열매를 팔아 돈을 벌라고 했다. 매일 아침 나가서 열매를 모아온 다음 안전한 장소에 저장해두었다가 나쁜 것만 골라 팔아서 양식으로 바꾸고 좋은 것은 저장해두었다 많이 모이면 귀국할 때 가져가라는 것이다. 보탬이 많이 될 거라고 했다. 나는 코코넛 열매를 저장도 하고 한편으로는 내다팔아 그 돈으로 뭐든 살 수 있었으므로 만족스러운 도시 생활을 즐기게 되었다.

어느 날 망망대해 한가운데에서 큰 배 한 척이 다가와 닻을 내렸다. 배에 싣고 온 상품과 코코넛 열매를 교환하는 걸 본 나는 고향으로 돌아가고 싶은 마음이 간절해졌다. 나는 친절한 시민과 작별하고 저장해둔 열매와 그 밖의 특산물을 가득 싣고 배에 올랐다.

나는 배가 정박할 때마다 코코넛 열매를 팔았다. 그것으로 신께서는 전에 내가 잃었던 것 이상을 보상해주었다. 정향과 계피와 후추 등을 많이 산출하는 섬에도 올라 코코넛 열매와 교환하여 많은 상품을 수중에 넣었다. 후추나무의 자연생태는 들을수록 신기했다.

한 무더기의 후추 옆에는 반드시 커다란 잎이 한 잎 자라게 마련인데, 이 잎은 햇볕이나 비를 막아주다가, 우기가 끝나면 반대쪽으로 젖혀져 후추 옆으로 축 늘어지면서 후추 열매가 햇볕에 익도록 해준다고 했다.

코모린 침향(인도와 동남아시아가 원산지. 생목이나 고목을 땅속에 묻어 수지가 적은 부분은 썩히고 수지가 많은 부분만 쓰는데, 줄기의 상처나 단면에서 흐르는 수지를 침향이라 하여 예부터 향료로 극히 귀하게 여김)이 나는 알 우시라드 섬에도 들르고, 횡단하는 데 닷새가 걸리는 섬에도 가보았다. 이 섬은 코모린 침향보다 더 훌륭한 중국 침향의 산지였으나, 섬주민은 알 우시라드 섬 주민에 비해 생활도 신앙도 뒤떨어져 있었다. 왜냐하면 간음을 좋아하고 음주를 사랑하고 기도를 전혀 몰랐기 때문이다.

진주조개 채취장에도 찾아가 잠수부에게 코코넛 열매를 몇 개 주고 바닷속에 들어가 운수를 점쳐봐달라고 부탁했다. 잠수부들은 바닷속에서 큰 진주조개를 건져오더니 운수 대길이라고 말해주었다. 나는 막대한 이익을 얻어 다시 고향으로 돌아왔다.

선원 신드바드의 여섯 번째 모험담

다섯 번째 항해에서 돌아온 나는, 얼마 동안 온갖 향락을 누리면서 유유자적하다가 다시 여섯 번째 항해에 올랐다.

한참 항해를 하던 어느 날, 선장이 해로를 잃어버리는 바람에 모두가 엎드려 알라께 기도를 올렸다. 바람은 점점 더 심하게 불어닥쳐 선체는 세 번이나 빙빙 돌다가 역류에 키가 부서지고 말았다. 배는 항로를 잃고 높은 산 쪽을 향해 곧장 나아갔다. 선장은 마스트에서 내려오더니 우리 배가 파멸의 심연에 빠져 피할 길이 없다고 울부짖었다. 모두들 이젠 다 죽었다며 이 세상과의 작별을 고했다. 배는 산을 들이받고 산산조각이 났으며 배 안에 있는 건 모조리 바닷속으로 내동댕이쳐지고 말았다. 익사한 사람도 있고 구사일생으로 둑에 기어올라 목숨을 건진 사람도 있었다. 나도 둑에 올라 겨우 목숨을 건졌다.

그 곳은 섬이라기보다는 반도였다. 해안에는 난파선에서 나온 짐이나 그릇 등 물건들이 파도에 밀려와 산더미처럼 쌓여 있었다. 나는 그 가운데서 얼마간의 먹을 것을 찾아 허기를 때우면서 절벽을 기어올라 반도 안쪽으로 깊숙이 걸어 들어갔다. 맑은 물이 졸졸 흐르는 개울을 따라가 보니, 개울은 가까운 산기슭에서 솟아나와 반대쪽으로 연결되어 있는 산들의 땅속으로 사라졌다. 어떤 사람들은 산을 넘어 오지로 들어가 물가에 흩어진 보물을 발견하고는 미친 듯 날뛰며 기뻐했다. 개울 바닥에는 무수한 홍옥, 진주, 온갖 보석과 보옥들이 잔돌처럼 널려 반짝반짝 빛나고 있었다. 또한 이곳엔 세상에 유례가 없는 중국산 침향과 코모린산 침향이 얼마든지 있었다.

또 천연 그대로의 용연향(고래로부터 채취하는 송진 비슷한 향료로서, 숫사향노루의 향낭에서 채취한 사향과 같은 향이 있음)의 샘이 있었는데, 이 샘물은 타는 듯한 햇볕을 받고 초나 고무처럼 넘쳐 나와 바닷가로 흘러들었다. 깊은 바다의 괴물들이 이걸 마시고 바닷속으로 되돌아갔다. 이 용연향이 위에 들어가면 속이 타서 뜨거워져 괴물들이 이것을 토해내고, 토해낸 용연향은 수면에서 응결되어 빛깔도 부피도 변해 마지막으로 해안으로 떠밀려 올라왔다. 그러면 여행자나 상인이 이걸 모아 판다는 것이다. 그러나 괴물의 배 속에 들어가지 않은 천연 용연향은 수로에서 넘쳐 나와 일단 해안에서 응결되었다가 태양을 받으면 다시 녹아 골짜기 구석구석까지 사향 못지않은 향기를 방출했다. 그대로 더 이상 태양 광선을 쪼이지 않으면 전처럼 다시 응집한 상태로 있는 것이다. 그러나 산들이 섬의 사방을 둘러싸고 있고, 사람은 그 산에 오를 수 없기에 이 천연 용연향이 있는 곳에는 아무도 접근할 수가 없었다.

이렇듯 알라의 오묘한 조화와 섬의 재보에 경탄하면서 섬 안을 골고루 조사하면서도 사람들은 모두 신세를 걱정하며 불안에 떨었다. 더구나 배멀미와 영양부족으로 냉증에 걸리고 쇠약해지면서 사망자가 속출하였고 끝내는 마지막 한 사람마저 땅에 묻게 되었다.

불행하게도 마침내 나는 외톨이 신세가 되고 만 것이다.

'차라리 이럴 바엔 동료들보다 먼저 죽는 게 더 나을 뻔했지 않은 가. 내가 죽어도 시신을 씻어 수의를 입히고 땅에 묻어줄 사람이 없으니 말이야.'

나는 탄식하다가 궁여지책으로 바닷가에 깊은 구덩이를 팠다. 몸이 쇠약해져 죽을 때가 오면 언제라도 구덩이에 몸을 던질 것이고, 그러면 바닷바람이 모래를 옮겨다가 시신을 완전히 구덩이 속에 묻어줄 거라고 생각했다.

그러면서 나는 다섯 번이나 죽을 뻔한 고비를 넘기고 천신만고를 겪었으면서도 겁도 없이 고향을 떠난 나의 경솔한 행동을 후회하고 또 후회했다. 여행이 거듭될수록 전보다 더 무섭고 더 위험하고 더 혼이 났을 뿐 아니라 헤어날래야 헤어날 수 없는 고생길에 들어섰기 때문이다.

그런데 그 순간 문득 묘안이 떠올랐다.

'틀림없이 이 물줄기는 그 시작이 있는 것과 마찬가지로 그 끝이 있을 것이다. 그렇다면 혹시 이 물줄기를 따라가면 인가를 만날지 모른다. 나 혼자 탈 만한 작은 배를 만들어 그걸 타고 하구 쪽으로 가는 거야. 잘 탈출하면 하늘이 도와줄 것이고, 이왕 죽을 바에는 여기서 죽는 것보다 강에서 죽는 편이 나을 거야.'

나는 침향나무 조각을 있는 대로 긁어모으고 줄기 식물로 새끼줄을 꼬아 한데 묶었다. 난파선에서 밀려온 판자를 마치 못을 박은 것처럼 틈이 생기지 않게 단단히 침향나무에 비끄러매 강폭보다는 다소 좁은 뗏목을 만들었다. 나는 여기에다 보석과 보옥, 잔돌만 한 크기의 진주와 천연 그대로의 가장 훌륭한 용연향 따위의 수집물과 음식, 약초 따위를 싣고 노 대신 쓸 나무토막 하나씩을 뗏목 양쪽에 비끄러맸다. 그런 다음 뗏목을 물에 띄웠다.

앞으로 일어날 일은 까맣게 모른 채 나는 강이 흐르는 대로 뗏목을 내맡겼다. 물줄기를 따라 산 밑을 지나 앞이 보이지 않는 컴컴한 곳까지 가게 되었다. 뗏목을 저어 그 속으로 들어갔더니 뗏목은 물살을 타고 산 밑으로 내려갔다. 약한 물살을 타고 좁다랗고 컴컴한 굴을 지나는 동안 뗏목은 양쪽 기슭에 부딪치기도 하고, 머리가 천장에 닿기도 했다. 배는 금방이라도 산산조각으로 부서질 것만 같았다. 그렇다고 새삼 되돌아갈 수도 없는 노릇이었다. 위험에 목숨을 내맡긴 자신을 후회하면서 나는 물길이 더 이상 좁아져 뗏목이 통과하지 못하면 여기서 무참히 최후를 맞이할지도 모른다는 두려움에 몸을 떨었다. 물길이 더욱 좁아지자 나는 뗏목에 납작 엎드렸다. 물살은 계속 뗏목을 싣고 갔고, 나는 칠흑 같은 어둠 속에서 언제 죽을지 모르는 공포와 근심 때문에 밤낮조차 구별하지 못한 채 떠내려갔다. 넓어졌다 좁아졌다 하는 물길을 따라 얼마나 흘러갔는지, 나는 뗏목에 몸을 맡긴 채 그만 잠이 들어버렸다.

눈을 떠보니 내 몸이 푸른 하늘 밑에서 햇빛을 받고 있는 게 아닌가. 주위를 둘러보니 뗏목은 큰 물줄기 한복판의 어느 섬에 매어져 있고, 적잖은 인도인과 아비시니아인들이 주위를 둘러싸고 나를 내려다보며 자기들끼리 무슨 말인지 모를 말로 쑥덕거리고 있었다.

다행히 아라비아 말을 할 줄 아는 사람이 하나 있었다. 그가 말했다.

"우리는 농부인데 논에 물을 대기 위해 나왔다가 당신을 발견했소. 그런데 당신은 도대체 누구며, 어찌해서 여기까지 오게 된 것이오?"

나는 우선 배가 고프니 먹을 것부터 달라고 했다. 실컷 배불리 먹고 나서야 나는 내가 겪은 모험담을 들려주었다.

그들은 나를 그들의 왕 앞에 데려갔다. 세렌디브의 왕은 나의 기이한 모험담을 듣고 몹시 놀라는 한편 대담한 용기에 감탄했다. 가져온 물건들을 선물하자 왕은 나를 극진히 대접하고 궁전 안에 숙소까지 마련해주었다. 나는 이곳 유지들을 비롯하여 많은 사람들의 보살핌과 더없는 존경을 받으며 오랫동안 궁전에 머물렀다.

세렌디브 섬은 적도 바로 아래 위치해 있어 밤과 낮이 똑같이 열두 시간씩이고, 섬의 면적은 길이가 80리그(1리그는 약 3마일), 폭이 30리그, 측면에는 하늘 높이 솟아오른 봉우리와 천 길이나 되는 골짜기로 둘러싸여 있었다. 산속에는 홍옥과 진귀한 광석이 많고 온갖 향나무가 우거져 있었다. 땅의 흙은 보석을 자르거나 형을 뜨는 데 쓰이는 금강사로 덮여 있었고, 골짜기에는 진주가 굴러다녔다.

나는 이 나라를 찾아온 여행자와 상인들을 통해 고국에 관한 이야기를 전해 들었다.

어느 날, 세렌디브 왕은 칼리프 하룬 알 라시드의 정치와 신상에 대해 물었다. 나는 칼리프의 인품에서부터 명성까지 자세히 들려주었다. 왕은 칼리프의 위덕을 칭송하고 존경하는 뜻에서 선물을 보내주고 싶다고 했다.

그러던 어느 날, 바스라로 떠나는 배를 준비하는 한 무리의 상인 소식을 듣자 나는 왕에게 고향으로 돌아가고 싶은 의중을 내비쳤다. 왕은 몹시 서운해하였지만 흔쾌히 허락하며 막대한 금품을 하사하고, 칼리프 하룬 알 라시드에게 바치는 엄청난 선물을 맡기면서 봉인한 편지를 한 통 주었다. 칼리프에게 바치는 선물은 높이가 한 뼘

이나 되는 홍옥 술잔(안쪽에 진기한 진주가 박혀 있었다), 인도 침향 10
만 미스칼(1미스칼은 금화 1다나르와 같음), 침대(이 침대는 코끼리도 한입
에 삼킬 만큼 큰 구렁이의 껍질로 만들어졌는데 그 위에 디나르 금화만 한 반점
이 몇 개씩 있어서 거기 누우면 절대로 병에 걸리지 않는다고 함) 등이었다.

　나는 무사히 평화의 도시 바그다드에 도착하여 칼리프 하룬 알 라
시드를 알현하고 인도 국왕의 선물을 전달했다. 칼리프는 인도를 다
녀온 나의 진기한 모험담을 듣고, 당장 역사가에게 명령하여 기록하
고 후세에 남길 수 있게 잘 보관하라 명했다. 칼리프로부터 선물까
지 받고 나는 마침내 집으로 돌아왔다.

　손님들은 집으로 돌아갔다가 신드바드의 일곱 번째 모험담을 듣기
위해 이튿날 다시 모였다.

천원 신드바드의 일곱 번째 모험담

　나는 또다시 여행과 모험을 찾아 항해 길에 올랐다.
　순풍에 돛을 달고 여러 도시를 경유하며 의기양양하게 항해를 계속
하면서 장사를 하던 어느 날이었다. 갑자기 심한 역풍이 불어닥쳤다.
폭풍우와 큰 비가 쫙 하고 쏟아져 몸도 짐도 흠뻑 젖고 말았다. 우리
는 비를 맞아 못 쓰게 되면 큰일이라고 생각하고 짐짝 위에 겉옷이며
융단이며 범포 등을 덮고서 무릎을 꿇고 알라께 기도를 올렸다.
　선장이 돛대 꼭대기에 올라갔다가 내려오더니 이제 모두 죽을지 모
르니 작별 인사나 하라고 말했다. 그러곤 푸른 무명 주머니를 꺼내 흿

가루 같은 가루를 작은 접시에 덜어 물에다 조금 적시고는 냄새를 맡기도 하고 핥기도 했다. 그러면서 한 권의 책을 꺼내 읽어주었다.

"여기 온 자 누구든지 죽음을 면치 못하리라. 살아 돌아갈 희망은 추호도 없느니라. 이 대양은 '왕의 바다'라 하여 다윗의 아들 솔로몬 왕의 무덤이 있는 곳이기 때문이다. 이곳엔 몸이 거대하고 형상이 무섭게 생긴 구렁이가 사는도다. 이 해역에 들어온 배는 해저로부터 거대한 물고기가 나타나 배는 물론 배 위의 모든 것을 한입에 삼켜버리리라."

선장의 말이 끝나기도 전에 갑자기 선체가 해면 위로 불쑥 솟았다가 다시 가라앉았다. 모두 마지막 기도를 올리고 알라의 뜻에 맡겼다. 그러자 갑자기 천둥소리와 같은 요란한 소리가 들리고 산처럼 거대한 물고기가 모습을 나타냈다. 기절할 듯이 놀란 우리는 모두 이젠 죽었구나 하고 그 어마어마한 몸집과 몸을 오싹케 하는 생김새에 눈이 휘둥그레져 있는데 이번엔 기괴한 모습의 물고기 한 마리가 나타났다. 이젠 이 세상도 끝이라고 단념하고 있는데, 이번엔 두 마리보다 더 큰 물고기가 수면 위로 나타났다. 사고력도 분별력도 잃은 채 우리는 모두 무서워 벌벌 떨며 멍하니 넋을 놓았다. 그런데 배 주위를 빙빙 돌던 물고기 세 마리 가운데 가장 큰 세 번째 물고기가 입을 딱 벌리고 배를 단숨에 삼켜버리려고 했다. 입안을 들여다보니 도성의 성문보다 넓고 목구멍은 깊은 골짜기 같았다. 우리는 알라에게 구원을 요청했다. 때마침 쏴 하고 돌풍이 배에 부딪치자 배가 갑자기 해면 위로 높이 솟아올라 바다 괴물의 집인 커다란 암초에 부딪치고 말았다. 당장 선체는 산산조각이 나고 배 안에 있던 것은 죄다 낱낱이 흩어져 바다 밑으로 가라앉아버렸다.

내 겉옷은 모두 찢어져 할 수 없이 나는 얇은 옷 하나만 걸친 채 조금 헤엄치다가 얇은 판자를 발견하고 거기 매달려 올라탔다. 그리고 바람과 파도에 휘말려 떴다 가라앉았다 하며 공포와 피로, 굶주림과 갈증에 시달렸다. 어리석고 무모한 행동을 책망하고, 무사안일한 생활을 애타게 그리워했지만 이젠 다 소용없는 일이었다. 나는 스스로를 타일렀다.

'신드바드, 후회해선 안 돼. 여러 가지로 혼이 나고는 있지만, 넌 항해를 단념하지 않을 거야. 반드시 그만두겠다고 해봤자 그건 거짓말일 테니까. 그렇다면 이 고통을 꾹 참는 게 제일이야. 이 모두가 다 자업자득 아닌가? 고생을 사서 하는 내 욕심을 말리려고 알라께서 미리 정하신 것이니까 말이다. 하기야 내겐 엄청난 재보가 있으니까. 이번에야말로 진정으로 일확천금의 꿈과 모험을 쫓아온 것을 지상 최고의 신께 참회하고 앞으로는 여행 생각을 깨끗이 버리고 입밖에도 내지 않기로 하자."

단단히 결심한 나는 전능하신 알라 앞에 이마를 조아리고 방탕 삼매와 주지육림으로 보낸 지난날을 떠올리며 한없이 탄식했다.

이틀째 저녁이었다. 나는 나무가 울창하고 개울이 흐르는 어느 큰 섬에 당도했다. 과일도 따 먹고 물도 마시는 사이에 원기를 회복하면서 몸과 마음이 어느새 상쾌해졌다.

섬 안을 이리저리 살펴보던 나는, 맑은 물이 힘차게 흘러내리는 큰 강을 발견하고 지난번 만든 뗏목을 생각했다. 또다시 뗏목을 만들어 강을 따라 흘러가보기로 한 것이다. 알라의 은총으로 무사히 이 난국에서 빠져나간다면 소원이 이루어질 것이고, 그러면 앞으로는 알라께 맹세코 항해를 그만둘 셈이었다. 만약 살아나지 못한다면 조용히 죽음을 맞아 이 고생에서 벗어나 편안히 눈을 감으리라고 맹세했다.

그런데 이곳엔 세상에 유례가 없는 훌륭한 백단목이 지천으로 자라나 있었다. 그래서 나는 백단목을 잘라 목재를 만들고 덩굴과 가느다란 가지들을 꼬아 새끼 같은 걸 만들어 판자를 묶어 뗏목을 만들었다. 그리고 강에 뗏목을 띄우고 몸을 맡겼다.

얼마나 흘러갔을까. 꼬박 사흘 동안을 먹지도 마시지도 못한 채 누워 있자니 힘이 빠지고 머리가 어질어질했다. 높은 산기슭으로 나오자 강이 저 아래로 흘러내렸다. 물살이 빨라지면서 뗏목은 무지개 모양의 문 같은 지하수로 빨려 들어갔다.

지난번 여행에서 죽도록 고생한 것을 생각하고 나는 덜컥 겁이 나서 알라를 찾았다.

"영광되고 위대하신 알라 외에 주권 없고 권력 없도다!"

뗏목은 잠시 후 하늘 아래로 미끄러져 나왔다. 눈앞에는 널따란 골짜기가 펼쳐졌다. 물살은 우레와 같은 소리를 냈다. 질풍에 못지않은 급한 여울이었다. 내동댕이쳐지면 큰일이었다. 나는 뗏목에 죽어라 매달린 채 거센 물살에 좌우로 흔들리면서 급류를 타고 끝없이 흘러 내려갔다. 어찌나 물살이 빠른지 뗏목을 세울 수도 강둑에 댈 수도 없었다.

뗏목은 지붕이 죽 늘어서고 사람이 많이 사는 대도시로 나와서야 겨우 멈췄다. 사람들이 밧줄을 던져주었으나 나는 그걸 잡을 힘조차 없었다. 그들은 뗏목 위로 투망을 던져 강둑으로 끌어당겼다. 나는 굶주림과 공포, 수면 부족이 겹쳐 죽은 듯이 쓰러지고 말았다. 맘씨 좋은 노인이 군중을 헤치고 다가왔다. 그는 벌거벗은 내 몸을 가리도록 깨끗한 옷을 여러 벌 던져주었다. 그러고는 목욕탕으로 데려가

기운을 차릴 수 있도록 코디얼 셔벗과 기분 좋은 향수를 갖다주었다. 목욕을 끝내자 이번엔 나를 자기 집으로 데려가서 진수성찬을 차려주었다.

이렇듯 노인은 내가 무엇 하나 불편함이 없도록 세심하게 배려하고 극진히 성심껏 보살펴주었다. 그 덕분에 나는 금세 원기를 회복할 수 있었다.

하루는 노인이 시장에 나가 물건을 팔아 돈을 벌어보자고 했다. 가진 물건이라곤 아무것도 없는데 뭘 팔자는 건지 알 수가 없었다. 노인은 적당한 값을 부르면 팔고 안 그러면 보관해뒀다가 다시 기회를 보아 내놓자고 했다. 나는 노인이 하자는 대로 따르겠다고 말했다. 시장에 나와 보니 신드바드가 타고 온 뗏목의 백단나무에 거간꾼이 경매를 붙이고 있었다.

그때에야 나는 노인이 팔려는 게 백단나무임을 알아챘다. 상인들이 우르르 몰려오더니 값을 부르기 시작했다. 가격은 점점 올라 마침내 금화 1,000디나르까지 올라갔다. 그 이상 부르는 사람이 없자 노인이 내게 물었다.

"불경기라 시세가 이것밖에 안 나가오. 이 값으로 팔겠소? 아니면 더 값이 오를 때까지 창고에 넣어두시겠소?"

나는 노인더러 알아서 하라고 말했다. 노인은 1,000디나르에다 100디나르를 얹어 자기가 사겠다고 말했다. 그리고 돈을 부대에 넣어 사람 눈에 띄지 않는 곳에 넣고는 쇠자물통으로 잠그고 열쇠를 내게 주었다.

며칠 후 노인이 말했다.

"실은 어려운 부탁이 있소. 들어줄 걸로 생각하지만 말이오. 다름이 아니라 보다시피 나는 이렇게 늙었소. 게다가 아들도 없고 딸만 하나 있소. 그래서 말인데, 딸을 주고 싶으니 내 사위가 되어 오래 도록 이 나라에서 살기 바라오. 내 재산 일체를 그대에게 맡길 테니 까. 고국으로 돌아가고 싶다 해도 절대 막지 않을 것이오. 그러니 꺼릴 것 없이 마음대로 하시오."

나는 외국인인 데다가 고생을 너무 많이 해서 분별력도 판단력도 잃고 말았다. 그래서 알아서 결정하라고 노인에게 맡겼다. 노인은 재판관과 증인을 불러 혼인 계약서를 작성하고 성대한 잔치를 베풀 었다. 나는 신부와 첫날밤을 치렀다. 신부는 수려한 용모며, 늘씬한 몸매며, 온화한 마음씨며 어디 하나 나무랄 데 없는 매력 덩어리였 다. 나는 그런 신부에게 홀딱 반해 서로 뜨거운 정을 나누며 현세의 열락과 호사를 한껏 누리며 살아갔다.

그러던 중 장인은 덧없이 세상을 떠나 알라의 곁으로 가고, 장인 의 재산과 신분과 지위까지 물려받은 나는 장로이자 상인의 우두 머리가 되었다.

그런데 이 나라에선 매월 초하루가 되면 남자들이 모두 감쪽같이 어디론가 사라져버렸다. 얼굴마저 변해 새와 같은 모양이 되어 날개 를 펼치고 푸른 하늘로 높이 비상했다. 그동안 시내에는 여자들밖에 남아 있지 않았다. 나는 이상하게 여기고 한 사내에게 끼워달라고 부탁했으나 그는 한마디로 안 된다고 거절했다. 내가 자꾸 졸라대자 할 수 없이 그는 승낙했다.

나는 아내나 하인 누구에게도 말하지 않고 몰래 사내 등에 업혀 하늘 높이 날아갔다. 그런데 천국에서 신을 칭송하는 천사들의 목소 리가 들려왔다. 깜짝 놀란 나는 그만 나도 모르게 '알라에게 영광을'

하는 타스비를 외치기 시작했다. 다 외치기도 전에 하늘 한 모퉁이에서 화염이 뿜어 나오더니 일행을 거의 다 태워죽였다. 겨우 살아남은 사람들은 허둥지둥 도망치면서 일제히 나를 저주했다. 지상으로 내려오자마자 화를 내더니 높은 산꼭대기에 나를 내려놓고는 날아가버렸다.

외톨이가 된 나는 분수도 모르고 어리석은 짓을 한 자신을 나무랐다. 어디로 가야 할지 몰라 불행을 한탄하고 있는데 뜻밖에 달처럼 잘생긴 젊은이 두 사람이 다가왔다. 이들은 알라의 종이라면서 지팡이 삼아 손에 들고 있던 순금 막대기를 내게 주더니 사라져버렸다. 지팡이를 짚고 산길을 걷는데 별안간 입에 사람 허리 아래를 문 구렁이 한 마리가 내려오고 있었다. 구렁이 입에 물린 사내가 고래고래 소리를 지르며 살려달라고 비명을 질러댔다. 나는 한달음에 달려가 황금 지팡이로 구렁이 머리를 때렸다. 구렁이가 사내를 뱉었다. 내가 두 번째 일격을 가하자 그때에야 구렁이는 슬그머니 사라졌다.

사내는 생명을 구한 은인이라면서 나를 섬기겠다며 따라왔다. 둘이 산길을 걷다가, 조금 전 헤어진 마을 사내들과 마주쳤다. 나를 업었던 사내에게 사과하고 집으로 데려가달라고 부탁하자, 그는 하늘을 나는 동안 다시는 신을 축복하는 타스비를 입 밖에 내지 않는다는 서약을 하게 한 다음에서야 나를 등에 업었다. 작별하기 전에 구렁이로부터 구출된 사내에게 황금 지팡이를 주었고 나는 하늘을 날아 집으로 돌아왔다.

아내는 무사히 돌아온 걸 기뻐하면서, 앞으로는 저들을 조심하고 친하게 지내거나 함께 떠나지 말라고 당부했다. 악마와 한패이며 알라를 외는 방법도 칭송하는 것도 모르는 사람들이라는 것이다.

"그리고 아버지도 안 계시니 이 도시에 살고 싶지 않아요. 그러니 재산을 다 처분하고 바그다드로 돌아갑시다. 나도 함께 따라가겠어요."

그래서 나는 유산을 차례로 처분한 다음 바스라로 떠나는 상인 일행에 끼어 배를 타고 마침내 바그다드로 돌아왔다.

그런데 내가 일곱 번째 항해에 보낸 시간은 27년이나 되는 긴 세월이었다. 집안 식구들이나 친구들 모두 내가 죽었다고 생각하고 있던 터였다. 그래서 나의 귀환을 놀라워하는 한편 기쁘게 맞아주었다. 나는 이제 여행을 그만두기로 맹세하였다. 마지막 항해를 하는 동안 여행도 모험도 그만 진절머리가 났기 때문이다.

선원 신드바드는 이야기를 마치고 짐꾼 신드바드에게 이렇게 덧붙였다.

"내 이야길 잘 들었소? 내가 오늘날까지 얼마나 고생하고 얼마나 끔찍한 일을 많이 겪었는지 잘 생각해보시오."

짐꾼 신드바드가 대답했다.

"나리, 용서해주십시오. 터무니없이 부자를 시샘하고 제 가난을 한탄한 것을요."

그 후 두 사람은 죽을 때까지 변함없이 깊은 친교를 맺었다.

선원 신드바드의 일곱 번째 모험담 (캘커타판)

어느 날, 칼리프 하룬 알 라시드가 나를 불렀다. 세렌디브 왕에게 편지와 선물을 전해달라는 것이었다. 나는 여행이 죽도록 싫고, 지난날의 끔찍하고 무서운 경험이 떠올라 손발이 떨리고 털끝만큼도 떠나고 싶은 마음이 없었다. 더구나 알라께 바그다드에서 한 발짝도 밖으로 나가지 않겠다고 맹세를 했기에 완곡히 거절했다. 그러나 칼리프는 선물을 받았으니 답례를 해야 체면이 서지 않겠느냐며 간곡히 부탁했다.

할 수 없이 나는 다시 여행을 떠나게 되었다. 그리하여 무사히 세렌디브 왕을 만나 칼리프의 서신과 선물을 전달했다.

칼리프의 선물은 보옥을 박은 황금 안장을 얹은 1만 디나르짜리 암말 한 필, 책 한 권, 호화로운 옷 한 벌과 카이로산 흰 천, 수에즈산, 쿠파산, 알렉산드리아산 비단 등 100종, 그리고 양탄자에다 아마천, 생사 100파운드, 사자 앞에 무릎을 꿇은 사내가 활을 잡고서 상대방 머리에다 화살을 겨누는 그림을 한복판에 그린 수정으로 만든 술잔, 다윗의 아들 솔로몬 왕이 식사할 때 사용했다는 쟁반 등이었다.

세렌디브 왕은 나를 극진히 환대하고 막대한 재보를 하사하는 한편 곁에 머물러달라고 요청했으나, 완곡히 거절한 나는 왕에게 하직하고 귀국길에 올랐다. 도중에 교역을 하거나 쉬고 싶은 마음도 들지 않아 줄곧 항해만 계속하여 여러 섬을 지나왔다.

귀로의 절반쯤 왔을 즈음이었다. 우리는 수없이 많은 작은 배들에게 포위당했다. 배 안에는 손에 활을 들고, 크고 작은 칼을 휘두르면서 덤벼드는 마귀처럼 생긴 인간들이 타고 있었다. 사슬 갑옷과 투구로 무장한 적들은 느닷없이 달려들어 맞서는 자를 사정없이 베어죽였다. 그러곤 우리 배에 있던 물건을 몽땅 뺏고 모두를 섬으로 끌고 가 헐값에 노예로 팔아버렸다. 다행히 우리를 산 주인은 부자였으므로 먹고 마시고 입는 것 모두를 잘 돌봐주었기 때문에 나는 잠시 시름을 잊을 수 있었다.

얼마 뒤 주인은 활을 가져오더니 나를 코끼리에 태우고 나무가 우거진 숲속으로 데리고 갔다. 숲에 도착하자 주인은 내게 거목 위로 올라가 기다리고 있다가 코끼리 행렬이 지나가거든 활을 쏘고 코끼리가 한 마리라도 쓰러지면 알려달라고 했다. 나는 겁에 질려 떨면서도 나뭇가지 사이에 몸을 숨기고 기다리고 있었다. 이윽고 코끼리떼가 나타나 나무 사이를 어슬렁거렸다. 나는 계속 활을 쏘아 겨우 한 마리를 맞혀 쓰러뜨렸다. 이를 본 주인이 날 칭찬하고는 쓰러진 코끼리를 운반해갔다. 이렇게 내가 코끼리 한 마리를 죽이고 주인이 와서 날라가고 하는 식으로 며칠이 지났다.

그날도 나뭇가지 사이에 몸을 숨기고 있는데, 수많은 코끼리가 어슬렁어슬렁 나타나더니 무섭기 짝이 없는 소리로 울어댔는데 땅이 흔들릴 만큼 쿵쿵 울렸다. 그러면서 50척이나 되는 거목 주위를 포위했다. 그런데 그 가운데 가장 큰 코끼리가 코로 나무둥치를 감더니 나무를 뿌리째 뽑아 땅 위에 내동댕이쳤다. 나는 코끼리 등에 탄 채 기절하고 말았다. 코끼리는 기절한 나를 어딘가로 데려가 내동댕이치고는 그길로 모습을 감춰버렸다.

정신을 차리고 주위를 살펴보니, 내가 코끼리들 시체 한복판에 내동댕이쳐 있는 게 아닌가. 그곳은 바로 코끼리들의 무덤이었다. 바로 그 큰 코끼리가 상아가 있는 곳을 가르쳐주기 위해 나를 여기까지 데리고 온 것임에 틀림없었다. 나는 꼬박 하루 낮밤을 걸어 집에 도착했다. 공포와 기아에 시달려 안색이 새파랗게 질린 나를 본 주인은 반색을 하며 나무가 뿌리째 뽑힌 걸 보고 내가 영락없이 코끼리한테 죽은 줄로 알았다며 자초지종을 물었다.

　내가 상아에 대해 말하자 주인은 소스라치게 놀라며 장소를 기억하느냐고 물었다. 나는 주인과 함께 코끼리를 타고 상아 있는 곳으로 갔다. 수북이 쌓인 상아의 산을 보고 주인은 너무나 기뻐하며 최대한 실어 집으로 돌아왔다. 주인은 나 덕분에 막대한 돈벌이를 했다면서 나를 자유의 몸으로 풀어주었다.

　지금까지 사람들은 상아를 구하기 위해 코끼리를 많이 죽였고, 이 때문에 코끼리들도 사람들을 많이 죽였다. 그러나 당분간 그런 일은 없어지게 되었다. 주인은 나를 몹시 치하하고 상아를 나눠주었다. 나는 1년에 한 번 상아를 사고팔기 위해 오는 상인 일행과 함께 상아를 잔뜩 싣고 배에 올랐다. 페르시아 만 해안에 도착한 나는 상아를 판 대금으로 그 지방의 아름답고 진기한 물건들을 사들여 낙타에 싣고 사막을 가로질러 마침내 바그다드에 도착하였다. ☽

타리브, 칼리프의 명령으로
'솔로몬 왕의 놋쇠 항아리'를 찾아 떠나다

옛날 옛적, 우마이야 왕조 5대 칼리프 아브드 알 말리크 이븐 마르완 치세(685~705)의 일이다. 당시 칼리프의 궁전은 시리아의 다마스쿠스에 있었다.

어느 날 칼리프는 왕후와 고관대작들과 세상 이야기꽃을 피우고 있었다.

어느덧 화제는 옛날 민간에 전해온 이야기나 다윗의 아들 솔로몬 왕에 얽힌 전설, 이를테면 알라께서 솔로몬 왕에게 인간, 마신, 새, 짐승, 뱀, 바람, 그 밖의 창조물을 지배하는 권한을 주신 이야기로 옮아가게 되었다.

"솔로몬 왕은 마신, 마귀, 악마 따위를 잡아 구리 호리병 속에 가둬놓고 납 뚜껑으로 막은 다음에 여기에 자신의 도장을 찍어 봉인하곤 했다는군."

칼리프의 말에 타리브 빈 사르가 자리에서 일어섰다. 그는 보물을 찾아다니며 지하에 묻힌 금은보화의 소재를 적어놓은 책을 여러 권 갖고 있어서 그 방면에 해박했다.

"아버지에게서 들은 이야기입니다."

타리브는 부친에게서 들은 할아버지의 경험담을 펼치기 시작했다.

내 할아버지가 젊었을 때의 이야기다. 할아버지는 여러 사람과 함께 시키리야 섬(시칠리아 섬)으로 가는 배에 타고 있었다. 그런데 갑자기 역풍이 불어 진로를 벗어난 배는 정처 없이 떠내려가다가 한 달 후 정체를 알 수 없는 섬의 큰 산의 기슭으로 밀려가게 되었다.

때는 한밤중이었다. 그런데 날이 밝기도 전에, 산속 동굴에서 피부가 새까맣고 벌거벗은 인간들이 짐승 같은 꼴로 몰려 내려왔다. 인사를 하려고 해도 말이 통하지 않아서 겨우 손짓 발짓을 하는데 다행히 추장이 아라비아 말을 할 줄 알아 인사를 나누었다. 추장은 환영 인사를 한 뒤 해치지 않을 것이니 염려 말라고 안심시켜주었다.

그들은 무함마드가 전도하기 이전에 세상에 퍼져 있던 여러 종교 가운데 하나를 신봉하는 사람들로서, 그때까지 이 나라에 외국에서 온 사람은 아무도 없었다고 했다.

친절하게도 그들은 우리를 반드시 고국으로 보내주겠다고 약속하고 갖가지 요리를 실컷 먹여주는 등 사흘 동안 환대하였다.

나흘째 날이었다. 해변에서 고기 잡는 걸 구경하고 있는데, 한 어부의 그물 속 납 뚜껑에 다윗의 아들 솔로몬 왕의 도장을 찍어 봉인한 구리 호리병이 들어 있었다. 어부가 병을 육지로 가져와 깨뜨리자 순식간에 한 줄기 연기가 확 피어오르더니 새끼줄 꼬듯 푸른 꼬리를 길게 끌면서 하늘 높이 올라갔다. 그 순간 무시무시한 소리가 들렸다.

"잘못했습니다! 잘못했습니다! 오 알라의 예언자시여. 용서해주십시오! 두 번 다시 옛날의 과오를 되풀이하지 않겠습니다."

한 줄기 연기는 보기만 해도 무서운 형상의 거인으로 변하였는데, 그의 머리가 산꼭대기에 닿을 지경이었다. 모두가 무서워 벌벌 떨고 있는 사이에 거인은 어디론가 쓱 사라져버렸다.

그런데 거인을 보고도 이 섬의 흑인들은 천하태평이었다. 추장이 설명해주었다.

"저들은 마신의 하나로, 솔로몬이 화가 나서 항아리 속에 마신을 처넣고 납을 녹여 주둥이를 봉한 다음 바닷속으로 처넣은 거요. 저들은 아직도 솔로몬이 살아 있다고 생각하고 있소. 그래서 용서해줄지 모른다는 마음에 거듭 고개를 조아리며 용서를 비는 것이오."

타리브의 말을 들은 칼리프는 무릎을 치며 감탄했다.

"그것참! 솔로몬 왕의 그 호리병을 한 번 보고 싶구나. 벌이 필요한 사람들에게는 좋은 본보기가 될법하도다."

타리브는 큰소리를 쳤다.

"한 걸음도 밖으로 나가지 않고서도 그것을 보실 수 있습니다. 폐하의 형님이신 이집트의 부왕副王 아브드 알 아지즈 이븐 마르완 님에게 사자를 보내십시오. 그러면 마르완 님이 마그리브(북서 아프리카, 지금의 모로코) 총독인 무사 이븐 누사이르(에스파냐 최초의 이슬람교도 정복자)에게 편지를 보낼 것이고, 그러면 총독이 바로 그 산으로 말을 몰고 가서 원하는 만큼의 호리병을 가져오라고 명령할 겁니다. 왜냐하면 그 산은 누사이르 총독 영지의 변경에 위치하기 때문입니다."

칼리프는 타리브에게 직접 가서 호리병을 가져오라고 명령하고 형님과 총독에게 보내는 서신을 각각 한 통씩 써주었다. 타리브는 백기(칼리프의 통치권을 상징하는 깃발)를 앞세워 기병과 보병 등 호위병을 거느리고 길을 떠났다.

타리브 일행은 시리아와 이집트 국경 지대 사막을 횡단했다. 이집트 부왕의 마중을 받은 타리브 일행은 이집트에서 머무는 동안 융숭한 대접을 받으며 총독 누사이르가 있는 사이드, 즉 상이집트까지 안내받았다. 마침 누사이르 총독의 아들이 타리브 일행을 마중 나와 있었다.

칼리프의 서신을 읽고 난 누사이르 총독은 가신들과 머리를 맞대고 의논하였다. 그 결과 사마누드의 주민인 압드 알 사마드 이븐 압드 알 쿠즈스 노인이 적임자라는 데 의견을 모았다. 이 노인은 현명하고 박식했고, 여행을 안 다녀본 데가 없으며, 여러 진기한 경험을 많이 겪은 현자였다. 총독은 그를 불러 안내인으로 임명했다.

"분부 잘 알아들었습니다. 그러나 총독님, 그곳은 멀고도 힘든 길인 데다 도처에 위험이 도사리고 있습니다. 가고 오는 데 5년 가까이 걸리는 길입니다. 길도 험난하고 위험하고 이상한 일투성이입니다. 또한 우리 나라는 적국 바로 옆에 있어 총독이 나라를 비울 경우 나사렛인들이 언제 쳐들어올지도 모릅니다. 그러니 총독 대리를 임명해 그에게 나라 일을 맡기고 떠나셔야 합니다."

총독은 아들 하룬을 총독 대리로 임명하고 중신들로 하여금 그에게 충성을 맹세하도록 했다. 하룬은 용맹무쌍하고 뛰어난 무사였다.

노인은 하룬을 안심시키기 위해 거짓말을 둘러댔다. 불과 넉 달 정도밖에 안 걸리는 여정이며, 또 길 곳곳에 야영지도 있고 풀도 우거지고 샘물도 솟아난다고 속였다.

노인은 이번엔 총독에게 귓속말로 속삭였다.

"먹을 것과 물 항아리를 잔뜩 실은 낙타를 1,000마리 준비하십시오. 카이로우안 사막(키레네 사막)을 횡단하려면 사흘이나 걸리는데 물이라곤 한 방울도 없으며, 한번 들어가면 사람 그림자는 구경할 수 없는 황량한 사막입니다. 더구나 열풍이 불어 물을 가죽 부대에 담으면 금세 말라버리므로 항아리에 넣어 가자는 것입니다. 그러면 끄떡없습니다."

총독은 노인이 이른 대로 알렉산드리아에서 수많은 물 항아리를 사왔다. 모든 준비가 끝나자 누사이르 총독은 노인의 안내를 받으며 사슬 갑옷으로 빈틈없이 무장한 재상 이하 2,000명의 기병을 이끌고 긴 여행길에 올랐다.

인가를 지나고 폐허 사이를 지나 무시무시한 숲과 물 없는 사막을 가로지르며, 하늘 높이 솟아오른 산을 넘기도 하면서, 일행은 열심히 길을 재촉했다.

어느 날, 밤새 길을 걸어 날이 밝아왔을 때였다. 노인은 일행이 전혀 낯선 길로 들어선 걸 깨달았다. 별이 구름에 가려 방향을 잘못 알아 그만 길을 잘못 든 것이다. 하지만 한 번도 본 적이 없는 곳이라 어디인지 알 수도 없었고, 돌아가려 해도 어디서 길을 잘못 들었는지조차 알 수가 없었다. 그래서 무작정 앞으로 길을 재촉하여 나갔다.

정오 기도 시간쯤에 일행은 아름다운 들녘으로 나오게 되었다. 넓고 평탄한 들판은 바람 없는 날의 바다처럼 평평했다. 그런데 지평선 저쪽에 정체를 알 수 없는 시커멓고 거대한 물체가 눈에 띄었다. 가까이 가보니 뜻밖에도 그것은 반석처럼 떡 버티고 앉아 있는 엄청나게 큰 성곽이었다. 온통 검은 돌로 지어진 성곽은 마치 구름을 찌르는 준봉처럼 솟아 있었는데, 적을 경계할 외벽을 군데군데 세웠다. 성문은 눈이 부시고 간담이 서늘해질 정도로 번쩍번쩍 빛나는 중국제 강철로 만들어졌다. 주위는 수많은 층계로 둘러싸여 있었는데, 멀리서 구름처럼 보인 것은 실은 높이 100척에 이르는 납으로 만든 중앙의 둥근 지붕이었다.

모두들 성곽의 위용에 소스라치게 놀랐다. 그런데 의아한 것은 성에 아무런 인기척도 없다는 것이었다. 노인이 기뻐하며 말했다.

"총독님, 기뻐하십시오. 알라의 덕택으로 우리는 무서운 숲과 물이 없는 황야에서 구원되었습니다. 할아버지의 체험담에 따르면, 여행하다 길을 잃고 왕궁에 도착해 그다음 놋쇠의 성까지 가는 데만 두 달이 걸렸다고 했습니다. 이제부터는 반드시 해변 길을 따라가야 합니다. 가다 보면 이스칸다르 둘 카르나인 왕(알렉산드로스 대왕)이 만든 우물과 야영지가 있기 때문입니다. 이스칸다르 왕이 모리타니아 정벌에 나섰을 때 물 없는 사막과 황야를 지나다가 우물을 파고 못을 만들었다고 합니다."

노인은 성안으로 들어가 궁전의 신비와 교훈을 배우자고 말했다.

일행은 열린 문 안으로 들어섰다. 높은 원주와 주량으로 이루어진 성문 벽과 천장에 금은보석이 박혀 있고, 문까지 화려한 대리석이 깔린 높은 계단이 놓여 있었다. 성문 현판에는 금색이 선명한 고대 이오니아 글자로 시가 새겨 있었다.

> 선인이 보여준 위업의 발자취는 교훈을 주리니,
> 후세의 인간들 어김없이 그 전철을 밟게 되노라고.
> 예서 멸망한 권세의 소식을 듣고자 하는 이들이여,
> 무덤이 되어버린 옛 영화의 자리를 되찾을지어다.
> 덧없이 흩어져 사라진 것은 부귀영화의 꿈이러니,
> 천하를 쥐고 흔들던 그 권세 이제 어디로 갔느냐.
> 무거운 짐 벗어 쉬던 나그네 다시 떠나는 듯하구나.

총독은 이 시구를 읽고 나더니 생의 허무함과 무상함에 탄식하며 눈물을 흘렸다. 궁전 안으로 들어갈수록 그 아름다움과 웅대함에 그저 아연할 따름이었다. 또 하나의 문에도 인생의 허망함을 탄식하는 시구가 새겨 있었다.

> 그 옛날 이 지붕 아래, 고단하게 죽어간 이 몇이런가.
> 고귀한 이 죽인 그 화살에 스러진 세상 사람 몇이런가.
> 부귀영화 누리던 자들은 모은 재물 사이좋게 나누며
> 환희를 뒤에 남기고선 멸망의 문간으로 지나갔도다.
> 옥반가효 금준미주의 쾌락에 몸을 떨던 날 얼마던가,
> 두어라, 이젠 묻혀서 구더기 밥이 되었으니 슬프다.

그러나 아무리 궁전 안을 샅샅이 뒤져도 사람 그림자 하나 찾을 수

없었고, 어디고 황폐할 대로 황폐해져 사람이 살고 있는 기색이라곤 보이지 않았다. 중앙에는 하늘을 찌를 듯 높이 치솟은 둥근 지붕의 고루鼓樓가 있고, 둘레에는 누런 대리석으로 만든 묘비가 400개나 늘어서 있었다. 그 가운데 길고 좁은 큰 묘석에 시구가 적힌 대리석판이 놓여 있었다.

또한 고루 앞에는 황금 못을 박은 별 모양의 은장식을 달고 온갖 보옥이 박힌 백단문이 여덟 개나 달려 있는데 거기에도 부귀영화나 권세의 허무함을 경계하는 시구가 적혀 있었다.

총독 일행은 이 시구들을 읽으며 하염없이 눈물을 흘렸다.

마침내 고루에 들어서니 한가운데에 장방형의 무덤이 나타났다. 그 무덤 위 중국 강철로 만든 서판에는 비문이 새겨 있었다.

> 오, 이 땅을 찾아온 그대여. 덧없는 세월의 부질없음과 운명의 유위전변有爲轉變을 깊이 들여다보며 교훈으로 삼을지어다. 속세의 부귀영화, 겉치레, 쾌락, 헛된 유혹에 속지 말라. 화려해 보이는 세상은 악마가 지어놓은 신기루이니, 그대는 부디 인간 세상을 믿지 말고, 마음을 기울이지도 말라. 신기루를 믿고 뜬세상에 몸을 맡기는 자, 악마의 속삭임에 입을 맞추고 멸망의 문으로 들어갈지니라. 인간 세상의 함정에 빠지지 말고, 그 소매 끝에 매달리지도 말라. 다만 나의 본을 보고 경계로 삼아라.

이 무덤의 주인은 대大아드 샤다드의 아들 쿠시였다. 그는 삼천세계를 지배하며 현세의 온갖 호화로운 사치와 영광과 환락을 누린 왕이었다. 그는 환락이 영원히 계속될 줄만 알았다. 그래서 가난한 자의 곤궁을 불쌍히 여기지도 않았고, 어떤 왕후의 충고를 두려워하지도 않았다. 마지막 죽음이 찾아왔을 때 엄청난 금은보석과 아름다운 애첩들로 죽음을 막으려 했으나 막을 수가 없었다. 수천만의 병사들도 마찬가지로 죽음을 막지 못했다.

그래서 왕은 비석에다 자신을 본보기와 경계로 삼으라는 경고의 글을 새겨놓은 것이다.

여기저기 적혀 있는 촌철살인의 경구들을 읽어나가면서 총독은 도살장과 같은 인간 세상을 눈앞에 그리며 몹시 상심한 나머지 점차 사는 것이 싫어졌다. 그러다 우연히 노간주나무로 만든 노란 얼룩 마노 식탁 위의 문구를 보았다.

이 식탁에서 식사를 한 자는 오른쪽 눈이 먼 황후 천 명, 왼쪽 눈이 먼 왕후 천 명, 그 밖에 두 눈이 성한 천 명의 왕자니라. 그러나 이들 모두 벌써 저세상으로 가서 무덤을 집으로 삼았노라.

총독은 문구를 베낀 다음 이 식탁만을 가지고 궁전을 떠났다.

일행은 사흘간 쉬지 않고 전진하여 마침내 언덕에 당도했다. 언덕 꼭대기에는 놋쇠 기사가 서 있었다. 한 손에 날의 폭이 넓은 긴 창을 쥐고 있었는데, 창에는 이런 글귀가 적혀 있었다.

오, 나를 찾아온 그대여. 놋쇠의 성으로 가는 길을 알려면 이 기사의 손을 문질러보라. 그러면 기사는 빙빙 돌다가 이윽고 멈추리라. 기사의 얼굴이 향한 방향으로 나아가면 어렵지 않게 놋쇠의 성에 닿으리라.

총독이 기사의 한 손을 비비자 기사는 눈이 부신 번갯불처럼 빙글 빙글 돌다가 일행이 온 반대 방향으로 얼굴을 향하고 멎었다. 일행은 기사가 가리킨 길을 따라갔다. 길에 무수한 사람의 발자국이 나 있었다. 일행은 밤낮을 가리지 않고 길을 재촉해 무사히 광막한 지경을 벗어났다.

마신, 솔로몬 왕을 거역한 벌로 놋쇠 항아리에 갇힌 사연을 들려주다

그때 뜻밖에 연통처럼 생긴 까만 돌기둥과 마주쳤다. 그 안에는 사람처럼 보이는 것이 겨드랑이 밑까지 묻혀 있었다. 새까만 피부에 큰 키, 무시무시한 형상에다가 머리털은 말꼬리를 연상시키고, 두 눈은 난롯불처럼 활활 타오르고, 얼굴이 세로로 찢어져 있었다. 더욱이 이마 한복판에 살쾡이와 흡사한 눈이 하나 더 달려 있고 거기서 불꽃이 튀어나오고 있었다. 괴물은 소리소리 고함을 질렀다.

"심판의 날까지 내게 이렇게 쓰라린 가책과 참혹한 형벌을 내리신 우리 주께 영광 있으라!"

두려움을 간신히 참고 노인은 그에게 다가가 이름이 무엇이며 무슨 사연으로 그 안에 묻혀 있는 건지 물어보았다.

나는 마족 중의 마신이며, 알 아마슈의 아들 다이슈다. 알라의 심판을 받아 처벌되었다. 마신의 후예 하나가 홍옥으로 만든 우상을 가지고 있었는데 난 그걸 보관하는 책임자였다. 그런데 이 우상을 섬기는 왕은 바다의 왕 중의 왕으로서 나는 새도 떨어뜨릴 만큼 권세가 당당했다. 그는 휘하에 수백만의 마족 전사를 거느리고 있었다. 이놈들은 모두 내 부하들로 내 지시에 따라 움직였다. 우리는 모두 솔로몬에게 반기를 들었다. 나는 우상의 배 속에 숨어 들어가 우상처럼 행세하며 이래라저래라 지시를 내렸다. 때마침 그 왕의 딸이 대단한 우상숭배자여서 늘 우상 앞에 무릎을 꿇고 열심히 기도를 올렸다. 공주는 당대 최고의 미인이었으므로 솔로몬 왕은 부왕에게 그 딸을 아내로 맞고 싶다는 뜻을 전하고, 홍옥 우상을 파괴하고 알라 신을 받들라고 명했다.

바다의 왕은 우상 앞으로 가서 제물을 바치고 솔로몬 왕의 요구를 전달했다. 나는 우상의 배 속에 몰래 들어가 우상의 목소리를 흉내 내어 말했다.

"솔로몬 따위는 눈곱만큼도 겁낼 것 없고, 내 재주는 깊고 지혜는 끝이 없으니 만일 일전을 원한다면 내 투혼을 보여주어 솔로몬의 몸으로부터 그 영혼을 용서 없이 갈가리 찢어버리겠노라."

바다의 왕은 우상의 말을 듣자 반항심과 교만함이 솟구쳐 거만하게 가슴을 펴고 몸을 뒤로 젖히고서 감히 예언자에게 도전하여 싸울 결심을 했다. 그래서 솔로몬의 사자를 채찍으로 때리고 전쟁을 선포하는 전갈을 보냈다. 화가 난 솔로몬 왕은 인간과 마신과 새와 뱀 군대를 소집하였다. 온 세계의 마신은 수억 명의 마귀를 규합하고 무기와 갑옷을 입고 함께 양탄자에 올라 바람을 시켜 하늘 높이 떠올라 날아갔다. 짐승은 땅 위를 달리고 새는 머리 위를 날았다. 마침내 솔로몬 왕의 군대는 바다의 왕이 있는 섬에 내려 사방팔방에서 둘러싸고 송곳 꽂을 틈도 없이 빽빽이 대지를 채웠다.

항복하라는 솔로몬의 명에 불복한 이들에게는 솔로몬 왕의 불벼락이 떨어졌다. 마신과 군병 들은 좌우로 짐승과 사자를 거느리고 달려들어 말을 물어뜯고 병사를 찢어발기며 대혈전이 벌어졌다. 새는 머리 위를 날며 발톱과 부리로 적병의 눈알을 쪼아대고 날개로 적병의 얼굴을 때렸다. 구렁이는 날카로운 이빨로 물어댔다. 견딜 재주가 없었다. 결국 우리 편 왕은 참패를 당하여 솔로몬의 포로가 되고 나는 석 달이나 도망 다닌 끝에 사로잡혔다. 솔로몬 왕은 이 기둥을 가져와 속을 파내고 나를 이 속에 처박아 쇠사슬로 묶어 도장 반지를 찍어 봉인하고 그것도 모자라 대천사로 하여금 감시하게 했다. 이 기둥은 심판의 날까지 나의 감옥이 된 셈이다.

노인이 마신에게 솔로몬 왕의 놋쇠 항아리가 있는 곳을 물었다.

"카르카르의 연안에 있다. 그 근처에는 노아의 후손들이 살고 있다. 그곳은 대홍수가 미치지 못한 곳이라 아담의 다른 자손들과 전혀 교류가 없었기 때문이다."

놋쇠의 성으로 가는 길을 묻자 마신은 가깝다면서 그 방향을 가리켰다.

일행은 마신이 일러준 길을 따라 계속 앞으로 나아갔다.

저 멀리 시커먼 물체가 보이고, 그 가운데 두 개의 불기둥이 마주 서 있었다.

《숨겨진 보물에 관한 책》에 나오는 바로 그 '놋쇠의 성'이었다.

성벽은 검은 돌로 쌓고 안달루시아산 놋쇠로 만든 탑이 두 개 있었다. 멀리서 보면 두 개의 불기둥처럼 보여 놋쇠의 성이라 불린다. 가까이 다가가니 하늘을 찌를 듯 높이 솟은 성벽과 보루는 가히 난공불락으로 보였다. 마치 산의 일부가 아니면 거푸집에 부어낸 쇳덩이 같았다. 하지만 건물과 그 짜임새의 아름다움은 그 어떤 다른 것도 견줄 수 없을 정도였다.

그런데 문제는 입구였다. 성문은 고사하고 틈새 하나 눈에 띄지 않았다. 성문이 스물다섯 개나 있다는데 밖에서는 하나도 보이지 않았다. 모든 문이 성안에서만 열리도록 되어 있기 때문이었다. 부하들이 낙타를 타고 성벽 주위를 한바퀴 빙 돌아봤지만 입구는커녕 틈새조차 발견하지 못했다.

총독과 노인은 성이 내려다보이는 가장 높은 언덕으로 기어 올라갔다. 꼭대기에서 도성을 내려다보자 그 장대한 경치와 아름다움이 한눈에 들어왔다. 이 세상에 이런 곳이 또 있을까 싶을 정도였다. 하지만 높이 솟은 집과 저택, 궁전, 누각, 번쩍거리는 둥근 지붕, 높은 등대, 다시없이 견고한 보루, 그리고 개울과 꽃과 나무가 울창한 숲을 이룬 그곳에도 인기척이라곤 느낄 수 없었다. 부엉이는 거리 모퉁이에서 부엉부엉 울고, 새들은 광장 위를 가볍게 날며, 거대한 까마귀는 그 옛날 도성 주민들을 애도하듯 번화가에서 울어댔다.

문득 옆을 보니 하얀 대리석 서판 일곱 개가 늘어서 있었다. 고대 그리스 문자로 비문이 새겨 있는데 모두가 뜻있는 사람들에게 견책과 훈계와 충고를 설파한 것들이었다.

첫 번째 서판에는 이런 문구가 적혀 있었다.

"무덤에 들어가기 전에 자신의 운명을 돌이켜보라. 여러 나라를 통치하고, 알라의 종에게 굴욕을 주고, 궁전을 세우고 대군을 거느리던 제후는 이제 어디에 있는가? 구천의 신, 그저 한마디 불시에 왕자의 허를 찌르면 금은보화도 은신처도 신의 운명만은 막을 길이 없도다!"

두 번째 서판으로 옮겨갔다.

"오, 아담의 아들이여. 너는 무엇에 눈이 어두워 상제를 공경하는 데 소홀했던가? 무엇 때문에 훗날에 죽음의 빚을 갚지 않을 수 없음을 잊었던가? 현세는 잠깐 동안 머무는 불의 집이며 누구에게도 영원한 집이 없음을 모르는가? 그런데도 아직 너는 현세에 집착하는가?"

총독은 한가롭게 헛되이 세월을 낭비한 것을 후회하며 세 번째 서판으로 옮겨갔다.

"오, 아담의 아들이여. 너를 위하여 정해진 날에 대비하여 너의 성량을 비치하라. 살아 있는 모든 것이 주께 응하도록 준비하라!"

네 번째 서판은 이렇게 충고했다.

"너는 자신의 일생을 모두 다 헛되이 보내고 기쁨이 많은 날의 열락을 낭비했도다. 그러니 내 말에 귀 기울이고 주를 믿을지어다. 왜냐하면 이 세상은 무상하고 덧없으며 마치 거미줄과 같은 것이기 때문이다."

총독은 다섯 번째 서판 앞에 한참 머물렀다.

"신은 그 수호의 장막을 네게 펼쳐주시고 은총으로써 너를 지켜주셨는데, 너는 신의 자비를 잊었더니라. 네게는 노회보다도 더 쓰고, 성난 숯불보다 더 뜨거운 한때가 반드시 찾아오리라. 그러니 그 한때에 대비할지어다. 그러나 누가 그 고통을 참고 그 불을 끌 수 있으랴? 죽기 전에 나보다 먼저 간 사람들과 영웅을 생각하여 자신의 경계로 삼을지어다."

여섯 번째 서판과 일곱 번째 서판 역시 울림이 크고 깊은 목소리로 죽음을 경고했다.

"오, 아담의 아들이여. 너 무덤 속에 들어가기 전에 깊이 자신을 돌아볼지어다. 너의 나날과 환락, 또한 너의 시간과 생애의 기쁨에 속지 말라. 죽음이 항상 네 곁에 그리고 네 어깨에 앉아 있다는 걸 알아라. 그러므로 죽음의 공격을 명심하여 그 습격에 대비하라."

총독은 눈물을 흘리며 이 모든 것들을 종이에 다 적었다. 이 더러운 세상이 그의 눈에는 점점 더 아주 하찮은 것으로 생각되었다.

노인, 마법을 풀고 마침내 닫힌 성문을 열다

모두가 머리를 맞대 성안으로 들어갈 궁리를 짜낸 결과, 목수와 대장장이가 꼬박 한 달 걸려 사다리를 만들고, 모두 힘을 합쳐 그 사다리를 성벽에 걸칠 수 있었다. 사다리는 일부러 맞춘 것처럼 꼭대기까지 딱 맞았다.

부하 하나가 올라가겠다고 자원했다. 성벽 꼭대기에 올라선 그는 시내의 모습을 물끄러미 쳐다보다가 손뼉을 치고 소리를 지르면서 정말 아름답다고 외치더니, 그대로 몸을 날려 성안으로 뛰어내려 죽고 말았다.

또 한 부하가 나섰다. 앞 사람은 실성하여 광기가 그를 덮쳐 파멸했으니, 자기는 반드시 성문을 열고 말겠다고 결의를 다졌다. 그는 사다리를 타고 올라가서는 아래를 내려다보며 껄껄 웃고 "장하다! 장하다!" 하고 외치면서 손뼉을 치더니 역시 성안으로 뛰어내려 즉사하고 말았다.

세 번째, 네 번째, 다섯 번째 부하가 자원하고 나섰지만 역시 외마디 소리를 지르고 성안으로 몸을 던져 뛰어내리고 말았다. 이렇게 열댓 명이나 되는 부하가 똑같은 운명에 처했다.

노인은 아무래도 자기밖에는 올라갈 사람이 없다고 생각했다. 총독은 길잡이 노인이 죽으면 모두가 죽게 된다며 극구 말렸으나 노인은 막무가내였다.

마침내 노인은 주의 이름을 외고, 부적처럼 평안과 태평의 시구를 중얼거리면서 사다리를 올랐다. 성벽 꼭대기에 오르자 노인은 손뼉을 치며 물끄러미 시내 쪽을 바라보았다. 모두가 이구동성으로 외쳤다. 제발 부탁이니 뛰어내리지 말라느니, 노인이 죽으면 우리도 모두 죽는다느니 울고불고 아우성을 쳤다. 노인은 한참 동안 알라의 이름을 외고 평안과 태평의 시구를 중얼거리며 앉아 있다가 조용히 일어섰다. 그러고는 이렇게 외쳤다.

"총독님, 걱정 마십시오. 알라의 공덕과 은총으로 사탄의 괘씸한 책략을 면했습니다."

그러고 나서 노인은 총독에게 자세하게 설명해주었다.

"천국의 천사처럼 아름다운 열 명의 처녀를 보았습니다. 그들은 모두 손을 흔들며 우리 곁으로 오라며 나를 부르기도 했습니다. 발밑에는 호수가 있는 것 같아서 무심코 뛰어내릴까 하는 생각이 들었습니다. 그런데 그 순간 열댓 명의 부하들 시체가 누워 있는 게 보였습니다. 그 순간 나도 모르게 정신을 차리게 되었는데, 아마도 그때 알라께서 마녀들의 유혹을 물리쳐 내쫓아주신 듯싶습니다. 그녀들은 뿔뿔이 흩어지고 말았습니다. 이는 필경 도성 사람들이 짜낸 마법인 것 같습니다. 도성을 바라보거나 도성 안에 발을 들여놓으려는 사람을 내쫓기 위한 수단인 것이지요. 그런 줄도 모르고 부하들은 마법에 걸려들어 목숨을 잃은 것입니다."

노인은 성벽을 따라 걸어 두 개의 놋쇠 탑에 이르렀다. 탑 안에는 두 개의 황금 문이 있는데 자물쇠도 없고 손잡이도 보이지 않았다. 그런데 한쪽 문 한복판에 기수 한 사람이 방향을 가리키는 것처럼 한 손을 쭉 내밀고 서 있고 그의 손바닥에는 글씨가 적혀 있었다. 적힌 내용대로 배꼽의 바늘을 열두 번 돌리자 기수가 눈부신 번갯불처럼 돌았고 우레 같은 굉음과 함께 문이 활짝 열렸다.

성안으로 들어가니 긴 통로와 같은 위병소가 있고 걸상에 몇 명의 사내가 숨진 채 기대 있었다. 성문은 철봉과 이상한 자물쇠, 빗장, 쇠사슬, 그 밖의 나무와 걸쇠로 단단히 잠겨 있었다. 노인은 위병 중 우두머리가 열쇠를 갖고 있을 것이라 짐작하고, 위병소로 되돌아가 가장 훌륭한 옷을 입은 나이 든 시신의 겉옷을 들쳐보았다. 아니나 다를까, 열쇠는 그의 허리띠에 묶여 있었다. 노인은 열쇠로 자물쇠를 벗기고 빗장을 뽑았다.

마침내 큰 성문이 활짝 열리면서 귀청을 찢을 듯한 벼락 치는 소리가 났다.

"알라호 아크바르(신은 가장 위대하도다)!"

노인이 외치자 밖에 있던 사람들도 똑같이 외쳤다. 총독은 혹시 있을지 모를 만일의 사태를 염려하여 부하들의 절반은 성 밖에 남기고 절반만 데리고 성안으로 들어갔다.

도성 안에는 우람한 건물이 늘어서 있고 가게는 방금 전까지 거래가 이루어졌던 모습 그대로였다. 저울도 그대로고 놋쇠 그릇들이 질

서정연하게 널려 있고 대상(카라반)의 숙소에는 온갖 상품들이 산더미처럼 쌓여 있었다. 상인들이 좌판 앞에 앉은 채로 피부는 시들고 뼈는 썩을 대로 썩어 죽어 있었다. 경고를 받아들일 줄 아는 사람들에게는 참으로 좋은 본보기가 되는 풍경이었다.

큰 시장만도 네 개나 있어, 비단 시장, 보석 시장, 환전 시장, 향로 시장을 거쳐 궁전으로 들어섰다.

궁전은 웅장하고 눈이 부실 정도로 찬란했다. 안으로 들어서자마자, 장려하고 섬세하고 아름답기 그지없는 장식물과 조각품 그리고 짜임새에 압도된 총독은 그만 넋을 잃고 우두커니 서버렸다.

열린 문 안쪽에 황금색과 군청색의 아름다운 글씨로 시구가 적혀 있었다.

> 명심하라, 이 땅이 보여준 덧없는 역사를.
> 좋은 양식을 준비하라, 언젠가 필요하리니.
> 고인의 길을 따라 그대도 죽을 것을 알라.
> 옥 같은 궁궐 얼마나 요란하게 꾸몄던가,
> 뿌리고 가꾼 공력, 티끌 속에 죄 묻혔으니
> 악착같이 지은 영화도 마침내 부질없도다.
> 산만큼 쌓인 보화로도 목숨은 살 수 없으니,
> 신이 미리 정하신 운명은 바꿀 수 없도다.
> 장례식 끝내고서야 사람들 돌아와 외치길,
> 왕관과 황금이 네게 남긴 것이 무엇인가?
> 그 옥반가효 금준미주는 어디로 갔는가?
> 쾌락을 나누던 가인은 또 어디로 갔는가?

먹는 자도 언젠간 땅벌레에게 먹히리로다.

　궁전 안 넓은 거실 네 모퉁이에는 높다랗게 천막을 친 막사가 있었다. 가운데에 설화석고로 만든 큰 분수가 있고, 천장에는 금실로 수놓은 천장 덮개가 드리워 있었다.

　첫 번째 막사로 들어가 보니 금은, 진주, 흰 비단이 가득 든 상자들이 즐비했다. 두 번째 막사에는 금박 입힌 투구, 다윗의 사슬 갑옷, 인도산 칼, 아라비아산 창, 코라스미아산 철퇴, 그 밖의 온갖 무기가 가득 들어 있었다. 세 번째 막사에는 진기하게 세공해 금은을 입히고 보옥을 박은 무기가 산처럼 쌓여 있었다. 네 번째 막사에는 금은 식기와 수정 접시, 진주를 아로새긴 술잔, 홍옥수의 컵 등이 가득 들어 있었다.

　궁전 한가운데에 상아와 흑단으로 세공하고 금박을 입힌 티크 제 문이 있었다. 문에는 열쇠 없이도 열리는 장치가 달린 은제 자동 자물쇠가 걸려 있었다. 노인은 온갖 궁리 끝에 자물쇠를 열었다. 안으로 들어가니 대리석이 깔린 복도가 보이고 양편 벽에 들짐승과 날짐승을 수놓은 베일 같은 태피스트리가 걸려 있었다. 짐승의 몸은 순금과 백은으로, 눈은 진주와 홍옥으로 수를 놓아 보는 사람의 눈을 황홀케 했다. 더 나아가니 잘 연마된 대리석이 깔린 객실이 나타났는데 그 바닥은 마치 흐르는 물처럼 미끄러웠다.

　노인이 무엇인가를 그 위에 뿌리자 겨우 걸을 수 있었다.

탐욕에 눈먼 타리브,
공주의 장식물을 훔치려다 즉사하다

이윽고 일행은 설화석고의 둥근 지붕을 이고 황금으로 도금된 석조 건물에 당도했다. 둥근 천장 아래로 금실로 짠 캐노피가 순금 기둥을 덮고 있고, 기둥에는 녹섬석 다리를 가진 새 모양이 새겨 있었으며, 새 아래쪽에 산뜻한 광택이 빛을 내는 진주 그물이 세공되어 있었다. 캐노피는 빛나는 황금을 얇게 씌운 상아와 홍옥수의 분수 위에까지 늘어졌다. 한쪽에 진주와 홍옥 그 밖의 보석을 박은 침상이 놓여 있었다. 침상 바로 옆에 황금 기둥이 하나 서 있었는데, 기둥 꼭대기에 주둥이에 별처럼 빛나는 진주를 한 알 품고 있는, 홍옥으로 만든 새가 앉아 있었다.

그런데 그 침상 위에 일찍이 아무도 본 적이 없는 아름다운 여자가 누워 있었다.

몸에 착 달라붙는 미려한 진주 장의를 입고, 머리엔 보옥을 박은 금관을 쓰고, 이마에는 태양도 무색할 만큼 찬란한 보옥 두 알을 달고, 가슴에는 사향과 용연향 향기를 풍기는 보석이 들어 있는 호신부를 걸고 있었다. 제후의 왕국에 필적할 만큼 값비싼 것들이었다. 목둘레에는 향기로운 사향의 향기를 띤 홍옥과 큰 진주 목걸이를 두른 채 처녀는 마치 좌우를 둘러보는 것처럼 일행을 지켜보고 있었다.

더없이 아름다운 맵시에 칠흑 같은 머리카락은 치렁치렁하고, 볼은 마치 살아 있는 것처럼 붉었다. 누가 보아도 죽은 사람처럼 보이지는 않았다.

"안녕하시오."

총독이 인사를 했다. 그러자 노인이 끼어들어 속삭였다.

"저 처녀는 이미 죽은 사람입니다. 절묘한 솜씨로 만든 미라입니다. 죽은 뒤에 두 눈을 일단 뽑아내고 그 자리에 수은을 넣은 후 다시 먼저대로 박아넣었기 때문에 번쩍번쩍 빛나면서 바람에 눈썹이 흩날릴 때마다 눈을 깜박거리는 것만 같아, 죽었는데도 산 것처럼 동공이 움직여 사물을 응시하는 것처럼 보이는 것입니다."

침상에 계단이 붙어 있고 그 계단 양쪽에 안달루시아산 구리로 만든 노예 조각상이 서 있었다. 하나는 백인을, 또 하나는 흑인을 새긴 것이었다. 백인은 강철 철퇴를, 흑인은 눈이 부실 정도의 화려한 물결무늬를 새긴 칼을 손에 들고 있었다. 두 조각상 사이의 발판 아래로 황금 서판이 하나 뒹굴고 있었는데, 긴 문구가 시와 더불어 선명하게 새겨 있었다.

나는 아마르카이트족 왕자의 딸 타드무라 공주다. 우리는 공명정대하고 올바르게 나라를 다스려 백성들 사이에 정의를 행하고 남녀 노예를 해방시켰도다. 이렇듯 인간 세상의 쾌락을 다하여 장수를 유지했지만 마침내 죽음은 내 문을 두드리고 나는 물론 내 일족에게도 재앙이 찾아왔도다. 7년 동안이나 비라고는 한 방울도 내리지 않은 극심한 가뭄이 계속되어 초목은 모두 태양의 열기에 타서 녹았으며, 대지는 거북 등처럼 갈라졌다. 비축한 양식이 바닥나자 우리는 가축을 잡아먹었으며, 마침내 먹을 것이라곤 아무것도 없게 되었다. 양식을 사오려고 재물을 반출하여 사신을 보냈지만 모두가 헛되이 돌아오고 말았다. 진주를 주어도 같은 양의 거친 밀조차 살 수 없었다. 그리하여 도저히 살아날 길이 없다고 체념한 우리는 금은보화를 모두 모아 궁전을 장식한 다음 성문을 굳게 닫고 주께서 정하신 바에 몸을 맡겼도다. 이윽고 그대들이 보는 바와 같이 쌓은 것, 저축한 것, 모두를 남기고 우리는 사멸했도다. 이것이 우리의 정체다. 실체는 사라졌고 남은 것은 모두 그림자뿐이로다.

아담의 자식아, 헛된 욕망에 속아 비웃음 사지 말라.
그대 쌓은 재화는 마침내는 버려야 할 운명이너라.
그대 뜬세상을 그리워하여 부질없는 명리를 좇지만
온갖 부귀공명, 때가 되면 예정된 대로 사라지리라.
현세의 모든 영달을 한 몸에 지녔다 한들, 그대가
끝내 갈 곳은 오직 좁은 무덤 속 진흙 침상이라네.
여기에 들면 현세의 언행은 정처도 자유도 없도다.
그대여, 내일의 나그네 길에 대비하여 준비하라.
선량한 삶 외에 아무것도 주의 뜻에 맞지 않느니라.

그대 정녕 몰랐는가, 백발은 그대를 무덤으로 부르고 그대의 운명을 비탄에 빠뜨린다는 것을. 그러기에 그대는 눈을 부릅뜨고서 출발 준비를 게을리 말고, 스스로의 결산을 준비할지어다.

오, 그대여. 지금 그대들 눈앞에 있는 여자는 현세와 그 덧없는 환락에 눈이 어두웠던 자는 아니너라. 현세는 믿음이 없고, 성실이 없고, 공허하고, 두 마음을 가진 파멸의 집이기 때문이너라. 자신의 죄업을 상기하는 것이야말로 사람에게는 유익하기 때문이너라. 그러기에 이 여자는 주를 두려워하고, 행동을 삼가며, 정해진 출발의 날을 위하여 양식을 비치하였도다.

모두들 글을 읽으며 눈물을 흘렸다. 거기엔 이런 경고도 덧붙여 있었다.

이 도시를 찾아와 알라의 뜻에 따라 안으로 들어갈 수 있다면, 누구든지 할 수 있는 데까지 재보를 가지고 가라. 그러나 내 몸에 장식된 것에는 손대지 말지어다. 그것은 나의 치부를 가린 것으로, 마지막 길을 떠나는 데 필요한 옷이기 때문이니라. 그러니 알라를 두려워하여 알라의 것은 하나도 더럽히지 말라. 이를 어기면 벼락이 내려 그대를 멸망케 하리라. 이는 내 몸에 얽힌 경고이니 엄숙히 지킬지어다. 부디 그대에게 평화 있으라.

총독은 눈물을 흘리며 하염없이 울다가 마침내 기절하고는, 얼마 뒤 정신이 들자 읽은 글을 모두 종이에 적고 모든 걸 신의 경계로 삼았다. 총독은 낙타에 모든 보물과 항아리를 싣도록 하였다.

그런데 타리브는 여자의 몸에 걸친 장식물이 하나같이 세상에 유례가 없는 일품이니 가져가서 칼리프에게 진상하자고 우겼다. 총독과 노인은 서판에 적힌 경고의 글을 상기하며 만류하였으나 타리브는 "시신에는 무명옷 한 벌이면 족하지 않느냐"며 장식물을 거둬가겠다고 계속 우겼다. 마침내 타리브가 경고를 어기고 여자의 침상 발판 위에 발을 걸친 그 순간, 옆에 서 있던 두 노예 조각상이 들고 있던 철퇴와 칼로 타리브의 등과 목을 내리쳤다. 타리브는 그 자리에 쓰러져 즉사하고 말았다.

"탐욕은 인간을 천하게 하는 법!"

총독은 낙타를 몰고 나온 뒤, 전처럼 성문을 잠그라고 명령했다.

마침내 '솔로몬 왕의 놋쇠 항아리'를 찾아 귀로에 오르다

일행은 꼬박 한 달 동안 해변을 따라 여행을 계속하여 바다를 바라보는 높은 산 입구에 이르렀다. 산에는 많은 동굴이 있었고, 동굴마다 짐승 껍질로 만든 옷을 입고 알아들을 수 없는 말을 지껄이는 흑인종이 살고 있었다.

말 탄 기병과 군사를 본 흑인들은 겁을 먹고 동굴 속으로 숨었다. 일행은 천막을 치고 야영을 시작했다. 그러자 흑인 왕이 찾아와 아라비아어로 말했다.

"우리는 노아의 아들 함의 후손들로 무함마드를 믿는 이슬람교도들이며, 이 바다는 카르카르입니다. 우리가 이슬람교도가 된 것은 그 옛날 바닷속에서 아브 알 압바스 알 히즈르가 나타나 보아도 보이지 않는 신을 섬기라면서 '알라 외에 신 없고 무함마드는 신의 사도니라'를 외라고 가르쳐주었기 때문입니다."

총독은 이곳까지 온 사연을 설명하고 솔로몬 왕의 놋쇠 항아리를 몇 개 가져가도록 도와달라고 부탁했다. 흑인 왕은 흔쾌히 승낙하고 성심껏 환대하였다. 그리고 사흘 뒤 해녀를 시켜 바다 밑에서 솔로몬 왕의 놋쇠 항아리를 건져 보내주었다. 총독은 칼리프의 명령을 완수하게 된 감사의 뜻으로 흑인 왕에게 선물을 건넸다. 흑인 왕은 보답으로 인어를 선물로 주었다.

총독 일행은 무사히 다마스쿠스에 도착하여 칼리프에게 타리브가 숨진 비보를 전하고, 놋쇠 항아리와 인어를 선물로 내놓았다.

놋쇠 항아리를 하나씩 열자 마신들이 튀어나와 외쳤다.

"오, 알라의 예언자여! 저희들은 개심했습니다. 두 번 다시 그런 짓을 안 하겠습니다."

칼리프는 매우 흥겨워하며 모두에게 교훈을 삼으라고 명했다.

인어는 판자를 둘러 연못을 만든 다음 그곳에 살게 했으나, 너무 더위가 심해 얼마 있다 모두 죽고 말았다. 칼리프는 놋쇠의 성에서 가져온 물건을 신앙이 두터운 신하들에게 모두 나눠주었다.

누사이르 총독은 칼리프의 허락을 얻어 아들 하룬을 총독으로 임명한 뒤, 신을 참배하러 성도 예루살렘으로 가서 그곳에서 세상을 떠났다. ☽

왕자, 액운을 피하기 위해
이레 동안 벙어리 행세를 하다

아주 먼 먼 옛날, 중국에 한 왕이 있었다. 그는 군왕으로서의 위엄과 존경을 한 몸에 받는 위풍당당한 왕 중의 왕이었다.

그런 그에게도 시름이 하나 있었으니, 자식이 없다는 사실이었다. 그는 후사가 끊겨 자신의 이름이 망각의 심연에 잠기고 영토는 남의 수중에 넘어가면 어쩌나 하는 근심에 잠긴 나머지 궁전 깊숙이 칩거하여 두문불출하였다. 신하들 사이에서는 임금이 죽었네 안 죽었네 하는 뒷공론이 뒤따랐으나 왕은 개의치 않았다.

이윽고 왕은 사람의 힘으로는 후사를 얻을 수 없다는 걸 깨달았다. 그때부터 왕은 알라와 예언자, 성인과 순교자 등 신앙심 두터운 사람들의 영광에 맹세코, 눈의 청량제가 되고 왕국을 이어갈 아들을 하나

달라고 정성껏 기도하며 빌었다.

그런데 하루는 왕이 가장 총애하는 왕비가 꿈 이야기를 들려주었다. 꿈에 계시를 받았는데, 왕의 아들을 낳을 수 있는 건 오직 왕비뿐이며, 달이 쌍둥이좌와 서로 만날 때 합방하면 잉태한다는 것이었다. 왕은 그날 밤 왕비와 동침하였다. 과연 계시대로 왕비는 그 즉시 잉태하였고 마침내 보름달같이 아름다운 옥동자를 낳았다.

왕은 아들의 운수를 알아보기 위해 법률학자, 철학자, 점성가를 불렀다.

"왕자의 운수는 아주 길합니다. 생명에는 이상이 없고 장수할 괘입니다. 다만 젊었을 때 한 번 위난을 만날 것입니다만, 왕자께선 그 위난을 무사히 모면할 수 있습니다."

왕은 기뻐하며 왕자의 운을 하늘의 뜻에 맡기기로 했다.

왕자가 일곱 살이 되었을 때였다. 왕은 나라 안팎에서 유명하다는 학자는 모두 다 모아들였다. 왕자를 가르칠 스승을 찾기 위해서였다. 학자들은 이구동성으로 현자 중의 현자라 불리는 대학자 알 신드바드를 추천했다. 왕은 즉시 알 신드바드를 왕자의 스승으로 결정하고 3년 안에 왕자의 교육을 마치라고 분부했다.

그러나 3년이 지나도록 왕자는 무엇 하나 배운 것이 없었다. 스승이 아무리 가르쳐도 도무지 배울 생각은 않고 그저 장난질과 놀이에만 정신이 팔려 세월을 보냈다. 부왕이 불러 시험해보면 머릿속은 텅비어 있고 아는 것이라곤 아무것도 없었다. 왕자가 도무지 공부에 뜻이 없으니 이를 어쩌겠는가.

스승 알 신드바드는 한 가지 방책을 제안했다.

"임금님께서 세 가지 금언을 지켜주신다면 7년이 걸려도 배울 수 없는 것을 7개월 내에 가르쳐보겠습니다. '첫째는 자기가 원치 않는 것을 남에게 강요하지 말라, 둘째는 세상일에 뛰어난 자와 의논하지 않고 서둘러 일을 처리하지 말라, 셋째는 권력을 가졌을 때에는 연민을 베풀라.' 이 세 가지를 전하께서 반드시 지켜주신다면 말입니다."

왕은 세 가지 금언을 지키겠다고 맹세하고, 그 맹세를 문서로 작성하고 스스로 서명한 뒤 신하들의 증언까지 덧붙였다.

스승은 집을 한 채 짓고 높은 담을 둘러 안쪽 벽을 석회로 하얗게 칠한 다음, 흰 벽에다가 왕자에게 가르칠 내용들을 낱낱이 그림으로 그렸다. 그러고 나서 먹을 것을 방 안 가득 넣어주고 대문에다 일곱 개의 자물쇠를 채웠다. 스승은 사흘마다 찾아가 벽화에서 연상되는 지식을 가르치기도 하고, 먹을 것을 주기도 했다. 그러고 다시 왕자를 혼자 남겨놓고 떠나버렸다.

왕자는 심심해서 견딜 수가 없었다. 그래서 열심히 그림을 들여다보고 공부에 정진한 끝에 그림에서 끌어낼 수 있는 모든 걸 낱낱이 외워버렸다. 스승은 이번엔 다른 방면으로 왕자의 관심을 끌어냈다. 외면의 물상 속에 포함된 내면의 뜻을 가르친 것이다. 그러는 동안 왕자는 세상에서 가장 긴요한 일들을 완전히 터득하기에 이르렀다. 이번엔 왕자를 밖으로 데리고 나가 승마와 막대기 치기 놀이, 궁술 따위를 가르쳤다.

마침내 왕자는 학문과 무예 전반을 모두 터득하게 되었다. 스승은 이 기쁜 소식을 왕에게 알렸다. 왕은 매우 기뻐하며 왕자의 성취를 확인하는 자리를 마련하고 신하들을 초청했다.

그런데 어전으로 나가기 전, 알 신드바드가 왕자의 천궁도를 그려놓고 점을 쳐보니 이레 동안에 걸친 괘로 인해 재앙이 있으리라는 흉

패가 나왔다. 왕자의 안위를 크게 염려한 스승은 왕자에게 단단히 주의를 주었다.

"이제부터 앞으로 이레 동안 입을 다물고 말을 한마디도 해서는 안 됩니다. 아버님이 매를 때리고 죽이려 드는 일이 있더라도 절대 입을 열어서는 안 됩니다. 이 기간만 무사히 넘기면 옥좌에 앉아 아버님의 자리를 이을 것이로되 만일 그렇지 않을 경우엔 처음부터 끝까지 알라의 뜻 하나에 달리게 될 것입니다."

왕자는 스승의 성급함을 원망했다.

"이는 스승님의 잘못이 큽니다. 너무 서둔 나머지 천궁도도 미리 알아보지 않고서 아버님께 다 끝났다고 자랑해버렸으니 말입니다. 일주일 뒤에 말했더라면 만사가 잘 되었을 텐데."

"왕자님, 그런 게 아닙니다. 이것도 팔자소관으로 저는 제때에 정해진 일을 했을 뿐입니다. 한 가지 실수라면 왕자님이 대단한 학자가 된 것을 제가 너무 기뻐했다는 그것뿐입니다."

왕자는 스승이 당부한 대로 한마디도 입을 열지 않기로 단단히 각오를 하고 부왕에게로 나아갔다. 왕이 인사를 하고 말을 건넸지만 왕자는 입을 다물었다. 아무리 입을 열라고 해도 왕자는 묵묵부답이었다. 신하들은 깜짝 놀랐다. 왕은 무슨 일인가 걱정이 되어 알 신드바드를 불렀다. 그러나 그의 모습은 아무 데도 보이지 않았고, 아무도 그의 행방을 알지 못했다.

"혹시 왕자가 부끄러움을 타서 그럴지 모르니 후궁에 보내 부인들과 말을 나누게 해보면 어떨까요?"

한 신하의 충고에 따라 왕자를 후궁으로 보내 하룻밤을 지내도록 했다.

이튿날 아침, 왕이 총애하는 애첩 하나가 젊은 왕자의 미색에 반해 단번에 사랑의 포로가 되고 말았다. 여자는 왕자 곁으로 다가와 몸을 던졌다. 왕자는 몸을 사린 채 여자를 밀쳐냈다. 여자는 더욱 몸이 달아 알몸을 드러내 감아 안기며 욕정을 풀어달라고 울며불며 졸라대는 등 소동을 부렸다. 그래도 왕자가 꿈쩍도 하지 않자 견디다 못한 여자는 왕자를 꽉 끌어안고서 입을 맞추며 유혹의 말을 속삭였다.

"왕자님, 제발 정을 베풀어주세요. 제가 반드시 당신을 아버님의 옥좌에 앉도록 하겠어요. 부왕에게 독을 마시게 하면 곧 돌아가실 테니, 그러면 이 나라도 재산도 다 당신 것이 될 것입니다."

왕자는 화가 불꽃처럼 치밀어 몸짓 손짓으로 말했다.

'이 저주받을 계집아. 입만 떼게 되면 네년의 패륜 행위를 가만 놔두지 않겠다. 아버님에게 자초지종을 말씀드리면 넌 맞아 죽고 말 것이다.'

그리고 왕자는 노여움에 불타 부리나케 방을 나가버렸다.

왕자에 대한 애첩의 모함에 맞서 첫째 대신이 변호하다

왕자가 무섭게 화를 내는 모습을 본 애첩은 혹시나 그 화가 자기에게 돌아오지 않을까 걱정이 되었다. 애첩은 자기 얼굴을 때리고 옷을 찢고 머리칼을 쥐어뜯으며 머리 보를 벗어던지고서는 왕에게 달려가 발밑에 엎드려 하염없이 울었다.

"실은 벙어리라고 말씀하신 그 왕자님이 제 몸을 요구했습니다. 제가 거절했더니 지금 보시는 바와 같이 옷을 찢고 머리칼을 잡아당기며 당장 죽일 기세로 달려들기에 겨우 도망쳐 나왔습니다. 왕자님이 무서워서 다시는 후궁으로 돌아가지 못하겠습니다."

애첩의 말을 믿은 왕은 화가 머리끝까지 나서, 일곱 대신들에게 왕자를 처형하라고 명령했다. 대신들은 왕이 왕자를 워낙 사랑하기 때문에 머지않아 처형 명령을 후회할 것이라고 판단하고 일단 왕의 노여움을 풀어주기로 했다.

첫 번째 대신이 왕 앞에 엎드렸다.

"임금님, 거짓인지 진실인지도 모르면서 한낱 여자의 말만 듣고 왕자를 처벌한다는 건 경솔하다고 생각됩니다. 틀림없이 여자의 말은 거짓말이며 왕자를 모함하려는 간책일 것입니다. 여자들이 얼마나 부정하고 간계하며, 두 마음을 가진 존재인가에 관해서 허다한 이야기가 수없이 전해오기 때문입니다."

그리고 대신은 왕에게 다음과 같은 두 가지 이야기를 들려주었다.

왕과 대신의 아내

옛날 한 군주가 있었다. 평소 색과 풍류를 꽤나 좋아했던 그는 우연히 어느 집 옥상에 나와 있는 미인을 보고 홀딱 반해버렸다. 그런데 알고 보니 그 미인은 대신의 아내였다. 왕은 대신에게 새로운 임무를 맡겨 그를 먼 변경으로 보내버리고, 그사이에 이제나저제나 부인에게 접근할 기회를 엿보았다.

그러던 어느 날, 왕이 대신의 집에 불쑥 나타났다. 대신의 아내는 놀라 뛰어 일어나 두 손과 두 발에 입을 맞추고 나서 멀찍이 떨어졌다.

"임금님, 어쩐 연유로 이런 누추한 곳에 행차하셨는지요?"

"별것 아니다. 그대가 너무 그리워서 저절로 발이 이쪽으로 향한 것뿐이다."

그러면서 왕은 손을 뻗쳐 여자의 부드러운 살을 애무하려고 노골적으로 접근했다.

"임금님, 잠시만 참아주십시오. 뭔가 맛있는 음식을 준비해오겠습니다."

대신의 아내는 부엌으로 몸을 피하면서, 기다리는 동안 책이나 읽으라며 왕에게 책 한 권을 건네주었다. 왕이 책을 펼치니 거기에는 간음을 단념하도록 하고, 죄를 저지를 용기를 꺾이게 하는 갖가지 훈계와 실례가 적혀 있었다.

잠시 후 대신의 아내가 주안상을 떡 벌어지게 차려 내왔다. 요리가 자그마치 아흔 접시나 되었다. 그런데 왕이 하나씩 먹어보니 맛이 모두 똑같은 게 아닌가. 왕이 물었다.

"여봐라. 요리의 종류는 수십 가진데 맛은 똑같으니, 이게 어찌된 영문이냐?"

"알려, 우리 임금님의 행실을 아무쪼록 고쳐주십시오! 이것은 실은 제가 사물의 비유로서 만든 것입니다. 임금님께서 교훈을 깨달아주셨으면 하는 뜻으로 말입니다. 임금님의 궁전에는 후궁이 아흔 명이나 있지만 그 맛은 모두 한결같다는 이치와 같습니다."

왕은 깊이 부끄러워하며 몸둘 바를 모르고 얼른 일어서서 나가버렸다. 그런데 너무 서둔 나머지, 도장 반지를 보료 밑에 그냥 놓아둔 채 나오고 말았다. 왕은 뒤늦게 그 사실을 알았지만 부끄러운 나머지 사람을 보내 찾아오지도 못했다.

얼마 후 대신이 임무를 마치고 집으로 돌아왔다. 그런데 침상에 앉아 문득 보료 밑으로 손을 넣었다가 왕의 도장 반지를 발견하였다.

대신은 마음이 몹시 상해 1년 동안이나 아내를 멀리한 채 깊은 슬픔에 잠겼다. 동침은커녕 아내와는 말도 한마디 나누려 하지 않았다. 아내는 남편이 왜 자기를 그렇게 멀리하는지 그 까닭을 알 수 없었다. 영문도 모른 채 독수공방해야 하는 고독감을 참다못한 아내는 친정아버지에게 사정을 털어놓았다.

조정 원로인 친정아버지는 어전에 나가 중신들이 모두 모인 자리에서 사위가 들으라는 듯이 왕에게 딸의 고통을 호소했다.

"실은 소신이 아름다운 화원을 하나 갖고 있었습니다. 저는 그 화원에 손수 꽃을 심고 열매를 맺을 때까지 온갖 정성과 재산을 쏟아부었습니다. 마침내 열매가 익어 따게 되자 소신은 그 열매를 여기 있는 제 사위에게 바쳤습니다. 그런데 그 사위는 맛있어 보이는 데만 골라 먹고는 그 후론 본체만체 물조차 주지 않고 있습니다. 그 때문에 꽃은 말라 시들고 윤기도 없어져 완전히 이전의 모습을 찾을 길이 없게 되었습니다."

이 말을 들은 사위는 참다못해 진심을 토로하고 말았다.

"오, 임금님. 장인 말씀이 옳습니다. 저는 화원을 잘 손질하여 나무랄 데 없이 가꾸어왔습니다만, 어느 날 사자가 화원을 짓밟은 흔적이 눈에 띄었습니다. 그래서 저는 사자에게 잡혀 먹힐까 봐 겁이 나 화원을 멀리했던 것입니다."

왕은 사자의 흔적이란 바로 자기가 두고 온 도장 반지를 두고 하는 말임을 짐작했다.

"여봐라. 그대는 화원으로 돌아가라. 전혀 두려워할 것 없다. 사자가 화원으로 갔다는 말은 들었지만 조상의 명예에 맹세코 결코 화원을 짓밟지는 않았다."

그때에야 대신은 집으로 돌아와 아내와 화해하고, 그 뒤로는 아내의 정조를 의심하는 일이 없었다.

과자 장수 아내와 앵무새

이집트에 소문난 미인을 아내로 둔 과자 장수가 살고 있었다. 과자 장수는 앵무새 한 마리를 기르고 있었는데, 이 앵무새는 문지기나 감시자 역할을 했을 뿐 아니라 때로는 초인종이나 첩자의 구실까지 맡았다. 더구나 집을 비운 사이에 일어난 일들을 낱낱이 주인에게 밀고했으므로, 과자 장수 아내에게는 앵무새가 눈엣가시였다.

어느 날, 주인은 친구네 집에서 하룻밤 자고 와야 해서 앵무새에게 아내를 잘 감시하라고 일렀다. 아내에게도 이상한 짓을 하지 말라고 단단히 일렀다. 그러나 남편이 집을 나서기가 무섭게 아내는 애인을 불러다 흥겨운 하룻밤을 보냈고, 앵무새는 자초지종을 낱낱이 지켜보았다가 이튿날 주인이 돌아오자 죄다 일러바쳤다. 주인은 아내를 마구 때렸다. 아내는 밀고자가 바로 앵무새임을 알게 되자 무슨 수를 쓰든 앵무새를 죽이겠다고 결심했다.

며칠 후 남편이 또다시 친구 집에 초대를 받아 하룻밤 묵고 오게 되었다. 아내는 시녀와 애인을 불러 계략을 꾸몄다. 우선 앵무새 머리 왼쪽에 맷돌을 놓고, 애인은 한 장의 가죽에다 물을 퍼부으면서 맷돌을 돌렸다. 펄럭펄럭 부채질을 하기도 하고, 갑자기 촛불 덮개를 벗겨서 접시 아래에 감추기도 했다. 맷돌 도는 소리는 앵무새에게 꼭 우렁우렁 울리는 천둥소리같이 들렸고, 촛불이 깜박거리는 것은 어둠 속에서 번갯불이 번쩍거리는 것처럼 보였다. 또한 물을 퍼부어대는 바람에 앵무새가 흠뻑 젖어 익사할 지경이었다. 앵무새는 홍수가 밀어닥쳤다고 생각하고 깃 속에 머리를 처박고는 완전히 공포에 사로잡혔다.

주인이 돌아오자마자 앵무새는 어젯밤에 거센 폭풍우가 몰아쳐 홍수가 났다고 말했다. 주인은 엉뚱한 소리에 의아해하며 앵무새에게 화를 벌컥 냈다.

"어허, 네놈이 돌았구나! 그러고 보니 우리 유서 깊은 가문과 집안을 망치려고 당대에 다시없는 정숙한 아내를 모함하고 지금까지 거짓말을 했구나."

화가 난 주인은 새장을 바닥에다 내동댕이치고 앵무새 모가지를 비틀어 죽여버렸다. 주인의 친구들은 앵무새 시체를 보고는 아무래도 그의 아내가 수상하다며 의심을 했다. 주인은 친구들이 충고한 대로 아내가 목욕을 간 사이에 비밀을 자백하라면서 시녀를 족쳤다. 시녀는 울면서 자초지종을 자백했다. 모든 증거가 밝혀지자 주인은 뒤늦게 앵무새를 죽인 걸 몹시 후회했다.

이야기를 마친 첫 번째 대신은 이렇게 덧붙였다.

"첫 번째 이야기는 여자의 간계는 무서운 것이며, 경솔한 행동은 후회의 씨를 낳게 되는 법임을 알려드리기 위해서 들려드린 것입니

다. 또한 두 번째 이야기는 여자의 흉계나 잔꾀가 얼마나 무서운 것
인지, 또 일을 서두르면 나중에 후회를 자초한다는 걸 잘 보여주고
있지 않습니까?"

왕은 대신의 충정에 감복하여 당장 왕자를 처형하라는 명령을
취소했다.

애첩의 거듭되는 모함에 맞서 둘째 대신이 변호하다

사형 취소 소식에 놀란 애첩이 달려나와 왕 앞에 엎드렸다.

"왜 임금님께서는 올바른 일을 알기를 주저하시는 것입니까? 제후
들은 임금님께서 명령을 내린 사실을 알고 있습니다. 또한 대신이 왕
명에 반대했다는 사실도 알고 있습니다. 왕명에 복종하는 건 왕명을
이행하는 일입니다. 전하의 심판이 공명정대하다는 건 누구나 다 알
고 있는 사실인데, 대신이 반대했다고 해서 그 공명정대한 심판을 거
두시다니요? 저를 위해서라도 왕자에게 올바른 심판을 내려주십시
오. 저는 이런 이야기들을 들은 적이 있습니다."

세탁소 주인과 아들

세탁소 주인은 매일 티그리스 강가로 나가 옷가지를 빨았다. 그때

마다 아들도 아버지를 따라가 아버지가 빨래하는 동안 강가에서 헤엄을 치고 놀았다. 그러던 어느 날, 아들이 갑자기 발에 쥐가 나 그만 물에 빠졌다. 놀란 아버지는 강 속으로 들어가 아들을 붙잡았으나 아들이 아버지에게 매달려 아버지를 꽉 끌어당기는 바람에 부자는 함께 익사하고 말았다.

오입쟁이의 흉계와 정숙한 아내

한 건달 오입쟁이가 어느 부인에게 마음이 동해 애를 태우고 있었다. 부인은 가히 미의 화신이라 할 만큼 아름다웠으나, 순결하고 정숙했기 때문에 함부로 접근할 수가 없었다. 오입쟁이는 이리저리 궁리한 끝에 그 부인의 집에서 일하는 집사이자 주인의 신뢰를 한 몸에 받고 있는 젊은이를 꾀어내기로 했다. 오입쟁이는 값비싼 물건을 선물하기도 하고, 달콤한 말로 구슬리기도 한 끝에 집사 젊은이를 자기 손발처럼 부릴 수 있게 되었다.

어느 날, 오입쟁이는 집사에게 주인아씨가 없을 때 몰래 집 안에 들어가게 해달라고 부탁했다. 집사는 주인아씨가 목욕을 간 틈을 타서 그를 데리고 집 안으로 안내했다. 그는 몰래 가져온 달걀 흰자위를 꺼내 주인의 침상에 흘렸다. 그리곤 시치미를 떼고 그 집을 나왔다.

얼마 뒤 주인이 돌아와 쉬려고 침상으로 들어가니 무언가 끈적거리는 것이 느껴졌다. 잘 살펴보니 분명 남자의 정액 같았다. 주인은 놀라 집사를 뚫어져라 노려보면서 아씨는 어디 갔느냐고 다그쳤다. 집사는 아씨께서 목욕을 갔다고 대답했다. 주인은 틀림없이 이것이 남자의 정액이라면, 아내는 남자와 잠을 자고 나서 몸을 씻으러 목욕을 간 것이라는 확신이 들었다. 질투에 사로잡힌 주인은 아내를 보자마자 펄펄 뛰며 느닷없이 달려들어 다짜고짜 마구 두들겨 패고 두 손을 뒤로 결박을 하고 단도로 목을 베려고 했다. 아내가 사람 살리라고 비명을 지르자 이웃 사람들이 달려와 왜 여자에게 모진 짓을 하느냐고 따졌다. 주인은 이미 이 여자와는 이혼했으니 상관 말라고 화를 냈다. 이웃 사람들은 이구동성으로 부인을 편들고 나섰다.

"우리는 오랫동안 이웃에서 친하게 살아서 부인을 잘 아는데, 부인은 분별력도 있고 정숙하고 순정하며 결코 나쁜 평판을 들어본 적이 없어요. 그리고 당신은 이 여자를 학대할 권한이 없어요. 이혼하든가 아니면 친절하게 굴든가 둘 중 하나일 뿐이에요."

참다못한 주인은 침상에 외간 남자의 정액이 묻어 있었다는 사실을 폭로했다.

그때 한 어린 소년이 앞으로 나서며 주인에게 침상에 묻은 걸 보여 달라고 했다. 소년은 냄새를 맡은 다음, 숯불과 냄비를 가져와 달걀 흰자위를 긁어서 굳어질 때까지 지졌다. 그리고 이걸 조금 먹어본 다음 주인과 다른 사람들에게도 맛을 보라고 했다. 모두가 맛을 보더니 달걀 흰자위가 분명하다고 단언했다. 그때에야 주인은 자기가 아무 죄도 없는 정숙한 아내에게 엉뚱한 누명을 씌웠다는 사실을 깨달았다. 이웃 사람들은 일단 이혼까지 하게 된 부부 사이를 중재하고 나섰다. 남편은 아내에게 용서를 빌며 금화 100디나르를 보냈다. 이렇게 하여 무도한 사랑을 꿈꾼 오입쟁이의 술책은 실패로 끝나고 말았다.

이야기를 마친 애첩은 짐짓 처연한 표정을 지으며 왕에게 말했다.

"임금님이시여, 만약 왕자의 죄를 방치하여 저의 한을 풀어주지 아니하시면, 첫 번째 이야기처럼 임금님과 왕자 두 분이 다 물에 빠져 돌아가시지나 않을까 걱정됩니다. 두 번째로 들려드린 이야기는 남자의 술책과 그 실패에 관한 한 가지 일례에 불과합니다."

애첩의 말에 귀가 솔깃해진 왕은 다시 왕자를 죽이라고 명령했다.

이튿날 두 번째 대신이 중재에 나서 어전에 엎드렸다.

"왕자님을 서둘러 죽여서는 안 됩니다. 나중에 반드시 후회하실 겁니다. 얼마나 힘들게 얻은 아들입니까. 체념하고 있을 때 전능하신 알라께서 계시를 내려 점지한 왕자님이 아닙니까. 바라건대 저희는 왕자님이 장수하여 위세를 떨치고 전하의 성덕을 지켜주길 바랄 뿐입니다. 그러니 제발 잠시 참아주옵소서. 꼭 언젠가는 왕자님께서 입을 열어 진상을 밝힐 것입니다. 만약 서둘러 죽이신다면 상인이 후회한 것처럼 전하께서도 반드시 후회하시게 될 것입니다."

그러면서 대신은 왕에게 두 가지 이야기를 들려주었다.

구두쇠와 빵 장수

옛날에 먹고 마시는 것조차 벌벌 떠는 지독한 구두쇠 상인이 살고 있었다. 어느 날, 한 도시로 여행을 떠났는데 시장에서 이제 막 구운 맛있는 빵을 두 개 들고 있는 노파를 만나게 되었다. 구두쇠는 값을 깎고 또 깎아 아주 싼값에 빵 두 개를 사서 먹었다. 이튿날도, 그다음 날도 똑같은 장소에서 똑같은 노파에게 빵을 사 먹기를 스물닷새 동안 하루도 빠짐없이 계속했다.

그런데 갑자기 노파의 모습이 보이지 않았다. 아무도 노파의 행방을 아는 이가 없었다. 그러던 어느 날, 문득 길에서 노파를 만났다. 어째서 갑자기 빵을 안 팔게 되었느냐고 물으니 노파가 이렇게 대답했다.

"나리. 실은 내가 그동안 등에 나쁜 종기를 가진 사내를 간호하고 있었는데, 의사가 말하기를 버터와 밀가루 반죽으로 고약을 만들어 밤새도록 종기에다 붙여두라는 것이었습니다. 그래서 나는 아침이 되면 그 반죽을 떼어 다시 반죽을 해서 빵 두 개를 만들어 팔곤 했던 것입니다. 그런데 그만 환자가 세상을 떠나는 바람에 더 이상 빵을 만들 수가 없게 되었습지요."

이 말을 듣자마자 상인은 노파를 저주하면서 배 속에 든 것을 모두 토해버리고 말았다. 그리고 그길로 그만 병이 들어버렸다. 후회해도 소용없는 줄 알면서도 구두쇠는 후회하고 또 후회했다.

바람둥이 여자와 두 정부

옛날 어느 국왕의 칼잡이 사내가 하나 있었다. 그는 행실이 좋지 못한 한 유부녀에게 미쳐 있었는데, 어느 날 늘 하던 대로 시동을 시켜 여자에게 곧 찾아가겠다는 전갈을 보냈다. 시동과 여자는 옆에 붙어 앉아 희롱하기 시작했다. 여자가 시동을 끌어안고 입을 맞추며 몸을 만지자 시동은 그만 발정하여 견딜 수가 없었다. 그래서 둘이 몸을 섞고 정사를 즐기고 있는 중에 뜻밖에 칼잡이 사내가 문을 두드렸다. 여자는 마룻바닥에 난 문을 열고 지하실로 시동을 밀어넣은 다음 문을 열었다.

칼잡이 사내는 한 손에 칼을 들고 들어오자마자 여자의 침상에 털썩 주저앉았다. 여자는 옆으로 다가가 입을 맞추고 껴안으며 아양을 떨었고, 마침내 남자도 욕정에 사로잡혀 여자를 껴안은 채 드러누웠다. 그때 여자의 남편이 문을 두들겼다. 칼잡이 사내가 당황하자 여자가 한 가지 꾀를 일러주었다.

"현관에서 칼을 빼들고 나를 보고 막 욕을 하세요. 그러다가 남편이 들어오거든 그대로 밖으로 나가버리세요."

남편이 집 안으로 들어와 보니 국왕의 칼잡이 사내가 칼을 빼들고 자기 아내에게 막 욕을 하며 을러대는 게 아닌가. 사내는 남편을 보자마자 얼굴을 붉히면서 언월도를 칼집에 꽂고 휙 나가버렸다. 남편은 깜짝 놀라 무슨 일이냐고 물었다.

"오, 당신, 정말 때맞춰 잘 들어왔어요. 하마터면 참된 신자가 하나 죽을 판이었는데 당신 덕택에 살았어요. 실은 내가 노대에 나가 실을 잣고 있는데 난데없이 한 젊은이가 미친 듯이 저 사내한테서 도망쳐서 숨이 끊어질 듯 뛰어 들어오더니 구해달라고 빌지 뭐예요. 까닭도 없이 저 사내가 자기를 죽이려 한다는 거예요. 그래서 나는 지하실에 젊은이를 숨겨주었어요. 그러자 별안간 저 사내가 칼을 빼들고 들어와서는 젊은이를 내놓으라고 협박을 하는 게 아니겠어요. 못 내놓겠다고 하니까 방금 당신이 본 대로 나한테 욕설을 퍼붓고 을러대는 거예요. 얼마나 무서웠는지 몰라요. 아무도 도와줄 사람이 없었으니까요. 당신을 때마침 보내주신 알라를 칭송할지어다!"

남편은 아내를 칭찬하고, 알라께서 어려운 사람을 구해준 훌륭한 행동에 대해 두둑이 보답해주실 거라고 격려해주었다. 그리고 마룻바닥의 문을 열어 시동에게 소리쳤다.

"나오시오, 걱정 말고. 이젠 아무 문제없으니까."

시동이 무서워 몸을 부들부들 떨며 나오자 남편은 아무도 건드리지 않을 것이니 힘을 내라고 위로하고 시동은 시동대로 주인에게 하늘의 축복이 있기를 기원했다.

남편도 시동도 칼잡이도 모두 다 여자의 흉계를 알 까닭이 없었다.

이야기를 끝마치며 대신은 마지막 충고를 잊지 않았다.

"자, 임금님. 이것은 여자의 흉계가 얼마나 가증스러운지를 나타내는 일례입니다. 여자 말에 속지 않도록 부디 조심하십시오."

왕은 대신의 말이 옳다고 생각했다. 그래서 왕자의 처형을 보류했다.

애첩의 세 번째 모함에 맞서 셋째 대신이 변호하다

사흘째 되는 날 애첩은 어전에 엎드려 흐느꼈다.

"오, 임금님. 대신들의 터무니없는 말을 진실로 받아들이고 결심을 바꾸시면 안 됩니다. 교활한 대신들을 뭐에 쓰겠습니까? 부디 악질적인 상담역의 말을 곧이곧대로 믿은 바그다드의 임금처럼 되지 않기를 기원하겠습니다."

그리고 이야기를 시작했다.

왕자와 식인귀

옛날 어떤 국왕이 살고 있었다. 왕은 여러 왕자 가운데 유달리 한 왕자를 총애하였는데, 그 왕자가 어느 날 사냥을 나가게 되었다. 부왕은 특별히 한 대신에게 왕자를 잘 보필하라고 명령했다. 왕자 일행은 어느 들판에 자리를 잡고 며칠간 머물면서 많은 짐승을 잡았다.

이윽고 귀로에 올라 한참 가는 도중, 별안간 마치 두 뿔 사이에서 떠오르는 태양과 같은 한 마리의 아름다운 영양이 왕자의 눈앞으로 뛰어들었다. 왕자는 영양을 잡고 싶어 대신에게 허락을 구했다. 마음대로 하라는 말에 왕자는 정신없이 영양의 뒤를 쫓았다. 한참 쫓아 가다 보니 일행이 한 명도 보이지 않았다.

어느새 황혼 무렵이 되고 영양은 바위 많은 땅의 한 모퉁이로 숨어버렸다. 해가 완전히 지자 당황한 왕자는 길을 찾을 수가 없어 밤새도록 공포와 기아와 갈증에 시달리며 헤맸다. 아침이 되었으나 여전히 길을 못 찾은 채 왕자는 정처 없이 말을 몰았다. 한낮이 되었다. 타는 듯한 태양이 사정없이 머리 위에서 내리쬐었다.

그때 우연히 높은 성채가 있고 기초가 튼튼해 보이는 큰 도시가 눈에 들어왔다. 그러나 그 도시는 황폐한 나머지 부엉이와 갈까마귀 외에는 살아 있는 것이라곤 하나도 보이지 않았다. 문득 한 젊은 여자를 발견한 왕자는 그 아름다운 자태에 한눈에 반하고 말았다. 여자는 하염없이 눈물을 흘리며 성벽 밑에 앉아 있었다.

"저는 회색 나라의 왕 알 티야후의 딸 빈트 알 타미마입니다. 어느 날 화장실에 갔다가 마족 중의 마신에게 납치되어 하늘을 날게 되었는데, 도중에 그만 유성이 불덩어리가 되어 마신을 태워죽였기 때문에 저는 여기 떨어지고 말았습니다. 사흘 동안 아무것도 먹지 못해 목이 말라 죽겠습니다. 그런데 당신을 만나게 되니 갑자기 목숨이 아까워졌습니다."

왕자는 처녀가 불쌍해 뒷자리에 태우고 위로해주면서 말을 몰아 앞으로 나갔다. 얼마 후 처녀가 벽 근처에서 잠깐 볼일을 보고 오겠다며 내렸다. 처녀가 벽 틈으로 모습을 감추자 왕자는 한참 동안 그 자리에 서서 처녀가 돌아오기를 기다렸다. 그러나 한참 후에 나타난 처녀는 차마 볼 수 없을 만큼 추한 얼굴로 변해 있었다. 소름 끼치는 모습에 왕자는 기겁을 하며 얼굴이 새파랗게 질리고 온몸이 부들부들 떨렸다. 처녀는 흉한 얼굴로 왕자의 뒷자리로 뛰어올랐다. 왕자가 두려움에 사로잡힌 걸 본 여자는 알라께 기도를 올려보라고 했다. 왕자는 하늘을 우러러 열심히 정성껏 기도를 올렸다.

"오, 신이시여. 아무쪼록 저를 괴롭히는 저것을 쫓아내어 저를 구해주옵소서."

왕자가 기도하면서 한 손으로 처녀를 가리키자 처녀는 당장 땅바닥에 떨어져 숯처럼 새까맣게 타죽어 버렸다.

왕자는 알라께 감사하고 말을 몰았다. 알라의 덕택으로 왕자는 올바른 길로 들어설 수 있었고, 무사히 고국 땅을 밟아 부왕에게로 돌아왔다. 이 모든 불행은 수행하던 대신이 도중에 왕자를 없애려고 흉계를 꾸민 데서 생긴 일이었다.

"제가 이런 얘길 하는 것은 악질적인 대신들이 임금에게 충성을 다하는 것도 아닐뿐더러 진정으로 간언을 드리는 것도 아니라는 것을 알아주십사 해서입니다. 부디 저의 충정을 통촉하시어 대신들을 조심하세요."

애첩이 이렇게 간청하자, 왕은 다시 왕자의 사형을 명령했다.

그러자 이번엔 세 번째 대신이 왕의 그릇된 생각을 고쳐보겠다며 나섰다.

"왕자의 죄는 극히 사소한 과오로서, 이 여자가 일부러 과장한 것인지도 모릅니다. 소신이 들은 이야기 중에는 그 옛날 어느 두 부락의 주민이 단지 한 방울의 꿀 때문에 서로를 죽였다고 합니다."

한 방울의 꿀

어느 날 사냥꾼이 숲 속에서 짐승을 잡다가 동굴을 발견했는데 동굴 안에 꿀이 잔뜩 들어 있었다. 사냥꾼은 가죽 물 포대에 꿀을 가득 담아서는 사냥개를 데리고 시내로 들어왔다. 기름 가게에 들러 꿀을 팔려는데 기름 가게 주인이 꿀맛을 본다며 가죽 포대에 든 꿀을 그릇에 옮겨 담다가 그만 꿀 한 방울을 땅바닥에 흘리고 말았다.

꿀 냄새를 맡은 파리 떼가 대번에 모여들었다. 그러자 파리를 노린 새 한 마리가 휙 날아들었고, 이걸 본 기름 가게 고양이가 새에게 달려들었다. 이번엔 사냥꾼의 개가 고양이에게 달려들어 고양이를 물어 죽였다. 화가 난 기름 가게 주인은 사냥개에게 달려들어 개를 죽였고, 이를 본 사냥꾼은 기름 가게 주인을 죽여버렸다. 이 소문은 삽시간에 사냥꾼과 기름 가게 주인이 살고 있는 동네로 퍼져나갔고, 분개한 동네 사람들은 각기 무기를 들고서 분연히 일어서 마침내 두 동네가 정면충돌하게 되었다. 난전 난투 끝에 많은 사상자가 발생했으니 그 숫자는 알라 외에는 아무도 모를 만큼 많았다.

남편에게 흙을 체질시킨 여자

옛날에 어떤 부부가 살았다. 어느 날 남편이 아내에게 1디르함을 주면서 쌀을 사오라고 시켰다. 아내는 상당한 미인이었다. 쌀가게 주인은 아내에게 추파를 던지며 희롱하였다. 밥에는 설탕을 넣어야 맛있는데 내가 설탕을 줄 테니 나하고 한 시간만 재미를 보자고 유혹했다. 주인은 사환에게 설탕 한 근을 준비하라고 한 뒤 아내를 데리고 가게 안으로 들어가 잔뜩 재미를 보았다. 그러나 사실인즉 주인은 미리 사환과 짜고 쌀 대신 흙과 쓰레기를 넣고, 설탕 대신 자갈을 넣은 다음 그럴싸하게 보자기를 싸서 여자에게 주었다. 여자는 아무 것도 모른 채 준 대로 받아들고 집으로 돌아왔다.

남편 앞에 보자기를 놓고 아내는 냄비를 가지러 갔다. 남편이 보자기를 끌러 보니 흙과 자갈이 잔뜩 들어 있었다. 그걸 본 순간 아내는 감쪽같이 속았다는 걸 알았다.

아내는 남편에게 거짓말을 둘러댔다.

"여보, 아까 혼났어요. 그래서 머리가 돌았나 봐요. 체를 가지러 가서 냄비를 들고 오다니 참. 아까 시장거리에서 1디르함을 떨어뜨렸지 뭐예요. 남들 앞에서 돈을 찾아 돌아다니는 것도 창피하고 그렇다고 은화 한 닢을 그냥 포기하기도 아까워서, 돈을 떨어뜨린 근처의 흙을 긁어모아 갖고 왔어요. 집에서 체로 치려고 말이에요. 그래서 체를 가지러 갔는데 세상에 냄비를 갖고 왔지 뭐예요."

아내는 남편에게 체를 건네주며 말했다.

"당신이 좀 쳐봐요. 당신 눈이 내 눈보다 잘 보이니까."

남편은 아내가 하라는 대로 흙을 체로 치기 시작했다. 얼굴도 수염도 흠뻑 흙먼지로 더럽혀졌다. 남편은 아내의 속임수를 눈치채지 못했을 뿐 아니라 나쁜 행실 따위는 전연 알 까닭이 없었다.

"이는 여자의 간사함을 보여준 한 보기입니다. 알라께서도 말씀하셨지요. '진정 여자들의 간교한 꾀는 크도다!', '진정 악마의 사심이라 할지라도 여자의 사심에 비하면 약하도다' 라고요. 이 말씀을 깊이 음미해보십시오."

대신의 이야기를 들으면서 왕은 그럴법도 하다고 머리를 끄덕였다. 도리에 맞는 간언의 빛은 왕의 오성의 세계에 떠올라 찬란하게 빛났다. 그리하여 왕은 아들을 죽이려던 생각을 번복했다.

애첩의 네 번째 모함에 맞서 넷째 대신이 변호하다

나흘째 날, 애첩은 울며 어전에 무릎을 꿇었다.

"전하의 처사는 야속하기 짝이 없습니다. 제 원수를 갚아 한을 풀어주려고 하시지 않으시다니요. 임금님이 사랑하는 아드님이라는 이유 하나만으로 말입니다. 그러나 알라께서는 저를 구해주시고 저 사람을 멸망시킬 것입니다. 마치 어느 왕자를 구하고 부왕의 대신을 죽인 것처럼 말입니다."

마력을 가진 샘

아주 먼 옛날 한 임금이 살았는데, 자식이라곤 아들 하나를 두고 있을 뿐이었다.

부왕은 왕자를 이웃 나라의 아름다운 공주와 결혼시키기로 작정했다. 그런데 이보다 앞서 공주의 사촌 오라버니가 공주에게 청혼했다가 무참하게 거절당한 일이 있었다. 이 때문에 사촌 오라버니는 공주의 혼담 소식을 듣고 질투심에 불타서 음모를 꾸미게 되었다.

신랑 쪽 나라의 대신에게 뇌물을 주고 청혼한 왕자를 살해할 음모를 꾸미거나 아니면 공주를 단념하게 할 계략을 꾸며달라고 부탁한 것이다. 대신은 승낙하고 일을 꾸몄다.

신부의 부왕은 왕자에게 딸과 동침하러 신부의 나라 도성으로 와달라고 서한을 보냈다. 왕자의 부왕은 아들을 보내면서 대신을 수행단의 우두머리로 삼았다. 이미 공주의 사촌 오라버니로부터 매수당한 대신은 가는 도중 몰래 왕자를 죽일 흉계를 꾸몄다.

사막으로 들어서자 대신은 알 자라 샘 근처에서 정지 명령을 내렸다. 이곳은 샘물을 마시면 남자가 대번에 여자로 변해버리는 마법의 샘이었다. 대신은 왕자를 데리고 단둘이 샘을 구경하자고 꾀었다. 왕자는 목이 말랐으므로 말에서 내려 아무 생각 없이 샘물에 두 손을 씻고 목을 적셨다. 그러자 왕자는 순식간에 여자로 바뀌고 말았다.

자기 몸에 내려 닥친 재앙을 안 순간 왕자는 비명을 지르며 울었다. 왕자가 슬퍼하자 대신은 참 안됐다는 시늉을 하며 거짓 기도를 올렸다.

"전능하신 알라께서 당신의 불행의 씨를 제거해주기를! 그나저나 백년가약을 맺는 길의 안내역을 맡았는데 이렇게 되고 보니 가는 게 좋은지 나쁜지 결정을 내릴 수가 없군요. 왕자님 생각 하나에 달렸으니 어떻게 하시렵니까?"

"부왕에게 돌아가서 나의 신상에 닥친 불행한 사건을 알려주시오. 몸이 원래대로 변하기 전에는, 아니면 비탄 끝에 죽어버릴 때까지는, 여기서 한 걸음도 나가지 않겠소."

왕자는 대신에게 서신 한 통을 써주고 부왕에게 돌아가라고 보냈다. 대신은 계략이 성공한 것을 기뻐하며 도성에 도착하자 왕에게 즉시 왕자의 서한을 전하고 사건의 자초지종을 알렸다. 부왕은 비탄에 젖어 몸둘 바를 몰라 했다. 현자와 밀교에 정통한 학자를 불러 물었으나 누구 하나 시원한 대답을 하지 못했다. 대신은 공주의 사촌 오라버니에게 전갈을 보내 목적을 달성했다는 길보를 전했고 사촌 오라버니는 많은 선물을 주어 깊이 사례했다.

한편 왕자는 사흘 밤낮 동안 아무것도 먹지 않고 개울가에 가만히 앉아 오로지 알라께 자기 몸을 맡겼다. 나흘째 되는 날 뜻밖에 엷은 밤색 말을 타고 머리에는 왕관을 쓴 한 기사가 다가왔다. 왕자는 눈물을 흘리며 자신에게 닥친 불행한 재앙을 자세히 들려주었다.

말 탄 기사는 왕자를 측은히 여기며 말했다.

"그대를 불행에 빠뜨린 것은 그대 부왕의 대신입니다. 왜냐하면 그자 외에 이 샘의 마법에 대해 아는 사람은 없으니까요."

말 탄 기사는 바로 마족의 왕자였다. 그는 왕자를 데리고 자기 나라 궁전으로 떠났다. 아침부터 밤중까지 말을 몰았으나 실제 계산해 보면 꼬박 1년이 걸리는 거리였다. 왕자는 깜짝 놀라 고국으로 돌아갈 걱정이 앞섰다.

"걱정하지 마십시오. 마음의 고통이 사라지면 순식간에 고국으로 데려다드리겠습니다."

기사의 위로 한마디에 왕자는 마음이 놓이고 하늘에라도 올라갈 듯 기뻤다.

밤을 꼬박 새우고 나니 어느새 널찍하고 푸른 들판 한가운데에 이르렀다. 새들은 지저귀고, 화원에는 과일이 익어 있고, 누각은 높이 솟고, 시냇물은 졸졸 흐르고, 향기로운 꽃들은 교태를 다투고 있었다. 기사는 누각으로 왕자를 안내했다. 왕자는 대왕의 환대를 받으며 하루 종일 먹고 마시면서 휴식을 취한 뒤 또다시 기사의 말 뒷자리에 앉아 암흑을 뚫고 질풍처럼 달렸다.

밤새도록 달린 끝에 둘은 어느새 시꺼먼 암석이 뒹굴고 있는, 사람이라곤 살지 않는 음산한 황야 한복판에 와 있었다. 이곳은 암흑의 왕국으로 즈르 야나하인이라는 마왕의 영토였다. 그러나 반드시 허락을 받아야만 들어갈 수 있는 곳이라 기사는 허락을 얻기 위해 잠깐 사라졌다가 잠시 후 나타났다. 두 사람은 영토 안으로 들어가 마침내 검은 바위에서 새어나오는 샘가에 이르렀다.

기사는 왕자에게 이 샘물을 마시라고 했다. 왕자는 주저하지 않고 샘물을 마셨다. 그런데 물을 입에 대기가 무섭게 알라의 뜻에 따라 왕자는 이전의 남자 모습으로 되돌아왔다. 이 샘은 여자의 샘이어서 여자가 마시면 반드시 남자로 변하였다. 왕자는 전능하신 알라께 기도를 올린 다음 다시 말에 올랐다. 기사는 노예 라지즈를 시켜 왕자를 어깨에 메고 날이 밝기 전에 장인과 신부에게 모시고 가라고 명령했다. 왕자는 무시무시한 마신의 어깨에 올랐다. 마신은 하늘 높이 올라 하늘과 땅 사이를 계속 날아 오경이 채 지나기 전에 왕자를 장인의 궁전 지붕에 내려주었다. 기절해 있던 왕자가 깨어나자 마신은 왕자를 남긴 채 하늘로 날아가버렸다.

왕자는 정신을 가다듬고 궁전 안으로 내려갔다. 장인은 왕자가 지붕에서 내려온 것을 수상히 여겨 그 이유를 물었다. 왕자는 그동안의 모든 경위를 털어놓았다. 왕은 몹시 놀라며 사위의 무사함을 기뻐하고 해가 떠오르자 곧 호화로운 결혼식을 준비했다. 성대한 혼례 축하연이 끝난 뒤 왕자와 공주는 백년가약의 맹세를 맺었다. 왕자는 두 달 동안 더 머문 다음 부왕의 도성으로 떠났다. 그사이 사촌 오라버니는 질투 끝에 미쳐서 얼마 후 저세상으로 떠나버렸다. 왕자와 신부를 맞이한 부왕의 기쁨은 말로 다할 수 없을 정도였다. 이렇듯 알라의 구원을 받은 왕자는 본국으로 돌아오자마자 부왕의 대신에게 반역죄를 물어 처형하였다.

"그래서 저 역시 기도를 올리고 있는 중입니다. 제발 전능하신 알라의 도움으로 저 간악한 대신을 물리칠 수 있기를, 또한 왕자님에게 맺힌 원한을 꼭 풀어주시기를 빌고 있는 겁니다."

왕은 이 말을 듣고 왕자를 처형하라고 명령했다.

이번엔 네 번째 대신이 어전에 엎드렸다.

"오, 임금님. 중차대한 사건을 실행에 옮길 경우에는 잘 생각하고 단행해야 합니다. 현자라 할지라도 일의 추이를 깊이 생각지 않고서는 무엇이나 실행하지 않는 법입니다. 세상 격언에도 '자기 행위의 결말을 생각지 않는 자는 세상 사람을 자기편으로 삼을 수 없다'고 했거니와, 경솔하게 일을 처리했다가는 마누라를 잃어버린 목욕탕 주인이 겪은 것과 똑같은 재난을 당하게 되십니다."

대신의 아들과 목욕탕 집 마누라

옛날에 목욕탕을 경영하는 한 사내가 있었다. 그 목욕탕의 단골손님은 그 지방 명사와 유지 들이었다.

어느 날, 한 대신의 아들이 목욕탕으로 들어왔다. 얼굴은 잘생겼으나 몸집이 크고 살이 많이 찐 젊은이였다. 주인이 시중을 들어주려고 일어서 보니 젊은이의 사타구니 가운데 달려 있어야 할 그것이 눈에 띄지 않았다. 그도 그럴 것이 비만인 탓에 넓적다리 살에 가려, 도토리 알만 한 그것이 아주 조금 얼굴을 내놓고 있었기 때문이다. 주인은 자기도 모르게 탄식하며 처량한 얼굴로 젊은이를 바라보았다. 젊은이는 주인의 눈길이 이상해서 왜 그러느냐고 물었다.

"도련님이 너무 측은해서요. 정말 딱하군요. 재산도 많고 생김새도 남자다운데, 다른 남자처럼 재미를 볼 도구가 없으시군요."

젊은이는 말이 나온 김에 한번 연장을 시험해보고 싶으니 예쁜 미인을 데려다달라고 하며 주인에게 금화 1디나르를 내밀었다.

금화를 본 목욕탕 주인은 남에게 주는 것이 아까운 생각이 들어 아내에게로 갔다.

"여보, 마누라. 대신의 아들이 목욕을 하러 왔는데, 보름달처럼 잘

생긴 도련님이야. 그런데 그 도련님에겐 남자구실을 할 연장이 없고, 있는 거라곤 도토리만 한 거야. 이 돈을 남에게 주느니 차라리 당신이 받아두구려. 무슨 탈이 있겠소. 내가 지켜줄 테니 잠깐 같이 앉아서 좀 즐겁게 해주면 이 금화는 당신 것이 될 게 아니겠소?"

사람 좋은 아내는 승낙하고 돈을 받았다. 그리고 짙은 화장에 아름다운 나들이옷을 갈아입고 목욕탕의 별실로 들어갔다. 아내는 당대에 보기 드문 미인이었고, 젊은이 또한 이목구비가 수려한 미남자였는지라, 두 사람은 한눈에 그만 반해버렸다. 젊은이는 방문을 채우자마자 여자를 으스러져라 껴안았다. 그러자 젊은이의 도토리만 하던 성기가 부풀어 오르더니 마침내 거대한 당나귀 성기만큼 커지고 쇠막대처럼 단단해졌다. 젊은이가 감미로운 애무로 여자를 알몸으로 만들고 그 가슴에 올라타 말을 달리듯 박차를 가하니 여자는 밑에서 파닥파닥 죽겠다며 흐느껴 울고, 신음하고, 몸을 뒤틀고 야단법석이었다.

문 뒤에서 마음을 졸이고 있던 주인은 예삿일이 아닌 것 같아 걱정이 되었다. 그래서 소리를 버럭 지르며 아내를 불렀다.

"어이, 아브디라 엄마! 이젠 됐으니 어서 나와! 아까부터 아이가 울고 있단 말이야!"

젊은이는 여자더러 나갔다가 다시 돌아오라고 말했으나 여자는 남자에게 매달린 채 떨어지려고 하지 않았다.

"당신 옆을 떠나면 혼이 빠져요. 아이 같은 건 내버려두어요. 울다 죽거나 엄마 없는 고아가 되어도 난 몰라요."

마침내 젊은이는 내리 열 번씩이나 계속해서 여자를 울렸다. 주인은 문 앞에서 장승처럼 서서 마누라 이름을 부르다가, 호통을 치다가, 엉엉 울면서 구원을 청하다가, 요란한 소동을 부리며 죽는다고 소리를 질렀으나 아무도 도와주러 오는 사람이 없었다. 그렇다고 아내에게 접근할 아무 수단이 없었다. 그저 다른 남자에게 안긴 자기 마누라가 죽겠다고 몸을 뒤틀며 내지르는 신음 소리를 듣고 있을 수밖에 없었다.

결국 분노와 질투에 미쳐버린 주인은 그만 목욕탕 꼭대기로 기어올라가 몸을 던져 죽고 말았다.

남편을 속인 아내의 간계

맵시 좋고 아름다운 유부녀가 있었다. 호색가인 건달 하나가 이 유부녀에게 홀딱 반해 몸이 후끈 달았다. 마침 여자의 남편이 어느 도시로 먼 여행을 떠났다는 소식을 듣게 되었다. 건달은 좋은 기회라 여기고 여자에게 접근했으나 여자한테선 아무 반응도 없었다. 정숙하다는 평판이 난 이 여자는 음탕한 행실에 넘어갈 사람이 아니었다.

궁리 끝에 건달은 이웃 노파에게 여자를 수중에 넣게 해달라며 1디나르를 수고비로 주었다. 노파는 이튿날부터 이웃이란 친분을 이용해 매일같이 여자의 집을 드나들며 유부녀와 희롱하고 장난을 쳤다. 그러는 동안 유부녀는 어느새 동성애에 빠질 만큼 타락하고 말아 한시도 노파 없이는 견딜 수 없게 되었다.

그런데 노파는 집을 나올 때마다 비계와 빵을 갖고 나와 여기에 후추를 뿌려 동네 암캐에게 주곤 했다. 개는 매운 후추 때문에 눈물을 흘리며 노파 뒤를 졸졸 따라왔다. 왜 암캐가 울고 있느냐고 여자가 물으니 노파는 개의 사연을 들려주었다. 한 젊은 나사렛인이 근처의 천하일색 여자에게 반해 그만 상사병이 들었는데, 남자는 불쌍히 여겨 한 번만 만나달라고 애걸복걸 통사정했으나 여자는 콧방귀도 뀌지 않았다. 노파 역시 남자의 소원을 한 번만이라도 들어주라고 충고했으나 여자는 거들떠보지도 않았다. 결국 참다못한 젊은이의 친구들은 여자에게 마술을 걸어 개로 변하게 했다. 자신의 처량한 신세를 불쌍히 여기는 사람은 노파밖에 없다는 걸 안 개는 노파를 쫓아다니며 코를 킁킁거리고 눈물을 흘리므로 할 수 없이 집에서 기르기로 했다고 설명했다.

노파의 의도는 적중했다. 노파의 그럴싸한 거짓말에 속아 유부녀는 겁이 더럭 나 노파에게 실토했다. 사실은 한 젊은 건달이 자기를 사모하여 몇 번씩이나 편지를 보냈지만 한 번도 응한 적이 없다는 것이었다. 그 때문에 혹시 자기도 이 암캐처럼 되는 건 아닐까, 무섭다고 토로했다. 노파는 큰일이라며 걱정하는 빛을 띠었다.

"당신 일이 얼마나 걱정되는지 모르겠어요. 만일 그 남자의 집을 알고 있다면 가르쳐주세요. 내가 모셔올 테니까요. 누구한테든 원한을 사면 안 됩니다."

노파는 그길로 곧장 건달에게 일이 성사되었음을 알리고 내일 낮 동구 밖에서 기다리라고 일러주었다. 건달은 노파에게 사례비로 금화 2디나르를 주고 재미를 본 다음에는 금화 10디나르를 더 주겠다고 약속했다. 노파는 이번엔 유부녀에게 가서 말했다.

"본인을 만나 의논하고 왔어요. 당신에게 단단히 화가 나서 복수하려는 생각을 하고 있습다. 그러나 내가 잘 구슬려서 내일 기도 시간에 이리 데려오기로 했어요."

여자는 약속이 성사되면 10디나르를 주겠다고 약속했다.

이튿날 여자는 화장을 하고 나들이옷으로 갈아입고 음식까지 차려놓고 남자를 만날 만반의 준비를 했다. 그런데 노파가 약속한 장소에 가보니 의당 있어야 할 건달이 보이지 않았다. 어딜 갔는지 전혀 알 도리가 없었다. 노파는 약속한 금화를 받지 못할까 봐 초조한 나머지 다른 사내라도 데려가기로 했다. 큰 거리를 서성거리자니 때마침 이목구비가 단정한 한 미남자가 눈에 띄었다. 남자의 얼굴에는 먼 여행에 지친 흔적이 역력했다. 노파는 남자 옆으로 다가가 미인 옆에서 술과 요리를 즐기지 않겠느냐고 유혹해 여자의 집으로 데리고 들어갔다. 여자는 몸단장을 하고 향료를 피운 뒤 객실로 나갔다. 그런데 나가 보니 그 남자는 바로 자기 남편이었다.

일이 글렀다는 걸 안 여자는 조금도 당황하지 않고 남편을 속일 흉계를 짜기 시작했다. 우선 여자는 신을 벗어들고 남편에게 달려들었다. 그리고 큰 소리로 악을 썼다.

"세상에 이럴 수가! 당신이 돌아왔다는 말을 듣고 이 노파를 시켜 당신 마음을 떠보려 했는데, 당신은 노파의 감언이설에 속아 그렇게 말렸건만 바람을 피우려 하다니! 당신이 행실이 좋은 남편인 줄 철석같이 믿었는데 이제 보니 밤낮 갈봇집 출입만 하고 있었군요. 당신이 부부의 맹세를 깼다는 분명한 증거를 잡았으니까, 당장 이혼해 줘요!"

여자는 신발짝으로 남편의 머리를 때리기 시작했다. 남편은 사정사정하면서 알라께 맹세코 한 번도 바람을 피운 적도 없고 한 번도 의심을 살 만한 짓을 한 일이 없다고 맹세했지만, 여자는 여전히 울고불고 찢어지는 소리를 빽빽 지르면서 남편을 때리며 외쳤다.

"이슬람교도 양반들, 저를 살려주세요!"

여자가 이웃들에게 고래고래 소리를 질렀다. 남편은 손으로 아내의 입을 막았다. 그러자 아내는 도리어 그 손을 물었다. 남편이 아내 앞에 엎드려 손발에 입을 맞춰도 아내는 아랑곳하지 않고 계속 때리기만 하더니, 노파에게 슬쩍 눈짓을 보냈다. 싸움을 말려달라는 신호였다. 그러자 노파가 슬며시 다가오더니 여자의 손발에 입을 맞추며 겨우 부부를 중재시켜주었다. 그때에야 마음이 놓인 주인은 노파에게 감사했다. 노파는 젊은 아내의 교활한 기지에 혀를 내둘렀다.

대신은 이렇게 이야기의 끝을 맺었다.

"이것은 여자의 계략과 원한과 부정에 관한 수많은 이야기 중 하나에 지나지 않습니다."

왕은 대신의 말에 전적으로 동의하고는 아들을 죽이려던 결심을 번복했다.

애첩의 다섯 번째 모함에 맞서 다섯째 대신이 변호하다

닷새째가 되자 애첩은 독물이 든 술잔을 손에 들고 왕 앞에 나타나, 하늘의 구원을 빌면서 자기 빰과 얼굴을 때렸다.

"오, 임금님. 이렇게 된 이상 왕자님에 대한 저의 원한을 풀어주시든가 아니면 제가 이 독배를 마시고 저세상으로 가서 심판의 날에 제

원한을 전하의 머리 위에 퍼붓든가 하는 수밖에 없습니다. 전하의 대신들은 저를 뱃속이 시커먼 년이니, 부정한 년이니 하면서 헐뜯고 있지만 세상엔 남자보다 더 부정한 동물은 없습니다. 전하께선 '금세공사와 카시미르의 가희' 이야기를 들으신 적이 있습니까?"

금세공사와 카슈미르의 가희

옛날 페르시아의 어느 도시에 술과 계집이라면 사족을 못 쓰는 호색한 금세공사가 살았다. 어느 날, 친구 집에 놀러갔다가 벽에 걸린 그림 한 장을 보게 되었다. 비파를 타는 요염한 미인의 초상화였다. 그 미인화를 본 순간 그는 그만 홀딱 반해버리고 말았다. 단숨에 욕정의 포로가 된 그는 숨마저 멎을 지경이 되어 그대로 자리에 누워버렸다.

문병 온 친구들은 하나같이 어이가 없어 했다.

"그런 바보 같은 짓이 어디 있나? 벽화를 보고 반하다니. 그림 속 여자는 생명이 없는 허상일세. 독도 약도 되지 못하며, 보지도 듣지도 못하고, 손도 놀리지 못하잖아?"

"하지만 난 그 여자가 그리워서 미치겠어. 만에 하나 실물이 살아있다면 그 여자를 만날 때까지 목숨을 지켜달라고 신께 기도하겠어."

걱정이 된 친구들은 벽화를 그린 화가를 수소문하였다. 화가가 이웃 마을로 여행중이라는 말에 화가에게 편지를 보내서, 친구의 상사병을 호소하고 그 미인이 실존 인물인지 상상속의 인물인지를 물었다. 화가에게서 답장이 왔다.

"그 여자는 실존 인물이며, 인도 땅 카슈미르 나라의 한 대신이 소유한 가희입니다."

금세공사는 이 말을 듣자마자 당장 일어나 페르시아를 떠났다. 그리하여 죽을 고생을 다한 끝에 가까스로 인도 카슈미르에 도착했다. 그는 체류하는 동안 우연히 약국을 경영하는 사내와 친하게 되어 그 나라의 왕과 정치에 대한 화제로 대화를 나누게 되었다. 그 사내의 말이, 그 나라 왕이 유독 마법사를 미워해서 남자든 여자든 마법사만 보면 교외에 있는 동굴에 가둬놓고 굶어 죽게 한다는 사실을 비롯하여 왕의 대신들이 사는 형편이나 그들의 장기 등 많은 사실을 알게 되었다. 마지막으로 미인화의 주인공인 가희를 소유한 대신에 관한 상세한 정보도 얻을 수 있었다.

금세공사는 그 정보를 바탕으로 며칠간 치밀한 계획을 세운 뒤 이제나저제나 기회를 노리고 있었다. 그러던 어느 날 밤, 폭풍우가 불고 천둥번개가 치며 강풍이 휘몰아쳤다. 금세공사는 이때다 싶어 일곱 가지 절도용 도구를 몸에 지닌 채 대신의 집으로 갔다. 그리고 쇠갈고리가 달린 줄사다리를 성벽에 걸친 다음 날쌔게 저택의 지붕으로 기어올라가 주위를 살폈다. 그리고 안마당으로 내려가 살금살금 아녀자들이 기거하는 방 가운데 하나로 들어갔다.

방 한가운데 황금 보료를 깐 설화석고의 침상 위에 보름달 같은 처녀가 누워 있었다. 머리맡과 발치에는 용연향 초가 찬란하게 빛나는 황금 촛대에 꽂혀 있었으나 빛날 듯 환한 처녀의 미모에는 그 촛불조차 빛을 잃은 상태였다. 머리맡에 조그마한 은상자가 놓여 있었는데 그 안에 갖가지 보석들이 잔뜩 들어 있었다. 금세공사는 덧이 불을 쳐들어 얼굴을 가까이 갖다대고는 처녀의 얼굴을 물끄러미 바라보았다. 그 처녀는 그가 일찍이 연모하여 멀리서 여기까지 찾아온 바로 그 미인화의 주인공, 비파 타는 가희가 아닌가.

금세공사는 단도를 뽑아 처녀의 등에 겨우 알아볼 수 있을 정도의 아주 가벼운 상처를 냈다. 처녀는 깜짝 놀라 눈을 떴다. 도둑이라고 직감하자 그만 목소리조차 잘 나오지 않았다. 상자를 내밀며 기어들어가는 목소리로 상자 속에 든 걸 전부 가져가도 좋으니 목숨만은 살려달라며 애원했다. 그는 상자를 집어 들고 그곳을 떠났다.

다음 날 금세공사는 순례자로 분장하고 왕 앞에 나아가 엎드렸다.

"저는 호라산 왕국에서 온 순례자입니다. 평소 전하의 공명정대한 정사와 백성들에 대한 큰 사랑을 듣고 마음이 끌려 전하의 신하가 되고자 찾아온 것입니다. 어젯밤 도성에 도착했으나 성문이 닫혀 성벽 밖에서 꾸벅꾸벅 졸면서 밤을 지새우고 있던 중에 갑자기 네 명의 여자가 다가왔습니다. 여자들은 제각각 빗자루, 술항아리, 빵 가마에 쓰는 나무 주걱, 검은 암캐 등을 타고 있었는데, 틀림없이 마녀들이었습니다. 그중 하나가 저를 발로 걷어차고 손에 들고 있던 여우 꼬리로 몹시 때렸습니다. 화가 난 저는 단도를 꺼내 도망치려는 여자의 잔등에 상처를 입혔습니다. 겁이 났는지 여자는 걸음아 날 살려라 하며 도망쳐버렸습니다. 그런데 너무 허둥대는 바람에 이 상자를 떨어뜨린 모양입니다. 상자를 열어보니 안에는 값비싼 보석이 잔뜩 들어 있었습니다. 하지만 저는 산속을 방랑하는 은둔자로서 속진과 속계에 있는 모든 것을 마음속으로부터 버리고 오직 전능하신 알라의 얼굴을 찾아서 다니는 자이므로 이런 것들은 필요가 없습니다. 제발 이것을 받아주십시오."

금세공사는 왕 앞에 은상자를 내밀어놓고 그냥 나가버렸다. 왕은 상자를 받아 보석을 모두 꺼내 하나씩 앞뒤를 뒤집어 살펴보았다. 그런데 문득 오래전에 왕이 한 대신에게 선물로 준 목걸이가 눈에 띄었다. 왕은 당장 그 대신을 불러 목걸이를 물어보았다. 대신은 가희에게 주었다고 대답했다. 이번엔 가희를 불러 등을 벗겨 보니 단도에 베인 상처가 드러났다. 왕은 노발대발하며 외쳤다.

"이년은 수행자가 말한 바로 그 마녀임에 틀림없다. 당장 이 마녀를 동굴에 던져버려라."

해가 저물자 금세공사는 자신의 계략이 적중한 걸 알고 가희가 갇힌 동굴로 걸음을 옮겼다. 그리고 문지기에게 다가가 새벽까지 이런저런 이야기를 나누며 친하게 사귀었다. 그리고 기회를 엿보던 중, 문지기에게 사정을 털어놓기에 이르렀다.

"실은 형제. 여자에겐 죄가 없어요. 모두 내가 짜낸 수작이거든요."

그는 일의 전말을 낱낱이 들려주고 나서 문지기에게 100디나르를 내밀었다.

"이 돈을 받으시고 여자를 내주시오. 고국으로 데려가고 싶소. 여자를 동굴에 처넣기보다는 이 돈이 노형에게는 몇 배 더 소중하지 않겠소? 게다가 알라의 보답도 받게 될 것이고."

문지기는 돈을 받고 여자를 넘겨주더니, 일각이라도 더 머물러선 안 되니 빨리 페르시아로 떠나라고 재촉했다. 금세공사는 여자를 데리고 무사히 고향으로 돌아와 마침내 소원을 이루었다.

애첩은 이야기의 마지막에 가서 왕에게 은근한 협박을 곁들였다.

"남자들의 음흉한 흉계와 간사한 마음이란 이와 같습니다. 대신들의 방해 책동으로 전하께선 제 원한을 풀어주지 않으시지만, 내일은 임금님이나 저나 둘 다 신의 심판을 받게 되겠지요."

왕은 이 말을 듣고 다시 왕자를 죽이라고 명령했다.

그러자 다섯 번째 대신이 왕 앞에 나섰다.

"오, 임금님. 조급하게 서둘러 왕자님을 죽여선 안 됩니다. 그러면 서둘러 후회의 씨를 심는 결과가 됩니다. 긴 생애에 한 번도 웃지 않은 사내가 후회한 것처럼 임금님께서도 후회하는 일이 생기지나 않을까 걱정이 되는 바입니다."

평생 한 번도 웃지 않은 사내

옛날에 가세가 넉넉하고 남부러울 것 없이 다복한 한 사내가 살고 있었다. 세월이 흘러 그 사내는 천명을 다하고 알라의 곁으로 가게 되었고, 혼자 남겨진 아들이 그의 유산을 물려받았다. 그런데 아들은 아버지가 죽자마자 음주가무 주색잡기에 빠져 날마다 흥청망청 살다가 막대한 재산을 모두 탕진하고 말았다.

가난뱅이로 전락한 아들은 인력시장에 나가 노동을 하며 생계를 이어갈 수밖에 없었다. 1년쯤 그럭저럭 노동으로 살아가던 어느 날이었다. 자기를 고용할 사람을 기다리고 있는데, 품위 있고 풍채 좋은 노인이 다가오더니 인사를 건네며 유심히 얼굴을 들여다보았다.

"혹시 저를 아십니까?"

"아니요, 전혀 모르오. 그런데 자네는 몰락은 했지만 그래도 과거에 좋은 집안 태생이라는 인상이 얼굴에 남아 있어."

"무슨 수를 써도 숙명은 피할 길이 없나 봅니다. 그건 그렇고, 노인장, 무슨 일거리가 없을까요?"

노인은 자기 집에 와서 일을 해달라고 했다.

"우리 집에는 열 명의 노인이 한 채의 집에서 기거하고 있다네. 그런데 시중을 들어줄 사람이 없어. 만일 자네가 와서 우리 시중을 들어준다면 충분히 의식주도 제공하고 돈도 주겠네. 어쩌면 신께서 자네의 재산을 그전만큼 다시 내려주실지도 모르지. 다만, 한 가지 조건이 있네. 우리가 하는 어떤 일을 보아도 절대 비밀을 지켜야 해. 예를 들어 우리가 눈물을 흘리며 울어도 왜 우느냐고 절대 그 이유를 묻지 말게."

젊은이는 흔쾌히 승낙하고 노인을 따라갔다. 집은 높이 솟은 널찍한 저택으로 아주 튼튼하고 훌륭했다. 객실도 몇 개씩이나 되고 아름답게 손질된 화원 가운데 분수도 있었다. 가지각색의 대리석이 깔린 대청으로 들어가니 천장은 군청과 타는 듯한 황금색으로 아름답게 칠이 되어 있고 마루에는 비단 깔개가 깔려 있었다.

방 안에는 열 명의 노인이 상복을 입고서 마주앉아 다들 눈물을 흘리며 울고 있었다. 이유를 묻고 싶었지만 노인과의 약속 때문에 입을 다물었다. 노인은 3만 디나르가 든 궤짝을 주면서 이 돈으로 필요한 비용을 꺼내 쓰라고 했다. 젊은이는 주야로 착실하게 일하면서 철저하게 비밀을 지켰다.

그러는 동안 노인 하나가 세상을 떠났다. 얼마 뒤 또 한 노인이 세상을 떠나고, 이런 식으로 마지막에는 인력시장에서 만났던 노인 하나만 남게 되었다. 이렇게 같은 저택에서 기식하면서 알라 외엔 사귀는 사람도 없이 지내다보니 열두 해가 흘렀다.

마침내 노인마저 병석에 눕게 되었다. 임종이 다가오자 젊은이는 노인에게 마지막으로 비밀을 알려달라고 졸랐다.

"여보게. 그건 자네와는 관계없는 일이야. 내가 자진해서 말하지 않은 말은 조르지 말게. 왜냐하면 우리 동료들에게 닥친 불행을 아무도 당하지 않게 하기 위해서 자세한 내력만큼은 남에게 밝히지 않겠다고 알라께 맹세했기 때문이야. 그래서 말인데, 만일 우리가 겪은 재앙에서 벗어나려거든 제발 저 문만은 열지 말게."

노인은 저택 안의 한 곳을 가리키며 의미심장한 경고를 남겼다.

"그렇지만 만약 자네가 우리들이 겪은 재앙을 겪고 싶다면 저 문을 열어보게. 그러면 우리가 탄식한 이유를 알게 될 것이네. 그러나 일단 알고 나면 후회해봤자 소용없는 후회를 하게 될 걸세."

이윽고 노인은 저세상으로 가버렸다. 장례식이 끝나고 넓은 저택에 혼자 남게 된 젊은이는 노인들의 사연이 궁금해서 견딜 수가 없었다. 그래서 그토록 열지 말라고 경고한 금단의 문으로 다가갔다. 컴컴하고 사람 손이 닿지 않는 외진 구석의 조그마한 문은 사방으로 온통 거미줄투성이고, 네 개의 강철 자물쇠로 꽉 닫혀 있었다. 순간 노인의 경고가 떠올랐다. 젊은이는 호기심을 누르고 그곳을 떠났다. 하지만 이레 동안 열지 말지를 반복하며 고민한 끝에 이윽고 여드레째 되는 날 그는 더 이상 호기심을 억제할 수 없는 지경에 이르렀다.

'죽든 살든 에라 모르겠다, 무슨 일이 있어도 문을 열고 어떻게 되나 시험해보자. 알라께서 정하신 건 모면할 길이 없는 법, 무엇이든 다 알라의 마음에 달린 것 아닌가.'

결국 그는 자물쇠를 때려 부수고 문을 비틀어 열었다.

좁은 통로가 나왔다. 그는 그 통로로 들어가 거의 세 시간이나 걸어나갔다. 그런데 이게 뭘까. 눈앞에 갑자기 망망대해가 펼쳐지는 게 아닌가. 그는 듣도 보도 못한 바다 앞에서 망연자실했다. 얼마 후 정신을 차린 그는 구불구불한 해안을 따라 걸어나갔다. 얼마 후 난데없이 산꼭대기에서 큰 독수리 한 마리가 날쌔게 날아 내려오더니 그를 힘껏 움켜잡고 날아올라 하늘과 땅 사이를 날았다. 그러고는 푸른 바다 한가운데 자리한 외딴섬에 떨어뜨리고는 날아가버렸다.

젊은이는 넋을 잃고 어디로 가야 할지 몰라 서성대며 마음을 졸였다. 그러자 바다 한가운데 창공의 외로운 별처럼 돛이 하나 눈에 띄었다. 상아와 흑단으로 만든 범선으로, 번쩍이는 황금 장식에 강철 못이 박혀 있었으며, 노는 백단과 침향으로 만든 것이었다. 더구나 배 안에는 달과 같이 가슴이 높이 솟아오른 처녀가 열 명이나 타고 있었다. 처녀들은 그를 보자마자 해안으로 올라와 두 손에 입을 맞추고는 이구동성으로 말했다.

"당신은 우리의 신랑, 임금님이에요!"

그때 맑게 갠 창공에 빛나는 태양과 같은 젊은 귀부인이 인사를 하더니, 손에 든 비단 보자기 안에서 한 벌의 옥의와 홍옥과 진주를 박은 황금 왕관을 꺼내 그에게 입히고 씌워주었다. 그러곤 그를 범선에 태우고 바다 한가운데로 나아갔다.

이윽고 배는 어느 육지에 닿았다. 해안에는 수많은 군사들이 갑옷과 투구로 무장한 채 북적거리며 마중 나와 있었다. 젊은이는 순종마 다섯 필 가운데 하나에 올라타고 오색 깃발을 나부끼며 좌우로 용사들을 거느린 채 북을 둥둥 울리고 제금(야자나무 열매를 패서 만든 현악기)을 띵띵 켜면서 의기양양하게 진군하였다. 그는 꿈인지 생시인지 분간이 가지 않았다. 푸른 들판으로 나오자 화려한 전각과 천국과 같은 화원이 펼쳐졌다. 그곳에서 일대의 병사와 말이 콸콸 흐르는 급류처럼 쏟아져나와 들판을 온통 뒤덮더니 이윽고 그사이에서 국왕이 말을 타고 다가왔다. 마중 나온 왕의 초대를 받아 그는 궁전으로 들어섰다.

국왕은 젊은이의 손을 잡아 천장이 둥근 방으로 안내한 다음 그를 황금 옥좌에 앉히고 자기는 그 옆에 앉았다. 그리고 코로부터 아래를 가리고 있던 흰 천을 벗었다. 국왕은 다름 아닌 아까 범선에서 옥의와 왕관을 준 그 젊은 귀부인이었다. 그 부인은 이 세상에서 다시 볼 수 없는 미인으로, 고상한 미모며 우아한 맵시며 어디 하나 나무랄 데 없는 완벽한 미의 화신이었다. 젊은이는 눈부시게 호화로운 정취에 넋을 잃고 그저 멍하니 바라볼 뿐이었다.

여왕이 말했다.

"나는 이 나라의 여왕으로서, 기마병과 보병 들도 모두 여자들입니다. 남자라곤 하나도 섞여 있지 않아요. 왜냐하면 이 나라에선 남자는 땅을 갈고, 씨를 뿌리고, 이삭을 따는 등 농경과 도시 건설과 그 밖의 수공업이나 유용한 기예에 종사하며, 반대로 여자는 나라를 통치하고 무기를 들고 싸움을 하기 때문입니다."

젊은이는 깜짝 놀랐다. 때마침 여왕의 대신이 들어왔다. 고상한 용모와 늠름한 풍모에 백발이 성성한 노파였다. 곧이어 판관과 증인이 들어왔다. 여왕은 젊은이에게 부부의 인연을 맺는 데 이의가 없느냐고 물었다. 젊은이는 너무 기뻐 어쩔 줄을 몰랐다.

"오, 여왕이시여. 저는 당신을 섬기는 노예 중에서도 가장 보잘것없는 놈이올시다."

여왕이 말했다.

"노예와 병사, 금은보화 등 이 나라의 모든 것은 지금부터 당신 것입니다. 모두 당신 마음대로 하세요. 남에게 주건 어떻게 하건 좋습니다. 다만 한 가지…."

그리고 여왕은 한쪽에 굳게 닫혀 있는 문을 가리켰다.

"저 문만은 안 됩니다. 절대 저 문을 열어서는 안 됩니다. 만일 저 문을 열고 후회해도 그땐 소용없습니다. 그러니 부디 조심하세요!"

이야기가 끝난 후 여왕은 판관과 증인을 대령하고 혼인 계약서를 작성한 다음 성대하게 화촉을 밝혔다. 잔치가 끝나자 젊은이는 신부의 잠자리로 들어가 이 세상의 온갖 환희와 열락을 즐겼다.

이렇게 왕비와 환락을 즐긴 지 어언 일곱 해가 지났다.

이윽고 문득 왕은 예의 그 금단의 문을 떠올리고 속으로 중얼거렸다.

'아마도 지금까지 본 보물보다 더 기막힌 보물이 들어 있을 것이다. 그렇지 않고서야 왕비가 그처럼 말리지는 않았을 것이다.'

왕은 이렇게 추측하고 금단의 문을 열었다. 그러자 어찌된 일인가! 문 뒤에는 처음에 그를 해변에서 섬으로 데리고 왔던 그 독수리가 숨어 있는 게 아닌가. 독수리는 그를 보자마자 외쳤다.

"영광 없는 자에게 재앙 있을지어다!"

젊은이가 놀라 도망쳤으나 독수리는 잽싸게 쫓아와 그를 단숨에 움켜잡고 하늘 높이 날아올라 맨 처음 납치해간 장소에 버리고 그대로 날아가버렸다.

정신이 들자 젊은이는 조금 전까지의 고귀하고 화려하고 호사스러운 신분과 군대와 왕으로서의 지배권, 온갖 영예와 행운, 그 모든 것들을 일순간에 잃어버린 것을 깨달았다.

젊은이는 하염없이 눈물에 젖었다. 다시 한 번 돌아가고 싶은 간절함에 두 달 동안 기다리며 탄식했다. 어느 날 밤 환청처럼 한 목소리가 들려왔다.

"그 얼마나 큰 기쁨이었던가! 아, 슬프도다. 지난 옛날을 다시 되돌려놓을 수 없구나!"

그때에야 젊은이는 그 옛날의 왕비도 고귀한 신분도 다시는 돌아오지 않을 것임을 알고 체념하고는 힘없이 노인과 살던 저택으로 돌아갔다. 비로소 젊은이는 그 노인들이 자기와 똑같은 짓을 했다는 것, 그것이 눈물을 흘리며 자신의 운명을 슬퍼한 이유였다는 것을 깨달았다. 그 후 젊은이는 후회와 비탄에 지쳐 방에 칩거하여 밤낮으로 한탄하면서 식음을 전폐하다시피 하였다. 진수성찬도, 음주가무도, 천하일색도, 그 어떤 세상의 즐거움도 그에게는 아무 의미가 없었다. 그는 죽을 때까지 한 번도 웃은 적이 없었으며, 홀로 외롭게 살다가 쓸쓸하게 죽었다. 그의 시신은 노인들 옆에 매장되었다.

대신은 거듭 강조하여 말했다.

"오, 임금님. 들으신 것처럼 일을 경솔하게 처리하면 이런 꼴이 되고 맙니다. 경솔함이란 절대로 피해야 할 일로서, 경솔함 뒤에는 다만 후회만 남을 뿐입니다. 황송하오나 지금까지 저는 마음으로부터 충고와 거짓 없는 조언을 말씀드린 것입니다."

왕은 대신의 이야기를 듣고 나서 왕자를 죽이는 걸 단념했다.

애첩의 여섯 번째 모함에 맞서
여섯째 대신이 변호하다

엿새째 날이었다. 애첩은 이제 칼을 뽑아 들고 왕 앞에 나타났다.

"오, 임금님. 만일 저의 고충을 들어주시지 않는다면, 또 합심하여 저를 물리치려는 대신들을 물리치고 임금의 주권과 명예를 지키지 않으신다면, 저는 이 단검으로 죽고 말 것입니다. 저의 피는 심판의 날에 전하에게 불리한 증언을 할 것입니다. 대신들은 제 주장을 모함하고 임금님의 올바른 판단을 방해하려 하고 있습니다. 그러나 보십시오. 왕 중 왕이 어떤 수를 써서 상인의 아내를 유혹했는지 이제부터 이야기해드리겠습니다. 남자가 여자보다 몇 배 더 부정하다는 걸 증명해 보이겠습니다."

왕자와 상인의 아내

질투가 지독하게 심한 상인이 살고 있었다. 그에게는 세상에서 보기 드문 아름다운 아내가 있었다. 남편은 의처증에 사로잡힌 나머지 시내에서 멀찍이 떨어진 한적한 교외에 별장 한 채를 짓고 아내를 그곳에서 살게 하였다. 건물 벽을 높게 쌓고, 문단속을 엄중히 하고는, 특수한 자물쇠까지 달고, 시내에 볼일이 생기면 자물쇠를 모두 채운 다음 그 열쇠를 자기 목에 걸고 나가곤 했다.

어느 날, 상인이 집을 비운 사이에 도성의 왕자가 바람을 쐬러 성 밖의 넓은 들녘으로 나왔다가 외딴집을 발견했다. 가까이 가보니 한 아름다운 여자가 창가에 기대앉아 밖의 경치를 내다보고 있는 게 눈에 띄었다. 그 황홀한 미모에 넋을 잃은 왕자는 어떻게든 여자에게 접근할 방도를 궁리하다가, 애끓는 연모의 정을 담은 연서를 화살에 매어 쏘아 보냈다. 화살은 안마당에 떨어졌고, 마침 마당을 걷고 있던 여자는 쪽지를 집어 읽어보고는 자기를 향한 사내의 연모의 정이 얼마나 애절한지 알게 되었다. 여자는 곧 자기는 당신보다 더 큰 욕정에 사로잡혔다고 답장을 써서 왕자에게 던져주었다.

왕자는 창 밑으로 가서 실 한 오라기를 내려 보내달라고 말했다. 실이 내려오자 왕자는 실에 열쇠를 매달아 올려주고 이 열쇠를 소중히 간직하고 있으라고 당부하고 궁전으로 돌아왔다.

왕자는 대신에게 한 상인의 아내를 사모하고 있다고 털어놓고 자기를 큰 궤짝에 넣어 대신의 물건이라고 속이고 상인 집에 맡겨달라고 부탁했다. 왕자는 여자에게 준 열쇠에 맞는 자물쇠를 주문하여 궤짝에 달고는 궤짝에 몸을 감췄다. 대신은 궤짝을 당나귀에 싣고 상인의 집으로 가져가 안전하게 보관해달라고 부탁했다. 상인은 대신의 명령이라 쩔쩔매면서 궤짝을 창고에 넣어두었다.

남편이 볼일을 보러 밖으로 나간 뒤 아내는 왕자가 준 열쇠로 궤짝의 자물쇠를 열었다. 그러자 안에서 달처럼 잘생긴 젊은 왕자가 나왔다. 아내는 왕자와 마음껏 먹고 마시며 아무 거리낌 없이 부둥켜안고 한껏 사랑을 나누었다. 그러다가 남편이 집에 돌아올 때가 되면 아내는 왕자를 궤짝에 넣고 자물쇠를 채웠다. 이렇게 두 남녀가 환락을 즐기는 사이에 어느덧 이레가 지났다.

여드레째 되는 날, 부왕이 갑자기 왕자를 찾는 바람에 대신은 황급히 상인에게 달려가 궤짝을 내달라고 말했다.

상인은 평상시와 달리 일찍 귀가해 문을 두들겼다. 깜짝 놀란 아내는 허겁지겁 왕자를 궤짝 속에 넣었으나 당황한 나머지 그만 자물쇠를 채우는 걸 깜빡 잊고 말았다. 짐꾼들이 궤짝을 드는 순간 뚜껑이 활짝 열리고 말았다. 그런데 궤짝 안에 왕자가 안에 누워 있는 게 아닌가.

대신이 왕자를 데리고 그 자리를 떠난 뒤, 상인은 당장 아내를 내쫓고 다시는 아내를 맞지 않겠다고 맹세했다.

새가 하는 말을 알아듣는 체한 시동

옛날에 신분이 높은 한 사내가 우연히 노예시장에서 한 시동을 사가지고 와서 부인에게 잘 돌봐주라고 맡겼다. 그런데 시동은 남몰래 부인을 연모하게 되었다.

어느 날, 주인이 부인에게 내일 화원에 놀러갔다 오라고 말했다. 그 말을 몰래 엿들은 시동은 전날 밤에 몰래 화원에 들어갔다. 그리고 부인이 지나가기로 예정된 길 가의 이 나무 저 나무 밑에다 먹을 것과 술과 과일과 설탕 절임 등을 숨겨놓았다.

이튿날 시동은 마님을 모시고 화원으로 들어갔다. 이윽고 까마귀가 까아까아 울자 시동은 고개를 끄덕이며 "알았다. 그렇구나!" 하고 말했다. 마님이 까마귀 말을 아느냐고 묻자 시동은 까마귀가 저 나무 밑에 먹을 것이 있으니 가서 먹으라고 말했다고 했다. 그런데 시동이 말한 대로 나무 옆으로 가보니 정말로 제대로 요리한 음식 접시가 놓여 있었다. 마님은 깜짝 놀랐다.

또 잠시 화원 안을 걷고 있으니 까마귀가 또다시 울어댔다. 시동은 까마귀가 이러저러한 나무 밑에 가면 사향을 탄 물과 오래 묵은 술 항아리가 있을 거라고 말했다고 했다. 가보니 정말 까마귀의 말 그대였다. 이런 식으로 둘은 술도 마시고 과일도 먹으며 즐겁게 놀았다.

네 번째 까마귀가 울자 이번엔 시동이 돌을 주워 까마귀에게 던졌다. 시동은 까마귀가 차마 입에 담을 수 없는 소리를 지껄였다며 얼굴을 붉혔다. 마님은 이유를 말하라고 계속 졸라댔고 시동은 안 된다고 고집을 부렸다. 한참 옥신각신한 끝에 시동은 어쩔 수 없다는 듯 자백했다.

"실은 말이죠. 까마귀놈이 이러는 거예요. 주인 나리처럼 마님과 그 짓을 해보라고요."

마님은 뒤로 나자빠질 만큼 깔깔 웃으며 그런 것쯤은 아무것도 아니라고 말했다. 그러고는 나무 그늘에 깔개를 펴고 드러눕더니 시동에게 어서 재미를 보라고 채근했다. 때마침 몰래 뒤따라온 남편이 아내가 나무 밑에 누워서 울고 있는 걸 보게 되었다. 남편은 시동에게 어찌된 일이냐고 호통을 쳤다.

"나리, 마님이 나무에서 떨어져서 하마터면 목숨을 잃을 뻔했어요. 하지만 알라의 덕택으로 잠시 누워계시면 정신이 들 거예요."

아내는 남편을 보자 자못 괴로운 시늉을 지어 보였다.

"아, 등이! 아, 허리가! 살려줘요. 누가 좀 도와줘요! 암만해도 죽을 것 같아요."

남편은 감쪽같이 속아 얼른 아내를 말에 태웠다. 그리고 시동은

한쪽 등자를 주인은 다른 한쪽 등자를 붙잡고서 이구동성으로 알라
에게 기도를 하면서 아내를 집으로 데려갔다.

애첩은 눈물을 흘리며 울었다.
"오, 임금님. 이제까지 해드린 이야기는 모두가 남자들의 모략과
부정한 행실을 보여주는 하나의 견본일 뿐입니다. 부디 대신의 말을
물리치시고 저의 원한을 풀어주십시오."
왕은 총애하는 여자가 우는 걸 보자 몹시 가슴이 아팠다. 그래서 왕
자를 사형에 처하라고 명령했다.

다음 날 아침, 여섯 번째 대신이 어전에 무릎을 꿇었다.
"오, 임금님. 충성된 신하로서 간절히 드리는 조언입니다. 부디 신
중을 기하십시오. 거짓은 연기처럼 허망하고, 진실은 썩지 않는 반석
위에 서 있기 때문입니다. 실로 진실의 빛은 허망한 어둠을 쫓아버리
는 법입니다. 아시는 바와 같이 여자의 부정은 차마 눈 뜨고는 못 볼
것이니, 실제로 어떤 여자가 전대미문의 방법으로 한 나라의 대신들
을 우롱한 이야기를 들은 적이 있습니다."

유부녀에게 농락당한 다섯 명의 사내

옛날에 한 부부가 있었다. 남편은 여행을 좋아해 오랫동안 집을
비우는 일이 잦았다. 아내는 심심한 나머지 젊은 정부와 사랑에 빠
지게 되었고, 두 사람은 서로 미쳐 정신이 없었다.

어느 날, 정부가 거리에서 싸움을 벌이게 되었다. 상대방 남자는 그 정부를 고소했고, 그 바람에 정부는 감옥에 갇히게 되었다. 여자는 당장 미칠 것만 같았다. 그래서 비단 나들이옷을 입고 경비대장의 집으로 달려가 탄원서를 제출했다.

"지금 감옥에 갇힌 사람은 저의 오라버니 아무개로서 저를 부양하는 유일한 혈육입니다. 오라버니와 싸운 아무개는 오라버니에게 불리한 증언으로 고소했습니다만 그 증언은 거짓으로 한 위증이므로 오라버니는 억울하게 투옥된 것입니다. 그러니 대장님의 자비로움으로 석방시켜주실 것을 탄원하는 바입니다."

경비대장은 여자를 보자 대번에 반해버려 사랑의 포로가 되었다. 그래서 집 안에 같이 들어가서 재미를 보고 나면 오라버니를 석방시켜주겠다고 꾀었다. 여자는 경비대장 집보다는 자기 집이 더 안전할 테니 원한다면 자기 집으로 와 하루쯤 푹 쉬다 가라며 집 주소를 가르쳐주고 날짜까지 약속했다.

여자는 이렇게 경비대장을 한껏 달궈놓은 다음, 이번엔 시의 판관을 찾아가 애원했다.

"나리, 경비대장이 오라버니를 죄인으로 몰아 옥에 가두고 또 시민을 시켜 불리한 위증을 하게 했습니다. 나리께서 경비대장에게 잘 말해 오라버니를 석방시켜주십사 해서 찾아온 것입니다."

판관은 여자를 보자 홀딱 반해서 안으로 들어가 재미를 보자고 지분거렸다. 여자는 여기보다는 자기 집이 사람 눈에 띄지 않아 안전할 것이라며 집을 가르쳐주고 날짜를 약속했다.

여자는 이번엔 대신에게 가서 탄원서를 제출했다. 대신도 여자의 몸을 요구하였으므로 집을 가르쳐주고 날짜를 약속했다.

이번엔 국왕을 알현하고 오라버니의 석방을 간청했다. 여자의 아름다운 목소리는 왕의 가슴을 사랑의 화살로 꿰뚫었다. 왕은 당장 하명해 석방해줄 테니 궁전으로 들라고 명했다.

"임금님의 소청은 영광이며 바라지도 않던 행복입니다. 하지만 저희 집으로 와주신다면 더욱 큰 영광으로 생각하겠습니다."

이렇게 왕을 유혹한 여자는 왕에게 세 사람과 약속한 똑같은 날짜에 집으로 찾아오라고 이르고는 집을 가르쳐주었다.

그길로 여자는 목수를 찾아갔다. 위에서부터 차례차례 아래로 넷으로 칸을 막은 장을 하나 만들고, 그 하나하나마다 자물쇠를 단 문을 달아달라고 주문했다. 목수 역시 여자의 몸을 요구하며 대금 4디나르를 받지 않겠다고 말했다. 여자는 주문을 고쳐 자물쇠가 달린 칸막이를 다섯 개로 늘려달라고 주문하고 목수에게도 집을 알려주고 똑같은 약속 날짜를 잡고 돌아왔다.

목수가 장을 다 만들자 여자는 장을 집으로 운반하여 거실에 들여놓았다. 그리고 잠옷 네 벌을 물감 가게로 가져가 각기 다른 빛깔로 하나하나 염색을 했다.

약속한 날이 다가오자 여자는 음식과 음료, 과일, 꽃과 향료를 준비했다. 그리고 가장 좋은 비단옷을 입고 짙은 화장을 한 다음 몸에 향수를 뿌렸다. 그리고 가지각색의 양탄자를 거실에 깔아놓고 손님이 오기를 기다렸다.

맨 먼저 모습을 드러낸 것은 판관이었다. 여자는 얼른 다가가 그의 손을 잡아끌어 침상 위에 누이고는 함께 드러누워 장난을 치며 희롱했다. 판관은 춘정이 복받쳐 견딜 수가 없었다.

"나리, 옷과 두건을 벗고 노란 잠옷으로 갈아입으세요. 그동안 저는 요리와 음료를 갖고 올 테니까요. 그 후에 천천히 즐겨요."

판관은 여자가 하라는 대로 옷과 두건을 벗고 노란 잠옷으로 갈아입고 머릿수건을 썼다.

그때 누군가 문을 쾅쾅 두들겼다. 판관이 놀라 당황하자 여자는 자기 남편이 온 것 같으니 장 속에 숨어 있으라며 맨 아래 칸으로 밀어 넣고 밖에서 자물쇠를 채워버렸다.

두 번째로 나타난 사람은 경비대장이었다. 여자는 손을 잡고서 객실로 안내하면서 혀도 녹일 만큼 애교를 떨었다.

"이 집과 방은 모두 당신 것입니다. 또 나는 당신의 시녀입니다. 오늘 하루는 온통 당신만 상대해드릴 테니 우선 옷을 벗고 빨간 잠옷으로 갈아입으세요."

경비대장은 빨간 잠옷으로 갈아입고 누덕누덕 기운 넝마를 머리에 얹고서 침상에 여자와 나란히 앉아 희롱하였다. 남자가 참다못해 여자에게 손을 뻗치자 여자가 말했다.

"오, 나리. 오늘 하루는 모두 당신 것입니다. 아무도 방해할 사람이 없으니 서둘 것 없습니다. 우선 관대한 온정을 베푸시어 제 마음을 가라앉히기 위해 오라버니의 석방 영장을 써주세요."

경비대장은 선선히 옥사장 앞으로 보내는 석방 명령서를 썼다.

"이 서한을 보는 대로 아무개를 즉각 석방하라. 회신할 필요는 없다."

경비대장이 위와 같이 쓰고 봉인하자 여자는 이것을 받아 보관하였다. 이윽고 두 사람은 침상에 누워 희롱하기 시작했다.

바로 그때 누군가 문을 두드렸다. 남편이 왔나 본데 자기가 나가서 쫓아버리고 올 테니 그동안 장롱 속에 들어가 있으라고 말하고 여자는 경비대장을 두 번째 칸에 밀어넣고 밖에서 자물쇠를 잠갔다. 물론 판관은 맨 아래 칸에서 두 사람의 이야기를 하나도 빠짐없이 다 듣고 있었지만 신분이 드러날까 두려워 아무 말도 할 수 없었다.

이번에 들어온 것은 대신이었다. 여자는 이전과 똑같이 옷을 벗겨 파란 잠옷으로 갈아입히고 꼭지가 높은 새빨간 모자를 씌워주었다. 그러곤 침상에 누워 희롱했다. 대신은 몸이 달아 견딜 수가 없었다. 하지만 여자는 서둘지 말라며 교묘하게 받아넘겼다. 그러고 있는데 문을 똑똑 두들기는 사람이 있었다. 이번에도 여자는 남편이라고 속이고 쫓아버리고 오겠다며 대신을 장롱의 세 번째 칸에 밀어넣고 자물쇠를 채웠다.

이번에 찾아온 것은 국왕이었다. 여자는 엎드려 절한 뒤 손을 잡고 객실로 안내하여 침상 상단에 앉히곤 누추한 곳에 왕림하시니 영광이라며 한껏 치하했다.

그리고 제발 맘을 푹 놓으시고 옷과 두건을 벗으라고 말했다. 왕은 1,000디나르나 나가는 호화로운 어의를 벗고 10디르함도 못 되는 꿰맨 잠옷을 입었다. 그러곤 정담을 나누며 희롱하기 시작했다. 장롱 속에 갇힌 사람들은 자초지종을 하나도 놓치지 않고 듣고 있었지만, 왕인지라 차마 누구 하나 감히 소리칠 수도 없었다. 이윽고 왕은 욕정을 채우려고 여자의 몸을 당겼다. 여자는 전하에게 만족을 드릴 수 있는 걸 가지고 있으니 조금만 참아달라며 옥신각신 밀고 당겼다. 그사이에 또 누군가 문을 두드렸다. 남편이라는 말에 왕은 자기가 나가서 쫓아버리겠다고 호언했다. 여자는 왕의 체면도 있으므로 자기가 나가 잘 구슬려 쫓아버릴 테니 잠시 장롱 속에 숨으라고 하고 네 번째 칸으로 밀어넣고 밖에서 자물쇠를 채웠다.

문을 열자 목수가 나타났다. 여자는 다짜고짜 주문대로 장롱이 만들어지지 않았다고 불평하며 맨 위 칸이 너무 좁다고 투덜거렸다. 목수는 그럴 리가 없다고 부인했다. 여자는 그럼 당신이 들어가보라고 했다. 아마 절대 들어갈 수 없을 것이라고 장담했다. 목수는 네 사람이 들어가도 넉넉하다면서 자기 스스로 다섯 번째 칸으로 들어갔다. 여자는 밖에서 자물쇠를 채워버렸다.

　여자는 그길로 경비대장의 허가서를 들고 옥사장에게 달려갔다. 마침내 애인이 석방되자 여자는 애인에게 자초지종을 들려주고 다섯 사내의 옷과 함께 가재도구 일체를 꾸려 낙타에 싣고는 둘이 다른 도시로 도망쳐버렸다.

　그동안 다섯 사내는 장롱 속에서 꼬박 사흘 동안 물 한 모금도 못 마시고 갇혀 있었다. 오줌이 마려워도 참을 대로 참았다. 마침내 목수는 더 이상 참을 수가 없었다. 그래서 국왕의 머리 위에다 질질 오줌을 쌌고, 왕은 왕대로 대신의 머리 위에, 대신은 경비대장의 머리 위에, 경비대장은 판관의 머리 위로 차례차례로 오줌을 쌌다.

　그러자 판관이 참다못해 소리를 질렀다.

　"이 무슨 더러운 꼴이람!"

　판관의 목소리를 알아들은 경비대장이 몇 마디 지껄였다. 대신이 알아듣고서 외쳤다.

　"제기랄, 모두들 그년한테 단단히 당했군! 고관들을 모조리 꿴 거야. 임금님만 빼놓고."

　그 말에 왕이 자기도 모르게 소리쳤다.

　"닥쳐라. 내가 맨 먼저 그 갈보년한테 걸려들었다."

　목수는 목수대로 소리쳤다.

"아니 내가 뭘 했다는 거야. 난 삯으로 금화 4디나르를 받으러 왔을 뿐인데."

이렇게 다섯 사내는 서로 푸념을 하며, 분통 터져 하는 왕의 비위를 맞추기도 하고 달래기도 했다.

마침내 이웃 사람들이 집 안으로 들어왔다. 오랫동안 집 안에 인기척이 없어 이상하게 생각하고 집 안을 조사하러 들어온 것이다. 혹시 나중에 잘못되어 책임을 추궁당할지도 모르는 일이었다.

이웃들이 집 안 여기저기를 돌아다니며 살펴보니 객실 안의 커다란 장롱 속에서 이상한 목소리가 들려왔다. 아무래도 마귀가 들어 있는 것 같았다. 장작을 쌓아놓고 불을 지르면 마귀들이 나올 거라는 제안에 모두들 불을 지르자고 동의했다.

"안 돼!"

장롱 안에서 판관이 소리쳤다. 판관은 코란을 외고 이웃들을 가까이 오게 한 다음 자초지종을 들려주었다. 그때에야 이웃들은 다섯 개의 자물쇠를 부수고 문을 열어주었다.

장롱 안에서는 해괴하기 짝이 없는 꼴을 한 판관과 경비대장, 대신과 국왕, 그리고 목수가 튀어나왔다. 사람들은 배를 움켜쥐고 웃어댔다.

여자가 다섯 사내의 옷을 죄다 갖고 도망쳤기 때문에, 이들은 저마다 사람을 보내 옷을 가져달라 하여 갈아입고 들키지 않게 얼굴을 가리고 밖으로 나갔다.

세 가지 소원 : '권능의 밤'을 보고 싶어 했던 사내

살아 있는 동안 '권능의 밤'(거룩한 밤이라고도 함. 이슬람력 9월의 마지막 열흘 가운데 하루. 이날 밤에는 천국의 문이 열리고 소원이 이루어진다고 한다)을 보고 싶어 했던 한 사내가 있었다.

어느 날 밤, 그가 하늘을 올려다보니 천사들과 천국의 문이 활짝 열려 있는 게 보였다. 그는 아내에게 달려가 말했다.

"여보, 알라의 덕택으로 정말 권능의 밤을 보았소. 보이지 않는 세계에서 세 가지 소원을 들어주시겠다는 신탁이 있었소. 세상일은 의논해서 나쁠 게 없다고 했으니, 무엇을 부탁하면 좋을지 당신 의견도 들어봅시다."

"여보, 남자다운 멋이라든가 즐거움이란 누가 뭐래도 남자의 연장에 달려 있는 것 아니겠어요? 그러니 당신의 그것을 아주 크게 해달라고 빌어봐요."

남편은 두 손을 하늘로 뻗치고, 양물을 길고 굵게 해달라고 빌었다. 말이 채 끝나기도 전에 남편의 연장은 삽시간에 기둥처럼 커져서 앉을 수도 설 수도 없을 뿐 아니라 꼼짝도 할 수 없게 되었다.

남편이 아내에게 달려들어 재미를 보려고 하자 아내는 남편을 피해 이리저리 달아났다.

"네년이 색골이라서 이렇게 해달라고 하지 않았어?"

화가 치민 남편이 역정을 내며 따지자 아내가 말했다.

"누가 그렇게나 길고 굵게 해달라고 그랬어요? 문이 좁아서 들어갈 수도 없잖아요? 그러니 이번엔 좀 작게 해주십사 하고 빌어봐요."

그래서 남편은 이번엔 하늘을 우러러보며 아무쪼록 이 흉측한 물건을 없애 나를 구해달라고 빌었다. 그러자 그 장대하던 물건이 흔적도 없이 사라지고 평평한 절벽이 되고 말았다. 아내는 그 꼴을 보고 비웃었다.

"이젠 당신 같은 건 소용이 없어요. 마치 내시처럼 있어야 할 것이 없어졌구려."

남편은 화를 내며 아내를 원망했다.

"이게 다 네년의 쓸데없는 잔꾀와 경솔한 충고 때문이야. 알라께서 주신 세 가지 소원으로 이 세상에서도 저 세상에서도 행복하게 지내기로 되어 있었단 말이야. 그런데 벌써 두 가지를 네년의 색골 기질 때문에 망치고 말았으니, 이제 남은 소원은 한 가지뿐이야."

아내는 연장을 그 전대로 되돌려줄 것을 빌라고 말했다. 남편이 알라께 빌자 연장은 원래 모습대로 되돌아왔다. 결국 남자는 여자의 쓸데없는 잔꾀와 어리석은 욕심 때문에 세 가지 소원을 날려버리고 말았다.

"이 이야기의 교훈은 여자에겐 분별이 없다는 것, 말도 이치에 맞지 않거니와 하는 짓도 어리석기 짝이 없다는 것, 게다가 또 여자의 잔꾀를 진정으로 받아들이면 큰일 난다는 것, 이런 것들을 알아주십사 하는 뜻에서 말씀드린 것입니다. 그러니 여자들의 입방아에 넘어가 마음의 기둥인 아드님을 죽여선 안 됩니다. 아드님은 전하가 서거하신 후 후대에 유훈을 길이 전하실 분이 아닙니까?"

왕은 대신의 완곡한 충고에 감명을 받아 왕자의 사형을 중지시켰다.

애첩의 일곱 번째 모함에 맞서 일곱째 대신이 변호하다

이레째 날이 되자 애첩은 엉엉 울면서 모닥불을 활활 피워놓고 당장 그 속으로 몸을 던질 듯한 기세를 보였다. 사람들은 애첩을 말리면서 어전으로 끌고 갔다.

"제 한을 풀어주지 않으면 불 속에 몸을 던져 부활의 날에 이 허물을 임금님께 지울 작정입니다. 정말이지 살기가 싫어졌기 때문입니다. 여기 오기 전에 재산을 희사하고 죽어버릴 결심으로 유언장도 써놓았습니다. 임금님께선 나중에 반드시 후회하시게 될 것입니다. 신앙심이 두터운 목욕탕지기 여자를 벌주신 임금님이 후회하신 것처럼 말입니다."

도둑맞은 목걸이

옛날에 속세를 등지고 사는 신앙심 굳은 여자가 있었다. 여자는 평소 궁전 출입을 허락받아 늘 왕비 옆을 지켰다.

어느 날, 왕비가 1,000디나르 상당의 목걸이를 맡기면서 목욕을 하고 돌아올 때까지 맡아달라고 했다. 여자는 기도 깔개 위에 목걸이를 놓고 왕비가 돌아오기를 기다리며 기도를 올렸다. 그러다 잠깐 화장실에 갔다 왔는데, 그사이에 까치가 날아와 목걸이를 궁전 벽 한쪽 구석 틈에다 감춰버렸다.

왕비가 돌아와 목걸이를 달라고 했다. 하지만 아무리 찾아도 목걸이는 오간 데 없었다.

"왕비님, 알라께 맹세코 여기는 아무도 들어온 사람이 없는데 도무지 모를 일입니다. 혹시 제가 기도하는 사이에 누군가 몰래 훔쳐갔는지도 모르겠습니다. 진실을 아는 분은 알라뿐이니까요."

이윽고 이 사실이 왕에게까지 알려지자, 왕은 여자를 붙들어다 고문을 하며 어디다 감췄는지 자백하라고 닦달했다. 그러나 끝내 자백을 받아내지도 못하고 다른 사람에게 죄를 덮어씌울 수도 없게 되자, 왕은 여자를 옥에 가두어 수갑과 차꼬를 채웠다.

어느 날, 왕이 왕비를 데리고 궁전 안 뜰에서 산책을 하고 있는데, 그 까치가 벽 한쪽 구석 틈으로 날아 들어가 목걸이를 끌어냈다. 이 광경을 목격한 왕은 큰 소리로 시녀를 불렀다. 시녀는 까치를 붙잡아 목걸이를 뺏었다. 그때에야 왕은 자신의 성급한 실수를 후회하고 여자에게 눈물로 용서를 빌며 금은보화를 잔뜩 하사했다. 여자는 왕을 용서했지만 왕이 내린 재물은 무엇 하나 받지 않았다. 여자는 두 번 다시는 남의 집 문턱을 넘지 않으리라 맹세하고 그곳을 떠나 산과 골짜기를 방랑하며 죽을 때까지 신을 섬겼다.

두 마리의 비둘기

옛날 한 쌍의 비둘기 부부가 살고 있었다. 비둘기들은 겨울 동안 먹을 밀과 보리 등 양식을 둥지에다 잔뜩 저장했다. 그런데 여름이 되자 식량이 자꾸 줄어들어 급기야 뚝 떨어지게 되었다.

수놈은 암놈에게 "네가 다 먹었지?" 하면서 깃으로 때리고 주둥이로 쪼고 하여 마침내 암놈을 죽여버렸다. 추운 겨울이 오자 곡식은 다시 불어났다. 수놈은 암놈을 죽인 걸 후회했지만 소용없는 일이었다. 그래서 수놈은 죽은 암놈 옆에 몸을 던지고 비탄에 젖어 식음을 전폐하다 끝내 덧없이 죽어버렸다.

베람 왕자와 알 다트마 공주

옛날에 한 공주가 살았다. 공주의 이름은 알 다트마이고, 어떤 남자든 한 번 보면 기절할 정도로 천하절색이었다. 공주는 평소에 입버릇처럼 세상에 자기 미모를 능가할 사람이 없다고 뽐내곤 했다. 게다가 마술에다 무술, 기사의 교양에 이르기까지 모든 것에 두루 조예가 깊었다. 따라서 세상의 왕자란 왕자는 모두 알 다트마 공주를 아내로 삼으려고 혈안이 되어 서로 다투고 난리를 쳤지만, 공주는 자기와 무예를 겨뤄 이기는 남자하고만 결혼하겠다고 선언하였다. 만약 무예를 겨뤄 지는 자는, 말도 무기도 몰수하고 '이 자는 알 다트마의 손에 의해 해방된 노예로다' 하는 낙인을 이마에 찍어주겠다고 호언장담했다. 멀고 가까운 나라에서 온 왕자들은 너나없이 공주와 겨뤄 모두 무기를 빼앗기고 낙인이 찍혀 톡톡히 창피를 당하고 말았다.

어느 날, 페르시아의 왕 중 왕이라는 이름을 떨친 왕자 베람 이븐 타지라가 공주를 만나러 왔다. 그리하여 베람 왕자와 공주의 마상 창술 시합이 벌어지게 되었다. 사방에서 구경꾼이 구름같이 몰려들었다. 공주와 왕자는 저마다 갑옷과 투구로 무장하고 말을 몰아 장내로 입장했다. 이윽고 두 남녀는 서로 창을 맞대고 일진일퇴 비술을 다하여 한참 동안 싸움을 계속했다. 공주는 이제껏 상대한 자들과는 비교도 안 될 만큼 강적임을 깨닫고, 여러 사람 앞에서 져서 창피를 당할까 봐 걱정이 되었다. 아무래도 질 것 같은 예감이 들자 공주는 속임수를 쓰기로 했다. 그래서 공주는 갑자기 얼굴에 쓴 투구를 쳐들었다. 그 순간, 요염한 아름다움에 넋을 잃은 왕자는 맥을 못추고 용맹심을 잃고 말았다. 공주는 바로 이때다 싶어 상대의 허를 찌르며 덤벼들어 다짜고짜 왕자를 말에서 끌어내렸다. 왕자는 독수리 발톱에 잡힌 참새 새끼처럼 꼼짝도 못한 채 놀람과 낭패로 어쩔줄을 몰라 했다. 공주는 말과 갑옷을 뺏고 낙인을 찍은 다음 놓아주었다. 이윽고 정신을 차린 왕자는 자기의 혼을 뺏은 공주가 원망스러웠다. 음식도 끊고 잠도 이루지 못했다.

왕자는 부왕에게 서신을 보내, 공주를 자기 것으로 삼든가 아니면 사랑에 시달려 죽든가 둘 가운데 결판을 낼 때까지 귀국하지 않겠다는 결의를 알렸다. 그리고 어떻게든 공주를 손에 넣을 방법을 궁리하며 지혜를 짜냈다.

이윽고 왕자는 하얀 수염을 붙이고 늙은 정원사로 변장했다. 그리고 공주의 정원지기를 꾀어 정원사로 일하기 시작했다. 왕자는 정원을 손질하고 나무를 관리하고 과일을 개량하며 페르시아 식 수차를 수선하거나 관개수로를 정비하는 등 열심히 일했다.

어느 날, 공주가 시녀들을 데리고 정원으로 소풍을 나왔다. 왕자는 숙소에 들어가 고국에서 가져온 보옥과 패물 중 일부를 꺼내 앞에 펴놓고선 몸을 떨면서 늙은이 시늉을 했다. 정원을 둘러보던 공주는 노인을 발견하고 다가갔다. 손발을 부들부들 떨고 앉아서 앞에 값비싼 보옥과 장신구들을 늘어놓고 있는 노인의 기이한 행동이 이상해 보였던지 공주는 그 보옥을 어떻게 할 작정이냐고 물었다.

"이 보물로 당신들 가운데 한 시녀를 사서 아내로 삼을 작정이오."

노인의 말에 모두들 깔깔대며 웃었다.

"만일 누군가가 결혼을 허락한다면 어떻게 할 작정이세요?"

"한 번 입을 맞춘 다음 곧 이혼하겠소."

공주는 시험 삼아 시녀 하나를 아내로 주었다. 노인은 지팡이에 몸을 의지하여 몸을 부들부들 떨며 일어나더니 비틀거리면서 시녀에게 다가가 입을 맞추고 보석과 장식물을 주고는 이혼했다.

이튿날 공주와 시녀 일행이 정원으로 나와 보니 또 그 노인이 어제보다 더 많은 보석과 패물을 앞에 늘어놓고 앉아 있었다. 공주가 또 한 시녀를 주자 노인은 처녀에게 입을 맞춘 다음 보석과 패물을 몽땅 다 주었다. 인심 좋은 노인이라고 칭찬하면서 공주는 마음속으로 생각했다.

'시녀들에 비하면 나야 저런 보물을 가질 자격이 충분하니 받아도 별 상관없겠지.'

공주는 날이 밝자마자 시녀 복장을 하고 혼자 정원으로 갔다. 그리고 살짝 노인에게 공주가 할아버지와 결혼하라고 분부해서 왔다고 했다. 노인은 뚫어져라 상대방을 바라보다가 바로 공주가 틀림없다는 걸 알아채고, 아름답고 값비싼 보석과 패물을 잔뜩 안겨주고선 입을 맞추려고 천천히 일어섰다. 공주는 안심한 채 완전히 방심하고 있었다. 그 순간 왕자는 별안간 공주를 꽉 껴안더니 앗 하고 소리칠 새도 주지 않고 풀밭에 자빠뜨려 처녀를 빼앗고 말았다. 그리고 얼굴에 붙인 가짜 수염을 떼버리고 나서 말했다.

"나는 패가망신한 페르시아의 왕자 베람입니다. 당신 때문에 고국으로 돌아갈 수 없는 처지가 되었습니다. 또 당신한테 반해서 이런 보물을 남에게 다 주어도 하나도 아깝지 않았습니다. 그래서 선뜻 남에게 주어버렸습니다."

공주는 한 마디도 대답하지 않았다. 그도 그럴 것이 너무도 급작스레 일어난 일이라 정신이 얼떨떨한 데다가 부끄러운 나머지 잠자코 있는 게 상책이라고 생각했다. 자살한다 해도 보람 없는 일이고 상대방을 죽여봤자 득 될 것도 없고, 차라리 저 왕자의 나라로 함께 도망치는 수밖에 없다고 생각했다.

두 사람은 자신들이 가진 재물을 모두 모아 갈무리하고 긴 여행에 필요한 만반의 준비를 갖춘 채 도망갈 기회를 엿보았다. 그리하여 두 사람은 어느 날 밤 몰래 도망쳐 페르시아로 돌아갔다. 페르시아 부왕은 기쁘게 왕자와 공주를 맞았다. 둘은 백년가약을 맺고 죽음이 찾아와 사이를 갈라놓을 때까지 화목하게 살았다.

"이렇듯 남자란 감언이설에 능하여 여자를 그럴싸하게 속이는 족속입니다. 그래도 저는 죽는 날까지 옳은 말을 다하고 죽을 것입니다."

애첩이 끝까지 옳다는 주장을 굽히지 않자 왕은 또다시 왕자의 사형을 명령했다.

마침내 일곱 번째 대신이 어전에 엎드렸다.

"오, 임금님. 참을성 많고 굼뜬 사람들이 소기의 목적을 달성하는 반면에 성급한 사람들은 비참한 지경에 빠지는 수가 많습니다. 그러니 잠시 참으시고 제 말을 들어주십시오. 이 여자는 거짓말로 임금님을 부추겨 세상에서도 무서운 잔악무도한 행위를 권하고 있습니다만, 저는 아무도 모르는 여자의 음험한 간계와 잔꾀를 알고 있습니다. 특히 이번 사건에서는 노파와 상인의 아들에 관한 제 이야기가 도움이 될 것입니다. 교훈이 풍부한 이야기니까요."

상사병에 걸린 젊은이와 노파의 간계

어느 부자 상인에게 애지중지하는 아들이 하나 있었다. 어느 날 아들은 바그다드로 여행을 떠나고 싶다고 졸랐다. 티그리스 강에 배도 띄우고 역대 칼리프들의 궁전도 참배하고 싶다는 것이었다. 계속 말려도 아들은 듣지 않고, 아버지가 허락하든 안 하든 떠나겠다고 떼를 썼다.

결국 아버지는 아들의 소원을 들어줄 수밖에 없었다. 그래서 금화 3만 3,000디나르 어치의 상품을 사주고, 믿을 만한 상인에게 아들을 부탁하고 작별을 고했다.

아들은 마침내 '평화의 집' 바그다드에 도착하여 시장에다 집 한 채를 빌리기로 했다. 이곳저곳을 둘러보던 중 넓고 우아하고 아름다운 집 하나가 맘에 들었다. 그런데 집세가 한 달에 10디나르로 터무니없이 쌌다. 문지기에게 이유를 물으니, 이 집에 든 사람은 누구를 막론하고 나갈 땐 환자가 되거나 아니면 죽거나 한다는 것이었다. 아들은 잠시 생각 끝에 그 집을 빌리기로 결정했다.

그러나 그 집에 산 지 두 달이 지나도 문지기가 말한 그런 재앙은 일어나지 않았다. 이럭저럭 장사에 골몰하던 어느 날이었다. 백과 흑의 반점이 뒤섞인 마치 뱀 같은 백발의 노파가 알라의 이름을 소리 높이 외치고 돌멩이와 쓰레기를 치우며 다가왔다. 노파는 코란 독송자 마리얌이었다. 마리얌은 문간에 앉아 있는 젊은이를 힐끔힐끔 쳐다보며 고개를 갸웃거렸다.

"젊은 나리, 참 이상한 일이오. 당신을 빼놓고는 이 집에 살았던 사람은 모두 죽거나 반쯤 죽어나가거나 했거든요. 하지만 어쨌든 당신은 젊은 몸을 위험에 내맡기고 있단 말이오. 아마도 당신은 2층에 올라가지도 않고, 또 거기 있는 전망대에서 내려다보지 않았기 때문에 지금까지 살아 있는 모양이오."

노파의 말을 이리저리 음미해보니, 정말로 꼭대기에도 전망대에도 가보지 않은 게 생각났다. 젊은이는 즉시 집 안으로 들어가 여기저기를 뒤져보았다. 그리고 마침내 나무들 사이의 벽 한쪽 구석에 조그만 문이 있는 걸 발견했다. 거미줄이 쳐져 있는 걸로 보아 그 안에 파멸의 액운이 깃든 게 틀림없었다.

아들은 알라를 칭송하면서 힘을 내 문을 열고 좁은 계단을 올라 지붕으로 나왔다. 그곳에는 과연 전망대가 있었는데 아래쪽 경치를 바라보며 즐기는 멋진 곳이었다.

그때 문득 한 채의 집이 보였다. 바그다드의 시내가 한눈에 내려다보이는 높은 전망대가 있는 어느 집 옥상이었는데, 거기 낙원에서 막 내려온 듯한 미인이 앉아 있었다. 수도사마저 사랑의 포로로 만들고 신앙심 굳은 사람도 상사병에 걸리게 할 그런 미인이었다. 젊은이는 분별력을 잃었다. 가슴속에 연모의 불길이 훨훨 타올랐다. 소문에 듣던 대로 이 집에서 살던 사람이 죽거나 중병이 들었다는 건 아마도 저 여자 때문이었을 거란 생각이 들었다. 어떻게 하면 이 재앙을 모면할 수 있을까 생각하며 탄식과 슬픔에 잠긴 젊은이는 그때부터 안절부절못하고 서성거리다가 문간으로 나왔다.

때마침 아까의 그 노파가 다가왔다. 젊은이는 노파에게 자기 병을 고쳐줄 의사는 노파뿐이니 도와달라고 간청했다. 노파가 말하기 전까지만 해도 멀쩡했는데, 노파의 말을 듣고 전망대에 올라간 뒤로 도저히 살아날 가망이 없게 되었으니 노파가 책임지라고 졸랐다. 마리얌은 승낙하고 수고비 100디나르를 받았다.

"젊은 나리, 비단 시장에 가서 아브 알 파스 빈카이담의 가게를 찾으세요. 그리고 금실로 테를 두른 베일을 하나 사오세요. 아무리 비싼 값을 불러도 잠자코 사오세요."

젊은이는 밤새도록 가자나무 숯불 위에 앉아 있는 심정으로 한잠도 이루지 못하고 이튿날 비단 시장으로 갔다. 알고 보니 아브 알 파스는 백만장자 호상으로 칼리프의 신임이 두터운 유력자였다. 젊은이는 그와 인사를 나눈 뒤 노파가 부탁한 베일을 사갖고 돌아왔다.

베일을 받자 노파는 활활 타는 숯불에 베일의 한 구석을 살짝 태웠다. 그러곤 그걸 들고서 아브 알 파스의 집으로 갔다. 아브 알 파스의 젊은 아내 이름은 마자였다. 노파가 마자의 친정어머니와 친구 사이였으므로 마자는 노파를 반갑게 맞아주었다. 노파는 기도 시간이 촉박해 집까지 갈 수 없으니 여기서 간단히 목욕하고 기도를 올릴 수 있게 해달라고 부탁했다. 마자가 흔쾌히 허락했다. 노파는 목욕한 뒤 기도를 올렸다. 하지만 하인들이 자주 드나들어 집중이 안 된다면서 조용한 방을 찾았다. 마자가 노파를 부부의 방으로 안내하였다.

노파는 기도를 올리면서 기회를 엿보아 아무도 모르게 아까 그 베일을 보료 밑에 살짝 감추어놓고 집을 나섰다.

얼마 후 남편 아브 알 파스가 집에 돌아왔다. 저녁을 먹은 후 보료 위에 비스듬히 기대 쉬고 있으려니까 문득 보료 옆으로 베일 한 자락이 삐져나와 있어 끄집어내보니 아까 어떤 젊은이가 가게에서 사 간 그 베일이었다. 순간 남편은 아내가 부정한 짓을 저질렀을지 모른다는 의혹이 일었다. 그래서 아내에게 이 베일이 어디서 났느냐고 물었다. 모르는 물건이며, 여기 들어온 사람은 남편 이외엔 아무도 없다고 아내는 부인했다. 남편은 혹시 이 일이 세상에 알려지면 칼리프와 친한 신분으로서 온 바그다드에서 망신을 당하게 될지 모른다고 생각하고 입을 다물고 잠자코 있었다.

그 대신 남편은 아내에게 장모님이 심장병으로 누워계시니 친정에 가 있으라고 말했다. 마자가 친정에 가보니 어머니는 멀쩡하게 건강했다. 조금 뒤 짐꾼들이 아내의 옷가지와 세간까지 모두 친정으로 옮겨왔다. 이는 이혼을 의미하는 행위였다. 친정어머니는 부부 사이에 무슨 문제가 있느냐고 물었으나 마자는 도무지 짐작 가는 데가 없었다. 오직 남편에 대한 원망과 분노만이 솟구쳤다. 사위가 재산도 많고 신분과 지위가 높은지라 친정어머니는 딸의 이혼을 몹시 슬퍼하며 딸을 붙들고 함께 울었다.

며칠 후 노파가 마자의 친정집에 찾아가 마자를 위로하였다. 친정 어머니는 코란 독송자 마리얌의 기도 효험으로 사위가 딸에게 다시 돌아오도록 정성껏 기도해달라고 부탁했다. 노파는 그러겠다고 대답하고 젊은이에게 찾아갔다. 밤에 마자를 데리고 올 테니 성찬을 준비하라고 일러두고 다시 마자의 친정집으로 갔다. 그리고 딸의 기분을 전환시키고 파경에 대한 마음의 고통이나 슬픔을 잊어버리게 해주겠다고 그 어머니를 잘 구슬려 허락을 얻어낸 다음, 마자를 데리고 젊은이의 집으로 갔다. 마자는 결혼식을 치른 잔칫집이라고 생각하고 의심 없이 따라 들어갔다.

젊은이는 마자를 보자마자 목에 두 팔을 감고 손과 발에 입을 맞추었다. 마자는 젊은이의 수려한 용모와 사치를 다한 방의 아름다움과 차려진 성찬을 보고서 넋을 잃고 꿈이 아닌가 생각했다. 마자는 처음엔 얼굴을 붉히고 어쩔 줄 몰라 했지만 젊은이가 농담도 하고 장난도 치고 노래도 부르며 안심시키자 곧 마음을 터놓고 먹고 마시며 즐겁게 놀았다. 이윽고 취기가 돌자 마자는 손수 비파를 연주하며 노래까지 불렀다.

> 떠나버린 사랑 이윽고 다시 돌아왔구나.
>
> 오, 고운 낭군님 보여주는 빛을 맞으리.
>
> 화살 같은 남의 눈길만 아니 두렵다면
>
> 그대 고운 볼에서 나 장미를 꺾으리라.

노파는 안심하고 두 사람만 남겨놓고 자리를 떴다. 두 사람은 이튿날 아침까지 거리낌 없이 뜨거운 사랑을 나누었다.

다음 날 아침 노파가 나타나 여자를 데려가려 하자 젊은이는 100디나르를 주면서 마자가 계속 머물러 있게 해달라고 졸랐다. 노파는 친정어머니에게 돌아가 마자가 묵고 있는 집의 어머니가 하도 붙잡고 놓아주질 않으니 하루 더 묵고 가겠다고 전했다. 마자가 남편 일로 무척 분해하기 때문에 좀 더 기분전환이 필요하다고 덧붙였다. 이렇듯 노파는 터무니없는 거짓말로 친정어머니를 속여 마자로 하여금 이레 동안이나 젊은이의 집에 머물게 했다. 이 사례로 노파는 매일 100디나르씩을 받았다. 이렇게 젊은이는 인생과 잠자리의 모든 열락을 마음껏 즐겼다. 이레가 지나자 친정어머니는 노파에게 당장 딸을 데려오라고 화를 냈다.

노파는 마자를 데리고 집으로 돌아왔다. 딸이 몰라보게 안색이 좋아지고 더 예뻐진 걸 본 친정어머니는 노파에게 화를 낸 걸 사과했다. 한편 젊은이는 여자가 떠난 것이 쓸쓸해서 견딜 수가 없었다. 하지만 마음껏 소원을 이룬 것을 기뻐하며 노파를 치하했다.

노파는 젊은이에게 말했다.

"자, 이제부터 우리가 부순 걸 다시 되돌려 저 여자를 남편에게 돌려줍시다. 우리가 부부를 갈라놓은 장본인이고 그건 칭찬할 만한 일이 못되니까."

그리고 노파는 젊은이에게 한 가지 방책을 일러주었다. 젊은이는 노파가 시킨 대로 아브 알 파스의 가게로 가 인사를 하고 옆에 앉았다. 때마침 노파가 지나가자 젊은이는 노파를 붙잡고 욕설을 퍼부으며 베일을 돌려달라고 위협했다. 젊은이가 윽박지르는 대로 노파는 굽실거리며 '지당한 말씀'만을 되뇌었다. 시장 사람들이 몰려들어 어찌된 영문이냐고 묻자 젊은이는 큰 소리로 외쳤다.

"여러분, 나는 이 가게에서 베일을 사서 노예 계집에게 선물했습니다. 그런데 그 여자가 향을 피우려고 꿇어앉아 있다가 향로에서 불똥이 튀는 바람에 베일 한 끝자락을 태우고 말았어요. 그러자 이 노파가 감쪽같이 수선하는 기술자에게 부탁하여 고쳐주겠다고 하기에 맡겼는데 며칠이 지나도 노파가 얼씬도 하지 않았어요."

노파는 변명을 곁들여 결국 실토했다.

"젊은이 말이 옳아요. 그 베일을 확실히 받긴 받았어요. 근데 늘 가던 댁에 그걸 가지고 갔다가 깜박 잊고 그 댁에다 놓고 나왔지 뭐요. 근데 그 댁 어디다 놓고 왔는지 도무지 생각이 나지 않아요. 난 돈도 없는 가난뱅이라 새 걸로 사다드릴 수도 없고, 그래서 주인이 무서워서 차일피일 미루며 피해왔지 뭐예요."

두 사람의 대화를 한마디도 빼지 않고 모두 듣고 있던 마자의 남편이 우뚝 일어섰다.

"전능하신 알라여! 제 죄와 의심을 아무쪼록 용서해주십시오!"

그리고 주를 칭송한 다음 노파에게 자기 집에 들른 적이 있느냐고 물었다. 그렇다는 대답에 그가 말했다.

"할머니를 놓아주세요. 그 베일은 우리 집에 있으니까."

그리고 상인은 베일을 갖고 와 모두가 보는 앞에서 베일 수선 가게 주인에게 맡겼다.

남편은 처가를 찾아가, 아내를 의심한 데 대해 용서를 빌고 아내를 집으로 데려왔다. 이 모든 것이 노파의 계략이라고는 꿈에도 몰랐다.

왕자와 마신의 정부

옛날 어느 나라에 한 왕자가 살고 있었다. 어느 날, 그는 산책을 하던 중 푸른 들녘으로 나오게 되었다. 숲이 맘에 들어 한참 휴식을 취하고 있는데 갑자기 한 줄기 구름이 뭉게뭉게 하늘로 떠올랐다. 왕자는 깜짝 놀라 나무 위로 올라가 나뭇잎 사이에 몸을 감추고 아래쪽을 살펴보았다.

이윽고 마신 하나가 불쑥 나타났다. 그는 머리에 이고 있던 큰 대리석 상자를 잔디 위에 내려놓고 단단히 잠긴 자물쇠를 열었다. 그러자 맑게 갠 푸른 하늘에 떠 있는 빛나는 태양이 아닌가 싶은 미녀가 상자에서 나왔다. 마신은 미녀와 잠시 희롱한 다음 미녀의 무릎을 베고 푹 잠에 빠져들었다. 미녀는 마신의 머리를 살짝 들어서 상자 위로 옮겨놓고 일어났다.

미녀는 숲 근처를 어슬렁거리다가 문득 나무 위를 올려다보고는 왕자더러 내려오라고 손짓했다. 왕자는 고개를 가로저었으나 안 내려오면 마신을 깨워 당장 죽일 거라는 미녀의 협박에 할 수 없이 내려왔다. 미녀는 왕자를 껴안고는 몸을 섞자고 다그쳤다. 왕자는 협박에 굴복하여 여자의 뜻을 이루어주었다. 볼일을 끝내자 여자는 왕자의 도장 반지를 빼앗아 비단에 썼다. 비단 안에는 다른 반지가 80개나 들어 있었다.

"이 반지들은 그동안 나와 몸을 섞은 남자들에게서 받은 반지들이에요."

여자는 사연을 늘어놓았다.

"실은 저는 공주로서, 이 마신이 저를 궁전에서 납치하여 이 궤짝 속에 넣었어요. 마신은 질투가 심해 혼자서 독차지할 셈으로 저를 이 궤짝 속에 넣고 열쇠로 잠그고, 그것도 모자라 잠시도 혼자 내버려두지 않았으며 하고 싶은 것도 못하게 했지요. 그래서 나는 마신에 대한 복수로 상대가 어떤 남자건 내 몸을 허락해주리라고 맹세했던 것입니다. 자, 가세요. 저는 이제 다른 사내를 찾아볼 테니까요."

진짜로 마신에 대한 복수심 때문인지 아니면 타고난 음탕함 때문인지 반신반의하며 왕자는 궁전으로 돌아왔다.

부왕은 왕자의 도장 반지가 없어진 걸 알고는 노발대발하며 사형에 처하라고 명령했다. 대신들이 극구 말리고 사정한 끝에 왕은 간신히 명령을 거둬들였다. 그날 밤, 왕은 대신들을 모아놓고 명령을 거둬들이게 한 것은 고맙고 다행한 일이라고 치하했다. 왕자 또한 자기 목숨을 살려준 대신들에게 감사를 표했다.

"이렇듯 여자란 간교에 뛰어나 남자를 사로잡으니, 절대로 넘어가서는 안 됩니다."

대신의 간언에 감동한 왕은 왕자의 사형을 취소했다.

알 신드바드와 함께 나타난 왕자, 거짓은 반드시 밝혀진다는 진리를 설파하다

여드레째 날, 뜻밖에 왕자가 스승 알 신드바드와 함께 알현실로 들어왔다. 왕자는 유창한 능변으로 목숨을 살려준 대신들을 칭찬하며 감사의 뜻을 전했다. 대신들은 왕자의 능변에 깜짝 놀랐다. 부왕 역시 흡족해 어쩔 줄을 몰랐다. 왕은 스승 신드바드에게 왕자가 왜 이레 동안 입을 다물었는지 그 이유를 물었다.

"임금님. 사실은 제가 시켰습니다. 왕자의 탄생일을 점친 결과 이 기간에 입을 열면 반드시 죽음을 면할 길이 없다고 적혀 있었으므로 어쩔 수 없었습니다."

왕은 매우 기뻐하고 신하들 일동에게 물었다.

"만일 왕자를 죽였다면 그 죄는 누구에게 있는 것인가? 나 아니면 그 여자, 아니면 왕자의 스승인가?"

신하들이 대답을 꺼리며 주저하자 스승이 왕자에게 대답을 권했다. 왕자는 이야기를 시작했다.

"어느 상인 집에 손님이 찾아왔습니다. 주인은 여자 노예에게 시장에 가서 우유 한 단지를 사오라고 시켰습니다. 여자 노예가 우유 단지를 머리에 이고 집으로 돌아오는 도중, 독수리가 독뱀을 움켜쥐고 여자의 머리 위를 지나갔고, 그 순간 독뱀의 독액 한 방울이 뚝 하고 우유 항아리 속으로 떨어졌습니다. 아무것도 모르는 주인과 손님은 항아리에 든 우유를 마셨고, 우유가 배 속에 들어가기가 무섭게 모두 그 자리에서 죽고 말았습니다. 자, 그렇다면 도대체 이것은 누구의 죄입니까?"

어떤 대신은 죽은 사람들의 실수라 대답했고, 또 어떤 대신은 여자 노예의 죄라고 대답했다. 그러자 왕자가 대답했다.

"모두 틀렸습니다. 이것은 누구의 죄도 아닙니다. 왜냐하면 그는 신께서 정하신 수명이 끝나서 간 것뿐이고, 또한 신께서 그와 같이 죽게끔 미리 정하셨기 때문입니다."

모두가 깜짝 놀라 이구동성으로 왕자를 축복했다.

"오, 명답이십니다. 왕자님은 당대의 으뜸가는 현자이십니다."

누군가 왕자를 치켜세우자 왕자는 고개를 저었다.

"아니요, 저는 현자는 아닙니다. 눈먼 장로와 세 살짜리 아이와 다섯 살짜리 아이는 저보다 더 영리했습니다. 먼저 눈먼 장로 이야기부터 시작하여 세 가지 이야기를 들려드리죠."

왕자는 이야기를 시작했다.

백단나무 상인과 사기꾼

옛날 한 부자 상인이 있었다. 그는 장사하며 돌아다니는 걸 좋아했다. 상인은 여행을 떠나 어느 도시로 갈 작정을 했다. 그래서 그 도시에서 온 사람에게서 최근 그 도시에서 가장 이익이 많이 남은 상품이 백단나무라는 걸 듣고는 전 재산을 몽땅 털어서 백단나무를 사들인 다음, 백단나무를 싣고 그 도시를 향해 떠났다. 해질 무렵 시 외곽에 도착한 상인은 우연히 양을 모는 노파를 만났다. 그가 자신을 외국 상인이라고 소개하자 노파는 여러 가지 충고를 했다.

"시내 사람들을 조심하세요. 모두가 사기꾼이자 악당이고 도둑들입니다. 남을 속이는 데 혈안이 된 사람들이죠. 외국 상인이라는 걸 알면 지갑을 낚아채려고 덤벼들 것이니 조심하시오."

이튿날 상인은 시내에서 한 사내를 우연히 만났다. 백단나무의 시세를 알아보니 땔나무 값밖에는 안 나간다고 대답했다. 상인은 반신반의하면서 주막에 들렀다. 그런데 한 사내가 냄비를 불 위에 올려놓고 요리를 하는데 바로 백단나무를 땔감으로 사용하는 게 아닌가. 사실 이 사내는 아까 시내에서 만났던 그 사내였다. 사내가 상인에게 거래를 청해왔다.

"당신이 원하는 게 무엇이든 한 사아(곡물의 일정한 양의 4분의 3파운드)를 주겠소. 그러니 당신이 싣고 온 백단나무와 바꿉시다."

상인이 허락했다. 사내는 상인이 싣고 온 백단나무를 모조리 가져다가 자기 창고에 쌓았다. 상인은 마음속으로 백단나무 값으로 금화 한 사아를 받을 요량이었다.

이튿날 아침이었다. 거리에서 애꾸눈을 만났는데 다짜고짜 상인의 멱살을 잡고 자기의 한쪽 눈을 훔쳐간 놈이 바로 이놈이라며 생 트집을 잡는 게 아닌가. 마침 상인의 눈은 애꾸눈의 한쪽 눈과 똑같은 푸른색이었다. 상인이 아무리 아니라고 부정해도 소용이 없었고 구경꾼들이 모여들어 말려도 허사였다. 결국 한쪽 눈에 해당하는 돈을 애꾸눈에게 내일 갖다주겠다는 약속과 구경꾼 중 하나를 증인으로 내세운 뒤에야 겨우 풀려날 수 있었다.

그런데 애꾸눈과 실랑이를 하는 사이에 상인의 신발이 찢어지고 말았다. 그래서 신발 가게에 들러 수선을 맡기고는 대금은 원하는 대로 주겠다고 했다.

얼마 후 그는 사람들이 모여 앉아 벌금놀이를 하고 있는 곳에 이르렀다. 울적한 기분도 풀 겸 상인도 한몫 끼어들었다. 일동은 속임수를 써서 상인을 무참히 이긴 끝에 벌칙을 내놓았다. 바닷물을 마시든가 아니면 가진 돈을 전부 내놓든가 둘 중 하나를 택하라는 것이었다. 막무가내로 대들며 달려드는 그들에게 내일까지만 참아달라고 빌다시피 하고서야 겨우 그 자리를 빠져나온 상인은 계속되는 뜻하지 않은 재난에 넌덜머리를 내고서 인기척 없는 곳으로 가서 잠시 울적한 기분을 달랬다.

때마침 첫날 만났던 양을 모는 노파가 나타났다. 자초지종을 듣고 난 노파는 백단나무 값은 한 묶음에 금화 10디나르임을 잊지 말라며, 한 가지 좋은 방책을 가르쳐주었다.

"성문 옆에는 장님 장로가 살고 있습니다. 그 사내는 요술쟁이처럼 영리하며 뭐든 다 알고 있고 세상일에 아주 밝거든요. 그래서 이곳 사람들은 뭐든 그 장로에게 의논하고 의견을 묻는답니다. 그러면 장로는 일일이 도움이 되는 충고를 해주지요. 그는 흉계며 마술이며 사기며 뭐든 다 훤하답니다. 더구나 본인 자신도 사기꾼이라 밤만 되면 사기꾼 동료들이 몰려들거든요. 그러니까 그놈 집에 숨어들어 가 상대방 모르게 그들이 지껄이는 말을 들어보세요. 그놈은 누가 이기고 지는지를 판정하는 놈이니까 분명 놈의 입에서 묘안을 알아 낼 수 있을 겁니다. 그러면 나리는 무사히 악당의 손아귀에서 벗어 날 수 있을 테니까요."

상인은 노파의 말대로 몰래 장님 장로의 집에 숨어 들어가 몸을 감췄다. 얼마 안 있어 사기꾼들이 모여들었다. 바로 낮에 상인을 골 탕 먹인 네 명의 사내들이었다.

첫 번째 사내는 백단나무를 사기 쳐 먹은 그 사내였다. 그가 자랑 스레 무용담을 늘어놓자 장님 장로가 말했다.

"네가 졌다. 만약 그 상인이 금화나 은화를 한 사아 달라면 어떻게 하겠느냐?"

"주고말고요. 달라는 대로 다 줘도 내가 더 이익이 남는걸요."

이번에는 장로가 물었다.

"그럼 벼룩을 한 사아, 그것도 수컷과 암컷을 반반씩 달라고 하면 어떻게 하지?"

이 말에 첫 번째 사내는 자기가 당했다고 승복하고 말았다.

이번엔 애꾸눈이 장로에게 자랑을 늘어놓았다.

"물어보나마나 너는 참패다. 만약 상대가 네게 이렇게 말하면 어 떻게 하겠느냐? 먼저 네 눈을 도려내면 그때 내 한쪽 눈도 도려내겠 다. 그다음 두 눈알의 무게를 달아서 똑같으면 법률상 한쪽 눈의 대 가를 받아낼 수 있지만 그렇게 되면 넌 진짜 두 눈을 다 잃고 장님이 되고 만다. 반대로 상대는 한쪽 눈이 아직 남아 있으니까 볼 수는 있을 거란 말이다."

애꾸눈은 결국 자기 꾀에 자기가 넘어갔다는 걸 알았다.

이번엔 신발 가게 주인이 의기양양해서 원하는 대로 준다고 했으니까 그놈의 전 재산을 뺏을 수 있다고 큰소리를 쳤다.

"하려고만 든다면 상대방이 너한테서 그냥 신발만 뺏고 한 푼도 주지 않아도 넌 할 말이 없을걸. 상대는 이 말 한마디만 하면 되거든. '국왕의 적은 졌고 세력은 쇠퇴했다. 반대로 국왕의 백성과 원군은 점점 더 불어났다. 어때, 너는 만족하냐? 아니면 불만이냐?' 이 물음에 만약 네가 만족한다고 대답하면 상인은 그냥 자기 신발을 받아 들고 돌아갈 것이다. 그러나 만약 네가 불만이라고 대답하면 넌 역적이 되는 셈이니까 그는 신발로 네 얼굴과 목을 마구 때릴 것이다."

신발 가게 주인은 자기가 불리하다는 걸 깨달았다.

이번엔 벌금 놀이판을 벌인 노름꾼이 자기 꾀를 자랑했다. 장로가 말했다.

"너는 졌다. 상대방이 이 말 한마디만 하면 너는 지는 거야. 바닷물을 마실 테니 당신 손으로 바닷물의 깔때기를 내 입에 대주시오 하고 말이야. 상대방이 그런 억지를 쓴다면 넌 당할 길이 없을걸."

상인은 장로가 한 말대로 하면 그들을 혼내줄 수 있음을 깨달았다.

이튿날 노름꾼들이 바닷물을 마시라고 우기자 상인은 장로의 말을 상기하며 받아넘겼다.

"당신 손으로 바닷물의 깔때기를 내 입에 대주면 마시겠소."

노름꾼들은 자기들이 진 걸 깨끗이 인정하고 금화 100디나르의 벌금을 주었다.

신발 가게 주인도 상인이 만족하는가 아니면 불만인가 하고 묻자 만족한다고 대답했으므로 상인은 품삯을 한 푼 안 주고 수선한 신발을 받아올 수 있었다.

애꾸눈 사내 역시 마찬가지였다.

"당신 한쪽 눈을 도려내면 내 눈도 도려내겠소. 두 무게를 달아보고 만약 똑같다면 한쪽 눈 값을 물어주고, 만약 무게가 다르면 당신이 내 한쪽 눈 값을 물어주어야 하오."

상인의 이 말에 애꾸눈 역시 한쪽 눈의 대가로 금화 100디나르를 주고 가버렸다.

마지막으로 백단나무를 산 사내는 상인에게 선수를 치며 제안했다.

"금화든 은화든 원하는 걸 한 사아 주겠소."

그러나 상인은 장로의 말을 그대로 반복했다.

"벼룩의 수놈과 암놈을 반반씩 한 사아 받고 싶소이다."

결국 그 사내 역시 백단나무를 되로 돌려주는 것은 물론 금화 100디나르까지 보상해주고서야 돌아갈 수 있었다.

그 후 상인은 자기가 받고 싶은 최고의 액수에 백단나무를 다 팔고, 사기꾼들의 도시를 떠나 집으로 돌아갔다.

오입쟁이와 세 살짜리 아이

호색 삼매의 풍류에 미친 한 오입쟁이가 있었다. 그는 이웃 마을에 보름달도 울고 갈 미인이 있다는 소문을 듣자마자 그 마을로 달려가 선물과 한 통의 연서를 보냈다. 사랑에 미쳐 견딜 수 없어 고향까지 버리고 왔으니 제발 밀회의 약속을 해달라고 애원했다. 부인에게서 답장이 왔는데, 자기 집으로 오라는 것이었다. 오입쟁이는 뛸 듯이 기뻐하며 한달음에 여자의 집으로 달려갔다.

여자는 공손히 맞아들이고 요리며 술 따위를 차려놓고 극진히 대접했다. 그런데 부인에게는 세 살짜리 아들이 있었다. 부인은 아이를 혼자 놀게 하고 자기는 저녁을 준비하느라 여념이 없었다. 오입쟁이는 방에 들어가 같이 자자고 졸랐다. 부인은 아들이 빤히 보고 있는 데서 그럴 수는 없다고 거절했다. 얼마 후 밥이 다 되자 아이가 앙앙 울며 보챘다.

"빨리 밥을 퍼서 버터를 넣어줘."

아이가 원하는 대로 해주어도 또 아이가 앙앙 울었다.

"설탕을 쳐줘."

오입쟁이는 지긋지긋한 녀석이라며 벌컥 화를 냈다. 그러자 아이는 너야말로 지긋지긋한 녀석이라고 되받아쳤다.

"난 눈에 무엇이 들어가서 울었고, 눈물을 흘려서 그것을 씻어버렸어. 게다가 버터와 설탕을 넣은 밥을 먹고 아주 만족했어. 그런데 너는 이 마을에서 저 마을로 돌아다니며 호색 삼매에 빠져 있구나. 대체 누가 벌 받을 놈이냐?"

이렇게 어린아이에게 호되게 당하고 나니 오입쟁이는 그때에야 신의 자비를 느끼고 회개했다. 그래서 부인에게는 손 하나 까딱하지 않고 그 집을 나와 고향에서 죽을 때까지 회한의 여생을 보냈다.

도둑맞은 지갑과 다섯 살짜리 아이

옛날에 어느 도시에서 일어난 일이다. 네 명의 상인이 금화 1,000 디나르를 공동 소유하고 있었다. 그들은 상품을 사러 외출했다가 아름다운 화원에서 잠시 쉬게 되었다. 그래서 화원지기 여자에게 돈주머니를 맡기면서 네 사람이 모두 함께 이 돈주머니를 내달라고 하기 전에는 절대 내주지 말라고 당부했다.

네 명이 함께 개울물에 머리를 감으려는데 빗이 없었다. 그 가운데 한 명이 자기가 화원지기 여자에게 가서 빗을 빌려오겠다고 말했다. 그러나 이 상인은 막상 여자에게 가서 빗이 아니라 돈주머니를 내달라고 말했다. 여자는 거절했다.

"모두 함께 오거나 아니면 나머지 세 친구의 확인을 받기 전에는 안 됩니다."

상인은 멀리 있는 세 명의 동료들에게 소리쳤다.

"여자가 내주지 않네."

친구들은 빗을 주지 않는다는 말인 줄만 알고 이구동성으로 어서 내주라고 소리쳤다. 정원지기 여자가 돈주머니를 내주자 상인은 걸음아 날 살려라 하고 도망쳐버렸다.

이제나저제나 빗을 갖고 오기만을 기다리던 세 친구는 기다리다 못해 여자에게 갔다. 여자에게서 자초지종을 들은 친구들은 얼굴을 때리며 탄식했다. 세 친구는 빗을 주라고 말했다고 주장했고, 여자는 그 친구가 빗 이야기는 꺼내지도 않았고 처음부터 돈주머니를 달랬다고 주장했다. 결국 세 친구는 여자를 판관에게 끌고 갔다. 판관은 여자에게 돈주머니를 변상하라고 판결하고 세 채권자를 여자의 증인으로 삼았다.

여자는 억울하기 짝이 없었다. 어떻게 이 난국을 극복해야 할지, 마음이 산란했다.

때마침 길에서 다섯 살짜리 꼬마를 만났다. 꼬마는 여자에게 과자 값으로 1디르함만 주면 난관을 피할 방도를 알려주겠다고 말했다. 여자는 꼬마에게 1디르함을 주고, 꼬마가 일러준 대로 판관에게 가서 말했다.

"원래 이 약속은 네 명의 상인이 모두 모여야만 성사되는 약속입니다. 그러니까 네 명이 모두 모이지 않는 한, 저는 돈지갑을 내줄 수 없습니다. 네 사람이 모두 모이면 그때 약속대로 돈지갑을 내주겠습니다."

결국 상인들은 돈지갑을 갖고 도망친 친구를 찾아 나설 수밖에 없었고, 여자는 무죄로 석방되었다.

왕자의 이야기에 일동은 일제히 감탄사를 연발하며 왕자의 뛰어난 지혜와 현명함을 침이 마르도록 칭찬했다.

이윽고 부왕이 애첩과의 일을 물었다. 왕자는 사건의 진실을 폭로했다.

"전능하신 알라와 신성하신 예언자에게 맹세코, 제가 거절했음에도 불구하고 귀찮게 달라붙었던 건 바로 이 여자였습니다. 심지어 이여자는 부왕을 독살하고 왕위를 차지하게 해주겠다는 말도 서슴지 않았습니다. 그래서 몸짓으로 화를 내며 나중에 원수를 갚겠다고 했더니, 여자는 후환이 두려운 나머지 선수를 쳐서 저를 죽이려 한 것입니다."

부왕은 치를 떨면서 신하들에게 여자를 처형할 방법을 물었다. 혀를 자르라는 둥 화형에 처하라는 둥 온갖 방법이 쏟아졌다.

애첩은 울고불고 목숨만 살려달라고 호소하면서 여우와 인간의 이야기를 들려주었다.

여우와 인간

어느 날, 여우가 성벽을 기어올라 시내로 잠입하였다. 그러곤 어느 가죽 상인의 창고에 들어가 창고 안을 엉망진창으로 만들어놓았다. 화가 난 주인은 덫을 놓아 여우를 잡아서 짐승 껍질로 마구 때렸다. 여우는 끝내 정신을 잃고 쓰러졌다. 주인은 여우가 죽은 줄 알고 성문 옆 길바닥에 던져버렸다.

우연히 그 앞을 지나가던 노파는 여우 눈을 아이 목에 감아주면 울지 않는 약이 된다는 생각에서 여우의 오른쪽 눈알을 도려내 가지고 가버렸다. 다음에 한 소년이 지나다가 죽은 여우에게 꼬리가 무슨 소용이냐며 꼬리를 잘라버렸다. 조금 있다가 이번엔 한 사내가 여우 쓸개는 코르 가루처럼 눈에 바르면 사시에 효험이 있다며 칼을 꺼내 여우의 배를 가르려 했다. 여우는 눈을 빼가고 꼬리를 자르는 것은 참을 수 있지만 배를 가르는 건 도저히 안 되겠다며 갑자기 뛰쳐 일어나 도망쳐버렸다.

애첩은 여우의 행동을 통해 다른 벌은 다 받겠으니 목숨만은 살려달라고 애원했다.

왕은 애첩을 용서해주기로 하고, 왕자에게 고문을 하든 죽이든 애첩의 운명을 맡겼다.

"사람을 용서한다는 것은 복수보다 낫고, 자비는 귀인의 품성입니다."

이렇게 말하고 왕자는 여자에게 국외 추방령을 내렸다.

"지금 당장 이곳을 떠나라. 알라시여, 아무쪼록 지나간 과거를 용서해주소서!"

부왕은 왕관을 벗어 왕자에게 씌워주고 왕위를 물려주었다. 문무백관은 새 왕에게 충성을 맹세했다. 새 왕이 정의를 행하고 정도를 걸으니, 그 위세는 점점 커지고 옥좌는 반석처럼 굳어졌다. 🌙

형들 때문에 재산을 탕진한 주다르, 어부가 되어 가족을 부양하다

상인 우마르에게는 세 아들이 있었는데, 첫째는 사림, 둘째는 사리임, 막내는 주다르였다. 아버지는 유달리 주다르를 귀여워했다. 이 때문에 두 형은 주다르를 질투하며 미워했고, 아버지는 혹시 자기가 죽은 뒤 문제가 생길까 불안해져 죽기 전에 친척과 연고자, 학자와 재판소의 재산 분배 관리들을 초청해놓고 법전에 따라서 재산과 피륙을 세 아들과 자기 몫으로 4등분하고, 자기 몫은 아내에게 물려주기로 미리 결정했다.

부친이 세상을 떠나자 두 형은 아버지가 분명 주다르에게 따로 재산을 남겨주었을 것으로 지레 짐작하고 주다르에게 좀 더 내놓으라고 성화를 부렸다. 견디다 못한 주다르는 법정에 고소하여 증인들의 증언 덕분에 앞으로 분쟁을 금지한다는 판결을 얻어냈다. 그러나 세 형제 모두 재판 비용으로 막대한 돈을 허비했다.

그 후 잠시 잠잠했던 두 형은 또다시 흉계를 꾸몄고, 주다르는 다시 법정에 고소하여 이번에도 유리한 판결을 얻어냈다. 하지만 세 형제 모두 또다시 재판 비용으로 막대한 돈을 낭비하고 말았다.

두 형은 그 뒤로도 계속 아우를 괴롭혀 수차례의 재판을 더 하는 바람에 삼형제 모두 재판 비용으로 가산을 탕진하여 입에 풀칠하기도 어려운 빈털터리가 되고 말았다.

두 형은 이번엔 어머니에게 욕을 퍼붓고 때리고 돈을 뺏은 다음 어머니를 내쫓아버렸다. 어머니는 막내아들 주다르에게 두 형을 저주하면서 고소하라고 종용했다.

"싸움이란 결국 서로를 망하게 할 뿐이에요. 저나 형들이나 소송으로 아버님의 유산을 탕진해버리고 세상의 웃음거리가 되지 않았어요? 그런데 이제 와서 어머니 일로 또다시 형님들과 재판정에서 싸울 수는 없어요. 차라리 함께 살면서 한 개의 빵이라도 같이 나눕시다. 알라께서는 반드시 소행에 따라 상벌을 내리실 것이니 신의 인과응보를 받으면 그걸로 족합니다."

이렇게 주다르는 어머니를 위로하고 달래고 설득해 결국 어머니와 함께 살게 되었다.

주다르는 날마다 강가로 나가 그물을 던져 고기를 낚았다. 하루 벌이가 동전 10디나크에서 30디나크(은화는 디르함. 금화는 디나르)에 불과했지만 모자가 살아가기에는 그런대로 괜찮았다.

그러나 두 형은 아무것도 안 하고 빈둥거리며 놀다가 결국 어머니한테 뺏은 돈도 탕진하고 알거지가 되었다. 그래서 가끔 어머니에게 와서 굽실거리며 배고픔을 호소했고, 어머니는 곰팡내 나는 빵이나 먹다 남은 음식을 내주었다. 그러면 두 형은 얼른 먹고 아우가 오기 전에 서둘러 돌아가곤 했다.

그러던 어느 날, 공교롭게도 두 형이 음식을 먹고 있을 때 주다르가 집에 돌아왔다. 어머니는 어쩔 줄 몰라 안절부절못했으나 주다르는 웃으며 형들이 없어서 쓸쓸했다며 환대해주었다. 두 형은 과거에 저지른 악마의 소행을 후회했다. 주다르는 화해하고 형들과 함께 한 집에서 살게 되었다.

주다르는 아침부터 저녁까지 고기를 잡아 어머니와 두 형을 부양했으나 형들은 그저 빈둥거리며 먹고 노는 식으로 지냈다. 이렇게 꼬박 한 달이 지난 어느 날이었다.

주다르가 아무리 그물을 던져도 고기가 한 마리도 잡히지 않았다. 자리를 옮겨봤지만 허사였다. 주다르는 양식 걱정을 하며 힘없이 집으로 돌아가다가 사람들이 늘어선 빵 가게 앞을 지나가게 되었다. 그런데 빵 가게 주인이 죽 늘어선 손님을 제쳐놓고 주다르를 소리쳐 부르는 게 아닌가. 그러곤 외상으로 빵을 주는가 하면 동전 10디나크까지 꿔주면서, 나중에 고기를 많이 잡거든 그때 갚으라고 말하는 것이었다.

다음 날도 그다음 날도 주다르는 고기 한 마리도 잡지 못했지만 빵 가게 주인은 변함없이 빵과 돈을 꿔주었다. 이런 날이 이레째 계속되었다.

카룬 호수의 어부 주다르,
살아남은 알 사마드를 따라 모로코로 향하다

주다르는 이번엔 아예 강을 떠나 장소를 호수로 옮겨보기로 했다. 그래서 카룬 호수(카이로 남쪽 작은 호수)로 옮겨가서 그물을 던졌다. 그때 난데없이 무어인이 다가오더니 아는 체를 하며 "우마르의 아들 주다르!" 하고 인사를 건네는 게 아닌가. 그러곤 자기 부탁을 들어주면 좋은 일이 생길 것이라고 말했다.

"이 비단 끈으로 내 팔을 뒤로 단단히 묶어주게. 그리고 이 호수 속에 던져넣게. 잠시 기다렸다가 내가 수면 위로 손을 내미는 게 보이거든 얼른 그물을 던져 급히 끌어 올려주게. 그러나 먼저 두 발이 떠오르거든 죽은 것으로 생각해주게. 그땐 날 버려두고 내 당나귀와 안장 주머니를 갖고 시장으로 가게나. 거기 샤마야라는 유대인 상인을 찾아가 당나귀를 주면 100디나르를 줄 걸세. 자네는 그걸 받아 가면 되네. 다만, 이 일은 절대 비밀에 부쳐야 하네."

주다르는 돈이 생긴다는 말에 귀가 솔깃하여 그가 부탁한 대로 팔을 뒤로 결박해 호수로 떠밀자 그는 그대로 가라앉고 말았다. 잠시 기다리고 있자니 무어인의 다리가 불쑥 수면 위로 떠올랐다. 죽었구나 생각한 주다르는 무어인을 그대로 내버려둔 채 당나귀를 몰고 시장의 유대인에게 갔다. 유대인은 당나귀를 보자마자 말했다.

"욕심을 부리더니 결국 죽고 말았구나."

유대인은 그 한마디를 내뱉고는 주다르에게 무어인이 말한 대로

100디나르를 주었다.

주다르는 그걸로 빵 가게 주인에게 외상을 갚고 빵을 샀다. 주다르가 고기와 채소 등을 사서 집으로 돌아오자 형들은 마치 걸신이 들린 듯 달려들어 게걸스럽게 먹어치웠다.

이튿날 주다르는 또다시 그물을 메고 카룬 호수로 나갔다. 그런데 뜻밖에 이번에도 역시 무어인이 다가와 인사를 건네더니, 어제 무어인을 만나지 않았느냐고 물었다. 혹시 살인죄를 뒤집어쓸까 겁이 난 주다르는 시치미를 뚝 뗐다. 그러자 무어인은 어제 죽은 사람은 자기 형이라고 말했다. 그리고 형에게 한 것처럼 자기에게도 똑같이 해달라고 부탁했다. 100디나르에 혹한 주다르는 이번에도 무어인의 손을 뒤로 결박해 호수로 떠밀었다. 그 역시 발이 먼저 수면 위로 떠올랐다. 이번에도 역시 죽었구나 생각한 주다르가 당나귀를 몰고 시장의 유대인에게 갔더니 "욕심 탓에 죽었구나" 하고는 두말 않고 100디나르를 내주었다.

어머니는 돈을 보자 아무래도 의심이 가는 눈치였다. 주다르가 자초지종을 들려주자 어머니는 아들을 걱정하며 카룬 호수로 가지 말라고 말렸다. 그러나 이튿날도 주다르는 돈이 아쉬워 또다시 카룬 호수로 나갔다.

그런데 이번에도 무어인이 나타났다. 그 역시 앞의 두 무어인처럼 자기를 결박해 호수에 빠뜨려달라고 했다. 앞의 두 사람이 모두 죽었다는 것을 상기시켜주었으나 그는 "인명은 재천"이라며 껄껄 웃었다. 결국 이번에도 주다르는 무어인을 결박해 호수에 밀어넣었다.

그런데 잠시 후 무어인이 두 손을 물 위로 내밀며 그물을 던져달라고 외쳤다. 주다르는 그물을 던져 무어인을 뭍으로 끌어올렸다. 그의 양손에는 산호처럼 새빨간 고기가 쥐어 있었다. 그는 우선 상자에다 고기를 넣고 뚜껑을 닫았다. 그러고는 주다르를 껴안아 양 볼에 입을 맞추고 감사를 표하며 좋아서 어쩔 줄 몰라 했다.

주다르는 궁금해서 견딜 수가 없었다. 그래서 호수에 빠져 죽은 두 무어인과 물고기 두 마리, 시장의 유대인에 관한 궁금증을 풀어달라고 졸랐다. 마침내 무어인이 입을 열었다.

"내 이름은 압드 알 사마드일세. 죽은 두 사람은 내 형제들로 하나는 압드 알 사람이고 또 하나는 압드 알 아하드일세. 그리고 유대인(마리키파의 버젓한 신도) 역시 내 형제로서, 이름은 압드 알 라힘일세. 우리 아버지는 압드 알 와두드인데, 우리 형제들에게 마술이나 불가사의를 풀어서 숨은 보물을 발견해내는 요술 따위를 가르쳤다네. 우리는 열심히 수련한 끝에 마침내 마족의 요귀나 괴물을 마음대로 다스릴 수 있게 되었지. 그런데 부친이 돌아가신 다음 막대한 유산과 부적 등을 분배하던 중, 마지막 장서를 처분할 차례가 되었다네. 그런데 이《고대인의 우화》라는 책을 둘러싸고 쟁탈전이 벌어진 거야. 이 책은 세계에 유례가 없는 진서로, 제아무리 많은 황금으로도 살 수 없는 진품이며 제아무리 고귀한 금은보화에도 견줄 수 없는 보물 중의 보물이었다네. 그도 그럴 것이, 이 책은 대지의 숨은 비보를 낱낱이 설명하고 온갖 비밀을 해명하고 있기 때문일세. 그래서 형제들은 서로 그 책을 독점하고 싶어 쟁탈전을 벌였지. 때마침 그 자리에 예언자 알 아브탄 노인이 나타났다네. 그는 아버지에게 점과 마술을 가르친 스승이었지. 예언자는 이렇게 말씀하셨어. '이 책을 가지려면 알 샤마르달의 보물 창고에 들어가 천구의와 코르 가루를 넣은 병과 도장 반지와 칼을 갖고 오너라. 도장 반지에는 알 라아드 알 카시후라는 마신이 붙어 있어 이것만 끼고 있으면 왕후라도 덤벼들 수 없고, 광대무변한 대지조차 다스릴 수 있다. 또 칼은 이걸 지닌 자가 한 번 뽑아서 휘두르면 백만 대군의 적이라도 그 자리에서 격퇴시킬 수 있다. 저 군대를 쳐부숴라 하고 명령만 내리면 칼에서 번개와 불꽃이 분출하여 전군을 몰살시키는 것이다. 또 천구의는 그걸 손에 들고 구경하고 싶은 나라의 방향으로 돌리기만 하면 앉아서 손금을 보듯이 그 나라와 주민을 볼 수가 있고, 또 어느 도시를 태워버리고 싶으면 천구의를 태양 정면으로 돌리고 이러이러한 도시를 태워라 하고 말만 하면 그 도시는 순식간에 불길에 타버리고 만다. 마지막으로 코르 가루인데, 그 가루를 눈에 바르면 지구상의 온갖 보물을 발견할 수 있다.' 이러면서 예언자는 이 보물들을 구해오라고 말씀하셨어. 그리고 만약 이 보물을 가져오지 못하면 이 책에 대한 권리를 상실한다는 조건을 걸었지. 우리 형제들은 모두 이 조건을 수락한다고 대답했지.

그런데 노인께서 한 가지 힌트를 주셨다네. 이 알 샤마르달의 보물은 붉은 왕자의 자손이 가지고 있는데, 이들은 이집트의 카룬 호수 속에 몸을 감추고 있다는 거야. 사실 이 붉은 왕자의 자손들은 우리 아버지를 피해 카룬 호수로 도망친 거거든. 아버지 역시 보물을 찾으러 나섰다가 마법에 걸린 호수를 손댈 길이 없어서 결국 포기한 셈이지. 그런데 예언자가 점을 쳐보았더니 카룬 호수로 가서 주다르 빈 우마르라는 젊은 어부의 도움을 받아야만 보물을 손에 넣을 수 있다는 점괘가 나오더라는 거야. 주다르가 붉은 왕자의 자손을 잡는 수단이 되기 때문에 반드시 주다르가 손을 결박해 호수에 던져 붉은 왕자의 자손과 싸움을 하게끔 유도해야만 마력이 풀린다는 거야. 그래서 우리 형제들은 목숨을 잃는 한이 있어도 한번 시험해보리라 작정했다네. 그런데 압드 알 라힘은 끝내 안 하겠다고 포기했으므로, 우리 삼형제는 그를 유대인 상인으로 분장시켜 돈을 주고 당나귀와 안장 주머니를 맡긴 걸세."

그러고서 알 사마드는 주다르에게 상자 속의 물고기들을 가리키며 "물고기들은 변신한 마신"이라고 말했다.

"그런데 말이야, 주다르. 그 보물은 자네 손을 빌지 않고서는 열 수 없으니, 어때? 자네 나하고 모로코의 페스와 메크네스로 함께 가주지 않겠나? 거기서 보물이든 뭐든 나오면 자네가 원하는 대로 주겠네. 그리고 일이 끝나면 무사히 자네 가족에게 돌려 보내주겠네."

주다르는 가족의 생계가 걱정되었다. 알 사마드는 주다르 가족의 생활비 조로 1,000디나르를 주었다. 주다르는 집에 돌아가 어머니에게 자초지종을 설명하고 모로코에 갔다가 4월경에 돌아오겠다는 약속을 남기고 길을 떠났다.

주다르, 마법사의 보물을 찾아주고 안장 주머니를 얻어 귀향하다

두 사람은 길을 재촉했다. 그런데 가는 도중 주다르가 배가 고프다고 할 때마다 알 사마드는 무얼 먹고 싶으냐고 묻고, 주다르가 이런 저런 요리를 주문하면, 그는 안장 주머니 안에 손을 넣고 요리를 하나씩 꺼내 척척 늘어놓았다.

"이것은 마법의 안장 주머니야. 안에다 한 사람의 하인을 넣어두었다네. 가져와! 이 한마디만 하면 한 시간 내에 1,000가지 요리라도 척척 날아온다네."

주다르는 신기한 안장 주머니 덕분에 원하는 요리를 배가 터지도록 먹을 수 있었다.

이번엔 알 사마드가 얼마나 먼 거리를 여행했는지 아느냐고 물었다. 주다르는 전혀 알 수가 없었다.

"우리는 잠깐 사이에 벌써 한 달 거리의 여행을 한 거야. 우리가 타고 있는 이 당나귀는 하루에 한 해 거리를 달리는 마족의 변신일세. 지금은 사양하여 속도를 늦추고 있는 거라네."

이렇게 안장 주머니에서 음식을 꺼내 먹고, 당나귀를 몰고 여행한 지 닷새째 되는 날, 두 사람은 마침내 모로코의 페스와 메크네스에 도착했다. 시내에 있는 알 사마드의 집에 당도하자 알 사마드는 당나귀에게 가라고 외쳤다. 순간 땅이 둘로 갈라지면서 순식간에 당나귀를 삼켜버리곤 다시 원래대로 닫혔다.

주다르는 날마다 화려하고 값비싼 옷으로 갈아입고, 안장 주머니에서 꺼낸 갖가지 산해진미를 맛보면서 세월 가는 줄 몰랐다.

이윽고 알 사마드의 집에서 묵은 지 스무하루째가 되는 날이 되었다. 그날은 알 샤마르달의 보물을 여는 날이었다. 알 사마드는 주다르를 데리고 교외로 나가 어느 강가에 천막을 치고 양탄자 위에 앉았다. 그리고 물고기 두 마리가 들어 있는 상자 두 개를 들고 주문을 외기 시작했다. 상자 속에서 목소리가 들려왔다.

"무엇이든 분부만 하십시오. 오, 세계의 예언자여. 모쪼록 자비를 베풀어주옵소서."

알 사마드가 계속 주문을 외니 상자 속에서도 연방 살려달라는 목소리가 들려왔다. 그러다 마침내 두 상자가 탁 하고 깨지면서 파편이 사방으로 흩어지는가 싶더니 두 손을 결박당한 두 사내가 동시에 뛰쳐나왔다.

"목숨만 살려주십시오. 뭐든 따르겠으니, 분부만 내리십시오."

"먼저 알 샤마르달의 보물 창고를 열겠다고 맹세해라. 안 그러면 너희 두 놈 다 불구덩이에 넣어 태워 죽이겠다."

알 사마드가 위협하자 두 사내는 연신 살려달라고 애원하며 말했다.

"먼저 어부 주다르 빈 우마르를 데려다주십시오. 주다르의 손을 빌리지 않고서는 상자는 열리지 않을 것이고, 주다르 외에는 아무도 그 안으로 들어갈 수 없으니까요."

알 사마드는 주다르가 와 있다고 대답했다. 그러자 두 마신은 보물 창고를 열겠다고 맹세했고, 알 사마드는 보고를 열 수 있도록 그들의 결박을 풀어주었다.

그런 다음 알 사마드는 속을 파낸 지팡이 끝에 홍옥수로 만든 부적을 올려놓았다. 그리고 불 접시에 숯을 놓고 후후 불어 불을 확 피워 올리곤 향을 들고 와서 주다르에게 말했다.

"이보게, 주다르. 내가 향을 피우고 나면 그때부터 잠시도 멈추지 말고 주문을 외어야 하네. 그리고 한번 주문을 외기 시작하면 말을 한마디도 할 수 없네. 말을 하면 모처럼의 마력이 효과가 없어지기 때문이지. 그래서 말인데, 주문을 외기 전에 우선 주의사항을 일러줄 테니 꼭 내 말을 명심하게.

향을 피우고 주문을 외면 강바닥의 물이 마르고, 눈앞에 황금 문이 나타날 걸세. 거기에 쇠붙이로 된 고리가 두 개 달려 있을 테니 처음 엔 톡톡, 다음엔 세게, 세 번째는 세 번씩 계속해서 고리를 두들기게.

문 안에서 '비밀을 푸는 방법도 모르고 문을 두들기는 놈은 누구냐?'
하고 묻거든 '우마르의 아들 어부 주다르' 라고 대답하게.

그럼 문이 열리고 칼을 빼든 사내가 나타나 이렇게 말할 걸세. '본
인이라면 목을 베어버릴 테니 목을 이리 내놔.' 그러면 자네는 목을 내
밀어야 하네. 무서워할 건 없네. 그놈이 칼로 자네를 치는 순간 그놈은
털썩 쓰러져 눈 깜짝할 사이에 혼이 빠진 시체가 돼버릴 테니 말이야.
자네는 상처 하나 입지 않을 걸세. 하지만 자네가 반항하면 그놈은
정말 자네를 죽여버릴 거야. 그놈이 하라는 대로 하면 그놈의 마력을
지워버리게 되는 거지. 그땐 안으로 들어가 앞으로 계속 나아가게.

그러면 곧 두 번째 문이 보일 테니 그걸 두드리라고. 그러면 어깨
에 창을 멘 자가 말을 타고 나타나 자네에게 창을 겨눌 걸세. 그럼 겁
내지 말고 자네 가슴을 활짝 드러내놓게. 그자는 자네에게 대들다가
대번에 쓰러져 혼이 빠진 시체로 바뀔 걸세. 그러나 자네가 반항하면
자네는 죽게 되네.

그다음엔 세 번째 문으로 가게. 안에서 활을 든 사내가 나와 겨누
거든 가슴을 드러내놓게. 그러면 그놈도 즉시 혼이 없는 시체가 되어
쓰러질 걸세.

이번엔 네 번째 문으로 가게. 사자가 튀어나와 입을 크게 벌리고 한
입에 잡아먹을 기세로 덤벼들더라도 도망치지 말고 사자가 가까이 다
가올 때까지 기다렸다가 손을 내밀게나. 사자는 자네 손을 물자마자
즉시 그 자리에 쓰러져 시체가 될 것이네. 자네는 털끝 하나 다치지
않을 테니 걱정 말게.

다섯 번째 문을 열면 흑인 노예가 누구냐고 물을 걸세. 주다르라고
대답하면 여섯 번째 문을 열라고 할 거야. 그럼 여섯 번째 문 앞에 다

가가 '오, 이사여, 문을 열라고 무사에게 말하라' 하고 말하게. 그러면 용 두 마리가 입을 벌리고 일시에 뛰쳐나올 걸세. 그때 두 손을 앞으로 뻗치면 용은 자네의 한 손씩을 덥석 물고 그 자리에서 시체가 되어버리고 말 거네. 반항하면 자네는 죽게 되지.

일곱 번째 문으로 들어가면 자네 어머니가 나올 걸세. 그럼 옷을 벗으라고 하게. 옷을 벗지 않으면 죽여버리겠다고 명령해야 되네. 안 벗으면 오른쪽에 달린 칼을 들고 계속 위협해야 하네. 어머니에게 감히 옷을 벗으라고 하느냐는 둥, 그 여자는 온갖 말로 자네를 회유하거나 눈물을 흘리거나 비위를 맞추려 들 걸세. 하지만 절대 동정하거나 그 말에 넘어가선 안 되네. 어머니가 입고 있던 옷을 모두 벗으면 그 자리에서 쓰러지고 말 걸세. 이것이 주문의 마지막 속박이네. 이것만 지나면 마법이 풀려 그들은 힘을 모두 잃게 되니 그때부터는 자네 목숨은 걱정하지 않아도 될 걸세.

마지막으로 보물 창고로 들어가면 황금이 산처럼 쌓여 있을 걸세. 하지만 거기에 눈을 두지 말게. 그 황금을 지나쳐 창고 구석의 조그만 방으로 들어가게. 장막을 걷어내면 마법사 알 샤마르달이 황금 침상에 누워 있을 걸세. 머리맡에는 달처럼 둥글고 번쩍번쩍 빛나는 천구의가 있을 거고, 칼은 어깨띠에 차고, 손가락에는 도장 반지를 끼고, 목둘레에 걸친 쇠사슬 끝에는 코르 가루 병이 달려 있을 걸세. 하나라도 잊지 말고 이 네 가지 보물을 모두 가져오는 것을 잊지 말게. 안 그러면 나중에 후회하고 혼이 날 걸세. 알겠나?"

알 사마드는 주다르가 달달 외울 정도로 되풀이해 이행 사항을 일러주었다. 하지만 주다르는 과연 자기가 이렇듯 무서운 일들을 참아낼 수 있을지 자신이 없었다. 알 사마드는 주다르를 다독이며 말했다.

"무서워할 것 없네. 상대방은 모두 하나같이 생명이 없는 그림자에 지나지 않으니까."

이윽고 알 사마드는 불 접시 속에 향을 던지고 주문을 외기 시작했다. 모든 것이 알 사마드가 말한 그대로였다. 강물이 빠지고 바닥이 나타나더니 황금 문이 눈에 띄었다. 첫 번째와 두 번째 그리고 차례차례 모두 격파한 다음 마침내 주다르는 일곱 번째 문에 다다랐다.

어머니가 뛰어나오자 주다르는 옷을 벗으라고 명령했다. 어머니는 어찌 어미더러 옷을 벗으라 하느냐며 벌컥 화를 냈다. 주다르는 칼을 뽑아들고 안 벗으면 죽이겠다고 위협했다. 어머니는 옷을 하나씩 벗기 시작해 마침내 속옷 한 벌만 남게 되었다. 어머니는 에미의 맨살을 드러내 망신을 줄 참이냐며 정말 너무한다고 울먹였다. 듣고 보니 그럴듯했다. 주다르는 속옷 정도는 괜찮겠다 싶어서 "그렇군. 속옷은 벗지 않아도 좋아" 하고 말해버렸다. 그 순간 여자가 큰 소리로 외쳤다. "이놈은 속았어. 때려!" 그러자 당장 소나기처럼 매가 떨어지고 보물 창고의 문지기들이 우르르 달려들어 주다르가 일평생 잊지 못할 만큼 무섭게 매를 때리고는 주다르를 떼밀어서 문밖으로 몰아냈다. 그러자 문은 저절로 닫히고 강물도 전처럼 강바닥을 채웠다.

알 사마드가 달려와 주다르를 껴안고 주문을 외자 주다르는 겨우 정신을 차렸다. 알 사마드는 안타까움으로 어쩔 줄을 몰랐다.

"그들은 생명이 없는 그림자에 지나지 않는다고 몇 번이나 말하지 않았나? 그토록 주의를 주었건만 그림자에 현혹당하고 말다니…. 그 속옷만 벗겼더라면 소원이 이루어졌을 텐데 말이야. 하지만 이젠 할 수 없네. 내년 이맘때가 될 때까지 나와 함께 지내며 기다릴 수밖에."

주다르는 알 사마드의 집에 머물며 비단옷에 부족할 것 없이 먹고 마시며 1년을 보냈다.

꼭 1년째 되는 날이 왔다. 주다르는 작년에 맞은 그 뭇매를 잊을 수 없었다. 그래서 이번에는 절대 실패하지 않으리라 다짐하고 또 다짐했다.

"이번엔 정신 똑똑히 차리게. 그 여자를 자네 어머니라고 생각해선 안 돼. 그 여자는 어머니의 모습으로 꾸민 마물일 뿐일세. 자네가 실패하게 하려고 계략을 꾸민 허상이란 말일세. 지난번엔 무사히 살아서 돌아왔지만 이번에 또 실패하면 자네는 죽게 될 걸세. 부디 명심하게."

이윽고 알 사마드가 주문을 외기 시작했다. 강물이 마르고 황금 문이 나타났다. 주다르는 문을 지날 때마다 차례차례로 요마를 무찌르고 마침내 일곱 번째 문에 당도했다. 다짐하고 맹세한 대로 주다르는 여자의 옷을 모두 벗겨 생명이 없는 시체로 만들어버리고 일곱 번째 문을 무사히 통과했다. 그리고 마법사 알 샤마르달이 누워 있는 곳으로 들어가 칼, 도장 반지, 코르 가루 병, 천구의를 갖고 나왔다.

그 순간 갑자기 어디선가 신의 풍악이 울려 퍼지고 보물 창고의 문지기들이 소리 높여 외치는 소리가 들렸다.

"오, 주다르여! 그대가 얻은 것으로써 그대 자신의 몸을 지킬지어다!"

이렇듯 음악의 호위를 받으며 마침내 주다르는 알 사마드의 곁으로 돌아왔다.

알 사마드는 주다르를 껴안고 벅찬 감격으로 어쩔 줄 몰라 했다. 집과 고국을 떠나와 자신의 소원을 이루어준 주다르가 너무나도 고마웠다. 무얼 주든 하나도 아깝지 않았다.

사마드는 주다르에게 소원을 물었다. 주다르는 안장 주머니를 달라고 부탁했다. 사마드는 기꺼이 안장 주머니를 선물로 주고 사용법을 가르쳐주었다. 덧붙여 금은보화가 가득 든 또 하나의 안장 주머니를 사례로 주었다. 모든 일을 비밀에 부칠 것을 약속한 뒤 주다르는 마침내 고국으로 돌아왔다.

주다르를 노예로 팔아버린 두 형, 안장 주머니를 놓고 싸우다 투옥되다

주다르가 성문으로 들어서는데, 성문 옆에서 어머니가 구걸을 하고 있는 게 보였다. 깜짝 놀라 한달음에 어머니에게 달려가 어머니를 부여안고 집에 당도한 주다르는 어머니로부터 그동안의 자초지종을 들었다. 주다르가 어머니에게 준 생활비를 두 형이 모두 뺏고 그것도 모자라 나중에는 어머니를 내쫓았다는 것이었다.

주다르는 안장 주머니 속에서 요리를 주문하여 어머니와 함께 식사를 한 뒤, 안장 주머니에서 음식을 주문하는 법과 다 먹은 뒤의 처리 방법 등 안장 주머니 사용법을 자세히 일러주었다.

"어머니, 다 잡수신 다음에 남은 음식은 다른 접시에다 옮기고 비워주세요. 그리고 조심해서 빈 접시는 안장 주머니에다 도로 넣으세요."

주다르는 어머니에게 안장 주머니에 관한 비밀을 지킬 것을 단단히 맹세하게 한 뒤에, 그동안 겪은 일을 모두 털어놓았다.

두 형은 시내에서 동생이 돌아왔다는 소식을 듣고 부랴부랴 집으로 돌아왔다. 이미 어머니가 낱낱이 고자질했으리라고 예상은 했지만, 워낙 마음씨 착한 동생인지라 용서해줄 거라고 믿고 들어온 것이었다. 예상대로 주다르는 형들을 원망하지 않고 공손히 인사를 건넨 다음 음식을 대접했다. 그리고 먹다 남은 음식은 가난한 사람들에게 나누어주고 빈 접시는 다시 안장 주머니 속에 넣었다.

이렇게 진수성찬으로 열흘을 보낸 후 두 형은 의심의 눈초리를 보이기 시작했다. 요리하는 사람도 없고 숯불도 피우지 않으면서 진수성찬이 나오는 데에는 무슨 비밀이 있을 거라고 짐작한 것이다. 그래서 두 형은 주다르가 없는 틈을 타서 어머니에게 캐물었고, 견디다 못한 어머니는 결국 안장 주머니의 비밀을 털어놓고 사용법과 주의사항까지 일러주고는 절대 비밀을 지킬 것을 다짐 받았다.

안장 주머니에 욕심이 난 두 형은 그것을 뺏을 궁리를 한 끝에 주다르를 갤리선(노예나 죄수가 노를 젓는 고대 대형 선박)에 팔아버릴 심산으로 수에즈의 선장을 찾아가 거짓말을 둘러댔다.

"막내 동생이 있는데, 이 녀석은 노름꾼에다 오입쟁이로 이만저만 골칫덩이가 아닙니다. 부친이 남긴 유산을 탕진한 뒤에는 우리 두 형을 찾아와 재산을 내놓으라고 트집을 잡고 재판관 앞에까지 끌고 가는 바람에 재판 비용을 대느라 결국 우리는 패가망신하고 말았습니다. 도저히 더 두고 볼 수 없어 팔아버릴까 합니다."

선장은 무슨 수를 써서라도 주다르를 자기에게 데려오라고 했다.

"우리 힘만으로는 도저히 그놈을 데려올 수 없습니다. 오늘 밤 나리를 저희 집에 초대할 테니 손님이 되어 우리 집으로 오시지요. 부하 두어 명을 데리고 오시면 우리 두 형제하고 나리까지 합쳐 대여섯이 되는데, 그 정도면 동생이 잠든 사이에 덮쳐서 재갈을 물릴 수 있을 것 같은데요."

선장은 쾌히 승낙했다. 두 형은 만반의 준비를 갖춘 뒤, 주다르에게 말했다.

"실은 내 친구가 하나 있는데, 네가 없는 동안 몇 번씩 그 집에 초대받기도 하고 적잖게 신세를 졌거든. 오늘 우연히 길에서 만났는데 그 친구가 또 초대를 하는 거야. 글쎄, 내가 완곡하게 거절한다는 뜻에서 막내 동생이 혼자 집에 남아 있어서 안 된다고 핑계를 댔지. 그랬더니 그럼 동생까지 다 데려오라고 하지 않겠니. 난 동생이 가지 않을 거라며 오히려 우리 집으로 오시면 어떻겠느냐고 초대를 했지. 저쪽에서 거절할 줄 알고 그렇게 말한 거였어. 근데 그 친구가 내 말을 곧이듣고 내 초대를 반갑게 받아들였지 뭐니. 그래서 할 수 없이 약속을 하고 말았단다. 너한테 미안해서 죽을 지경이야. 네가 싫다면 이웃집으로 데려갈게."

주다르는 기쁜 마음으로 환영하고 성찬을 준비하여 손님을 맞았다. 손님들이 모두 배불리 먹고 마시고 떠들다 보니 어느새 밤이 되었다. 모두 잠이 든 뒤, 선장 일행과 두 형은 잠든 주다르에게 재갈을 물리고 두 손을 등 뒤에서 결박한 다음 어깨에 떠메고 도망쳐버렸다.

이렇게 수에즈로 납치된 주다르는 발에 차꼬를 찬 채 갤리선의 노예로 팔려 꼬박 1년 동안 고역을 치르면서도 묵묵히 버티었다.

한편 두 형은 어머니에게 주다르가 어젯밤 손님들과 함께 외국 여행을 떠났다고 둘러댔다. 어머니가 눈물을 흘리자 두 형은 막내 동생만 편애한다고 욕설을 퍼붓고 때렸다. 그리고 금은보화가 가득 들어 있는 또 하나의 안장 주머니도 빼앗아버렸다. 아버지가 남긴 유산을 주다르가 혼자 독차지하려고 몰래 숨겨놓은 것이니, 당연히 자기들도 가질 권리가 있다고 우겼다. 그리고 두 형제가 반씩 나누어 가졌다. 어머니가 아무리 아니라고 말려도 소용없었다.

이번엔 요술 안장 주머니를 나눌 차례였다. 이건 나눌 수가 없으니, 두 형제는 서로 안장 주머니를 갖겠다며 싸우기 시작했다. 어머니는 중재안을 내놓고 구슬려보았다.

"안장 주머니를 둘로 나눌 수도 없고, 또 돈으로 결말을 지을 수도 없지 않니? 둘로 나누면 마법의 힘이 사라질 테니 자루는 나한테 맡기렴. 너희들은 내 자식이 아니냐? 언제든 너희들이 배가 고프다고 하면 내가 먹여줄 테니까. 안장 주머니까지 없애면 나중에 동생이 돌아왔을 때 무슨 낯으로 본단 말이냐?"

그러나 어머니의 충고도 아랑곳 않고 두 형제는 서로 으르렁대며 밤새 싸웠다. 때마침 우연히 이웃집에 왕의 전속 위병이 손님으로 묵고 있었는데, 열린 창문으로부터 흘러 들어오는 두 형제의 싸움 내용을 듣고, 당장 이집트 왕의 어전에 나아가 모든 비밀을 다 털어놓고 말았다. 왕은 당장 두 형제를 잡아들여 감옥에 가두고, 안장 주머니두 개를 몰수했다. 그러곤 혼자 남은 어머니에게는 충분한 생활비를 지급했다.

알 사마드를 만난 주다르, 도장 반지를 얻어 귀향하여 왕을 굴복시키다

한편 주다르는 1년 동안 수에즈에서 노역에 시달리고 있었다.

그러던 어느 날 배가 풍파를 만나 바위를 들이받는 바람에 선체는 가루가 되고 사람들은 모두 익사했으나 주다르만이 구사일생 살아남아 천신만고 끝에 가까스로 육지에 상륙하게 되었다. 마침 바다위족의 야영지에 머물던 지다(사우디아라비아의 홍해 연안에 있는 메카의 항구) 상인의 도움으로 주다르는 지다로 가서 그의 밑에서 일하게 되었다. 주인의 신임과 귀여움을 받은 주다르는 얼마 후 주인과 함께 메카로 순례 길을 떠나게 되었는데, 거기서 뜻밖에도 순례차 들른 알 사마드를 만나게 되었다.

알 사마드를 보자마자 주다르는 눈물을 흘렸다. 헤어진 혈육을 만난 듯 반가움과 서러움이 함께 복받쳤다. 주다르는 자기에게 닥친 재앙을 들려주었다. 알 사마드는 점을 쳐보았다. 주다르의 두 형이 이집트 왕의 감옥에 갇힌 점괘가 나왔다.

주다르는 지다의 주인과 헤어진 뒤 알 사마드와 동행하여 순례의식을 마쳤다. 마침내 알 사마드와도 헤어질 시간이 다가왔다. 알 사마드는 알 샤마르달의 보물 창고에서 가져온 도장 반지를 주다르에게 건네주었다.

"이 반지는 무슨 소원이든 다 들어줄 걸세. 이 반지에는 마법이 붙어 있어서 반지를 비비기만 하면 마신 알 라아드 알 카시후가 나타나 무엇이든 말만 하면 다 갖게 해주기 때문일세. 소원이 있거든 반지를 비비기만 하면 되네. 이 길로 고향으로 돌아가게. 반지를 소홀히 해선 안 되네. 이것만 있으면 적군도 문제없이 무찌를 수 있으니까. 반지의 영험을 결코 잊지 말게."

알 사마드는 반지를 문질러 알 라아드가 나타나자 새로운 주인을 소개하고 잘 모시라고 일렀다. 주다르는 그와 아쉬운 작별을 고하고 헤어졌다. 알 라아드는 주다르를 등에 업고 카이로의 어머니 집에 내려주었다.

어머니로부터 두 형이 감옥에 갇힌 것과 안장 주머니 두 개를 빼앗긴 사실을 확인한 주다르는 마신 알 라아드에게 형들을 감옥에서 빼내오라고 명령했다.

알 라아드는 순식간에 땅속으로 사라지더니 감옥 한가운데 나타났다. 마침 형들이 탄식하고 있는데 땅이 둘로 갈라지며 마신 알 라아드가 불쑥 나타나 다짜고짜 두 형제를 움켜쥐고 그대로 땅속으로 들어갔다. 두 형제는 기절했다가 얼마 후 정신을 차려보니, 집에 와 있고 그 옆에 주다르가 앉아 있는 것이었다. 두 형은 울음보를 터뜨리며 용서를 빌었다.

"이보게, 아우님. 이번만큼은 용서해줘. 만일 또다시 그런 짓을 하거든 마음껏 벌해도 좋으니 말이야."

주다르는 이 모든 게 악귀와 욕심 탓이라며 두 형을 용서하고 위로하여 안심시켰다. 그리고 그동안 겪은 고난의 자초지종을 들려주었다. 우연히 알 사마드를 만나게 된 이야기부터 지금까지의 모든 경위를 낱낱이 이야기하고, 도장 반지의 비밀까지 모두 털어놓았다.

주다르가 도장 반지를 문지르자 알 라아드가 나타났다.

"왕실의 보물 창고에 들어 있는 재물을 하나도 남김없이 쓸어 오너라. 그리고 빼앗긴 두 개의 안장 주머니도 갖고 오너라."

알 라아드는 대답하기 무섭게 왕궁으로 날아가 명령을 이행했다. 주다르는 산처럼 쌓인 보물을 어머니에게 맡겨 잘 간직하라고 이르고 다시 마신에게 명령했다.

"오늘 밤 안으로 하늘을 뚫을 듯한 궁전을 지어, 지붕에 순금을 씌우고 화려한 세간을 들여놓아라. 날이 새기 전까지 완성하도록 해라."

알 라아드는 마신들을 소집하여 날이 새기도 전에 궁전을 완성하였다. 삼천세계에서는 다시 보지 못할 궁전으로서 그 짜임새며 웅장함은 모든 사람의 넋을 잃게 하고도 남았다. 이번엔 백인 시녀와 흑인 시녀, 백인 노예와 흑인 노예 각각 40명씩을 데려왔다. 갑자기 온 집안이 이런저런 사람들로 가득 차 북적거렸다. 주다르를 비롯한 온 가족은 마신들이 가져온 화려하고 값비싼 옷을 차려입고 번쩍이는 보석으로 치장하였다. 그러고 보니 이제 주다르 가족은 왕이 부럽지 않을 정도였다.

한편 궁전의 보물 창고를 지키는 관리는 다음 날 아침, 창고가 텅 비고 안장 주머니까지 없어진 걸 알고 즉시 왕에게 보고했다. 왕실이 발칵 뒤집혔다.

"벽이 뚫어진 흔적도 없고 문을 깬 흔적도 전연 없습니다."

샤무스 알 다우라 왕은 놀라 이성을 잃고 말았다. 때마침 두 형을 고발했던 왕의 호위병이 들어오더니 너무 놀라 한잠도 자지 못했다고 전했다.

"어젯밤 목수들이 밤새도록 집을 짓고 있는 걸 보았는데, 글쎄 하룻밤 사이에 어마어마한 왕궁이 세워졌지 뭡니까. 여기저기 알아보니 주다르가 막대한 보화와 노예를 거느리고 두 형마저 감옥에서 구출하여 궁전을 세우고 왕후처럼 살고 있다고 합니다."

감옥을 조사해보니 주다르의 두 형이 감쪽같이 사라지고 없는 게 아닌가.

불꽃처럼 화가 난 왕은 군사를 풀어 주다르 형제를 당장 붙잡아다가 처형하라고 추상같이 명령했다. 그때 한 대신이 나서서 만류했다.

"임금님께서 아무쪼록 자비를 베풀어주옵소서. 하룻밤 사이에 궁전을 세울 수 있는 힘을 가진 자라면 이 세상에서 그자와 대적할 수 있는 사람은 아무도 없을 것입니다. 제발 참으시고 먼저 진상을 알아보는 것이 좋을까 합니다."

그리고 대신은 왕에게 조언했다. 태수로 하여금 주다르에게 가서 왕이 초대한다는 뜻을 전하게 하고, 그사이에 대신이 주다르에 대한 정보를 알아오는 방법이었다.

왕은 태수를 불러 명령했다.

"내가 주다르를 잔치에 초대한다고 알려라. 만약 그자를 데려오지 못하면 그대 또한 돌아올 생각을 말아라."

그러나 태수는 자만심이 세고 어리석기 짝이 없는 인물이었다. 그는 군사 50명을 거느리고 주다르의 궁전 앞에 와서는 "이리 오너라!" 하고 거만을 떨었다. 궁전 문 앞에 버티고 있던 반지의 하인이자 마신인 알 라아드는 그의 명령 따위는 거들떠도 보지 않았다. 무례하기 짝이 없는 문지기의 태도에 태수는 심한 모욕감을 느꼈다. 단단히 화가 난 태수는 알 라아드를 혼내주기 위해 창을 빼들고 죽일 듯 덤벼들었다.

그러나 알 라아드는 오히려 태수의 창을 뺏어들고 그걸로 연거푸 네 번이나 태수를 때렸다. 태수가 맞는 걸 본 군사들 50명이 와 하고 한꺼번에 덤벼들었다. 그러나 마신이 한 번 창을 후려치자 병사들은 뼈가 부러지고 피투성이가 되어 일제히 도망치고 말았다. 그들이 도망친 뒤 알 라아드는 아무 일도 없었다는 듯 태연히 문 앞의 의자에 다시 그림같이 앉아 있었다.

태수는 참패를 당하고 간신히 목숨을 건져 돌아와 왕 앞에 엎드렸다.

왕은 태수의 보고에 화가 치밀어 길길이 날뛰며 거듭 군사 100명, 200명, 300명을 보내 주다르를 잡아오도록 했다. 그러나 그때마다 태수는 번번이 혼비백산하여 도망치기 바빴다.

이번에는 대신이 나섰다. 그는 한 명의 군사도 없이 혈혈단신으로 찾아갔다. 흰옷을 입고 손에 염주를 걸어서 주다르의 궁전 앞에 도착한 대신은 알 라아드에게 공손히 "안녕하시오!" 하고 인사했다. 알 라아드가 대답했다.

"여, 인간 나리, 안녕하시오! 무슨 일로 오셨소?"

대신은 그가 마신족임을 알고 몸을 부들부들 떨며 용건을 전했다.

"샤무스 알 다우라 왕께서 주인님을 왕궁의 연회에 초대했으니 부디 왕림해주십사 하는 뜻을 전해주시오."

대신의 공손한 태도에 알 라아드는 대신을 주다르 앞에 안내해주었다. 대신은 깜짝 놀랐다. 주다르는 왕자조차도 감히 깔지 못할 호화로운 양탄자 위에 왕자보다 더 호화로운 차림으로 앉아 있었다. 궁전의 웅장한 규모나 값비싼 장식과 가구의 아름다움은 눈이 부실 정도였다. 이에 비하면 대신의 처지는 거지나 다를 바 없었다. 대신은 주다르 앞에 엎드렸다.

대신이 왕의 초대를 전달하자 주다르가 대답했다.

"정말 왕이 진정한 내 친구라면 오히려 그쪽에서 이쪽으로 왕림해주셨으면 합니다. 그렇게 전해주십시오."

왕을 초대한다는 뜻을 전한 다음 주다르는 마신을 시켜 가장 값비싼 옷을 대신에게 입혀주었다. 대신은 한 번도 입어본 적이 없는 호화로운 옷을 입고 왕 앞에 나가 보고 들은 그대로를 전했다.

왕은 당장 주다르의 집으로 말을 몰았다.

주다르의 명령으로 알 라아드는 마신 200명을 불러 무장을 갖춘 호위병으로 둔갑시켜 광장에 운집하도록 했다. 왕이 겁을 내고 주다르의 권세에 감히 대적하지 못하게 할 작정이었다. 왕은 주다르의 호화로운 궁전과 강성한 군대를 보자마자 기가 질리고 와락 겁이 났다. 궁전 안으로 들어가자 자신의 왕궁과는 비교도 할 수 없을 만큼 웅장하고 눈이 부셨다. 주다르는 왕후도 따르지 못할 만큼 호화로운 차림으로 의자에 앉아 있었다.

왕은 자기도 모르게 허리를 굽혀 인사했다. 주다르는 일어서지도 않고, 답례도 하지 않고, 앉으라고 권하지도 않고 왕을 그 자리에 세워두었다. 왕은 공포에 질려 앉을 수도 그 자리를 떠날 수도 없어 어쩔 줄을 몰라 했다. 이윽고 주다르가 입을 열었다.

"오, 현세의 왕이여. 사람들을 못살게 굴고 재물을 약탈하다니, 그대와 같은 왕에게 어울리지 않는 소행이구려."

주다르가 꾸짖자 왕은 욕심에 눈이 어두워 실수한 것이라며 사과하고 용서를 빌었다. 그때에야 주다르는 왕에게 앉으라고 권했다. 그리고 관용의 표시로 왕에게 옷을 주었다.

식사가 끝나자 주다르는 왕의 호위병 전원에게 호화로운 옷과 축의금을 선물하고 돌아가라고 일렀다.

그 후 왕은 매일 주다르의 궁전을 찾았고, 둘은 점차 친밀해졌다.

왕을 독살한 형을 죽인 왕비, 도장 반지와 안장 주머니를 파괴하다

왕은 주다르에게 피살되어 왕국을 뺏기지 않을까 노심초사했다. 이

문제를 대신과 의논하니 대신이 말했다.

"그 점은 걱정하실 것 없습니다. 사실 지금 주다르의 위세는 임금님의 위세를 능가하고 있습니다. 그래서 그가 당장 왕국을 뺏으면 도리어 자기 품위를 손상하게 될 것입니다. 폐하께서 왕국의 안위를 좀더 확실하게 보장받고 싶으시다면 공주님을 주다르와 결혼시키십시오. 그러면 제아무리 위세 높은 주다르라 해도 장인어른인 임금님께 어찌 해를 끼치겠습니까?"

왕은 대신의 충고대로 공주를 주다르와 결혼시킬 계획을 꾸몄다. 주다르를 궁전에 초청하고 몰래 공주를 그 주변에서 거닐도록 해서 자연스럽게 주다르가 공주를 볼 수 있게 하였다. 계획은 적중했다.

주다르는 공주를 보자마자 첫눈에 반해 애끓는 사모의 정에 사로잡히고 말았다. 그리하여 대신을 통해 공주에게 청혼하였고, 이를 전해 들은 왕이 결혼을 허락했다. 마침내 주다르와 공주는 백년가약을 맺고 부부가 되었다.

이윽고 샤무스 알 다우라 왕이 세상을 떠나자 조정 대신들은 만장일치로 주다르를 국왕으로 추대하였다. 몇 번이나 사양하였으나 모두들 막무가내로 간청한 끝에 주다르는 결국 왕위를 수락하고 장인의 뒤를 이어 국왕이 되었다.

새 왕은 분두카니야 지구에 있는 선왕의 무덤 위에 대사원을 지었다. 원래 주다르의 집이 있는 구역은 야마니야였으나, 주다르가 왕위에 오른 뒤 신자들을 위한 사원과 그 밖의 건물을 세운 다음부터 주다르의 이름을 따서 주다리야 지구라고 부르게 되었다. 두 형은 좌우 대신이 되어 무사평온하게 지냈다.

그렇게 1년이 지났다. 잠잠하던 두 형은 죽을 때까지 평생 동안 동생을 왕으로 섬겨야 한다는 것에 불만을 품고 왕위를 탐내기 시작했다. 그리하여 주다르를 죽이고 도장 반지와 안장 주머니를 뺏기로 모의하기에 이르렀다.

어느 날, 큰형 사림은 자기 집으로 주다르 왕을 초대하였다. 아무것도 모른 채 독이 든 음식을 먹은 주다르 왕은 대번에 살이 썩어 뼈에서 떨어지며 숨이 끊어지고 말았다.

사림은 단검으로 주다르 왕의 손가락을 잘라버리고 도장 반지를 빼낸 뒤 즉시 반지를 문질러 마신을 불러냈다. 알 라아드는 사림의 지시대로 동생 사리임마저 죽이고, 주다르 왕과 사리임 두 형제의 시신을 조정 대신들과 장수들 앞에 내동댕이쳤다. 모두들 공포에 질려 부들부들 떨었다.

"여봐라, 모두들 듣거라. 주다르는 죽고 내가 도장 반지를 차지하였다. 너희 앞에 있는 이 마신이 반지의 하인이다. 나는 이제 너희들의 왕이다. 나를 인정하는가? 인정하지 않으면 반지를 문질러 마신에게 명령하여 너희들을 모두 가차 없이 죽여버릴 테니 그리 알라."

사림의 협박에 잔뜩 겁을 집어먹은 조정 대신들과 장수들은 "사림 국왕 만세!"를 외치며 충성을 맹세했다.

사림은 이번엔 왕비와 당장 결혼하겠다고 우겼다. 대신들이 "국상중이니, 과부로서 지켜야 할 애도 기간이 끝날 때까지 기다리라"고 만류했지만 그는 막무가내였다. 사림은 주다르가 죽은 바로 그다음 날 밤 혼인 계약서를 작성하고 왕비에게 첫날밤을 준비하라고 알렸다.

왕비는 그 결혼을 매우 기뻐하는 듯 꾸며 사림을 안심시킨 다음, 그를 신방으로 맞아들여 달뜨게 해놓고 독을 탄 술을 먹여 독살하고 말았다. 그리고 사림의 손가락에서 반지를 뽑아 아무도 이것을 갖지 못하도록 부숴버리고, 안장 주머니도 발기발기 찢어버렸다.

그런 다음 왕비는 이슬람교 장로와 고관대작들을 불러 모든 전말을 알린 뒤, 마지막으로 이렇게 명령했다.

"그대들의 손으로 새 국왕을 선출하라." ☽

☞ 4권으로 이어짐

《아라비안나이트》 속 금지된 사랑

1. 《아라비안나이트》는 빨간책?

《아라비안나이트》는 사랑에 관한 이야기이다. 이때의 '사랑'은 '성 sex'이 아닌 '에로스'를 의미한다. '사랑'을 '성'으로 착각하면 《아라비안나이트》를 노골적인 성 묘사와 음담패설이 가득한 음란물이나 빨간책으로 오인하기 쉽다. '에로스'와 '성'을 혼동하지 않고 차례를 주의 깊게 살펴보면, '사랑'이란 단어로 끝나는 이야기가 얼마나 많은지, 또 '사랑'이란 단어 앞에 붙은 수식어는 얼마나 천차만별인지 느낄 수 있다.

| 성적 해학과 유머 |

《아라비안나이트》에는 성에 관한 담론이 펼쳐지기도 한다. 그래봤자 노골적인 포르노 영상물에 비하면 야담에도 못 미치는 수준이다. 어우동이나 변강쇠가 거친 숨을 헉헉 몰아쉬는 장면을 읽고 성적 흥분과 자극을 느낄 사람이 몇이나 될까. 오히려 그 과장된 묘사 때문

에 웃음보가 터진다. 굳이 정의하자면 음란하다 하기엔 부족하고, 성적 해학과 유머에 가깝다고 보는 게 더 맞을 것 같다.

〈알 야만의 사나이와 여섯 노예 처녀〉(2권)에서 피부색으로 본 성적 매력의 차이는 음담패설에 가깝게 들린다. 이보다 더 노골적인 음담패설을 꼽으라면 젊은 기둥서방을 둔 여자와 나이 지긋한 정부를 둔 여자가 남자의 성적 능력을 비교한 〈두 여자가 애인의 나이를 두고 벌인 논란〉(3권)을 들 수 있겠다.

〈여자의 원한과 간계〉(3권)에서 여섯 번째 대신은 〈유부녀에게 농락당한 다섯 명의 사내〉라는 이야기를 통해 여성의 간계에 농락당한 남자들을 해학적으로 묘사한다. 목수, 경비대장, 재판관, 대신, 국왕을 차례로 유혹하여 집으로 초대한 유부녀는 이들의 옷을 벗기고 희롱하면서, 이들에게 폭력으로 구속된 정부를 자신의 오빠라고 속이고 석방 탄원서와 석방 허가서, 사면장 등에 서명을 받는다. 그러고는 남편이 왔으니 얼른 숨으라며 차례차례 칸막이 옷장에 가두어버린다. 석방된 정부와 유부녀는 다른 도시로 도망가고, 옷장에 갇힌 다섯 사내는 사흘 뒤에야 구조된다.

대신이 이어 들려준 〈세 가지 소원〉은 성적 해학과 유머가 넘친다. 세 가지 소원을 들어준다고 하니 아내는 남편의 연장을 크게 해달고 빈다. 그런데 너무 커지는 바람에 두 번째 소원은 작게 해달라고 빈다. 너무 작아지자 세 번째 소원은 예전대로 해달라고 빈다. 어리석은 잔꾀와 욕심을 경계하라는 교훈을 성적 유머와 해학으로 풀어낸 이야기다.

2. 사랑의 대장정

|첫눈에 반한 운명의 붙들림|

연인들은 만나자마자 첫눈에 불꽃이 튄다. 운명적인 사랑에 붙들린다고나 할까.

어떤 젊은이는 아름다운 여성의 초상화를 보자마자 상사병을 앓는다. 〈무르크 왕자와 바디아 공주의 운명적인 사랑〉(4권)에서 왕자는 공주의 초상화를 본 순간 사랑에 빠진다. 〈이브라힘과 자밀라의 이심전심 사랑〉(5권)에서도 이브라힘은 자밀라 공주의 초상화를 보자마자 첫눈에 운명적 사랑을 예감한다.

|사랑의 시련과 고통|

그러나 쉽게 얻어지는 사랑이란 없는 법, 모든 사랑에는 시련과 고통이 따른다. 제일 먼저 떠오르는 이야기가 〈사랑 찾아 구만 리, 하산의 연가〉(4권)이다.

아버지의 유산을 탕진하고 가난뱅이가 된 하산은 페르시아인 바람에게 속아 죽을 위기를 간신히 넘긴다. 그 후 마왕의 일곱 공주를 만나 '구름 산의 성'에 기거하게 된다. 어느 날 금지된 방으로 들어간 하산은 대마왕의 딸 미나르를 만나 사랑에 빠진다. 다행히 일곱 공주의 도움으로 하산은 깃털 옷을 훔쳐 미나르와의 결혼에 성공한다. 여기까지는 우리나라 전래 동화 〈나무꾼과 선녀〉와 똑같다. 두 아들을 낳고 행복한 나날을 보내던 중, 미나르는 하산이 집을 비운 사이 깃털 옷을 찾아 입고 두 아들을 안은 채 새가 되어 와크 섬으로 날아가 버린다. 그때부터 하산의 눈물겨운 아내 찾기 대장정이 시작된다. 하산은 천신만고 끝에 와크 섬에 도착해 아내와 재회했으나 배다른 언니인 여왕의 방해와 핍박으로 몇 번이나 죽을 위기를 넘기고 마침내 아내와 두 아들을 데리고 고향 바그다드로 돌아온다.

〈자만 왕자와 브두르 공주의 꿈같은 사랑〉(2권)에서는 마녀와 마신의 내기로 두 남녀의 운명이 어긋난다. 뜻하지 않게 왕자는 두 왕비를 얻게 된다. 결혼 후 두 왕비는 각기 상대의 아들을 짝사랑하는 비극을 맞게 되고, 두 아들(형 아무쟈드와 아우 아스아드) 역시 이별과 시련 끝에 만나 화해한다.

|누각의 새 벽화로 공주의 사랑을 얻은 왕자의 헌신|

연인들은 사랑의 시련과 고통을 겪는 과정에서 폭풍 성장한다. 사랑을 얻는 것은 마음을 얻는 것이며, 사랑을 얻기 위해서는 참고 기다릴 줄 알아야 한다는 것, 또한 진정한 사랑은 사랑하는 사람이 진정으로 원하는 걸 찾아주는 것임을 배우고 깨닫는다.

〈우마르 빈 알 누우만 왕과 두 아들〉(1권)에도 사랑 이야기가 나온다. 대신 단단은 형님 샤르칸 왕의 피살로 슬픔에 빠진 알 마칸 왕을 위로하고 오랜 전쟁의 피로도 풀 겸 〈타지 알 무르크와 두냐 공주〉의 사랑 이야기를 들려준다. 그중에 가장 유명한 벽화 이야기를 발췌해 보기로 한다.

두냐 공주에게 거절당하고 낙심한 무르크 왕자에게 유모는 공주가 남자를 싫어하게 된 연유를 알려준다. 새 몰이꾼이 그물을 쳐 새를 잡은 꿈 때문이라는 것이다.

암수 비둘기 가운데 수비둘기가 그물에 걸렸다. 도망가던 암비둘기는 되돌아와 부리로 수비둘기 다리에 걸린 그물을 쪼아 수비둘기를 구출했다. 그런데 얼마 후 암비둘기가 그물에 걸렸다. 그런데 수비둘기는 혼자 달아났고 결국 암비둘기는 죽고 말았다. 이 꿈을 꾼 이후 공주는 남자를 인정도 신의도 없는 이기적인 동물이라며 불신하고 미워하게 되었다.

왕자는 화공을 불러 공주가 산책 다니는 화원 한가운데 있는 낡은 정자 벽에 벽화를 그리게 했다. 첫 번째 벽엔 새 몰이꾼이 그물을 치는 장면, 두 번째 벽엔 암비둘기가 그물에 걸린 수비둘기를 구출하는 장면, 세 번째 벽에는 새 몰이꾼이 그물에 걸린 암비둘기의 목에 칼을 대는 장면, 네 번째 벽에는 커다란 독수리가 발톱을 세우고 수비둘기를 꽉 움켜잡은 장면을 그려 넣었다. 벽화를 본 공주는 수비둘기가 암비둘기를 구하려고 되돌아오다가 독수리에게 잡혀 죽었다는 걸 깨닫고 남자에 대한 불신과 미움을 거두고 왕자의 진심 어린 사랑을 받아들였다.

그런데 이야기가 너무 감동적이었는지, 똑같은 이야기가 다른 이야기에도 등장한다. 〈공주의 그릇된 남성관을 바꾼 왕자의 헌신적 사랑〉(4권)의 주인공 아르다시르 왕자 역시 누각 벽화를 통해 하야트 알 누후스 공주의 사랑을 얻는다.

3. 금지된 사랑 두렵지 않아

|《아라비안나이트》가 금서라고?|

《아라비안나이트》에 나오는 사랑은 대다수가 금지된 사랑이다. 금지된 사랑이기에 더 달콤하고 더 애틋하고 더 애간장이 탄다. 독자들도 흥미와 호기심에 눈을 더 반짝인다. 극소수지만 동성애, 사촌이나 친남매 간의 사랑, 또 동물과의 사랑도 등장한다.

일부 아랍 국가에서 《아라비안나이트》를 금서로 지정한 것은, 사회의 기초인 가정의 뿌리를 흔드는 위험한 책으로 경계하기 때문일 것이다.

|이교도와의 금지된 사랑|

〈우마르 빈 알 누우만 왕과 두 아들〉(1권)은 이슬람 국가의 왕자 샤르칸과 기독교 국가인 케사레아의 공주 아브리자의 비극적 사랑을 다룬다. 공주는 해서는 안 될 사랑을 한 죄로 비극적인 최후를 맞는다. 공주는 사랑하는 왕자를 따라 가족도 버리고 적국까지 왔지만 왕자의 아버지인 누우만 왕에게 유린당하고 귀국하던 중 흑인 노예에게 살해당한다. 이 소식을 들은 아브리자 공주의 아버지 하루두브 왕과 외할머니 다와히는 복수를 다짐하며, 끝내 누우만 왕과 샤르칸을 살해하기에 이른다. 사랑해선 안 될 사람을 사랑한 젊은 연인의 비극적 사랑은, 본인들의 목숨만이 아니라 죄 없는 수많은 병사들까지 피비린내 나는 전쟁에 희생당하게 만들었다.

|칼리프의 후궁, 시녀와의 위험한 사랑|

칼리프나 왕의 절대적 소유물인 시녀나 궁녀, 애첩을 사랑한 남자들도 있다. 들키면 당장 목이 날아갈 위험한 사랑이지만, 가끔은 칼리프에게 재산을 하사받거나 혼수를 얻어 행복한 결혼에 이르기도 한다. 물론 극히 드문 예외이긴 하다.

〈딘과 쟈리스의 위험한 사랑〉(1권)이 그런 경우다. 이 이야기에는 칼리프 하룬 알 라시드의 넉넉한 아량과 풍류를 즐기는 여유가 잘 드러나 있다. 칼리프는 무소불위의 권력으로 맘만 먹으면 얼마든지 여자를 뺏을 수 있지만, 연인 사이를 떼어놓기 어렵다는 걸 깨닫고는 둘을 행복하게 맺어준다. 노예 처녀 쟈리스의 노래 덕분에 누르 알딘 알리는 칼리프의 신임까지 얻는다. 쟈리스는 복덩어리다.

〈금지된 사랑에 빠진 가님과 쿠르브〉(1권)에서도 상인의 아들 가님은 사랑하는 쿠르브가 칼리프의 애첩이라는 사실을 나중에서야 알게 된다. 결국 가님은 사랑해선 안 될 여자를 사랑한 죄로 온갖 고초를 겪는다. 칼리프의 애첩이란 걸 안 뒤부터 가님은 쿠르브에게 손 하나 대지 않고, 칼리프 역시 가님이 나타나자 한번 준 걸 도로 찾지 않는 대범함을 보여주려고 쿠르브를 가님에게 주겠다고 약속한다. 두 남자 모두 멋을 아는 사내들이다.

〈박카르와 나하르의 애절한 사랑〉(2권)에서는 두 연인이 죽는 비극으로 끝나지만, 〈칼리프의 애첩과 이룬 목숨 건 사랑〉(5권)에서는 상인의 아들 하산과 칼리프의 여자 셰에라자드가 칼리프의 은총으로 결혼에 성공한다. 칼리프는 일체의 혼수까지 마련해준다. 덧붙이자면 〈하산의 손해를 대신 보상해준 칼리프 하룬〉(5권)에서는 상인 하산과 성매매 여성과의 순애보적인 사랑이 감동을 준다.

|유부녀와의 사랑|

금지된 사랑에는 유부녀와의 사랑이 가장 많고 종류도 여러 가지다. 알려지지 않았을 땐 잘 모르지만, 금지된 사랑이 밖으로 드러나 공개되면 여론과 법이 전면에 등장한다. 그 순간 시대와 사회가 갖고 있는 가치관의 척도가 튀어나오는 것이다.

하지만 《아라비안나이트》는 일방적으로 여자의 부정만 부각하거나 여자만 나쁘다고 몰아붙이며 교훈을 늘어놓지 않았다. 천편일률적으로 여자를 악으로 매도하고 응징하지 않았다. 그랬다면 독자들이 외면했을 것이다.

물론 가부장적 남성 우월주의라는 시대적 한계도 여전하고, 이슬람 법률에 따라 이혼과 재혼 절차를 밟아야 하는 종교적 한계도 있었다. 하지만 특기할 것은 아무리 금지된 사랑이라도 그것이 얼마나 진실하고 변함없느냐에 따라 연인의 운명이 달랐다. 같은 불륜일지라도 어떤 사랑은 이루어지고 어떤 사랑은 실패로 돌아갔다.

〈바람둥이 마스룰과 유부녀 마와시프의 지독한 사랑〉(5권)에서 마와시프는 정부 마스룰과 사랑에 빠져 유대인 남편을 죽이고 재산까지 빼앗아 결혼에 성공한다. 한마디로 팜파탈이다. 반면에 〈상인의 아들 카마르와 보석상 아내 하리마의 빗나간 사랑〉(5권)에서 카마르와 하리마의 사랑은 처참한 실패로 끝났다. 카마르는 베일을 벗고 말을 타고 거리를 활보하는 하리마의 미색에 빠져 그녀와 연정을 불태우며 환락을 즐긴다. 하리마는 땅굴까지 파가며 온갖 꾀로 남편을 속이고 재산까지 빼돌려 카마르와 함께 도망치지만, 고향에 돌아온 카마르는 부모의 뜻에 따라 다른 여자와 결혼하고, 결국 하리마는 보석상 남편 오바이드에게 응징당한다.

이렇듯 같은 불륜이라도 어떤 사랑은 이루어지고 어떤 사랑은 비극적인 결말을 맺는다.

《아라비안나이트》가 지금까지 사랑받는 이유는 시대적, 종교적, 태생적 한계에도 불구하고 사랑을 인류의 보편적 가치에 따라 그렸기 때문이다.

베일로 얼굴을 가리고 외출도 금지당한 채 높다란 담장 안에 갇혀 사는 이슬람 여자들이 이토록 솔직하고 대담한 사랑을 즐겼다는 것은 놀랍고 충격적이다. 하긴 아무리 캄캄한 중세 암흑사회에서도, 남녀가 유별했던 유교 사회에서도, 연인들은 언제 어디서든 남몰래 사랑을 불태웠다. 그리고 보면 사랑이라는 인간의 보편적 가치를 실현하고자 하는 욕망은 그 무엇으로도 막을 수 없나 보다. 법이나 인습, 가치관은 한계가 뚜렷하다. 언제, 어디서, 누구에 의해서든 얼마든지 변할 수 있는 상대적인 것들이다. 이런 것들이, 영원하고 절대적인 사랑을 어떻게 옳다 그르다 판단할 수 있으며, 사랑에 빠진 사람들의 목숨을 빼앗을 수 있겠는가. 한마디로 난센스다.

|청소부와 귀부인의 우연한 사랑|(2권)

수많은 행인이 오가는 번잡한 사원 앞에 걸인 행색을 한 청소부가 있다. 그는 사랑하는 여자의 남편이 바람을 피우게 해달라고 큰 소리로 기도하며 울부짖었다. 해괴한 기도에 놀란 구경꾼들은 청소부를 붙잡아 총독 앞으로 끌고 갔고, 청소부는 사연을 털어놓았다.

젊고 아름다운 한 귀부인은 걸인 행색의 청소부를 집으로 데려와 하룻밤 동침했다. 남편이 집에서 가장 더러운 빨래를 하는 하녀와 바람을 피웠으니 자신은 바그다드에서 가장 더러운 일을 하는 청소부를 데려와 맞바람을 피운 것이다. 귀부인과의 하룻밤을 잊지 못한 청소부는 귀부인의 남편이 바람을 피워 또 한 번 귀부인과 사랑을 나누게 해달라고 알라께 기도를 올린 것이다. 총독은 청소부를 용서하고 방면하였다.

해학의 절정으로 손꼽히는 걸작이다. 착상도 기발하지만 이야기를 구성한 솜씨도 가히 천재적이다.

|유부녀와 사랑을 이룬 뒤 제자리로 돌려보낸 젊은이|

유부녀를 유혹해 사랑을 이룬 다음, 다시 감쪽같이 남편 곁으로 보낸 기상천외한 이야기도 있다. 바로 〈여자의 원한과 간계〉(3권)에서 일곱 번째 대신이 들려준 〈상사병에 걸린 젊은이와 노파의 간계〉 이야기다.

유부녀 마자에게 한눈에 반해 상사병에 걸린 젊은이는 노파 마리얌의 계책에 따라 마자를 만나 사랑을 나눈다. 일주일 후 젊은이와 노파 마리얌은 마자를 돌려보낼 계책을 세워 실행에 옮긴다. 마자의 남편은 마자의 친정으로 찾아가 용서를 빌고 아내를 집으로 데려온다.

유부녀와의 사랑 가운데 단연 압권이다. 바람을 피운 건 아내인데 오히려 남편이 용서를 빌고 아내를 집으로 데려오다니, 어떻게 된 일일까. 궁금한 분들은 빨리 책을 펼쳐 보기 바란다.